Thomas Bogenberger · Hattinger und die Schatten

Thomas Bogenberger wurde 1952 in Traunstein geboren. Nach dem Umweg über ein abgeschlossenes Medizinstudium zog es ihn zurück auf die Bühne. Heute komponiert und schreibt er Film-, Hörspiel- und Theatermusik und lebt in seiner alten Heimat Prien am Chiemsee. 2011 erschien der Krimi „Chiemsee Blues – Hattinger und die kalte Hand" (4. Auflage). 2014 folgte Hattingers zweiter Fall „Hattinger und der Nebel" (2. Auflage).
Beide Krimis wurden erfolgreich vom ZDF mit Michael Fitz in der Hauptrolle verfilmt.

Thomas Bogenberger

HATTINGER UND DIE SCHATTEN

PENDRAGON

I. Ein Samstag im August

1

„Schrei nicht so!“, brüllte der Mann.

„Ich schreie nicht!“, schrie die Frau. „*Du* schreist!“

„Schrei mich nicht an!“, brüllte der Mann.

„Du schreist! *Ich* schrei nicht!“, schrie die Frau.

Hattinger legte die Zeitung weg. Es hatte keinen Sinn. Seit einer Viertelstunde ging das jetzt so, irgendwo in der Nachbarschaft. Die Aufführung einer grotesken Oper. Jedes Wort gesungen in mäßigem Tempo, ein heiseres Belcanto.

„Doch, du schreist!“, brüllte der Mann.

„Nein! Du!“, schrie die Frau.

Lena zog die Augenbrauen hoch und verteidigte ihr Frühstücksei gegen einen Wespenangriff.

„Siehst du, Paps, so endet das dann. Deshalb sollte man vorsichtig sein bei der Frauenwahl.“

„Frauenwahl“, brummte Hattinger, „mhm …“

Darüber hatte er eher nicht nachgedacht in letzter Zeit. Als hätte er sonst keine Probleme. Der Schweiß lief ihm runter, und vorn auf seinem T-Shirt hatte sich schon ein patschnasser Mittelstreifen gebildet. 28 Grad im Schatten, und das um halb zehn in der Früh.

„Du sollst nicht schrei-iään!“ Der Mann kostete jede einzelne Silbe aus. Er gab stimmlich das Letzte.

„Ich schrei-iää nicht!“, schrie die Frau zurück.

Langsam hatte Hattinger genug. Er saß mit Lena auf der Terrasse ihres neuen Domizils, traumhaftes Sommerwetter, Samstag Vormittag, ausnahmsweise mal ein freies Wochenende – schön könnte es hier sein! Schön ruhig vor allem.

„Du schwitzt“, bemerkte Lena trocken. „Wie wärs mit bisschen Sommeroutfit? Kurze Hosen?“

„Geh, kurze Hosen", grummelte Hattinger.

So weit käme es noch. Kurze Hosen, bloß weil er jetzt eine Terrasse hatte.

„Liaba derschwitzt."

Lena hatte ihr zweites Ei ausgelöffelt und lehnte sich zufrieden zurück. „Du bist der Einzige, der amtliche Frühstückseier macht. Falls ich je heiraten sollte, schick ich meinen Mann bei dir in die Lehre."

„Wia waars, wennst as selber lernst? Mit 17 besteht ja no a gewisse Hoffnung?"

„Aber ich vergess die immer, Paps, das weißt du doch. Da müsst ich mich ja mit Stoppuhr am Herd festbinden. Machen wir das jetzt übrigens heut, mit dem neuen Herd?"

„Mmm …", brummte Hattinger. Er hatte es Lena versprochen.

„*Schrei* nicht!", brüllte der Mann wieder.

„Du schreist!", brüllte die Frau zurück.

Stimmlich schienen diese beiden Schreihälse langsam in den Endspurt überzugehen.

„Und wo kaufen wir den Herd? Nicht beim bösen Elektriker, oder?"

Lena hätte nicht fragen müssen.

„Mit Sicherheit ned."

Der „böse" Elektriker hatte es vor vielen Jahren fertig gebracht, Hattingers Mutter, die damals auch in Prien wohnte, eine neue Herdplatte in ihren uralten Küchenherd einzubauen, eine von diesen vorsintflutlichen runden Eisendingern.

„Ja freilich geht des", versprach der Mann – für schlappe 400 Mark! Danach ließ sich die neue Platte leider nicht mehr regeln, sie ging nur noch voll an oder aus.

„Ja mei, für den oidn Herd gibts koane Regler mehr, die wern scho lang nimmer 'baut.“

Das war dem Herrn Elektromeister rein zufällig erst hinterher eingefallen. Hattinger wollte hingehen, um sich den Kerl vorzuknöpfen, aber seine Mutter hatte ihn ausgebremst. Sie war auch sauer, doch ihre immerwährende Angst, es sich mit den Prienern zu verderben, überwog. Er hatte damals allerdings beschlossen, nicht mehr auch nur das Schwarze unter dem Nagel zu kaufen in diesem Saftladen. Und sei es auch nur eine Glühbirne! Da war er nachtragend. Und Lena hatte er es natürlich auch verboten.

„Außerdem gibts den Laden inzwischen eh nimmer. Was mi ned wundert, wenn die alle so behandelt ham. Mir bstelln uns an Herd. Anschließen konn i'n selber. Oder mir fahrn nach Traunstein zum Mediama…“

„Du sollst aufhööö-räänn zu schrei-iään!!!“ Die Stimme des Mannes schlug in ein heiseres Röcheln um. Belcanto adé.

„Aaaarrrhhhh …“

Ein gewaltiges Scheppern. Das war was Größeres, was da gerade zu Bruch gegangen war.

Hattinger und Lena sprangen auf.

„Jetz geh i glei nüber“, beschloss Hattinger.

Das Ganze schien in eine neue Dimension zu kippen.

Untermalt von Gepolter und stampfenden Schritten setzt der Mann seinen heiser grunzenden Urlaut fort.

Etwas zerschellt, Glas splittert, die Frau stößt einen schrillen Schrei aus – panisch, anders als ihre Schreie zuvor.

Dann ein dumpfer Schlag … und … Stille.
„Scheiße“, sagte Hattinger.

2

Achim Kruppcke, *Kruppcke mit Doppelpee* und Zeckaa!, wie er sich gerne vorstellte, steuerte die weiße Mietyacht von Gstadt an der Fraueninsel vorbei Richtung Süden. Er saß betont lässig am Rand der Pit und trug sein weißes Lieblings-T-Shirt mit der Aufschrift:

NIVEAU sieht nur von unten aus wie Arroganz!

Kruppcke hielt sich für einen erfahrenen Segler. Er hatte in der Tat schon mal ein paar Gewitterböen auf dem Wannsee überstanden, ohne zu kentern. Das war lange her. Vor vielen Jahren, im Sommerurlaub am Chiemsee, hatte er sogar den A-Schein gemacht, aber die zweimal im Jahr, die er sich seitdem mit irgendeinem Leihboot auf ein Berliner Binnengewässer hinausgewagt hatte, rechtfertigten seine Selbsteinschätzung eher nicht.

Im Moment musste er echt aufpassen, weil ein Mörderverkehr auf dem Chiemsee herrschte. Gott und die Welt waren heute unterwegs, mit allem, was irgendwie schwimmfähig war, kreuz und quer durcheinander. Was solls, dachte Kruppcke, er manövrierte nach dem Prinzip Augen zu und durch. Schließlich hatte er einen dicken Pott gechartert, allein schon, um Jessica zu imponieren. Da würden die meisten freiwillig aus dem Weg gehen, wenns drauf ankam. Hoffte er zumindest. Außerdem hatte das Ding eine Kajüte, wenn er also irgendwann ruhigeres Fahrwasser ansteuern konnte, würde sich dieser Umstand bestimmt gewinnbringend nutzen lassen …

Jessica – er sagte Jessilein zu ihr und sprach es wie Yes aus – war seine neue Flamme. Und wie das Jessilein brannte, mit der ging so richtig die Post ab, knick knack, alter Schwede! Sie war seit kurzem Sekretärin im Autohaus seines Vertrauens, da hatte er nicht lange gefackelt und sie gleich abgegriffen. Ne richtig schicke blonde Mieze, mit viel Leder und Nieten und einem nicht zu verachtenden Vorbau.

Jessilein fläzte lässig in der Pit, schraubte ihr Gesicht in die Sonne und die langen Haare flatterten ihr um den Kopf. Sie schien den Trip zu genießen.

„Herrlich!", rief sie in den Wind und blinzelte Kruppcke an.

„Det kannste ruhig ablegen", schlug Kruppcke vor, mit Blick auf ihr Bikini-Oberteil. „Det machen alle andern ooch."

Jessica sah sich um. ‚Alle andern' war maßlos übertrieben, aber man sah durchaus den einen oder anderen Busen, der in der Hoffnung auf nahtlose Bräune in die Sonne gereckt wurde. Sie nahm ihr Oberteil ab und präsentierte Kruppcke mit einem neckischen Lächeln ihre Brüste. Wozu hatte man sich schließlich die Mühe gemacht, das alles silikontechnisch zu untermauern.

„Ick muss irjendwo parken", kommentierte Kruppcke.

„Ja, mach mal, ich will sowieso schwimmen."

Sie waren mittlerweile an Frauenchiemsee vorbei und Kruppcke hielt östlich der Krautinsel auf die Spitze der Herreninsel zu. Das Wetter war einfach fantastisch, strahlend blauer Himmel, bestimmt über 30 Grad, und ein steter Ostwind, der einen die Hitze vergessen ließ und für ordentliches Tempo sorgte.

Fast zu ordentlich.

Die Yacht war das Größte, was er bis jetzt gesegelt hatte, und sie reagierte viel empfindlicher auf Wind, als er sich das vorgestellt hatte. Ein Schwertkieler. Zum Glück war der Wind nicht so stark wie gestern, als sie in Gstadt angekommen waren, *Jestatt*, wie Kruppcke trötete, obwohl er es eigentlich besser wusste.

Gestern hatte es regelrecht gekachelt und zur Einstimmung durfte er gleich ein paar Jollen beim Kentern beobachten, quasi direkt vor der Nase. Der Weitsee war ganz dunkelgrün gewesen, fast schwarzgrün, mit Schaumkronen drauf. Ein paar Windsurfer schossen in atemberaubendem Tempo kreuz und quer dahin, dass es nur so spritzte.

Kruppcke mochte gar nicht glauben, was da abging. Schließlich hatte er die Yacht gleich für drei Tage vorbestellt, da wärs ja zu peinlich gewesen, wenn er wegen zu viel Wind …

„Guck mal, da drüben is viel weniger los", meinte Jessilein und deutete zur Insel hinüber. „Da weiter rechts. Da könnten wir doch baden", zwinkerte sie ihm zu.

„Rechts, is jut."

Kruppcke hätte ihr gerne mit ein paar seemännischen Begriffen imponiert, aber er ließ es lieber bleiben, weil er Backbord und Steuerbord immer durcheinander brachte, genauso wie Luv und Lee. Es gab Nebensächlichkeiten, die musste man sich nicht merken. Aber Jessicas Wunsch war ihm Befehl, er steuerte also auf die Insel zu und versuchte mit dem Auffieren der Segel nachzukommen, als der Kurswechsel die Yacht in eine bedrohliche Schräglage brachte.

Jessica schaute ein bisschen verunsichert drein und hielt sich am Backstag fest.

Als Kruppcke die Lage wieder im Griff hatte, schauten sie zur Herreninsel rüber. An der Ecke waren tatsächlich kaum Boote, zumindest keine Segler, nur das eine oder andere Ruder- oder Elektroboot. Vielleicht hätte er einfach ein Elektroboot mieten sollen? Nee, ausgeschlossen! Er musste Jessilein schon was bieten. Bis jetzt hatte sie sich ja immer großzügig revanchiert …

Jessica kletterte aus der Pit und setzte sich aufs Vorschiff, um mehr Sonne abzukriegen. Kruppcke fand, dass sie eine ausgezeichnete Gallionsfigur abgab.

„Achim? Kannste mir mal die Sonnencreme rüberwerfen? Glaube ich muss meine besten Teile schützen."

Kruppcke stand auf, um die Creme von der Bank zu fischen und warf sie ihr zu.

„Na denn mach ma!"

Er bemerkte im Stehen, dass das Wasser hier langsam flacher wurde. Noch kein Grund zur Beunruhigung, aber er würde doch irgendwann mal das Schwert hochziehen müssen. Wie ging das nochmal?

Jessilein drehte sich auf dem Vordeck zu ihm um und begann, sich ausführlich die Brust einzucremen.

„Na du machst et mir ooch nich leicht", befand Kruppcke, angesichts ihrer hervorragenden Argumente gegen seine Konzentration aufs Seemännische. Schwert rauf und da an der Insel ankern, dachte er. Er überließ das Schiff kurz sich selbst, um aus der Kajüte das Handbuch zu holen, das da auf dem Tischchen lag.

„Guck ma, da kommt einer", rief ihm Jessica zu, als er wieder auftauchte. Sie lugte unter der Fock durch. „Ziemlich schnell kommt der!"

Kruppcke sah sich um. Eine dunkelblaue Trias kam geradewegs auf sie zu, mit einem tief braungebrannten älteren Herrn an der Pinne, der das Boot mit leichter Hand steuerte. Das Ding sah uralt aus, aber es war offensichtlich schnell.

„Der soll ausweichen", fand Kruppcke.

Das fand der Lenker der Trias offenbar nicht.

„Häh! Was habts'n ihr vor? Raum!", rief er zu ihnen herüber. „Ja gehts no? Aus'm Weg!", schrie er, während er immer näher kam. Um seiner Forderung Nachdruck zu verleihen, donnerte er mit der flachen Hand aufs Deck.

„Ey jetz hab dich ma nich so!", schrie Kruppcke zurück und behielt seinen Kurs bei. Würde man ja mal sehen, wer hier den Schwanz einzog. Er jedenfalls nicht!

Der alte Lockenkopf dachte allerdings gar nicht daran auszuweichen. Im Gegenteil, er schoss hoch am Wind auf sie zu. Verfluchte Hühnerkacke! Der schien sogar noch höher zu gehen, der wollte sie absichtlich abdrängen!

„Idiot!", schrie Kruppcke und riss im letzten Moment die Yacht herum, hielt jetzt direkt auf die Insel zu.

Die Trias schrammte haarscharf an ihnen vorbei. Der wettergegerbte Skipper war aufgesprungen. Er fierte Großsegel und Genua auf und ging leicht in den Wind, um Fahrt rauszunehmen.

„Sag amoi, habts ihr Tomaten auf de Augn?", schimpfte er zu ihnen rüber. „Scho amoi was von Vorfahrt ghört? Backbordschoten vor Steuerbord?!"

„Ja, du mich ooch!", schrie Kruppcke zurück, während er weiter auf die Insel zuhielt.

„Sie unfreundlicher alter Sack!“, pflichtete ihm Jessilein lautstark bei, während sie ihre Brüste halbwegs mit den Händen bedeckte. Dem alten Sack wollte sie deren Anblick nicht gönnen.

„Na ja, Preißn ... Alles klar“, gab der alte Sack zurück. Er verfolgte den Weg der Yacht und konnte sich ein Grinsen nicht verkneifen. „Aber i daad jetz langsam aufbassn ...“

Einen Moment später wurde Kruppcke klar, was er meinte: Ein Ruck ging durch das Schiff. Kruppcke und Jessica schwankten perfekt synchron Richtung Bug wie in einer bremsenden Straßenbahn, die Plastikflasche mit der Sonnencreme schoss in dieselbe Richtung, Jessica ließ ihre Brüste fahren und hechtete dem teuren Sonnenschutz hinterher, Kruppcke schaute ziemlich verdattert, er hatte vor Schreck die Pinne losgelassen und das Handbuch der Yacht gleich hinterher geworfen, dann gab es einen zweiten, wesentlich heftigeren Ruck, Kruppcke stürzte unsanft in die Pit, als das Schiff sich im Seegrund festfraß und das Jessilein ging über Bord.

Der Lenker der Trias lachte lauthals auf, der Anblick war einfach zu komisch. Er hatte schon gewusst, warum er nicht zur Inselseite hin auswich. Mit den Untiefen der Langen Seichte war nicht zu spaßen wenn man ein Kielboot segelte, am allerwenigsten im Hochsommer, bei so niedrigem Wasserstand wie zur Zeit.

Kruppcke rappelte sich hoch und hielt sich die aufgeschlagenen Knie. Er gab halblaute Verwünschungen von sich. Halblaut nur deshalb, weil er sich nicht noch mehr die Blöße geben wollte vor diesem alten Idioten, diesem, diesem ... Einheimischen!

Wo war Jessica eigentlich abgeblieben, fragte er sich, als er sich wieder halbwegs im Griff hatte.

Scheiße.

Er hörte so ein komisches Blubbern und Gurgeln, was war da los? Da vorne neben dem Boot, da kamen Luftblasen hoch!

„Jessilein? Jessi?! Kacke!"

Er hangelte sich schnell zum Bug vor und stierte ins Wasser.

Da, da war sie – sie schrie unter Wasser!

Sie hing irgendwie fest.

„Jessica!!!"

Kruppcke sprang ins Wasser.

Der Mann auf der Trias hatte einen Anker geworfen und sprang ebenfalls ins Wasser. Da war irgendetwas nicht in Ordnung. Er schwamm hinüber zu der gestrandeten weißen Yacht so schnell er konnte.

Kruppcke tauchte und bekam die Panik. Jessica war nicht allein dort unten, da war noch jemand, da war … Sie hing fest, an einem Seil. Und da war irgendwas, das sah aus wie – der Tod! Und der zerrte an ihr!

Kruppcke schrie, Jessica blubberte und fuchtelte, er schrie und verschluckte sich, bekam keine Luft mehr, er tauchte auf, zum Glück konnte man stehen hier, er japste nach Luft, aber Jessi musste dort unten irgendwo …

Der alte Herr tauchte hinunter und versuchte die Leine, in der sich die Frau verfangen hatte, von ihrem Bein zu lösen, sie stieß ihn weg in Panik aber er ließ nicht locker und endlich gab sie auf, sich zu wehren, musste sie aufgeben, weil sie ohnmächtig wurde und er konnte sie aus dieser Schlinge lösen und an die

Oberfläche ziehen. Er schnappte nach Luft und versuchte den Kopf der Frau über Wasser zu halten und sah sich nach dem Kerl um, der keuchte und Wasser spuckte und dramatisch röchelte.

„Jetz reiß di zamm und kumm her und huif ma endlich!“, herrschte er den Häuslbootfahrer an und schüttelte ihn an seinem Niveau-T-Shirt, damit er endlich zur Besinnung käme.

Dem anderen da unter Wasser, mit dem Strick um den Hals – dem war sowieso nicht mehr zu helfen.

3

Drei Stunden später kam Hattinger wieder heim. Er hatte immer noch Mühe damit, dieses Haus hier in Prien als sein neues Zuhause zu sehen. 20 Jahre hatte er in Wasserburg gewohnt und sich dort wohlgefühlt und hier war immer noch alles fremd und ungewohnt. Es fiel ihm nicht leicht, sich hier irgendwie zurecht zu rütteln, auch wenn es natürlich ein Glücksfall war, dass er überhaupt zu diesem Haus gekommen war. Und noch dazu umsonst. Wo gab es sowas schon? Ein Haus zu erben von einem Menschen, den man so gut wie nicht gekannt hatte.

Er fragte sich nach wie vor, wie Albrecht Ostermeier ausgerechnet auf ihn gekommen war, den Polizisten, der ihn als Mörder überführt hatte.

Ostermeier musste gewusst haben, dass er sterben würde. Sicher hatte er es gewusst, er hatte es ja mehr oder weniger drauf angelegt erschossen zu werden. *Suicide by cop,* ein feststehender Begriff mittlerweile. So akribisch, wie er seinen Rachefeldzug geplant und durchgeführt hatte, musste er auch eingeplant haben, was passieren würde, wenn der zu Ende wäre.

Gott sei Dank war es Hattinger wenigstens erspart geblieben ihn selbst zu erschießen. Er hatte lange überlegt, ob er dieses seltsame Erbe überhaupt annehmen konnte und sollte, er hatte sich mit den alten Kollegen besprochen, sogar den Polizeipräsidenten hatte er gefragt, was ihm sonst eher nicht in den Sinn kam. Er wollte auf gar keinen Fall, dass da auch nur der geringste Hauch eines Zweifels bei irgendjemandem bliebe, ob bei diesem Erbe alles mit rechten Dingen zugegangen war. Aber alle hatten ihm zugeraten, zumal man ihm die Wohnung in Wasserburg wegen Eigenbedarfs gekündigt hatte.

„Ein Haus in Prien, in der Lage. Noch dazu schuldenfrei! Mensch Hattinger, nehmen S' es und werden S' glücklich", hatte auch Staatsanwalt Reißberger ihm geraten. Und es war ja immerhin sein Fall gewesen, er wusste genau, dass an der Sache nichts faul war. Auch wenn es seltsam blieb.

„Da bist du ja endlich wieder!", sagte Lena mit leicht vorwurfsvollem Unterton, als Hattinger das quietschende Gartentor aufstieß und durch den wild wuchernden Rasen zur Terrasse hinaufging. Da fing es schon an mit den Nachteilen eines eigenen Gartens, irgendwann würde er die Wiese doch mal mähen müssen, bevor er mit dem Rasenmäher überhaupt nicht mehr durchkam.

„Und? Was war los da drüben?", wollte Lena wissen.

Hattinger ließ sich einige Zeit mit der Antwort.

„Totschlag im Affekt, daad i sagn."

„Was? Oh Gott … Echt?"

Hattinger nickte nur. Er machte sich natürlich Vorwürfe, dass er nicht eher gegangen war, dass er nicht gleich nachgeschaut hatte, dass er diesen Streit nicht beendet hatte. Aber der hatte ja fast komisch geklungen, kurios.

„Na jetzt erzähl halt", forderte ihn Lena auf.

Hattinger sagte nichts. Er setzte sich auf die Brüstung der Terrasse und schaute in die Berge.

„Derf i ja gar ned", antwortete er nach einer Weile. „Hast a Zigarettn für mi?"

„Du hast doch aufgehört?" Lena warf ihm ihre Zigarettenschachtel zu.

„Du doch ah, oder?“

Hattinger fummelte eine Zigarette nebst Feuerzeug aus dem Päckchen. Er steckte sie an und nahm ein paar tiefe Züge.

Lena setzte sich neben ihn. Sie spürte, dass es ihrem Dad gerade nicht gut ging. Nach einer Weile erzählte er doch, was sich da abgespielt hatte, zwei Häuser weiter.

Ein älteres Paar in einer Ferienwohnung, aus Bielefeld. Seit Jahren kamen sie jeden Sommer nach Prien. Als Hattinger ins Haus kam, saß der Mann auf der Treppe, unten im Hausflur lag seine Frau in einer großen Blutlache, mit zerschmettertem Schädel.

„Seit Jahren geht sie so mit mir um“, krächzte der Mann, fast tonlos. „Ich halte das nicht mehr aus.“

Den blutverschmierten Terracottalöwen, den er noch in der Hand hielt, stellte der dickliche, fast kindlich wirkende Mann behutsam neben sich auf der Treppe ab.

Er war schweißüberströmt. Er zitterte.

„Jetz is gut“, sagte er. „Endlich Ruhe.“

Dabei sah er den Löwen an.

Hattinger fühlte nach dem Puls der Frau. Fehlanzeige. Es war ziemlich offensichtlich, dass da nichts mehr zu machen war, trotzdem verständigte er die Rettungsleitstelle und bat, einen Notarzt und die Kollegen zu schicken.

Der Mann machte keinerlei Anstalten zu fliehen oder zu leugnen. Er war vollumfänglich geständig, dass er seiner Frau den Löwen über den Kopf gezogen hatte, wodurch sie die Treppe hinuntergestürzt war.

Und dass er das in höchster Rage getan hatte, dafür war Hattinger schließlich selbst Ohrenzeuge, genauso wie Lena. Er hatte nur den Fehler gemacht, das Ganze nicht wirklich ernst zu nehmen.

„I hätt eher nachschaun miassn", schloss er seinen Bericht ab. „Dann hätt i des vielleicht verhindern kenna."

„Ich hätte auch nie geglaubt, dass sowas passiert." Lena war ziemlich geschockt. „Aber das war irgendwie so … awkward! Das hat sich doch angehört wie Comedy? War doch eher zum Lachen, oder?"

„Mei …" Hattinger gab sich einen Ruck und stand auf. „Ma steckt hoid ned drin."

Er schaute auf die Uhr, schon halb drei nachmittags. Die Sonne knallte immer noch gnadenlos runter. 37 Grad im Schatten mittlerweile. Das war selbst zum Badengehen zu heiß. Natürlich könnte man kurz in den See springen und eine Runde schwimmen, das wär schon angenehm, selbst bei 26 Grad Wassertemperatur. Aber bis daheim wär man wieder genauso verschwitzt wie vorher. Bloß, dass man sich auch noch unnötig angestrengt hätte.

Hattinger dachte über eine kalte Dusche nach.

„Hör mal, Paps", unterbrach Lena seine Überlegung, „könnten wir nicht das mit dem Herd noch machen? Fahren wir nach Traunstein, im Auto hats wenigstens ne Klimaanlage. Außerdem müssen wir einkaufen: Fleisch, Fleisch, Fleisch!"

Sie tänzelte hinter ihrem Vater her und knuffte ihn in den Rücken, sichtlich um eine Aufhellung seiner Stimmung bemüht.

„Ich will Steaks! Viele! Brat ich heut Abend, wenn wir endlich nen vernünftigen Herd haben. Zum Grillen is es zu heiß."

Na ja, wäre vielleicht ganz gut, um auf andere

Gedanken zu kommen, überlegte Hattinger. Jedenfalls schien sich Lena schon wieder gefangen zu haben. Und dass ihr letztjähriger Vegetarieranfall keinerlei Restschäden bei ihr hinterlassen hatte, davon hatte er sich schon ausgiebig überzeugen dürfen.

„Meinetwegn. I geh no schnell duschen, dann fahr ma."

Als er unter der Dusche stand und sich das angenehm kühle Wasser über den Rücken rieseln ließ, läutete es an der Haustür.

„I bin ned da", rief er halblaut, weil er Lena gerade draußen im Flur vorbeigehen hörte.

„Okay", meldete sie zurück.

Was an der Haustür vorging, konnte er nicht hören, aber als er wenig später im Bademantel am Wohnzimmer vorbeikam, traf ihn eine vertraute Stimme.

„Herr Hattinger?"

Es war die Stimme von Andrea Erhard von der Priener Polizei.

„'Tschuldigen S' wenn ich stör, aber Ihr Handy war aus", rief sie ihm nach.

Hattinger machte kehrt und ging zu ihr ins Wohnzimmer. Er zog den verwaschenen blauen Bademantel ein bisschen enger um den Bauchansatz. Seine Beine tropften auf das alte Eichenparkett. Täuschte er sich oder musterte ihn die Erhard irgendwie mitleidig? Er schätzte sie und inzwischen waren sie ja fast Nachbarn, aber das hieß noch lang nicht, dass er sie normalerweise in Badekleidung in seinem Wohnzimmer empfangen hätte.

„Was gibts?", brummte er.

Andrea Erhard war das erste Mal in diesem Haus

seit dem Ostermeier-Fall, das erste Mal jedenfalls, seitdem Hattinger hier wohnte.

„Schön ham S' es hier." Sie sah sich im Wohnzimmer um und ignorierte die diversen Umzugskartons, die auch ein paar Monate nach dem Umzug noch in der Ecke standen.

„Mhm." Hattinger folgte ihren Blicken und sah vor allem noch viel Arbeit vor sich. „Aber deswegen san S' ned extra herkomma?"

„Naa … Ja, oiso, der Wildmann hat mich angrufn, ich sollt doch selber zu Ihnen rüberschaun, weil ma Sie eben ned erreicht ham. Sie ham ja no koa Festnetz, oder?"

„Naa. Des brauch i ah ned, glaub i."

Hattinger wartete darauf, dass sie endlich rausrückte, worum es ging. Normalerweise war sie nicht so zögerlich. Aber wenn sein Assistent Karl Wildmann sie extra hergeschickt hatte, würde es kaum was Erfreuliches sein.

„Und?"

„I woaß ja, dass Sie des Wochenend eigentlich frei ham", entschuldigte sich Andrea Erhard noch mal, „aber mir hätten da a Wasserleich."

4

„Kein schöner Anblick", stellte Karl Wildmann fest. Hattingers junger Assistent beugte sich nichtsdestotrotz tief hinunter über die Wasserleiche, die auf dem Polizeiboot lag. Er sah dabei aus wie ein Insektenforscher, der mit der Lupe eine Ameisenstraße beobachtet. Vorsichtshalber hielt er sich die Nase zu. Er rückte seine Brille zurecht und deutete auf den Hals des Toten.

„Dieser Strick da, der hat wohl nicht gehalten."

Hattinger nickte. Der Tote – ganz sicher konnten sie sich im Moment noch gar nicht sein, dass es sich um einen Mann handelte, aber zumindest die Kleidung deutete darauf hin – hatte eine dünne Leine um den Hals gebunden, mit einem Knoten an der rechten Halsseite, von der ein mehrere Meter langes Stück weghing, das am Ende unregelmäßig ausgefranst war.

„Vielleicht abgfressn?", spekulierte Hattinger. Er konnte sich zwar nicht vorstellen, welcher Raubfisch sich die Mühe machen würde, einen Strick durchzunagen, wenn praktischerweise eine Fleischmahlzeit dranhing. Aber was wusste er schon von Raubfischen.

Andrea Erhard hielt sich ein bisschen im Hintergrund und vermied den Blick auf die Wasserleiche, soweit das auf dem Boot der Wasserschutzpolizei überhaupt möglich war.

„Zwoa Tote, am Samstag scho. Des Wochenend fangt ja guad o."

Sie hatte sich dieses Mal sogar versagt, irgendetwas Essbares für die Mannschaft mitzubringen. Bei dem Anblick würde sowieso jedem der Appetit vergehen.

Der etwas aus der Form geratene Tote lag auf einer dicken Plastikplane und wartete auf die Untersuchung durch die Rechtsmedizin. Seine Kleidung suppte noch so vor sich hin.

„*Der* is auf jeden Fall ned von heid“, brummte Hattinger. Musste die Erhard jetzt unbedingt auch noch die Tote in seiner Nachbarschaft erwähnen?

„Von gestern ah ned“, pflichtete ihm Fred Bamberger bei. Der Chef der Spurensicherung fühlte sich im Moment etwas fehl am Platz, denn was konnte er im Wasser schon an Spuren sichern? Er konnte höchstens abwarten, was die Polizeitaucher zutage fördern würden, die die Umgebung abtauchten. Mit sichtlichem Widerwillen betrachtete er die Schlinge um den Hals des Toten, nachdem er den Rest der Leine in durchsichtiges Plastik versiegelt hatte, um keine Faserspuren oder ähnliches zu verlieren. War aber vermutlich vergeblich, der Strick war schon grünlich vom Algenbewuchs. Er versuchte die Art des Knotens zu analysieren.

„Vielleicht sollt ma die Schling vorn aufschneidn, damit ma den Knoten ganz lassen“, schlug er vor.

„Aber erst, wenn die Rechtsmedizin da is. Sonst geht no die Haut am Hals mit ab, am End no der ganze Kopf. Des woll ma doch ned riskiern, oder?“

Hattinger dachte an Dr. Keul, der vermutlich höchst widerwillig umgekehrt war auf seiner Rückfahrt nach München. Er war schon höchst widerwillig rausgefahren heute Mittag, um die erschlagene Nachbarin zu begutachten. Das war vor allem nötig, um zu differenzieren, ob sie durch den Hieb gestorben war oder durch den folgenden Sturz.

Hattinger hatte ein gewisses Verständnis für Keul,

schließlich wollte auch ein Rechtsmediziner mal ein freies Wochenende. Auch wenn er sonst nicht so gut zurechtkam mit Privatdozent Dr. Dr. Meinhard Keul wegen dessen oft ziemlich arroganter Art, musste er zugeben, dass er in letzter Zeit um einiges besser drauf war. Man hatte munkeln hören, dass er bald Professor würde. Aber so gut war er auch wieder nicht drauf, dass man ihm gleich zweimal am selben Tag hätte begegnen wollen.

„Aufghängt is er an dem Strick jedenfalls ned worn. Des hätt der ned ausghoitn." Bamberger schätzte die Dicke der Leine auf etwa 5 Millimeter. „Höchstens versenkt."

Wildmann erhob sich und ließ sich frischen Wind um die Nase wehen.

„Wenig professionell jedenfalls", stellte er fest.

„Gibts irgendwelche Vermisstenmeldungen, die zu der Leich passen könnten?", wandte sich Hattinger an Andrea Erhard.

„Ned dass i wüsst. Aber i mach mi glei amoi schlau." Sie war offensichtlich froh, dass sie etwas zu tun bekam, das nicht direkt mit der Leiche zu tun hatte und verschwand in der Kajüte des Polizeiboots.

„Wahrscheinlich männlich, so ab …", Hattinger musterte noch mal den aufgeschwemmten Toten, „… keine Ahnung. Alles ab 30 aufwärts", rief er ihr nach.

Während Wildmann und Bamberger vorsichtig die Kleidung des Toten durchsuchten, um vielleicht etwas zu finden, was auf seine Identität hinwies, schaute Hattinger scheinbar gedankenverloren dem sommerlichen Treiben auf dem Chiemsee zu.

Die nähere Umgebung des Polizeiboots und der

weißen Yacht, die immer noch da feststeckte, wo sie auf Grund gelaufen war, nämlich im Uferschlamm der Langen Seichte östlich der Herreninsel, wurde durch verschiedene Polizei-, Wasserwacht-, und die Schlauchboote der Polizeitaucher freigehalten von anderen Booten mit Neugierigen, damit sie in Ruhe arbeiten konnten.

Allzu weit war es mit der Ruhe allerdings nicht her. Hattinger bemerkte, dass er durch ein verdächtig langes, weißes Teleobjektiv von einem Elektroboot aus ins Visier genommen wurde. Er formte mit den Zeigefingern ein X vor den Augen, um sein Gesicht quasi zu durchkreuzen. Das Objektiv senkte sich kurz, dann wurde es wieder angehoben. So ein großes Polizeiaufgebot auf dem Chiemsee ließ sich natürlich nicht vor der Presse verbergen, am Montag würden sie mit der Wasserleiche und dazu noch der Totschlaggeschichte in den lokalen Zeitungen vermutlich auf der ersten Seite landen, aber wenigstens seinen Kopf sollten sie gefälligst aus dem Spiel lassen. Er deutete auf sich selbst und wedelte mit dem Zeigefinger ein unmissverständliches Mich nicht! in Richtung des Fotografen. Der ließ die Kamera sinken und signalisierte mit offenen Handflächen blankes Unverständnis.

„Immer dasselbe Spiel.“ Wildmann hatte die Szene verfolgt. Er stellte sich neben Hattinger an die Reling.

„Na ja, letzten Endes machen die ah nur ihren Job.“

Wildmann war verwundert ob der ungewohnten Milde seines Chefs. Der schien heute ein bisschen angeschlagen, über die Hitze hinaus.

„Alles okay bei dir?“, fragte er. „Ich hab schon gehört von der Geschichte heut bei deinen Nachbarn.“

„Des warn koane Nachbarn, des warn Feriengäst“, stellte Hattinger mit Nachdruck fest. „Außerdem zwoa Häuser weiter. Trotzdem ned guad“, fügte er hinzu. „Was is'n eigentlich mit dene zwoa, die die Wasserleich überfahren ham?“

„Beide im Krankenhaus, in Prien. Die Frau konnte der Segler, der dazukam, wiederbeleben. Er hat sie wohl auf den Kopf gestellt, bis das Wasser aus ihr draußen war. Kaum hat sie wieder geatmet, ist ihr Typ zusammengebrochen. Aber sie werdens überleben.“

Zwischen Herreninsel und Krautinsel kam eine kleine Polizeibarkasse aus Richtung Prien ziemlich schnell näher.

Wildmann deutete auf das Boot, das in elegantem Zickzack durch den immer noch dichten Verkehr der Segelboote manövrierte.

„Das wird der Dr. Keul sein.“

„Mhm. Der werd ned begeistert sei, dass er mir scho wieder begegnet“, sagte Hattinger. „Obwohl, so a exklusiver Bootsausflug auf'm Chiemsee, wo sonst koane Motorboote erlaubt san …“

„Wir haben übrigens nichts gefunden bei dem Toten, in den Klamotten. Aber ganz sicher können wir natürlich erst sein, wenn wir ihn ausziehen können.“

So wie er es sagte, gruselte sich Wildmann bei der Vorstellung ziemlich. Hattinger konnte es ihm nachfühlen.

Andrea Erhard kam aus der Kabine und gesellte sich zu den Kollegen.

„Koane männlichen Vermissten in der Gegend, zumindest ned in den letzten paar Monaten. Der Letzte is scho seit Juni letztes Jahr abgängig, und mehr als a Jahr …?“ Sie sah Hattinger und Wildmann fragend an. „Eher ned, oder?“

Hattinger war sich keineswegs sicher, aber er hielt es auch für unwahrscheinlich, dass die Leiche schon über ein Jahr im Wasser gelegen hatte.

„Des konn schwierig wern mit der Identifikation, wenn ma koa Glück ham.“

Alle drei schauten dem kleinen Polizeiboot entgegen, das jetzt fast in Höhe des Pressefotografen war, der auf der Suche nach neuem Bildfutter sofort sein Tele darauf richtete. Das Elektroboot geriet durch seine schnelle Körperdrehung heftig ins Schwanken. Er hielt sich gerade noch an der Sitzlehne fest.

„Schad“, sagte Hattinger. „I hab ma gedacht, jetz hauts’n ins Wasser.“

„Das ist ja gar nicht der Keul“, stellte Wildmann fest, als sich neben dem Bootsführer des kleinen Polizeiboots eine Frau erhob und über die Windschutzscheibe lugte.

„Schaut ned so aus“, brummte Hattinger. „Es sei denn, er hätt si a Perückn zuaglegt.“

Die kastanienbraunen langen Haare der zierlichen Frau wehten im Fahrtwind. Sie trug eine sehr große, dunkle Sonnenbrille. Auf den letzten Metern wuchtete sie einen im Vergleich zu ihr selbst riesigen Alukoffer auf die Bordwand, als die Barkasse längsseits ging.

„A Neue“, raunte Andrea Erhard Hattinger zu.

Wildmann wollte ihr die Hand reichen, um ihr an Bord zu helfen.

„Es geht schon, danke“, sagte die Neue. Sie sprang leichtfüßig herüber und behielt ihren Koffer in der Hand.

„Arendt, Rechtsmedizin“, stellte sie sich vor und nahm die Sonnenbrille ab. Wache braune Augen kamen zum Vorschein.

„Des hamma uns scho gedacht“, sagte Hattinger und streckte ihr die Hand hin. „Hattinger.“

Dr. Anna Amelia Arendt, von ihren ehemaligen Studienkollegen mit dem Spitznamen Triple-A ausgezeichnet, hatte einen Händedruck wie ein Schraubstock.

„Von Ihnen hab ich schon gehört. Sie scheuen den Sektionssaal wie der Teufel das Weihwasser“, sagte sie.

Hattinger meinte, den leisen Hauch eines winzigen Anfluges von Schmunzeln bei Dr. Arendt zu vernehmen, eine homöopathische Dosis, aber er war sich nicht ganz sicher, und wenn es eines war, dann war es auf jeden Fall gleich wieder weg.

„Des konn ma jetz so ned sagn“, verteidigte er sich, „des kommt drauf o.“

Dr. Arendt zog die Augenbrauen hoch. Sie ging Hattinger gerade mal bis zum Kinn. Ohne den Kopf zu heben, sah sie ihm in die Augen.

„Auf was?“

Mit der Gegenfrage hatte Hattinger nicht gerechnet und jetzt fiel ihm keine Antwort ein, zumindest keine passende, also sagte er nur:

„Die Leich is da drüben.“

5

„Weißt du was?! Dann können wirs ja gleich lassen! Das wars dann jetzt. Aus und Ende. Ich hab kein Bock mehr! Und wenn du wieder da bist, kannst du dein Zeug holen, was hier rumsteht. Deine Playstation kannst auch wieder mitnehmen. Penner!"

Lena warf ihr Handy aufs Bett. Sie war megasauer! Echt.

Jetzt war sie wieder zurück aus Hamburg und alles war einigermaßen geregelt mit Wohnen und mit dem neuen Haus und so, sich 'n bisschen eingelebt, is ja jetzt Prien und nich Wasserburg, aber ihr Zimmer war jetzt halbwegs so wie sie's haben wollte und sie hat sich echt reingehängt und jetzt fängt der Typ zum Rumzicken an!

Echt jetzt! Hat der 'n Vogel? Glaubt der, dass ich hier rumsitze und auf ihn warte, bis er seinen Arsch mal von Wasserburg hierher bewegt, oder was? Is ja jetzt nicht gerade Prien – New York, das könnte man ja mal hinkriegen, sogar am Samstag Abend! Jetzt haben sie sich ne ganze Woche nicht gesehen und noch nich mal telefoniert jeden Tag! Die paar Whatsapps, hallo? Gehts noch?! Und jetzt fährt der tatsächlich morgen auch noch weg. Mit seinen Kumpels. Mit diesen blöden Pfeifen! Diesen dauerbesoffenen Pseudos! Nach Ungarn … Nach Ungarn! Was wollen die denn in Ungarn?

„Nee, is eigentlich nich cool, wenn du mitkommst, is eher so'n Männerurlaub, Surfen, Kicken, Biertrinken und so, das wird dir ja nur langweilig als einziges Mädel." O-Ton Peter Becker!

Und jetzt soll sie die ganzen Ferien hier rumsitzen

und auf ihn warten oder was? Ja gehts noch? Wegen ihm war sie ja eigentlich wieder hergekommen. Na ja, nich nur wegen ihm, schon wegen Hamburg auch, weils da echt scheiße war auf der Schule. Weil die Mama den ganzen Tag genervt hat ohne Ende. Ständig sollte sie irgendwas machen oder durfte irgendwas nich machen und wenn sie dann gemacht hat, was sie machen sollte, wars auch wieder verkehrt. Und die Typen da oben fanden sie alle blöd, weil sie aus Bayern kam! Aus Bayern, hahahaaaa! Dabei hörte man ihr das überhaupt nich an, weil sie voll Mamas Slang draufhatte. Sie konnte ja selber gar kein Bairisch, in dem Punkt war der Paps null durchgeschlagen bei ihr.

War natürlich ihre eigene Schuld, dass sie gleich selber gesagt hat, dass sie aus Bayern kommt. Aus Bayern, wie lustig. Aber alle dahin in Urlaub fahren. Bayern München – scheiß Millionarios! Is natürlich nich so gut gekommen, wie sie gesagt hat, der HSV steigt sowieso ab. Na egal, jetzt war sie ja eh hier.

Und alle andern waren weg. Der Paps sowieso. Der is ja eigentlich immer weg. Scheiße. Ein beschissener Tag! Erst ne tote Nachbarin, dann ne Wasserleiche und jetzt alleine hier rumsitzen. Und dann auch noch der Peter.

Peter Becker fährt mit seinen Kumpels in Urlaub! Nach Ungarn. Man gönnt sich ja sonst nix. Plattensee! Mir doch scheißegal, sollen doch alle ersaufen in dem blöden See. Aber der war ja nich mal tief genug! Dabei hätte sie den Chiemsee vor der Nase, der könnte doch auch hier surfen, der Arsch. Aber der war eh so komisch geworden in der letzten Zeit, der Peter, grad seit sie wieder in der Gegend war.

Wollt immer seltener herkommen: „Nnnaaa, Prien, so weit ..." Mein Gott!

Und jetzt braucht der Blödmann auch noch mehr Freiraum! O-Ton Peter Becker: *Freiraum!* Was ham denn die Typen eigentlich? Erst wollen sie ständig Sex wie die Karnickel und dann wollen sie mehr Freiraum! Und wenn du mal 'n bisschen Zuwendung willst, mal 'n bisschen reden oder kuscheln, dann verpissen sie sich gleich oder du kannst maximal noch daddeln mit denen. Wenn sie nicht gleich mit den Kumpels daddeln.

Der Jogi, der hat das ganze Zimmer voll mit Playstations, X-Boxen, voll endgepimpten Rechnern und so weiter, da siehts aus wie in drei Flugzeugcockpits nebeneinander, da kommst du kaum durch die Tür! Die Fenster schwarz verhängt und 's müffelt da drin, wie wenn die drei Flugzeuge von 30 Iltissen geflogen würden. Weiß gar nich, was die Typen da drin eigentlich treiben. Na ja, sie wollte es gar nicht wirklich wissen.

Wenn sie wenigstens endlich 'n Führerschein machen könnte, dann könnt sie selber wegfahren. Mit 17 bist du echt am Arsch.

Ich muss was essen, dachte Lena.

Ihr Handy auf dem Bett klingelte: Peter Becker!

Ja von wegen, jetzt auch nich mehr. Machs dir selber, du kannst mich mal!

Sie drückte ihn weg und stellte den Klingelton ab.

Sogar die Lage an der Essensfront war trostlos, sie hatte nämlich über der ganzen Streiterei das Einkaufen vergessen. Und jetzt hatte sie auch keine Lust mehr. Na gut, wenigstens nicht auch noch fett werden. Musste sie eben mehr rauchen.

Ein paar Eier waren noch im Kühlschrank. Gibts halt Rührei. Mit Brot, beziehungsweise … nee, kein Brot mehr da, nur, was? Knäckebrot? Seit wann gabs hier Knäckebrot? Na gut, dann eben mit Knäckebrot.

Lena verklepperte in einer kleinen Schüssel vier Eier, gab eine Prise Salz und Pfeffer rein und stellte den alten Herd an. Pfanne drauf, bisschen Olivenöl, warten.

Sie wartete.

Nichts. Die Pfanne wurde nicht warm.

Der Herd gab keinen Mucks von sich, stellte sie fest. Der hatte doch immer so geknackt, wenn die Platten warm wurden. Aber jetzt, kein Knacken. Oh verdammt, natürlich, jetzt fiels ihr wieder ein, der Paps hatte ja heut früh gesagt, dass er den Herd schon mal abklemmt, um zu schauen, was er für ein Anschlusskabel hat, Drehstrom oder so, weil sie ja den neuen kaufen wollten.

„Scheiße!" Was sollte sie denn jetzt mit den Eiern anfangen? Was sollte sie denn jetzt essen? Knäckebrot?

„Verfluchte Scheiße!", schrie sie und hätte am liebsten weitergeschrien. Ihr war gerade sehr danach, einfach durchzuschreien, tagelang! Aber da fielen ihr die Nachbarn ein vom Vormittag. Geschrei kam heute wahrscheinlich nicht mehr gut an.

Heute war echt nicht ihr Tag. Was sollte sie mit den saudummen Eiern machen? Kann sie eigentlich gleich weghauen, dachte sie. Sie stand an der Spüle und wollte sie reinkippen, da kam ihr die Idee: Sie stöpselte den Ablauf zu, ließ heißes Wasser in die Spüle laufen und stellte die Schüssel vorsichtig hinein. Eier im Wasserbad, müsste doch funktionieren.

Lena beobachtete die verquirlten Eier in der Schüssel. Ganz unten wurde das Ei langsam ein bisschen fester. Sie ließ vorsichtig heißes Wasser nachlaufen. Eine ganze Weile registrierte sie akribisch den Gerinnungsstatus der Eier, dann war ihr klar, dass das Ganze wahrscheinlich drei Jahre dauern würde. Sie nahm die Schüssel aus der Spüle und warf sie samt Inhalt in den Müllkübel.

Dann schrie sie doch wieder ein bisschen. Sie stapfte wütend in ihr Zimmer, um ihre Zigaretten zu holen. Was? Nur noch fünf?! Das würde nicht lang reichen, denn sie hatte größte Lust, sie alle fünf auf einmal zu rauchen!

Sie setzte sich auf die Terrasse und begnügte sich vorerst mit einer. Sie musste nachdenken.

Von Peter hatte sie sich also gerade getrennt.

Genau. Gut so!

Hatte überhaupt keinen Sinn mehr.

Dann soll er doch nach Ungarn fahren, wenn ihm seine Kumpels wichtiger sind! Reicht echt jetzt.

Trotz des Qualms fingen jetzt auch noch die Schnaken an, über sie herzufallen. Auch das noch! Und immer noch so schwül. Den ganzen Tag schwitzte sie schon wie blöd. Sie zündete eine von diesen stinkenden Mückenabwehrspiralen an und gleich die nächste Kippe.

Dann brauchte sie aber auch nicht mehr in Wasserburg aufs Gymmie, überlegte sie. Da wär sie ja wohl hauptsächlich wegen dem Peter hingefahren. Den wollte sie eh nicht mehr sehen. Dann konnte sie ja auch in Prien aufs LTG gehen, wenn schon. Da würde es ja auch den einen oder anderen guten Typen geben! Sie hätte ja am liebsten ganz aufgehört mit der Schule, die kotzte sie eigentlich schon lange an, aber der Paps hätte sie vielleicht echt nicht herziehen lassen, wenn sie ihm nicht versprochen hätte, dass sie die Schule nicht schmeißt.

Gut, dass sie so tough war.

Nur gut!

Das Leben war scheiße und überhaupt komplett ungerecht, aber sie würde sich nicht unterkriegen lassen.

Lena steckte sich ihre drittletzte Zigarette an und fing an zu heulen.

Sie heulte durch bis zur letzten.

Dann stand sie auf und ging ins Bad.

Ich schau beschissen aus, fand sie.

Egal, sie würde jetzt duschen und sich herrichten und auf ihr Rad schwingen und in den Ort fahren.

Irgendwas musste doch los sein am Samstag Abend in dem Kaff.

6

„Mit Wasserleichen muss man vorsichtig umgehen“, erklärte Dr. Anna Amelia Arendt den Umstehenden. Dabei sah die neue Rechtsmedizinerin vor allem Hattinger an, als hätte der in dem Punkt besonderen Aufklärungsbedarf. „Sonst zerfallen sie einem womöglich unter den Händen.“

„I bin guter Dinge, dass Sie des scho richtig machen“, meinte Hattinger.

„Was heißt hier ‚Sie‘, da werde ich schon Ihre Hilfe brauchen, meine Herren.“

Dr. Arendt, alias Triple-A, sah Hattinger, Wildmann und Bamberger herausfordernd an.

„Weibliche Unterstützung ist selbstverständlich auch willkommen“, fügte sie hinzu.

„I glaub, i konn des ned“, wand sich Andrea Erhard. Sie war jetzt schon ziemlich grün im Gesicht, noch ohne selbst Hand angelegt zu haben.

„Allein kann ich den Toten nicht umdrehen, und so kriegen wir noch nicht mal die Jacke vernünftig runter, ohne die Haut mit abzuziehen. Darf ich also bitten?“

Bamberger hatte sich nach Dr. Arendts Ansage gleich unauffällig verzogen, soweit das auf dem Polizeiboot überhaupt möglich war. Er gab vor, ein paar Gegenstände zu begutachten, die die Polizeitaucher inzwischen an die Oberfläche befördert hatten: Ein rostzerfressenes Messer, eine alte Angelgerte, einen algenbewachsenen, leeren Lederkoffer, einen Plastikbehälter mit Campingbesteck und ähnliches Zeug, das aber mit dem Toten mutmaßlich wenig zu tun hatte.

Alle schwitzten in ihren weißen Overalls, selbst am Abend hatte es noch über 25 Grad und der Wind war mittlerweile völlig eingeschlafen.

Alle bis auf Dr. Arendt, die kühl und hochkonzentriert ihr Programm abspulte.

„Jetzt kommen Sie schon, nur keine Scheu. Am besten alle von dieser Seite. Die Plane langsam anheben, dann können wir ihn umdrehen."

Hattinger, Wildmann und Andrea Erhard griffen unter die Plane und zogen sie vorsichtig hoch, Dr. Arendt bremste auf der anderen Seite den Körper vor allzu unsanftem Umkippen. Der Tote war noch dazu ein ziemliches Schwergewicht. Schließlich lag er auf dem Bauch vor ihnen. Wenigstens brauchten sie jetzt nicht mehr dieses aufgedunsene, verwaschene Gesicht zu sehen. Ein Nicht-Gesicht eigentlich …

„Ich schlage vor, die Ärmel aufzuschneiden, wenn Sie nichts dagegen haben. Sehen Sie mal hier, die Waschhaut an den Händen ist schon so weit fortgeschritten, dass man sie abstreifen könnte wie Handschuhe."

Hattinger hatte keine Einwände, es war ihm auf jeden Fall lieber, die Klamotten wieder zusammenzusetzen als die Leiche.

Eine ganze Zeit dauerte es, bis sie den Toten vorsichtig ganz entkleidet hatten. Dann war zumindest schon mal klar, dass es tatsächlich ein Mann war.

Dr. Arendt suchte die Hautoberfläche sorgfältig nach Verletzungen ab, so gut das bei dem Zustand der Haut überhaupt möglich war und diktierte nebenbei alles, was sie sah, in ihr kleines Aufnahmegerät.

„Der Tote trug keine Schuhe, nehme ich an?"

„Wir haben ihm zumindest keine ausgezogen“, antwortete Wildmann.

„Das dachte ich mir“, sagte Dr. Arendt. „Die Verletzungen hier an den Füßen, vor allem am Fußrücken und den Zehen – sehen Sie, hier ist die Haut praktisch ganz ab – sind vermutlich Schleifspuren vom Grund. Postmortal entstanden also.“

Hattinger sah sich mit wenig Enthusiasmus an, was sie meinte. Sie hatte vermutlich recht.

„Wasserleichen treiben in der Regel in Bauchlage. Alles was runterhängt und dabei möglicherweise über den Grund schleift, wird zerkratzt bis abgeschliffen, natürlich wesentlich stärker in fließenden Gewässern. Deshalb ist es in diesem Fall nicht so ausgeprägt. Aber in den letzten Tagen war es ja ziemlich stürmisch hier, hab ich mir sagen lassen. Sehen Sie, hier an den Handrücken haben wir auch so ein Bild, ebenso an den Knien, aber dadurch, dass er eine offensichtlich stabile Jeanshose trug, ist das weniger ausgeprägt“, stellte die Rechtsmedizinerin fest. „An der Stirn befinden sich auch Kratzspuren, die Haare sind weg, wenn der Tote nicht ohnehin eine Glatze hatte, und von der Kopfhaut ist auch nicht mehr viel übrig.“

Andrea Erhard wandte sich ruckartig ab und versuchte noch, hinter der Kajüte zu verschwinden, bevor sie sich übergab. Das Geräusch trug bei den Kollegen nicht gerade zu gesteigertem Wohlbefinden bei. Hattinger versuchte sich mühsam zu beherrschen und Wildmann stand kurz davor, es Andrea Erhard nachzutun.

Die Rechtsmedizinerin warf ihm einen prüfenden Blick zu.

„Vielleicht wollen Sie Ihrer Kollegin was zu trinken besorgen?", schlug sie vor.

Wildmann nahm den Vorschlag dankbar an und verschwand.

„Und Sie, Herr Kommissar? Gehts noch, oder muss ich Sie auch entlassen?" Sie schenkte Hattinger ein dezent ironisches Lächeln.

„Hattinger. Sagn S' einfach Hattinger. Es geht scho."

Wär ja gelacht, dachte er. Er war sich seiner Sache aber keineswegs sicher.

„Was denken S' denn, wie lang der Tote scho im Wasser liegt?"

„Das ist schwer zu sagen, weil es von vielen Faktoren abhängt. Wassertemperatur zum Beispiel, um einen wichtigen zu nennen."

„Na ja, im Moment hat as Wasser mindestens 25 Grad, da gehts wahrscheinlich schnell, oder?"

„An der Oberfläche, ja. Aber aus welcher Tiefe kommt der Mann? Der Chiemsee ist gute 70 Meter tief. Wenn er da unten auf dem Grund lag, dann hatte er vielleicht vier, fünf Grad Wassertemperatur und es gibt sehr wenig Sauerstoff da unten. Das würde die Verwesung erheblich verzögern."

„Mhm … Aber obs eher a Woch is oder a Jahr, des müssten S' doch schätzen können, oder?"

„Schätzen ist nicht wissen. Aber gut, fassen wir mal überschlagsmäßig zusammen, was wir hier haben: Eine vollständige Waschhautbildung – Waschhaut ist das, was man kriegt, wenn man zu lange in der Badewanne rumliegt, fängt mit Hautrunzeln an und endet mit Ablösung der Epidermis, na gut, dazu muss man schon ein paar Tage drinbleiben."

Hattinger fragte sich wieso sie ihn so anschaute, als ob er nicht wüsste was eine Badewanne ist.

„Hier an den Händen lösen sich auch die Fingernägel schon mit ab. Die Kopfhaare sind weg. Dazu diese schwarzgrüne Verfärbung an Brust und Bauch, das spricht schon für drei, vier Wochen mindestens. Andererseits haben wir noch keine Fettwachsbildung. Dabei wird durch chemische Prozesse das körpereigene Fett in so eine gräuliche, wachsartige Substanz umgewandelt, die die Körperform wie eine Art weicher Panzer konserviert. Das beginnt üblicherweise nach ein paar Monaten. Irgendwo dazwischen also."

„Aha. Na wunderbar", fand Hattinger. Das grenzte den Zeitraum ja schon mal deutlich ein.

Wildmann tauchte wieder auf. Er sah etwas besser aus.

„Zwischen a paar Wochen und a paar Monat war er im Wasser", klärte ihn Hattinger auf.

„Wissen wir, ob er im Wasser gestorben ist oder an Land?", fragte Wildmann.

„*Ich* weiß es nicht. Das lässt sich am äußeren Erscheinungsbild leider nicht erkennen bei Wasserleichen", erklärte Frau Dr. Arendt. „Bis jetzt ist es nur ein ungeklärter Todesfall, da ist von unfallbedingtem Ertrinken über Suizid bis zu Fremdtötung noch alles drin. Äußere Verletzungen, die tödlich gewesen wären, sind jedenfalls nicht zu erkennen. Diese Fraktur", sie hob den etwas verdreht abstehenden rechten Arm des Mannes an, „ist vermutlich erst durch die Kollision der Leiche mit dem Segelboot entstanden."

„Selbstmord kommt ma aber eher unwahrscheinlich vor", brummte Bamberger, der sich inzwischen auch wieder zu den Kollegen gesellt hatte. „Mit dem dünnen Strick hat er si jedenfalls ned umbracht, oder?“

„Da haben Sie vermutlich recht. Aber er könnte ja immer noch die Absicht gehabt haben, ein Tötungsdelikt vorzutäuschen. Um es genau zu wissen, brauchen wir natürlich eine Obduktion.“

„Die hat Staatsanwalt Reißberger schon angeordnet“, sagte Karl Wildmann.

„Gut, dann werden wir den Toten jetzt mit vereinten Kräften verpacken, Sie lassen ihn nach München bringen und wir sehen uns morgen Früh, Herr Hattinger.“

Dr. Anna Amelia Arendt sah Hattinger mit einem Blick an, der keinen Widerspruch duldete.

„Hattinger. Sagn S’ einfach Hattinger, des langt.“

7

Warten war nicht sein Ding. Noch eine gute Stunde bis es dunkel wäre. Stunde Zugabe, sicherheitshalber, dann würde er aufbrechen.

Langsam wurde er doch nervös. Er saß draußen auf der Terrasse und verfolgte den Schatten der Hecke, der langsam über den Rasen kroch. Ging zäh voran. Es fiel ihm gerade nichts anderes mehr ein, womit er sich noch ablenken könnte. Alles war so weit vorbereitet.

Dass er nochmal dort hinmusste, gefiel ihm gar nicht. Aber er hatte nicht den geringsten Hinweis gefunden. Konnte eigentlich nicht sein. Aber so war es.

Nach einer Weile kroch der Schatten hinten am Schuppen hoch und verdrängte die Sonne immer schneller.

Die Frage war, wie gefährlich es werden konnte. Er hatte sich das alles schon zigmal gefragt. Den Mann vermisste keiner. Wer sollte also auf die Idee kommen, nachts dort aufzukreuzen? Das Haus war abgelegen genug, wirklich ab vom Schuss, da musste man schon wissen, wo es war, per Zufall landete da niemand.

Der Schatten hatte jetzt endlich den ganzen Schuppen erobert. Er löste sich ziemlich schnell in der Umgebung auf.

Bis jetzt war er halbwegs gut rausgekommen aus der Nummer, auch wenn alles anders gelaufen war, als geplant. Aber das war ja schließlich nicht seine Schuld. Das hatte der Kerl sich schon selbst zuzuschreiben.

Aber dass er einfach nicht fand, wonach er suchte, machte ihn fuchsig. Die ganze Bude hatte er auf den Kopf gestellt. Gründlich. Nichts. Einfach gar nichts! Alle Papiere mitgenommen, die interessant sein könnten, alte Briefe, Fotoalben, Akten, stapelweise – nichts. Die letzten Wochen hatte er gefühlt nichts anderes gemacht, als dieses ganze Zeug durchzuackern, eine Strafe! Alles umsonst. Kein einziger Hinweis. Kein Versteck. Keine Adresse, die er nicht schon gekannt hätte.

Das Grundstück musste er sich also vornehmen. Was leichter gesagt war als getan. Und die Garage. Die hatte er auch noch nicht wirklich durch. Und den alten Brunnen.

Er beschloss, sich noch einen Whisky zu gönnen zur Beruhigung und ging ins Haus, um nachzuschenken. Dann wars auch genug. Angetrunken in eine Verkehrskontrolle, das wär natürlich das Letzte. War zwar unwahrscheinlich hier draußen, aber man hatte schon Pferde kotzen sehen.

Auf dem Weg zurück auf die Terrasse schaute er ein letztes Mal in den Seesack. Überprüfte, ob er wirklich nichts vergessen hatte: Handschuhe, Metallsucher, Klappspaten, Messer, Sonde, Taschenlampe, Stirnlampe, Ersatzbatterien.

Er fühlte nach dem Schlüssel vom Haus in seiner Hosentasche. Alles da. Die Waffe in der Jackentasche nicht zu vergessen. Ein Fossil, die alte 08, aber für den Notfall würde es reichen.

Ob allerdings die Jacke überhaupt Sinn machte bei der Temperatur? Noch dazu, wenn er vielleicht im Gelände rumgraben musste? Er schwitzte ja so schon wie beim Aufguss in der Sauna. 26 Grad immer noch, um die Zeit, der Hammer! Nicht mal der Gewittersturm gestern hatte wirklich für Abkühlung gesorgt, aber die Tage davor wars zumindest erträglich gewesen. In dieser drückenden Schwüle schoss einem der Schweiß aus allen Poren.

Und die Mücken kamen auch noch dazu. Er hatte extra kein Licht angemacht, um nicht noch mehr anzulocken, nur den Mückenbrutzler vor der Terrasse angestellt. Der gab immer wieder so ein ätzendes Geknister von sich. Die Uferzonen vom Chiemsee wurden ja regelmäßig geimpft gegen die Mückenbrut. Schien nur nicht so ganz geklappt zu haben dieses Jahr. Kein Wunder, erst Überschwemmungen, dann eine Bruthitze sondergleichen – die hieß ja nicht umsonst so.

Er setzte sich wieder raus und kippte den Whisky in einem Zug runter. Was heißt Whisky? Es war ein Fusel, der unter seiner Würde war. Rasses, hohles Zeug. Vom Supermarkt. Eine Beleidigung der Geschmacksnerven. Aber im Moment hatte er einfach nicht die Kohle für guten Stoff. Ein paar Flaschen alten Armagnac und Cognac hatte er noch im Keller, aber er hatte sich geschworen, die aufzuheben. Für was eigentlich?, fragte er sich. Für bessere Zeiten? Dann könnte er sich auch wieder ein paar edle Stöffchen gönnen. Warum also aufheben? Wohl eher für den Notfall, wenn gar nichts mehr ging. Er hatte sowieso nur deswegen Whisky gekauft, weil ihn ein schlechter Armagnac noch mehr beleidigen würde.

Nicht für viele Sachen hatte er immer schon bereitwillig Geld ausgegeben. Aber so ein richtig feiner alter Armagnac …

Er musste dringend an der Liquidität arbeiten. Es wurde langsam wirklich eng. Es ging längst nicht mehr um Luxus, es ging ums Eingemachte.

Dabei dachte er wieder an sein Vorhaben. Hätte er sich alles sparen können. Er hatte einfach nicht damit gerechnet, dass der Typ so reagieren würde.

Sein eigener Fehler. Alles ziemlich dumm gelaufen.

Es wurde Zeit, es war dunkel. Er ging ins Haus und schloss die Terrassentür. Den Mückengrill ließ er eingeschaltet, schon aus Prinzip. Drin schmierte er sich noch mal sorgfältig mit dem neuen Öl ein, Gesicht, Hals, Oberarme. Stank ordentlich, half aber gut.

Und nen Betablocker warf er noch ein, vorsichtshalber. Dieses wahnsinnige Herzrasen, das ihn in letzter Zeit manchmal überfiel, wenn er in Stress kam, das konnte er in so einer Situation als allerletztes brauchen. Das machte ihn völlig hilflos. Hatte er früher nie gehabt. Aber inzwischen war er ja auch nicht mehr der Allerjüngste, da musste man wohl mit solchen Malaisen rechnen. Und mit normalen körperlichen Gebrechen kam er ja ganz gut klar, er war ja nicht wehleidig. Überhaupt nicht. Aber dieses Herzrasen machte ihm jedes Mal Angst.

Im Dunkeln suchte er sein Zeug zusammen. Er hätte Licht anmachen können, verzichtete aber darauf. Schon mal an die Dunkelheit gewöhnen.

Wenig später schleppte er den Seesack in die Garage und verstaute ihn auf dem Rücksitz des Jeeps. Die Jacke mit der alten Wehrmachtspistole legte er sorgfältig auf den Beifahrersitz. Er rangierte den Wagen aus der Garage, ohne Licht, wendete ihn und stellte den Motor wieder ab.

Eine Zeitlang beobachtete er aufmerksam die Umgebung. Nichts rührte sich, nur ein Hase hoppelte im Zickzack über den Feldweg.

Als es ganz dunkel war, fuhr er los. Eine mondlose Nacht.

Nach 20 Minuten war er auch schon da. Er bog in die kleine Straße am See und kurz darauf links in den Feldweg, der auf den Hügel führte. Dann auf halber Höhe rechts in die Einfahrt in der dichten Hecke, die nur von zwei schmucklosen, verwitterten Betonpfeilern flankiert wurde. Am linken ein altes Emailleschild:

Privatweg – Einfahrt verboten
Kein Durchgang zum See

Kein Tor, kein Namensschild, keine Klingel, keine Kameras. Um seine Sicherheit schien sich der Typ keine Sorgen gemacht zu haben.

Er tauchte mit dem Jeep in das kleine Wäldchen und als er wieder herauskam auf die Lichtung, auf der das alte Haus stand, schaltete er die Scheinwerfer wieder aus.

Man wusste ja nie.

Im Schritttempo ließ er den Wagen ums Haus rollen. Alles dunkel. Hinter der Garage hielt er und stellte den Motor ab. Er blieb erst einmal sitzen und lauschte durch das offene Seitenfenster in die Nacht.

Nichts Ungewöhnliches.

Nichts Menschliches vor allem, abgesehen von ganz leisen, dumpf wabernden Musikfetzen, die gelegentlich über den See wehten. Der schimmerte dort unten schwarz und glatt wie eine riesige Öllache, in der sich die Lichter der Inseln und der umgebenden Orte spiegelten. Drüben am anderen Ufer jenseits des Weitsees jagten die Scheinwerfer auf der Autobahn dahin.

Der Platz hier war praktisch uneinsehbar, außer vom See her, das war das Beste daran. Und diese Wahnsinnslage natürlich.

Die alte Hütte war ja ziemlich bescheiden, aber das Grundstück musste Millionen wert sein. Er fragte sich immer noch, wie er es deichseln könnte, dass er da dran käme. Was überhaupt damit passieren sollte, denn ein Testament hatte er nicht gefunden. Auch dafür sollte es doch verdammt noch mal irgendeine Lösung geben.

Aber eins nach dem anderen.

An die Arbeit.

Er schlüpfte in die leichten Lederhandschuhe, nahm die Pistole aus der Jacke und spannte den Verschluss. Vergewisserte sich, dass die 08 gesichert war und steckte sie in den Gürtel.

Noch einmal sah er sich um, dann stieg er aus.

Als er den Seesack aus dem Fond des Jeeps holte, hörte er ein dunkles Wummern. Gabs vielleicht doch noch ein Gewitter, ohne Wolken? Er schaute zum See. Es war ein Feuerwerk, drüben hinter der Herreninsel. Das Seefest in Prien, na klar.

Eine Weile beobachtete er das Spektakel der zerstiebenden Farbfächer, deren gedämpftes Knattern mit großer Verzögerung bei ihm ankam, dann machte er sich auf und schulterte den Seesack.

Er ging Richtung Haus.

Plötzlich ein Geräusch hinter ihm, nicht vom Feuerwerk.

Da ist jemand!

Er fährt herum, sieht einen Flügel des Garagentors ins Schloss fallen. Der war doch eben noch zu!

Er lässt den Seesack fallen und reißt die 08 aus dem Gürtel, nimmt einen Schatten wahr, der auf ihn losgeht.

Losgeht? Auf ihn zufliegt!

Er zielt auf den Schatten, drückt ab.

Es geht nicht! Die Pistole …

Verdammt noch mal, er kriegt den Finger nicht krumm!

Die Sicherung klemmt.

Verfluchte Scheiße!

II. Sonntag

8

„Frau Dr. Arendt wird nicht umsonst Triple-A genannt", sagte Privatdozent Dr. Dr. Meinhard Keul mit leicht süffisantem Unterton zu Hattinger, den er schon lange nicht mehr im Institut für Rechtsmedizin in München gesehen hatte.

„Sie ist fachlich eine Granate, und auch sonst kommt sie proper daher, nicht wahr? Habe ich dem Umstand etwa Ihre Anwesenheit in diesem Hause zu verdanken, Herr Kommissar, an einem Sonntag Morgen?"

Hattinger gab keine Antwort.

Die Rechtsmedizinerin zog eine Augenbraue hoch.

„War das eine Verbalinjurie oder sollte das ein Kompliment sein? Oder ist Ihnen heute nach Scherzen zumute?", frotzelte sie ihren Chef an.

„Ein Kompliment selbstverständlich, wo denken Sie hin? Na, keine Angst, ich verschwinde gleich wieder, ich habe ja noch Kommissar Hattingers anderen Fall nebenan. Wollte nur mal nach dem Rechten sehen und unseren seltenen Gast begrüßen. Bei Ihnen alles klar soweit?", fragte Keul die Kollegin und deutete auf die Wasserleiche.

„Ja, wir sind gleich fertig", antwortete Dr. Arendt und bat ihren Assistenten, die Wasserleiche aus dem Chiemsee wieder zuzunähen, soweit das überhaupt möglich war.

„Woran ist er gestorben?", wollte Keul wissen.

„Das Zungenbein ist gebrochen, außerdem sieht der Kehlkopf nicht gerade regelgerecht aus. Soweit noch feststellbar, haben wir Einblutungen im Halsbereich. Da ich keine anderen relevanten Verletzungen finden konnte, gehe ich erst mal von einer äußeren Gewalteinwirkung gegen den Hals aus. Ob das die alleinige Todesursache war, müssen wir abwarten. Proben für Histologie und Toxikologie sind auf dem Weg, DNA-Analyse ist bereits in Arbeit, und den Zahnstatus kann der Hattinger gleich mitnehmen."

Aha, sie hat „Herr" schon weggelassen, dachte Hattinger.

„Und?", flachste Keul ihn an. „Wer wars?"

Der war verdächtig gut aufgelegt heute, trotz Sonntagsdienst.

„Jetz miass ma erst amoi rausfinden, wer er überhaupt war. Dann find ma raus, wer's *war*. Oans nach'm andern."

„Da haben Sie ja ein gutes Händchen, wie man hört", sagte der Privatdozent gönnerhaft. „Sie können mir übrigens gratulieren: Ich bin zum Professor berufen worden, ab morgen ist es amtlich."

Ach, das war also der Grund für seine gute Laune! Der frischgebackene Professor Dr. Dr. Keul reckte sich stolz zu voller Größe.

„Ja dann ...", sagte Hattinger.

„Vielleicht sind Sie mich ja bald los und Triple-A hier wird meine Nachfolgerin", sagte Keul, „wenn sie sich denn bald habilitiert. *Habilis* ist sie ja jetzt schon, nicht wahr?", machte er der Kollegin schon wieder ein Kompliment, die selbstbewusst nickte. „Habilis heißt geeignet, fähig", fügte er an Hattinger gewandt hinzu.

„Ja, klar, des merkt ma sofort." Hattinger hätte jetzt erwähnen können, dass er ein großes Latinum hatte, er ließ es aber lieber bleiben. Sein Latein war natürlich vollständig eingerostet und Keul wäre möglicherweise imstande, ihn auch noch auszufragen.

„Nun denn, einen schönen Sonntag noch, Frau Kollegin!"

Der Professor strebte dem Ausgang zu.

„Herr Hattinger", grüßte er lässig über die Schulter.

„Hattinger ... Glückwunsch!", rief Hattinger ihm noch nach, aber Keul war schon verschwunden.

„Sie schätzen den Mann also auf 60 bis 70", kam er wieder auf die Obduktion zurück.

Anna Amelia Arendt streifte die Handschuhe ab und schickte sich an, den Kittel auszuziehen.

„Ja, in etwa Mitte 60, dem Knochenstatus in Röntgen und Kernspin nach zu urteilen. Plus minus ein paar Jahre. Genauer kann ich es Ihnen im Moment nicht sagen, in forensischer Odontostomatologie zum Beispiel bin ich nicht hundertprozentig firm, da haben wir unseren Fachmann, der ist ab morgen wieder da."

„Odonto..., also Ihr Zahnspezialist?"

„Ja, genau. Der kann das Alter vielleicht enger eingrenzen." Sie schien sich zu wundern, dass Hattinger sogar ein bisschen Fachchinesisch verstand.

„Und Sie glauben ned, dass die Schlinge um sein Hals die Verletzungen verursacht hat?"

„Das halte ich für sehr unwahrscheinlich. Zu dünn, außerdem ließ sie sich ja nicht mal zuziehen, wie wir gesehen haben. Ich denke da eher an Erdrosseln, das geht häufig mit einer Fraktur des Zungenbeins einher. Vermutlich hat er auch einen heftigen Schlag auf den Kehlkopf bekommen. Aber man kann natürlich auch mit dem Hals gegen irgendeine Kante stürzen, wenn es dumm läuft. Nach ein paar Wochen im Wasser lässt sich das nicht mehr zweifelsfrei feststellen."

Hattinger versuchte, sich das vorzustellen, aber er glaubte nicht wirklich daran. Wenn man nicht bewusstlos oder gefesselt war, würde man doch instinktiv seinen Hals schützen bei so einem Sturz.

„Ja, danke, dann samma ja wenigstens scho a bissl weiter."

„Keine Ursache, das ist schließlich mein Beruf", sagte Dr. Arendt. Sie warf ihre Handschuhe weg, legte den Kittel ab und machte sich daran, gründlich die Hände zu waschen.

Hattinger hatte zwar nichts angefasst, aber er tat es ihr am Nachbarwaschbecken gleich.

„Aber jetzt hab ich frei", sagte sie und sah Hattinger an. „Vielleicht wird ja doch noch was aus diesem Sonntag."

Eigentlich ist sie doch ganz nett, dachte Hattinger. Auch hatte ihm imponiert, mit welcher Ruhe und Gründlichkeit sie ihren Job machte. Und dabei war sie alles andere als langsam. Vor allem, mit welcher Geschwindigkeit sie nebenher ihren Bericht diktiert hatte.

„Und Sie?", fragte sie.

Hattinger zögerte einen Moment. War das jetzt eine Einladung oder nur berufsmäßige Neugier?

Wie auch immer, es war Sonntag Mittag, er hatte eine unidentifizierte, vermutlich gewaltsam zu Tode gekommene Wasserleiche ohne dazu passende Vermisste und kaum einen vernünftigen Anhaltspunkt für Ermittlungen. Abgesehen vielleicht vom Zahnstatus des Toten, mit dem sie jetzt bei Zahnärzten hausieren gehen konnten.

„Na ja, i fahr wieder naus an Chiemsee und mach mi an die Arbeit. Außerdem hab i meiner Tochter versprochen, wenn no irgendwas von dem Wochenend frei bleibt …"

„Sie haben eine Tochter?", schien sich Dr. Arendt zu wundern. „Ich hätte gedacht, Sie wären eher so der Typ einsamer Witwer."

Dabei lächelte sie zum ersten Mal. An Direktheit mangelt es dieser Frau nicht, dachte Hattinger.

„Geschieden bin i", sagte er, „ned verwitwet."

„Tut mir leid, Hattinger, nehmen Sie's nicht persönlich. Ich falle immer gern mit der Tür ins Haus."

„Wie nimmt ma sowas, wenn ned persönlich?"

Dr. Arendt musste lachen. Sie hatte eine unerwartet rostige, derbe Lache.

„Eins zu Null für Sie." Sie streckte ihm die Hand hin. „Wir sehen uns, Hattinger."

Dr. Arendts Schraubstock-Händedruck war durchaus warm und angenehm. Triple-A, der Spitzname passt zu ihr, in jeder Hinsicht, dachte Hattinger.

„Morgen haben Sie meinen Bericht auf dem Tisch", rief sie im Gehen. Und schon war sie verschwunden.

„Wiederschaun", sagte Hattinger nach einer Weile, nichtsdestotrotz.

Er packte seine Notizen und den Zahnstatus in die Fallmappe und nahm die Tasche, in der sich die plastikverpackten Kleidungsstücke des Toten und die abgeschnittene Schlinge der Leine befanden, für Bamberger mit. Er war schon gespannt, ob Wildmann und Andrea Erhard inzwischen neue Informationen hatten.

9

Hattinger war froh, dass er auf der Rückfahrt von der Obduktion Rosenheim links liegen lassen konnte. Manche Dinge ließen sich natürlich im Polizeipräsidium besser erledigen und er war oft genug gezwungen, dort zu sein, aber im Moment lag das Epizentrum des Geschehens eindeutig in Prien, also hatte er einen guten Grund vor Ort zu ermitteln.

Hattinger mochte Rosenheim nicht und viele Rosenheimer mochten ihn nicht, weil er Rosenheim hartnäckig als „Das schwarze Loch im Chiemgau" bezeichnete. Selten, dass bei einer Stadt Name und Inhalt so wenig zusammen passten, fand er. Von einem Heim der Rosen konnte jedenfalls keine Rede sein.

Na gut, den Lokschuppen gabs und ein paar nette Ecken. Die Innenstadt sah wirklich besser aus als früher. Aber wenn man nachts in der Bahnhofstraße unterwegs war, musste man schon aufpassen. Über allem so eine latent bis offen gewalttätige Stimmung. Gereizt, aggressiv. Kein röhrender Hirsch, röhrender Auspuff, tiefergelegt. Dicke Hosen statt Rosen. PS und Tussi. Die Stadt war der größte Puff zwischen München und Salzburg.

Na egal, Hattinger fuhr vorbei. Er war ganz froh, dass er sich für Prien entschieden hatte. Obwohl ihm Wasserburg schon abging. Aber klar, da hatte er jahrelang gewohnt und sich ausgekannt.

Andererseits, ausgegangen war er in den letzten Jahren sowieso kaum noch. Und nicht ausgehen konnte er auch in Prien. Und in Prien hatte er es nah zum Chiemsee, das war schon ein echter Vorteil. Obwohl er da auch noch kaum hingegangen war bis jetzt, außer bei der aktuellen Ermittlung. Komisch, andere fuhren von sonstwo hierher und lagen jeden Tag im Strandbad bis sie rot waren wie gekochte Hummer, nur um später auszusehen wie ein totgebratenes Stück Rindfleisch und er selbst hatte ein paar hundert Meter zum See und war seit dem Umzug kein einziges Mal dort gewesen. Keine Zeit halt. Sowieso nie genug Zeit.

Wenn er an das Haus dachte, da hatte er ja bis jetzt auch nur an der Oberfläche gekratzt. Die wichtigsten Dinge geregelt, was Behörden angeht, Strom, Heizung, Wasser, Grundsteuer, Versicherungen, Kaminkehrer, der Wahnsinn! Er hatte ja bisher keine Ahnung gehabt, wie man etwa eine Mülltonne anmeldet.

Eine Mülltonne – anmelden! Ein absurder Vorgang. Bis jetzt hatte er halt den Müll runtergebracht und seinen Vermietern die Nebenkosten bezahlt. Wofür eigentlich hatte er sich nie so genau angeschaut. Es war ihm nur immer ziemlich viel vorgekommen. Als erstes hatte er die alte vom Ostermeier bei der Gemeinde gegen eine größere getauscht, er hatte ja jede Menge zum Wegschmeißen. Kostete natürlich. Entsorgen wurde langsam teurer als kaufen.

Nach erfolgreicher Anmeldung musste er feststellen, dass die Müllabfuhr nur alle zwei Wochen kam. Seitdem stand er jede zweite Woche in der blöden Mülltonne und trampelte drin rum, um das ganze Zeugs zu komprimieren und wenigstens ein bisschen mehr reinzubringen. Letztes Mal war ihm dabei ein Getränkekarton mit saurer Milch um die Ohren geflogen, den Lena in die Tonne geworfen hatte, ohne ihn auszuleeren. „Iiihh, saure Milch, is ja eklig, das kann ich nich." Dafür konnte er erstmal duschen gehen und sich komplett umziehen. War natürlich zu spät gekommen zu einer Besprechung mit Staatsanwalt Reißberger. Der hatte trotz Dusche immer noch so ein bisschen pikiert die Luft eingesogen.

Nein, wenn er an das Haus dachte, das war gar nicht so einfach. War zwar schon beruhigend, dass er's hatte, war aber auch viel Arbeit.

Ein paar Handwerkersachen standen auch dringend an. Dach, Fenster, Heizung etc. Krieg mal einen Handwerker zu einem bestimmten Termin. Und wenn einer mal pünktlich gekommen wäre, dann kam ihm ein Fall dazwischen und er hatte selbst keine Zeit.

Und wenn er an den Keller dachte … Er hatte noch den ganzen Keller voll mit dem Krempel vom Ostermeier, dieses seltsame Verlies, das der sich gebaut hatte, sein Archiv. Er hatte sich das mal oberflächlich angeschaut und gemerkt, dass er das nicht so ohne weiteres in die Tonne oder ins Altpapier kippen konnte. Irgendwas hielt ihn davon ab. Da waren noch so viele uralte Briefe, Postkarten, Briefmarken, alte Landkarten und Fotos, das Zeug konnte für Sammler schon noch einen Wert haben. Aber er schob alles vor sich her, weil er einfach nicht dazu kam. Vielleicht müsste er sich Urlaub nehmen dafür. Er hätte Überstunden gut ohne Ende, aber wann nehmen?

Mist, jetzt wäre er vor lauter Nachdenken beinahe an der Ausfahrt Bernau vorbeigefahren. War er noch nicht so gewöhnt. Außerdem war die Ablenkung hier besonders reizvoll: Vom Bremsberg aus, wie ihn die Einheimischen nennen, sah man auf einen Schlag den ganzen Chiemsee.

Der lag heute ziemlich träge da unten, schon wieder in brütender Hitze. Der ganze See voller Segel, aber wenig Bewegung, kaum Wind heute. Und viel dunstiger als gestern. Könnte noch ein Gewitter geben. Hoffentlich!

Hattinger ordnete sich im letzten Moment rechts ein und fuhr raus. Irgendeiner schimpfte im Auto hinter ihm rum, dem passte irgendwas nicht. Hattinger ignorierte ihn.

Er dachte an die Wasserleiche und fragte sich, wie die Chancen stünden, den Mann bald zu identifizieren. Könnte schwer werden, wenn er nirgendwo vermisst wurde, zumindest nicht in der näheren Umgebung. Man könnte den Toten natürlich auch von ganz woanders her an den Chiemsee gekarrt haben, um ihn hier zu versenken. Aber warum hätte jemand das tun sollen? Wegen der schönen Landschaft ja wohl kaum.

Ein paar Minuten später war er auf der Priener Polizeistation, wo Andrea Erhard und Wildmann schon auf ihn warteten. Sie sahen beide wesentlich besser aus als gestern.

Hattinger berichtete ihnen ausführlich von der Obduktion.

„Also vermutlich doch ein Gewaltverbrechen“, fasste Wildmann kurz und bündig zusammen.

„Schaut so aus“, sagte Hattinger. „Jetz kemma zumindest die Vermisstensuche scho amoi einschränken.“ Er zitierte aus seinen Unterlagen: „Mann, ca. 65 Jahr alt, 1,75 m groß, um die 95 Kilo Lebendgewicht. Hautfarbe war irgendwann amoi weiß, Typ

Mitteleuropäer, koane besondern Kennzeichen wie Narben, Operationen, Piercings, Tattoos …"

„Würd ma die überhaupts no erkennen, in dem Zustand?", warf Andrea Erhard ein.

„Keine Ahnung. Wahrscheinlich scho", vermutete Hattinger. „Sonst hätts unsre Triple-A Rechtsmedizinerin wahrscheinlich ned extra erwähnt."

„Triple-A?", unterbrach Wildmann neugierig das Polieren seiner Brillengläser. „Hat das nicht was mit Ratingagenturen zu tun?"

„Scho, kommt in dem Fall aber von Anna Amelia Arendt", hatte sich Hattinger gemerkt. „Triple-A is ihr Spitznam. Is auf jeden Fall fit, die Frau Doktor. Und da is der Zahnstatus, inklusive Fotos."

Er holte die Unterlagen aus der Mappe.

„Übernimmst du des bitte, Karl?" Er reichte sie Wildmann. „Datenbanken abgleichen, erst amoi bundesweit, na schau ma weiter. Und wenn da nix rauskommt, Veröffentlichung in der zahnärztlichen Fachpresse etc., woaßt ja selber. Und natürlich DNA-Abgleich, sobald ma die Daten ham."

„Alles klar." Wildmann verzog sich mit den Unterlagen in den Nebenraum.

„Der Bamberger lasst übrigens ausrichten, dass er glei kommt und die Sachen von der Leich holt", sagte Andrea Erhard. „Mögen S' an Kaffee derweil?"

„Gern", sagte Hattinger. Er schwitzte zwar schon wieder wie ein Weltmeister und ob Kaffee geeignet wäre, den Umstand zu bessern, wagte er zu bezweifeln, aber vielleicht wurde er dann wenigstens wieder ein bisschen wacher.

Andrea Erhard öffnete einen Schrank und stutzte.

„Des gibts ja ned, irgendjemand hat ma meine letzten Kekse klaut. Jetz hab i gar nix dazu zum Kaffee", entschuldigte sie sich.

„Des macht doch nix. Aber kemma vielleicht die Fenster aufmachen, vielleicht gibts a bissl an Durchzug?"

„Doch des macht scho was. Wenn i den derwisch!"

Klauen in der Polizeistation, Hattinger fand das irgendwie lustig, aber Andrea Erhard war angefressen. Sie stellte Hattinger eine Tasse Kaffee hin und riss die Fenster auf.

„I glaub ja, so werds no wärmer", sagte sie und verschwand aus dem Besprechungsraum.

Wahrscheinlich sucht sie jetzt die ganze Wache nach ihren Keksen ab, dachte Hattinger. War ihr zuzutrauen. Und wahrscheinlich hatte sie auch recht, was die Hitze anging. Man fühlte förmlich die heiße Luft vom Parkplatz hereinwabern. Na egal, er beschloss den Umstand, dass er jetzt hier allein war, für eine Zigarettenpause zu nutzen. Er zündete sich am Fenster seine letzte an und holte sein Handy. Wollte sich endlich bei Lena melden. Er musste die Sache mit dem Herd irgendwie organisieren für morgen. Als er gestern Nacht heimgekommen war, hatte er eine Schüssel mit Eierpampe im Müll gefunden. Die ganze Schüssel! Dann wars ihm wieder eingefallen, dass er den Herd ja schon abgeklemmt hatte.

„Hallöchen hier is Lena, ich kann grad nicht, aber wenn ihr mögt, quatscht mir was auf die Box."

„Ja, Lena, ahm, i woaß no ned, wann und ob i hoamkomm, aber du konnst mi ja amoi anrufen, wennsd' des hörst. Wegen dem Herd und so. Oiso bis dann."

Hattinger stand am Fenster, rauchte und schwitzte.

Er überlegte gerade, dass er ja auch noch den Bericht über den Totschlag in der Ferienwohnung fertig machen musste, da fuhr Bamberger auf den Parkplatz und im selben Moment klopfte es an der Tür.

Peter Baumann kam herein, ein junger Polizist, den Hattinger schon von früher kannte. Aus dem Ostermeier-Fall. Der zeichnete sich nicht nur durch großen Eifer aus – er wollte unbedingt später zur Mordkommission –, sondern vor allem dadurch, dass er bei jeder Aufregung rot anlief wie ein Feuermelder.

Das tat er auch jetzt.

„Entschuldigung, Herr Hauptkommissar, ich glaube es ist wichtig", sagte er laut und überdeutlich.

„Ja?", ermunterte ihn Hattinger, als er ins Stocken geriet.

„Ja, es gibt wohl einen neuen Mordfall, oder zumindest ungeklärten Todesfall", berichtigte sich Baumann und wurde noch ein bisschen röter. „Auf jeden Fall ist der Mann wohl erschossen worden, deshalb hat man mich geschickt, um Sie zu benachrichtigen, Herr Hauptkommissar."

„Hattinger."

„Herr Hauptkommissar Hattinger!"

Hattinger warf seine Kippe aus dem Fenster und sagte zu Bamberger, der gerade seinen Wagen verlassen hatte: „I glaub, du konnst glei wieder eisteign."

10

Komme heut abend paps, alles okay, lg lena!, war auf Hattingers Handydisplay zu lesen. Es war allerdings nicht Lenas Handynummer, von der die Nachricht kam. Egal, ein Lebenszeichen, alles klar soweit. Wahrscheinlich war sie bei Peter und hatte ihr Handy irgendwo vergessen oder der Akku war am Ende.

Hattinger steckte sein ungeliebtes Funkeisen wieder weg. Ein Problem weniger. Und Probleme gab es gerade mehr als genug. Gleich würden sie beim nächsten ankommen.

Nachdem sie von einer Polizeistreife durchgewinkt worden waren, bogen sie in eine Auffahrt ein, die zu einem einst hochherrschaftlichen Anwesen gehört haben könnte, zumindest die Lage an einem Hang über dem See ließ das vermuten. Allerdings sah man dem Grundstück an, dass es wohl kaum unter der Obhut eines professionellen Gärtners stand. Das Wäldchen, durch das sie fuhren, war ein einziges Dickicht mit wild wucherndem Unterholz und abgerissenen Ästen, die anschließende Lichtung eine hüfthohe Wiese mit ein paar verwachsenen Obstbäumen.

Umso mehr wunderte sich Hattinger, dass am linken Rand des Wegs zum Haus ein einzelner breiter Streifen frisch gemäht war. Am Ende der gemähten Spur stand ein kleiner, roter Traktor mit einem Seitenmäher dran.

Bamberger parkte den Wagen in gebührendem Abstand. Seine Leute waren schon vor Ort und hatten den Weg soweit freigegeben, weil auf dem knochentrockenen, kiesigen Untergrund keine Reifenspuren zu erwarten waren. Er war trotzdem nicht zufrieden.

„I hätt glei bei der Einfahrt abgsperrt", brummte er.

„Komm, jetz schau ma's uns erst amoi o", meinte Hattinger. Er wusste Bambergers Berufsauffassung wirklich zu schätzen, aber manchmal neigte er auch zur Übertreibung.

Sie stiegen aus und gingen Richtung Haus. Andrea Erhard und Karl Wildmann hatten sie wegen der Wasserleiche erst mal in Prien gelassen.

Der Einsatzleiter vor Ort stellte sich Hattinger vor und berichtete über die bisherigen Erkenntnisse: Ein Nachbar hätte den Toten gefunden, als er die Wiese ums Haus mähen wollte. Dann hätte er das Mähen eingestellt und sofort die Polizei gerufen.

„Is des der da drüben?" Hattinger deutete auf einen verschwitzten Mann in Arbeitsklamotten, der auf dem Vorderreifen des alten Traktors saß und einen recht ungeduldigen Eindruck machte. Er schaute zu Hattinger herüber und dann demonstrativ auf seine Armbanduhr.

„Der Landwirt von nebenan", bestätigte der Einsatzleiter. „Er macht bei *Bauer sucht Frau* mit. Kriegt heut noch Besuch und will möglichst schnell heim."

Hattinger konnte sich ein Schmunzeln nicht verkneifen.

„Des konn scho sei. Aber trotzdem schau ma uns erst amoi die Leich o. Solang muaß er si scho gedulden."

Die Leiche lag auf einem breiten, gepflasterten Weg zwischen Haus und Garage, inmitten einer ausgedehnten, eingetrockneten Blutlache, auf der sich die Fliegen tummelten. Der Platz war noch mal extra mit Absperrband gesichert und der Polizeifotograf in weißem Overall und Plastik-Überschuhen führte in dem Geviert einen seltsam anmutenden Spitzentanz auf, um nicht in Blutflecken zu treten, die verschiedenen Sohlenabdrücke darin zu zerstören oder die Objekte zu berühren, die Bambergers Leute schon mit kleinen Nummerntäfelchen markiert hatten.

Hattinger ließ die Szene auf sich wirken. Der Tote lag zusammengekrümmt in Seitenlage auf dem Pflaster, den Kopf nach hinten überstreckt. Er hatte einen ziemlich massigen, bulligen Körper, war aber nicht besonders groß. Sein Kopf war rundlich, er hatte kurz geschorene Haare und sein Gesicht wirkte schmerzverzerrt, die Augen offen. Der Mann trug eine Art schwarzen Overalls mit kurzen Ärmeln und seine Unterarme waren reichlich tätowiert. Feste schwarze Stiefel ragten aus seinen Hosenbeinen. Am Rücken des Overalls war ein großes, ausgefranstes Loch zu erkennen, aus dem viel Blut ausgetreten war. Vielleicht einen halben Meter hinter dem Kopf der Leiche lag ein schwarzes Stoffteil, vermutlich eine Mütze. Genauer konnte Hattinger es aus der Entfernung nicht sagen. Es war auch schwer zu schätzen, wie alt der Mann war, aber wahrscheinlich nicht über 40. Er hatte was von einem zu groß geratenen Kind.

Die Umgebung dieser unschönen Szenerie konnte man nur als überaus idyllisch bezeichnen. Links ein einstöckiges, charmantes Wohnhaus, das bestimmt schon um die hundert Jahre alt war, etwas heruntergekommen, rechts eine freistehende Garage mit verwitterten, dunkelbraunen Holzflügeltoren und hinter dem Haus führte der gepflasterte Weg nach links auf eine Terrasse, von der man bestimmt einen großartigen Blick über den Chiemsee hatte, das war von hier aus schon zu ahnen. Das Ganze am nordöstlichen Chiemseeufer, zwischen Seebruck und Chieming. Schützing hieß das nächste Kaff, hatte Hattinger sich sagen lassen. Ohne die Streife, die sie die letzten paar hundert Meter gelotst hatte, hätte er nie hierher gefunden. Sein Navi kannte die Adresse jedenfalls nicht.

Bamberger hatte sich inzwischen umgezogen. Er schwitzte jetzt schon in seinem Overall.

„Dann geh i amoi an d' Arbeit, wennsd' nix dagegen hast."

Hattinger hatte nichts dagegen. Er würde erst mal mit dem Nachbarn reden, der ungeduldig um seinen Traktor kreiste. Als er Hattinger kommen sah, blieb er stehen.

„Na endlich", sagte er, „jetz werds aber Zeit. I bin scho seit ..."

„Hattinger", stellte sich Hattinger vor und reichte dem Mann die Hand. „Immer mit der Ruhe, Herr ..."

„Niedermeier, Anton. Des sagn Sie so leicht, mit der Ruhe, aber i muaß ja hoam, weil ..."

Es war dem Bauern in den besten Jahren anzusehen, dass er einen gewissen Druck verspürte. Er gehörte vermutlich nicht zu den Männern, die ständig Damenbesuch hatten, auch wenn er nicht unsympathisch war.

„I habs scho ghört", beruhigte ihn Hattinger. „Oiso, schiassn S' los."

„Ja, oiso, i hab ma denkt heit Mittag, dass i locker

no a Stünderl Zeit zum Mähen hab, bevor i mi aufbrezl. Und i habs ja am Herrn Meisel versprochen, dass i's mach, bevor er wieder da is und as Wetter war ah guad, oiso …"

„Der Herr Meisel is der Besitzer von dem Haus?"

„Ja, genau. Und für den mah i ab und zua. Wenns hoid hoch is, as Gras. Mach i scho lang."

„Ah wenn er ned da is?"

„Fast nur, wenn er ned da is, weil er mag ja an Lärm ned", sagte Niedermeier, so als ob das ja wohl selbstverständlich wäre.

„Und wia wars heid?"

„Ja, i komm her mi'm Traktor, fang zum Mahn o, den ersten Streifen, und wia i fast beim Haus bin, liegt da oana umananda. I geh hi und schau nach und der is dood. Des is ja offensichtlich, oder?" Er deutete mit dem ausgestreckten Arm in Richtung des Toten. „Und dann Handy, oans oans null."

Er zog ein uraltes dunkelblaues Nokia mit silbernen Tasten und bernsteinfarbenen Seiten aus der Tasche und präsentierte es Hattinger wie zum Beweis.

„Wahnsinn, genau so oans hab i ah amoi ghabt", staunte Hattinger. „Und des geht no?"

„Und wia des geht! Seng S' ja. Konn i jetz geh?"

„An Moment no. Erzähln S' doch amoi, was war denn des für oana, der Herr Meisel?"

„Wieso war?"

Hattinger hatte es schon vermutet. „Dann is des ned der Herr Meisel, der da liegt?"

„Naa, um Gottes willen." Niedermeier schüttelte den Kopf. „Der Herr Meisel is ja a älterer Herr, i glaub, der is an die 70. Der schaugt ja ganz anders aus."

„Und den Toten da, den kenna S' ned?"

„Naa, den hab i no nia gseng. Aber so ganz genau hab i ma den ah ned ogschaugt, verstehn S'?"

Das verstand Hattinger sehr wohl.

„Wann wollt denn der Herr Meisel wiederkommen?"

„Wahrscheinlich Ende August, hat er gsagt. Der is immer vui unterwegs."

„Hat er an Vornamen, der Herr Meisel?"

„Irgendwas mit F", überlegte Niedermeier, er schien es wirklich nicht zu wissen. „Friedrich oder so."

„Und was macht der beruflich?"

„Mei, so genau woaß i des ah ned." Niedermeier zuckte mit den Schultern. „I glaub, er is irgendwia pensioniert oder sowas. Privatier, hat er amoi gsagt." Er sprach das Wort falsch, aber geradezu ehrfürchtig aus. „So guad kenn i'n ned, i mäh ja oiwei bloß und wenn er wieder da is, gibts a ganz a ordentlichs Trinkgeld."

„Wissen Sie, wie ma den Herrn Meisel erreichen kann? Ham S' a Handynummer vielleicht?"

„Naa, i woaß gar ned, ob der überhaupts a Handy hat. Aber wenn S' mehr über eahm wissn wolln, dann sollten S' beim Daxberger fragn. Die andern Nachbarn, verstehn S'? Die kennan an Meisel scho vui länger. I bin ja erst seit zwanz'g Jahr da, des zählt ja da überhaupts nix. Die behandeln mi oiwei no wia an Ausländer, weil i aus Kirchanschöring bin, 30 Kilometer von da!"

Anton Niedermeier schaute wieder auf die Uhr.

„Guad, danke. Und bhaltn S' des erst amoi für sich, bitte. Wenn ma no Fragen ham, dann meld ma uns“, sagte Hattinger. „Oans no, können S’ uns den Traktor sicherheitshalber dalassen?“

Niedermeier schaute ihn verwundert an, aber er wollte nur heim.

„Von mir aus. I hab ja no an größern dahoam.“

Damit brach er auf. Er ging gleich querfeldein auf das Wäldchen zu, um den Weg abzukürzen. Ein Streifenpolizist wollte ihn aufhalten, aber Hattinger signalisierte ihm, dass es in Ordnung wäre.

Bamberger kam mit einem seiner üblichen Plastiktütchen an und hielt es Hattinger unter die Nase.

„Da“, sagte er. „Is glei neben der Leich glegn.“

„Du, auf die Entfernung erkenn i ned amoi, ob da was drin is, geschweige denn was.“

Er nahm Bamberger die Tüte ab und hielt sie auf Armeslänge weg.

„Patronenhülse. Aha …“ Auf die Entfernung ging es noch gut.

„Vielleicht kaufst da amoi a Lesebrille?“, meinte Bamberger.

Hattinger dachte gar nicht daran. Solange es noch so ging, machte er einen weiten Bogen um Augenärzte und Optiker. Um Ärzte überhaupt, wenn möglich.

„9 mm Parabellum“, sagte Bamberger. „Des war die oanzige Hülse, die ma bis jetz gfundn ham.“ Er deutete auf den Toten: „Schaut aber ah nur nach oam Einschussloch aus.“

„Des hat offensichtlich greicht.“

„Waffe gibts leider koane dazua. Und da“, Bamberger gab ihm eine weitere Tüte zur Begutachtung, „so a leichte Motorradmaskn, zum untern Helm ziagn. Recht beliebt bei Überfällen.“

„Mhm."

Hattinger schaute sich die Umgebung des Toten aus der Nähe an. Auf dem verwitterten, staubigen Pflaster zogen sich diverse Spuren um die Leiche herum, die ein bisschen an einen explodierten Schnittmusterbogen erinnerten. Die einen eher schwarz, die anderen heller.

„Was denkst du, des san Kampfspuren, oder?"

Bamberger nickte. „I glaub, des war kurz und heftig. Nahkampf, dann Bauchschuss. Und zwar, schau her …", beschrieb er einen Kreis mit dem Zeigefinger um das Einschussloch auf der Vorderseite des Overalls, „aus nächster Nähe, wenns d' mi fragst."

Er reichte Hattinger seine Lupe, der sich von den typischen Schmauchspuren um das Einschussloch herum überzeugte.

Hattinger überlegte laut: „Oiso angenommen, der kommt hierher, mit seiner Maskn, weil er jemand überfallen möcht, zum Beispiel den Meisel, den Hausbesitzer. Der is aber ned da. Oder vielleicht war er doch da? Der is angeblich an die 70. Werd der mit dem fertig? Mit der Waffe aus a gewissen Entfernung natürlich scho, aber ned aus nächster Näh, mit am aufgsetzten Bauchschuss, da haut eahm doch der andere die Waffe weg. Und wenns doch so war, dann stellt si die Frage: Wo is der Meisel jetz? Wenn er überfallen worden wär, dann hätt er möglicherweise in Notwehr ghandelt. Aber wenns der Meisel ned war, wer hat dann den Typ erschossen? Und warum wollt den Meisel überhaupt jemand überfallen, wenn ihn jemand überfallen wollt? Wenn ned ganz was anders dahinter steckt?"

Fragen über Fragen. Und im Moment zeichnete

sich noch nicht einmal der Ansatz einer Antwort ab.

„War eigentlich scho jemand im Haus? Oder in der Garage?"

„In der Garage samma scho dabei", sagte Bamberger.

„Is irgend a Auto da, oder a Motorradl, oder irgend a fahrbarer Untersatz? I moan, des is ja am Arsch der Welt da. Zwar nah am See, aber sonst weit weg von allem. Der Tote muaß ja irgendwie da herkomma sei, oder?"

„Bis jetz hamma nix gfundn. Aber im Wald war ma natürlich no ned. Außerdem gibts ah no an Steg mit Bootshaus, der zu dem Grund ghört. Oiso des werd a längere Angelegenheit, fürcht i."

Hattinger stöhnte leise auf. Er fühlte gerade eine Woge von Arbeit über sich hereinbrechen, er fühlte sich unter unbeantworteten Fragen begraben.

„Guad, dann geh i jetz erst amoi ins Haus und schau mi um, bis die Rechtsmedizin kommt."

„Alles klar. Frohes Schaffen", sagte Bamberger.

Hattinger kehrte noch mal um.

„Du hast ned zufällig a Zigarettn für mi?"

„Zufällig ned und absichtlich ah ned. I hab aufghört."

„Scho wieder? Ja dann, gutes Gelingen", wünschte Hattinger und schnorrte den Fotografen um eine Kippe an.

Er nahm ein paar Züge auf der Terrasse und schaute hinunter auf den Chiemsee. Auf dem stellenweise leicht gekräuselten Weitsee glitzerte die Sonne. Schon wieder später Nachmittag. Es war immer noch recht dunstig und weit im Westen standen ein paar Gewitterwolken, die aber nicht näher zu kommen schienen. Der kräftige Ostwind der letzten Woche war seit gestern komplett zum Erliegen gekommen und der Westwind kam nicht in Fahrt. Eine Pattsituation. Nichtsdestotrotz dümpelten hunderte von Segelbooten herum. Die eine oder andere Yacht steuerte schon per Hilfsmotor den Hafen an und manch ein Jollensegler hatte die Paddel ausgepackt. Dazwischen glitten Elektroboote dahin, ein Tretbootfahrer in der Nähe des Ufers sprang ins Wasser, um Abkühlung zu suchen.

Das hätte Hattinger jetzt auch gern getan. Nichts lieber als das.

In einiger Entfernung lief der alte Schaufelraddampfer gerade den Dampfersteg von Seebruck an, randvoll bepackt mit Ausflüglern. Die perfekte Urlaubsidylle. Ein friedliches Bild, die Zeit schien fast still zu stehen, so kam es Hattinger vor, und er hatte hier den dritten Toten in eineinhalb Tagen.

Er holte ein verkrumpeltes Stofftaschentuch aus der Hosentasche, wischte sich den Schweiß ab und hängte seine Jacke übers Terrassengeländer. Er zog sein klebriges Handy aus der Brusttasche und wählte Karl Wildmanns Nummer.

„Karl? I brauch di, so schnell wie möglich."

11

Mit einem mörderischen Brummschädel wachte er auf. Eine ganze Weile dauerte es bis ihm dämmerte, wo er überhaupt war. Vielleicht besser mal nachsehen.

Er bekam nur ein Auge halbwegs auf, das andere war total verklebt. Aber das eine reichte, um zu erkennen, dass er zuhause in seinem Bett lag.

Wie um alles in der Welt …?

Er versuchte den Kopf ein Stück zu heben, ließ ihn aber unter dem Eindruck des stechenden Schmerzes, der ihm unter die Schädeldecke fuhr, gleich wieder sinken. Dabei registrierte er, dass sein Kopfkissen voller Blut war.

Schnell wieder zu, das Auge.

Konnte er nicht einfach einschlafen und nie wieder aufwachen?

Das sollte bitte einfach nur aufhören.

War er überhaupt wach?

Das musste ein Albtraum sein.

Irgendwo ganz in der Nähe kreischten ein paar Krähen rum, es kam ihm vor, als würden sie auf seine Trommelfelle einhacken.

Widerstrebend machte er sich mit dem Gedanken vertraut, dass es kein Traum war. Dass er wirklich hier lag. Dass die Bilder, die aus einem dunklen Schatten tauchten, irgendwas mit ihm zu tun hatten. Bilder von einer schwarzen Gestalt, die ihn … oh nein!

Er setzte sich auf, versuchte den Schmerz zu ignorieren. Musste sich mit den Armen abstützen, die kaum Kraft hatten. Das Auge wieder aufzwängen.

Ihm gegenüber im Spiegelschrank saß einer, den

er kaum erkannte. Ein blutverkrusteter Kopf, ein Auge zugeklebt. Dunkle Striemen an der Schulter. Ein blutiges Knie. Das war er selbst.

Er ließ sich vorsichtig wieder zurücksinken.

Also war alles wahr.

Die Bilder …

Der Schatten, der auf ihn zufliegt. Eine Maske, kein Gesicht. Sein Kopf explodiert. Er geht fast zu Boden, holt mit aller Wucht aus, die Waffe in der Hand, trifft irgendwo tief, der andere hinter ihm, unter ihm, stöhnt, hebelt ihn aus, wirft ihn um, schlägt ins Leere. Er haut dem anderen die Beine weg, der fällt auf ihn drauf. Er oder ich. Nur die Waffe nicht loslassen. Er kommt wieder hoch, der andere um ihn herum, der ist stärker, das geht nicht gut, der schlägt wieder, trifft seine linke Schulter, er spürt die Wucht des Schlages, aber keinen Schmerz mehr. Er versucht dem Kerl mit der Pistole gegen den Kopf zu schlagen, trifft nur die Schulter, dabei klickt etwas in der Waffe. Der andere holt wieder aus, wirft sich gegen ihn, er reißt die 08 hoch, kriegt sie zwischen sich und den Mann und drückt ab!

Der Schuss wirft den bulligen Kerl nach hinten, er geht zu Boden. Ein grausames Stöhnen aus der schwarzen Maske, der Schatten krampft sich zusammen.

Zucken noch, kurz, dann nichts mehr.

Nur noch dunkle Flüssigkeit sickert heraus.

Und dann?

Wie hinter dunkel getöntem Glas, die Bilder …

Die Maske hatte er dem Kerl runtergerissen. Aber es war zu dunkel. Seine Taschenlampe aus dem Seesack geholt. Er hatte sie kaum angekriegt, so zitterte er. Er kannte den Mann nicht. Nie gesehen. Wieso war der hier? Was wollte der? Warum wollte er ihn plattmachen? Keinen blassen Schimmer.

Ich muss weg hier. Sein einziger Gedanke. Weg!

Das hatte er ja offensichtlich geschafft.

Er setzte sich stöhnend wieder auf, schob das blutige Bettlaken zur Seite und versuchte, seine Beine über die Bettkante zu expedieren. Die Schultern, die Knie, alles tat weh, aber schließlich schaffte er es, aufzustehen. Er humpelte ums Bettende herum an seinem nackten Spiegelbild vorbei und vermied, sich anzusehen. Er sah normalerweise ganz passabel aus, das wusste er auch so, die Auswirkungen seines nächtlichen Ausflugs würde er nach einer ausgiebigen Dusche begutachten. Hoffentlich war es nicht so schlimm, dass er sich zu Hause verstecken musste.

Im Bad hängte er sich erstmal unter den Wasserhahn und trank die Leitung leer. Er sah Blutreste im Waschbecken und am Boden lag eine halbleere Packung Schmerztabletten. Die hatte er gestern noch genommen, erinnerte er sich jetzt wieder. Er hob sie mühsam auf und legte gleich noch ein paar nach. Seine Pumpe hatte zum Glück keine Probleme gemacht.

Er stellte sich unter die Dusche und ließ das heiße Wasser über den Kopf laufen. So heiß er es gerade eben vertrug. Was heißt vertragen, er vertrug es überhaupt nicht, er hatte einen Schädel auf, der sich wie ein explodierender Medizinball anfühlte, aber es musste eben sein. Nach einer Weile ging auch das linke Auge auf, die Verkrustung löste sich. Irgendwann begann er, sich sorgfältig einzuseifen und mit kälterem Wasser wieder abzuduschen. Und gleich nochmal, einseifen und abduschen, einseifen und abduschen.

Beim Haarewaschen versuchte er, die große Platzwunde auf der linken Seite vom Shampoo zu verschonen, was ihm natürlich nicht gelang. Es brannte höllisch. Er bemühte sich, mit viel Spülen die Wundränder sauber zu kriegen. Eigentlich musste man das nähen, das war ihm vom Abtasten her schon klar. Aber jetzt war es sowieso zu spät dafür. Er legte noch eine Runde mit kaltem Wasser nach, dann stieg er aus der Dusche und besah sich im Spiegel die Schäden.

Er sah nicht gut aus. Aber das konnte man alles halbwegs verdecken. Er nahm den Nassrasierer aus dem Spiegelschrank und legte eine frische Klinge ein, mit der er vorsichtig die Wundränder der Platzwunde rasierte. Zumindest so weit, dass die Klammerpflaster Halt fanden, die er aus dem Reise-Notfallset holte. Er zog die Wundränder zusammen, so gut es ging, und brachte drei der schmalen Pflasterstreifen an. Er fragte sich zwar, ob die Wunde so wirklich zuheilen würde, aber es war auf jeden Fall sicherer, damit nicht zum Arzt zu gehen. Außerdem hatte er schon genügend Wunden selbst versorgt. Als ehemaliger Frontberichterstatter konnte man mit sowas umgehen, oder man war dort sowieso fehl am Platz.

Aber das war gerade nicht sein Hauptproblem.

Er fragte sich, wie viele Spuren er wohl dort vor dem Haus hinterlassen hatte. Und wann man den Toten finden würde, wenn er ihn da liegen ließ. Er hätte ihn gleich wegschaffen sollen. Aber wie denn, in dem Zustand?

Er würde auf jeden Fall wieder dorthin müssen, ob er wollte oder nicht.

12

„Sie scho wieder? I hab gedacht, Sie ham heut frei", begrüßte Hattinger Dr. Arendt, als die Rechtsmedizinerin aus einem alten Minicooper stieg, einem Original aus den 70ern, das Hattinger winzig vorkam im Verhältnis zu den gleichnamigen Nachbauten.

Sie wuchtete ihren Riesenkoffer von der Rückbank.

„Das dachte ich auch, Hattinger. Leider musste der diensthabende Kollege an den Starnberger See. Eine Dame der besten Gesellschaft hat ihren Liebhaber mit der Axt erschlagen, wie man hört. Er hat sich an ihrem Familienschmuck vergriffen. So weit ging die Liebe dann doch nicht."

Dr. Arendt hatte einen prozentual hohen Süffisanzanteil in der Stimme.

„I glaub, die Hitz macht die Leut aggressiv", sagte Hattinger.

„Hundstage, so nennt man doch die Zeit?", meinte die Medizinerin. „Wahrscheinlich, weil alle Hunde bei der Temperatur nur noch mit am Boden schleifender Zunge rumkriechen."

Hattinger lachte.

„Oder weil alle hundsmäßig leiden. Aber da ham S' jetz ausnahmsweise ned recht, i hab nämlich grad letzte Woch erst nachgschaut: Die Hundstage kommen vom Sternbild Großer Hund – Canis major. Des werd um die Jahreszeit bei uns sichtbar."

„Sie werden mir langsam unheimlich", sagte die Medizinerin amüsiert. „Also, worum gehts diesmal?"

Hattinger führte sie zu dem Toten.

Dr. Arendt umkreiste zwei, drei Mal die Leiche, bevor sie daneben in die Hocke ging.

„Großer Blutverlust“, stellte sie fest. „Ist er schon bewegt worden?“

Hattinger verneinte.

„Wir vermuten, dass der Schuss fast aufgsetzt war.“

Dr. Arendt gab ihm recht.

„Kleine Eintrittsöffnung knapp unterhalb des Sternums, große Austrittswunde im Bereich der Brustwirbelsäule, der Schusskanal verläuft leicht schräg aufwärts. Ich würde mal vermuten, dass der Schuss knapp unter dem Herz die Aorta zerfetzt hat. Der Tote hat wahrscheinlich noch kurz gelebt, daher der große Blutverlust, vor allem hier im Bereich des Schussaustritts. Das würde auch die etwas untypische Lage erklären, er hat sich noch regelrecht zusammengekrümmt, bevor er verstarb. Aber da reden wir von einem Bereich von Sekunden bis höchstens einer Minute.“

„Mhm“, sagte Hattinger. „Wahrscheinlich is er im Nahkampf erschossen worn.“

„Das kann gut sein. Was mich allerdings wundert“, die Rechtsmedizinerin sah sich die Hände des Toten genauer an, „dass die Hände so sauber sind. Keine Abwehrverletzungen, kein Blut unter den Fingernägeln, nicht mal blaue Flecken, im Gegensatz zu den Unterarmen.“

Sie wies Hattinger auf ein paar dunklere Stellen zwischen den Tätowierungen auf den Unterarmen hin, die ihm noch nicht aufgefallen waren.

„Wenn das ein Kampf auf Leben und Tod war, wovon man ja ausgehen muss, dann hat der Mann vermutlich Handschuhe getragen“, folgerte Dr. Arendt.

„Konn guad sei. Gfundn hamma koane bis jetz.“

Die Rechtsmedizinerin diktierte einen ersten längeren Absatz in ihren Rekorder und packte nebenher ihre Gerätschaften aus, als Karl Wildmann eintraf.

„Am besten, du schaust glei amoi ins Haus und verschaffst dir an Überblick“, begrüßte ihn Hattinger. „I bin no ned dazuakomma und der Bamberger is no in der Garage. Da is unser Toter, der ghört wahrscheinlich ned hierher, und dann brauch ma schnellstens alle Informationen über den Hausbesitzer, einen Friedrich Meisel.“

„Friedhelm Meisel, laut Melderegister“, korrigierte ihn Wildmann. Er hatte sich schon informiert. Er zog einen Zettel aus seiner Mappe.

„Friedhelm Meisel, geboren am 1.3.1947 in Trostberg, ledig, keine Kinder, von Beruf Kunsthistoriker. Polizeilich haben wir ihn nicht auf dem Schirm, er war noch nicht auffällig. Hier ist sein erster Wohnsitz, weitere sind uns nicht bekannt. Gegoogelt hab ich ihn natürlich auch, mit dürftigem Ergebnis. Er ist auf jeden Fall auch als Kunstgeschichtler noch nie aufgefallen.“

„Sehr guad, Karl. Und dann natürlich des Übliche: Telefon, Handy, na ja, hat er vielleicht gar ned, sagt der Nachbar, aber a Auto werd er ja fahrn.“

„Ich kümmer mich drum. Wird aber wohl am Sonntag nichts mehr werden. Sollen wir nach dem Wagen morgen gleich fahnden lassen?“

„Des wart ma no ab. Schau ma uns erst amoi im Haus um. I hoff, dass ma da a bissl mehr über den Meisel erfahrn. Vielleicht fangst du scho amoi o?“

„Einen Moment noch, bitte“, warf Dr. Arendt ein. „Ich könnte noch kurz Ihre Hilfe brauchen, Herr Wildmann.“

Wildmann verzog kaum merklich den Mundwinkel und nahm seine Brille ab, um die Gläser zu polieren.

„Lassen Sie mich raten: Die Leiche umdrehen und ausziehen?“

„Genau. Wenigstens haben Sie kluge Mitarbeiter, Hattinger.“

„Wenigstens? Wie meinen S’ jetz des? *Wie der Herr, so's Gscherr* – sagt ma bei uns.“

„Na denn … An die Arbeit, meine Herren.“

Nachdem er seine Schuldigkeit bei der Umlagerung des Toten getan hatte, sah sich Wildmann als erstes die Haustür an: Eine schöne alte Eichentür mit einem kleinen, rautenförmigen Fenster in Sichthöhe, ziemlich verwittert.

„Ich nehme mal an, ihr seid mit der Tür schon fertig?“

Er bezog sich auf die restlichen Spuren von schwarzem Puder, mit dem die Spurensicherung die Tür auf der Suche nach Fingerabdrücken abgepinselt hatte.

„Scho so weit“, bestätigte Bamberger. „War übrigens ned abgsperrt.“

Wildmann inspizierte das Türschloss, ein einfaches, betagtes Sicherheitsschloss, das intakt aussah. Schlüssel steckte keiner. Er ging hinein.

Dieses Haus wirkte schon von außen wie aus der Zeit gefallen und innen umso mehr. Es strahlte etwas zutiefst Altmodisches aus, aber in einer angenehmen Weise. Es war gemütlich und hatte Stil. Abgesehen von ein paar modernen Details wie Elektrik oder Zentralheizung wirkte es wie in seinem Urzustand vor vielleicht hundert Jahren belassen. Alte Sprossenfenster mit doppelten Scheiben, die aber sorgsam renoviert waren, einfache Holztüren mit geradlinigen Messingbeschlägen, eine Mischung aus buntbemalten Bauernschränken und antiken Möbeln, aber viel Luft dazwischen. Es war klassisch schlicht und keineswegs überladen.

Im Gegenteil, nach einem kurzen orientierenden Rundgang war Wildmann klar, dass Teile des Hauses schlichtweg ausgeräumt worden waren. Im Arbeitszimmer, das von einem großen Mahagonischreibtisch und Regalen ringsherum dominiert wurde, fehlten offensichtlich laufende Meter an Inhalt. Nur die Staubspuren wiesen darauf hin, was hier alles gestanden haben mochte an Aktenordnern, Kladden, Schachteln und ähnlichem und das bestimmt noch vor nicht allzu langer Zeit.

Die Schreibtischschubladen standen offen, ebenso wie der seitliche Unterschrank. Alles mögliche an Bürokram und Schreibzeug befand sich darin, aber bei näherer Betrachtung nichts Schriftliches.

Wildmann sah sich gerade einen schönen alten Montblanc Füller mit goldener Feder an, der ohne Kappe am Boden lag, als Hattinger hereinkam.

„Oiso entweder is er überstürzt auszogn, der Herr Meisel, oder jemand anderer war da und hat alles mögliche mitgnomma."

„Ja, und so wie's hier drin aussieht, vor allem schriftliche Unterlagen", bestätigte Wildmann.

Im geräumigen Wohnzimmer mit Blick auf Terrasse und See waren Teile des Bücherregals ausgeräumt, die Bücher lagen schlampig gestapelt davor am Boden. An den Wänden konnte man die Umrisse einiger Bilder erkennen, offensichtlich von den Landschaftsbildern des Chiemsees, die abgehängt waren und darunter am Boden standen.

„Ich vermute, da hat einer nach nem Safe gesucht", meinte Wildmann.

„Mhm."

Hattinger nahm eines der Gemälde hoch, eine Blumenwiese am Chiemsee, erkennbar vor allem durch den markanten Gipfel der Kampenwand im Hintergrund.

„Da schau her … *Rudolf Sieck, 1926,* steht da drauf. Des war meines Wissens a ziemlich bekannter Chiemseemaler, der Sieck. Mir is da unlängst so a Faltblatt von a Ausstellung ins Haus gflattert, da war der ah dabei. Oiso wenn oana an Safe suacht und des Gemälde dalasst …"

„… dann hat er keine Ahnung von Malerei, meinst du?", ergänzte Wildmann.

„Oder er suacht was Wertvolleres."

„Oder er ist einfach nicht mehr dazu gekommen, das Zeug abzutransportieren."

Hattinger sah sich die anderen Gemälde an. Er hatte ja nicht viel Ahnung davon, aber er fand die Bilder durchaus ansprechend.

„Oder es ist einfach nicht sein Style", schlug Wildmann vor. „Vielleicht steht er eher auf sowas."

Er nahm einen dicken Kunstband von einem der Stapel und hielt ihn Hattinger hin.

„Jeff Koons", las Hattinger. „Des war der mit dem Pudel und der Italienerin, oder?"

„Wow, du kennst dich ja aus!" Wildmann blätterte interessiert ein paar Seiten in dem Buch, dann legte er es schnell wieder weg. „Und du hast recht."

„Des woll ma jetz bitte ned vertiefen", wiegelte

Hattinger ab. Er hatte einfach ein gutes Gedächtnis für abseitige Geschichten, die durch die Presse geisterten, wenn er denn mal dazu kam, sie zu lesen. Meistens kam er über Titelseite und Panorama nicht hinaus, aber da stand ja genug Abseitiges drin.

„Auf jeden Fall muass si der Bamberger mit seiner Abteilung des ganze Haus oschaun."

Er ging zur Haustür und rief schon mal den Fotografen.

Der Mann kam schwitzend angeschlurft, mit seinem schweren Fotokoffer über der Schulter, wie alle im obligatorischen Overall mit Haube und Mundschutz, was die Sache nicht unbedingt erträglicher machte.

„I brauch eigentlich ois", sagte Hattinger. „Vielleicht fangen S' im Arbeitszimmer o."

„Alles? Das ist nicht Ihr Ernst!", stöhnte der Fotograf.

„Doch, leider. Und bei der Gelegenheit, hättn S' vielleicht no a Kippn für mi?"

13

Lena kam auf ihrem alten Drahtesel angeradelt. Den hatte sie schon in Wasserburg gehabt. So ein richtig bequemes Hollandrad, bisschen rostig schon und nur drei Gänge, aber das hätte sie um nichts in der Welt hergegeben. Am liebsten war sie damit in Wasserburg von der Burg runtergedüst in die Stadt. Umgekehrt wars natürlich eher kontraproduktiv. War schieben angesagt. Im Moment wars so oder so zu heiß.

Sie stieg ab und schob das Rad in die Garage. Kein Wagen da, also auch kein Paps. War ja eh nicht zu erwarten gewesen. Und auf ihre Nachricht hatte er natürlich nicht geantwortet, weil sie die vom Handy von der Lisa geschickt hatte. Ihr eigenes lag ja noch irgendwo daheim rum. Hatte sie vergessen. Passierte ihr nie sonst. War wahrscheinlich voll leer jetzt.

Vielleicht hatte sie's auch halb absichtlich liegen lassen. Sie hatte echt überhaupt keinen Bock auf irgendwelche halbgaren Anrufe vom Peter gehabt. Das hätts überhaupt nicht gebraucht.

Jetzt war er ja wohl längst weg. Selber schuld.

Sie wär gestern voll in der Stimmung gewesen, sich so nen richtig schnuckeligen Typen zuzulegen. Einfach so. Hatte sie gedacht. War aber dann ja doch nicht so einfach. Die laufen ja auch nicht alle frei rum.

Sie war am See langgefahren und dann war da dieses Seefest, an den Schären. War ja eigentlich super, da konnte man ja mal zwanglos hingehen. Aber so zwanglos wars dann bei näherer Betrachtung auch wieder nicht. Die ganzen Bierdimpfl halt und die meisten schon vollgelaufen bis Oberkante Unterlippe. Trachtler überall, das konnte sie überhaupt nicht haben, dieses Gamsbartgetue. Dieses Schuhgeplattle, dieses *Mir-san-mir-und-schreim-uns-Uns-*Gehabe! Wie sie einen schon alle angeifern, wenn man mit nem Spaghettiträgertop unterwegs is. Da fallen den Typen die Augen aus'm Kopf, die starren dir bloß noch in den Ausschnitt. Sie wollte am liebsten gleich wieder weg.

Aber dann hatte sie die Lisa wiedergetroffen! Das war einfach schön gewesen.

Die Lisa … Mit der war sie früher ganz eng gewesen, die kannte sie noch aus Wasserburg. Lena & Lisa, Lisa & Lena – ne Zeitlang waren sie unzertrennlich gewesen. Aber sie war später nach Hamburg gegangen und die Lisa war auch weg aus Wasserburg, da hatten sie sich aus den Augen verloren. Aber jetzt wohnte sie in Rimsting bei ihrer Mutter, das war ja nicht aus der Welt.

Sie suchten sich ein Fresszelt, in dem halbwegs normale Figuren rumsaßen, holten sich Bier und Brotzeit und quasselten und quietschten drauflos, über alte Zeiten und jetzt und ihre Pläne und überhaupt alles gleichzeitig. Über die alten Freundinnen, über ihre Typen oder Nichttypen, über alles halt, was man nach ein paar Jahren nachzuholen hatte. Die Lisa war ein halbes Jahr jünger, also 16 noch.

„Was machst'n jetzt so?"

„Ich geh auf die FOS in Traunstein", sagte Lisa.

„Fachoberschule? Was für'n Zweig?"

„Technik."

„Ja klar, du hast ja immer schon nen gepflegten Hammer geschwungen."

Lena wusste, dass Lisa handwerklich ziemlich begabt war. Die hatte sich schon immer alles selbst gebastelt. Sogar ihre eigenen Regale und ihr eigenes Bett. Hätte man dem zierlichen Persönchen gar nicht zugetraut.

„Und du?“, wollte Lisa wissen.

„Keine Ahnung. Muss wahrscheinlich erst mal weiter aufs Gymmie gehen. Hab überhaupt keine Lust, aber die EZBs zwingen mich.“

„EZBs?“ Lisa zog die Stirn kraus.

„Erziehungsberechtigte … Ich wohn jetz beim Paps in Prien, in Ernsdorf oben. Kommst mich mal besuchen?“

„Ja klar, gern!“

Lena steckte sich eine Zigarette an.

Ein langgewachsener dunkelhäutiger Junge, den sie schon aus den Augenwinkeln beobachtet hatte, wie er ganz vorsichtig und schüchtern ins Zelt geschlichen kam und sich umschaute, fasste sich ein Herz, als er sie entdeckte und kam zu ihrer Bierbank. Er hatte kurze krause Haare und riesige schwarze Augen und sah ziemlich abgerissen aus.

„Hi“, sagte er so leise, dass man ihn kaum verstehen konnte. „Sorry, du ein cigarette for me, please?“

„Ja klar.“ Lena zog eine aus ihrem Päckchen.

Lisa gab ihm Feuer.

„Thank you“, lächelte der Junge und zog ganz vorsichtig an der Zigarette.

„Wo kommst’n du her?“

Der Junge schaute Lena verständnislos an.

„Where do you come from?“

„Come from Eritrea“, antwortete er.

„When did you come?“, wollte Lisa wissen.

Der Junge nahm einen Zug von der Zigarette. Er hielt sie wie ein kostbares Kleinod am Filter. Mit der anderen Hand zählte er an den Fingern ab:

„Five days, in Prrrienn."

„What's your name?", fragte Lena.

In dem Moment krachte es draußen und der Junge zuckte zusammen. Er zog den Kopf ein, sein ganzer Körper verkrampfte sich.

„Hey, das Feuerwerk geht los!", rief Lisa. Als sie bemerkte, welchen Effekt das Knallen auf den Jungen hatte, packte sie seinen Arm. „Alles okay, ist nur ein Feuerwerk … Fireworks, understand? Kommt, wir schauens uns an!"

Sie stand auf und schleppte den verunsicherten Jungen hinter sich her zum Ausgang des Zelts.

Als sie draußen standen und das Feuerwerk bestaunten, das sich im See spiegelte, wich die Angst in seinem Gesicht langsam einem zaghaften Lächeln. Er schüttelte ungläubig den Kopf. Dass Explosionen nicht gleich Krieg bedeuteten, schien für ihn kaum fassbar zu sein.

Lena merkte, dass er sich entspannte.

„Fireworks, okay?"

„Okay … Okay, okay!", rief er und strahlte sie an. Dann warf er seinen Kopf wieder in den Nacken und schaute den Goldregen-Fontänen zu.

„Is der nich süß?", rief sie Lisa ins Ohr.

„Absolut!"

Mehr als dem Feuerwerk sahen die beiden dem schwarzen Jungen zu, der mit großen Augen das bunte Spektakel am Himmel verfolgte. Erst beim heftigen Schlussböller zuckte er nochmal leicht zusammen.

Die Zuschauer applaudierten und kamen langsam wieder in Bewegung. Der Junge sah sich um, dann klatschte er begeistert mit. Er klatschte noch, als alle anderen schon aufgehört hatten.

„Ey, is gut, Kanake, geh aus'm Weg", rempelte ihn aus dem Nichts ein grobschlächtiger Blonder mit kurzen Stoppelhaaren an, so dass er fast zu Boden ging. Der Typ war vielleicht 20 und hatte einen leicht russischen Akzent. Er war offensichtlich betrunken.

„Ey, wir brauchen kein Asylantenschweine bei uns", fuhr er den fassungslosen schwarzen Jungen an und trat ihm gegen das Schienbein, so dass er vor Schmerz aufheulte.

„Verpiss dich, Ratte!"

Zwei ähnlich aussehende Figuren, die hinter dem Blonden standen, quittierten den Angriff mit höhnischem Gelächter. Der Blonde trat wieder zu, diesmal in den Bauch, der Junge ging zu Boden.

„Sag mal, spinnst du?!", schrie Lena den Blonden an. Lisa packte sie ängstlich am Arm und versuchte, sie zurückzuhalten, als sie auf den Typen losgehen wollte.

„Was's los, du Schlampe, hast du Problem?", schrie er zurück. „Lass dich von Nigger ficken oder was!?"

Er holte mit der Rechten zum Schlag aus.

In dem Moment packte ihn ein kräftiger, junger Mann in Lederhosen, der mit seinen Freunden vorbei kam und die Szene mitbekommen hatte, am Arm und drehte ihn dem Blonden auf den Rücken.

„Du, jetz lass des Madl in Ruah und hau ab! Aber schnell!"

Der Blonde stöhnte auf unter dem Griff und seine

beiden Hilfsbremser wichen einen Schritt zurück. Sie checkten schnell, dass eine Schlägerei im Moment nicht gut für sie ausgehen würde.

„Abgang!", sagte der Trachtler und drehte den Blonden herum. „So oan wia di brauch ma grad ah ned."

Damit schob er ihn vor sich her auf den nächsten Bootsverleihsteg. An dessen Ende gab er ihm einen Schubs. Der Blonde plumpste mit einem wenig eleganten Bauchklatscher ins Wasser.

Während der Lederhosenträger unter dem anerkennenden Gelächter seiner Begleiter zurückkehrte, tauchte der Blonde prustend aus dem Wasser auf.

„Du … Das kriegst du zurück! Du Wixer! Und dich krieg ich, du Schlampe! Ich merk mir dein Gesicht!", brüllte er.

Lena war immer noch stinkwütend.

„Glaubst du, dass ich vor dir Angst hab? Du Nullnummer! Du mieser kleiner Rassist!", schrie sie zurück.

„Pass auf, du Nutte!", gurgelte der Blonde wütend.

„Du hoitst jetz besser as Maul", empfahl ihm der Trachtler sachlich, aber bestimmt.

Er drehte sich zu den Kumpels des Blonden um, die im Hintergrund unschlüssig von einem Bein auf das andere traten.

„Und ihr schleichts eich!"

Die beiden waren geneigt, seiner resoluten Empfehlung zu folgen und drehten ab, nicht ohne aus gefahrloser Entfernung noch ein paar Stinkefinger in die Luft zu stechen.

Der Blonde versuchte, sich auf den Steg zu hieven. Es gelang ihm nicht, also watete er notgedrungen um die Boote herum an Land.

„Er is weg!“, rief Lisa verwundert.

„Wer?“, fragte Lena.

„Na, der Junge aus Eritrea.“

„Scheiße!“

Sie sahen sich um. Der Junge hatte sich in dem Durcheinander aus dem Staub gemacht.

„Hoffentlich passt er auf“, sagte Lisa. „Und du solltst auch'n bissl vorsichtig sein. Ich seh die Typen oft am Bahnhof, die sind aus so ner Russengang. Mit denen is nicht zu spaßen.“

„Die tun mir nix. Mein Dad is immerhin Kommissar“, fauchte Lena. „Der soll die alle einbuchten!“

Sie schaute trotzig in Richtung des triefnassen Blonden, der es endlich an Land geschafft hatte. Er zog es aber vor, im Moment keinen weiteren Ärger zu bekommen und seinen Kumpels Richtung Prien zu folgen.

Der Lederhosenträger kam zu Lena.

„I bin der Johnny“, stellte er sich vor. „Und wenn was is, da is mei Nummer.“

Er zog eine blitzsaubere Visitenkarte aus seiner Lederhose und reichte sie Lena.

„Oiso dann ...“, wandte er sich zum Gehen.

„Danke“, sagte Lena. „Lena ...“ Aber schon war er weg und lief seinen Freunden nach.

Sie schaute sich die Visitenkarte an: *Johnny Huber – Künstler und Philanthrop* stand da. Verwundert sah sie ihm nach. Der Typ passte überhaupt nicht in ihr Raster. Nicht mal betrunken war der.

Nach dem Vorfall mit dem Jungen hatten sie erst mal die Schnauze voll gehabt vom Seefest. Lisa hatte vorgeschlagen zu ihr zu gehen.

„Meine Mam is eh nicht da heut. Und ich hab noch Tequila daheim."

Also war sie mitgegangen. Sie hatten sich bei der Lisa auf den Balkon gesetzt und Tequilas getrunken und weiter geredet, über die Scheißrassisten und dass jetzt gerade die Russen meinten, dass sie Bayern verteidigen müssten gegen Asylbewerber, wie irre das denn wäre und über andere Idioten und überhaupt.

Und wie süß der Junge aus Eritrea war und wo der wohl abgeblieben wäre und obs ihm halbwegs gut ginge und ob man ihn vielleicht finden und was für ihn tun könnte.

Heut hatte sie einen megadicken Kopf und war total übernächtigt. Selber schuld.

Ihr Handy lag in ihrem Zimmer auf dem Bett und war mausetot. Auch gut. Sie ging ins Bad, zog sich aus und stellte sich lang unter die kalte Dusche. Dann legte sie sich nass wie sie war ins Bett und zog ein dünnes Laken über sich. Sie schlief sofort ein.

14

Hattinger und Wildmann waren in der Küche von Friedhelm Meisels Haus angekommen. Die tiptop gepflegte Einbauküche stammte noch aus den 60er Jahren, vermutete Hattinger, ergänzt durch einige moderne Geräte.

Er ließ den Raum auf sich wirken.

„Und? Was moanst?"

„Ähm …" Wildmann überlegte. Er kannte Hattinger inzwischen lange genug, um zu ahnen, was ihn interessierte.

„Sehr aufgeräumt, würde ich sagen. Gepflegt, sauber." Er sah sich nochmal gründlich um. „Rein geradezu, oder?"

„Mhm. Da hat jemand gründlich sauber gmacht."

Hattinger zog mit Handschuhen ein paar Schranktüren auf und schaute hinein. Dann machte er sie wieder zu.

„Die Küch wirkt scho fast unbenutzt, obwoi a Haufn zum Essen da is."

Er öffnete die Kühlschranktür. Auch der Kühlschrank war gut gefüllt. Er stank allerdings nach verfaultem Gemüse. In einer der unteren Schubladen lag ein ehemals grüner Salatkopf, der zu einem braunen Matschklumpen verdichtet war. Daneben schwarz verschimmelte Karotten, und besonders intensiv roch die halbe verfaulte Sellerieknolle. Hattinger nahm ein paar Sahne- und Joghurtbecher aus dem Kühlschrank und sah sich die Mindesthaltbarkeitsdaten an.

„Alles a paar Wochen drüber. Des macht zwar beim Joghurt überhaupt nix, aber uns sagt des einiges, nämlich?", forderte er Wildmann auf.

„Nämlich, dass hier schon länger niemand mehr gekocht oder gegessen hat?"

„Genau. Obwohl des vorher offensichtlich scho der Fall war. Des kennt ma ja an de Zutaten, die da san. Die hat ja nur jemand, der kocht. Oiso, amoi angenommen, unser Herr Meisel is selber weggfahrn mit dem ganzen Zeug, was fehlt, dann aber Hals über Kopf. An dem Haus erkennt ma ja, dass der recht ordentlich is. So jemand lasst koan Salat im Kühlschrank, wenn er woaß, dass er a paar Wochen weg is. Der daad wahrscheinlich eher vorher no sei Eisfach abtaun."

Das fand Wildmann zwar übertrieben, aber er konnte Hattingers Gedankengang einiges abgewinnen.

„Also ist er eher getürmt, oder entführt worden?"

„Von a Entführung hätt ma ja vermutlich in irgend a Form erfahren."

„Oder er wollte nur kurz weg und konnte aus irgendeinem Grund nicht zurückkehren", schlug Wildmann vor.

„Ausschließen kemma im Moment fast gar nix."

Hattinger öffnete den Geschirrspüler und zog die beiden Geschirrkörbe heraus.

„Ja da schau her … Fallt dir da was auf?"

Wildmann wusste nicht im Ansatz, was der Chef meinte. Der Geschirrspüler war recht voll und das Geschirr im Wesentlichen sauber, also war er wohl erfolgreich gelaufen.

„Du hast koan Gschirrspüler, oder?", sagte Hattinger. „Schau amoi den obern Korb o und dann den untern."

Wildmann wusste immer noch nicht, worauf Hattinger hinaus wollte. Im unteren Korb lag eine kleine Schüssel mit der Öffnung nach oben. Darin ein eingetrockneter roter Rest, vielleicht ein Saucenrest.

„Die Schüssel da?"

„Scho amoi a Anfang", fand Hattinger. „Schau, die zwoa Körbe san völlig unterschiedlich eingräumt. Da im obern stehn die Tassen in Reih und Glied, auf der andern Seitn die Gläser, dazwischen kloane Schüsseln in gleichmäßigem Abstand. Die langstieligen Weingläser san so gekippt, dass die Maschin no zuageht, aber trotzdem as Spülwasser von unten neikommt, dazwischen die Schöpfkelle und des Sieb und der Schaber da, alles blitzblank sauber. So räumt ma a Spülmaschin ei, zumindest wenn ma möcht, dass die Sachen sauber wern. So macht des a gründlicher, strukturiert denkender Mensch, der woaß, was er duad. Und des macht er vermutlich scho jahrelang so, weil er woaß, dass des so am effektivsten is und er si am End an Haufn Arbeit spart, alloa scho beim Ausräumen. Da is nix am Zufall überlassen."

Er zeigte auf den unteren Korb.

„Und jetz du."

„Unten ist das ...", Wildmann nahm sich ein bisschen Bedenkzeit, „ein ziemliches Durcheinander?"

Hattinger nickte aufmunternd.

„Also eben die Schüssel da, die ist nicht sauber geworden."

„Mhm. Und warum ned?"

„Tut mir leid, ich hab wirklich keine Ahnung von Spülmaschinen", gestand Wildmann. „Hab noch nie eine gehabt."

„Dann werds aber Zeit. Oiso, Nachhilfe: Da, unter jedem Spülkorb, gibts a so an Arm mit Düsen, der draht si unter Wasserdruck." Hattinger gab dem oberen Sprüharm einen Schubs um zu demonstrieren, was er meinte, der Arm machte ein paar Umdrehungen. „Und der sprüht mehrere Wasserstrahlen ab, wenn er si draht, und zwar nach *oben!* Des hoaßt, alles was vor allem innen sauber wern soll, Schüsseln, Töpfe, Pfannen, Gläser usw. miassn mit der Öffnung nach *unten* im Spülkorb liegen. Und die Öffnung derf ned von was Größerem verdeckt sei. Wenn jetzt die Schüssel da mit der Öffnung nach oben drinliegt, dann lauft die bloß voll Wasser und des steht dann da drin. In unserm Fall is des Wasser wahrscheinlich im Lauf von a paar Wochen verdunstet, und übrig bleibt dieser Rest von, lass mi raten: Spaghettisauce? Jetz du wieder."

„Okay, der Topf hier liegt auf der Seite, kann also auch nicht richtig sauber werden, weil das Wasser an der Öffnung vorbeispritzt?"

Hattinger nickte wohlwollend.

„Die kleine Pfanne hier liegt zwar mit der Öffnung nach unten, aber ansonsten regelwidrig über einem größeren, flachliegenden Teller und kann somit überhaupt nicht sauber geworden sein."

Um die Theorie zu überprüfen, nahm Wildmann die Pfanne heraus und freute sich wie ein kleiner Junge, dass sie erwartungsgemäß innen mit braunen Krusten verdreckt war.

Das mochte Hattinger an ihm, er konnte zugeben, wenn er ausnahmsweise keine Ahnung von etwas hatte. Wenn man ihm aber eine logische Erklärung lieferte, wie und warum etwas funktionierte oder nicht, war er sofort im Bild.

„Außerdem kommt mir dieser Besteckkorb reichlich unlogisch vor. Manche Löffel sind z.B. mit dem Griff nach unten, andere mit dem Griff nach oben eingeräumt", beobachtete er, „desgleichen die Gabeln und Messer."

„Genau. Des hätt unser Meisel nie gmacht, da trau i mi wettn."

„Und was ist das? Da hängt was durch."

Wildmann versuchte den unteren Sprüharm zu drehen, der ließ sich aber nicht bewegen. Er ging der Sache auf den Grund und zog einen Schneebesen aus dem unteren Korb, dessen Griff durch das Gitter gerutscht war und den Sprüharm blockierte. Er präsentierte Hattinger seine Entdeckung.

„Was sagst du dazu?"

„Des? Des is praktisch der GAU beim Spülen. Nur no übertroffen vom Super-GAU, wenn beide Arme blockiert san, oben und unten. Dann kriagst zwoa diagonale Streifen halbwegs sauberes Gschirr, je nachdem, wo der Arm festhängt, und alles andere derfst no amoi spülen."

Wildmann sah seinen Chef an. Er hatte den Anflug eines Lächelns im Gesicht, aber Wildmann war sich trotzdem nicht ganz sicher, ob er das nicht todernst meinte.

„Das ist ja ne Wissenschaft für sich, mit den Spülmaschinen."

Hattinger winkte ab.

„Da san scho Ehen dran zerbrochen. Oiso: Schlussfolgerung?"

Wildmann nahm die Brille ab und polierte die Gläser. Manchmal machte er das nur, um besser denken zu können. Seine Brillengläser waren meistens blitzblank.

„Schlussfolgerung: Diese Spülmaschine wurde von mindestens zwei verschiedenen Menschen eingeräumt. Der eine konnte es, der andere nicht. Und der, der es konnte, ist mutmaßlich der Hausbesitzer Friedhelm Meisel gewesen. Der andere hat möglicherweise versucht, in der Spülmaschine irgendwelche Spuren zu vernichten. Ohne zu wissen, wie man das ordentlich macht."

„Sehr guad. Besser hätt i's selber ned sagn kenna. Und deswegn setz ma jetz glei an Bamberger drauf o, vielleicht konn der no Fingerabdrück sichern auf dem Gschirr, was ned sauber worn is."

„Der wird sich freuen", meinte Wildmann ironisch.

„Da kennst an Bamberger aber schlecht, sowas stachelt sein Ehrgeiz erst richtig o. Der zerlegt die Spülmaschin in alle Einzelteile, wenns sei muass."

Hattinger schaute aus dem Küchenfenster. Auch von hier sah man auf den Chiemsee. Immer noch ein wunderbarer Anblick, auch wenn es dunkel war inzwischen.

Schon wieder ein Tag fast vorbei und sie kamen mit ihren Hausaufgaben kaum mehr nach. Eigentlich überhaupt nicht. Wenn er eins und eins zusammenzählte, dann glaubte er, dass Friedhelm Meisel mehr passiert war, als dass er nur abhauen musste. Viel wahrscheinlicher kam ihm vor, dass Meisel nicht mehr lebte. Dass ihn einer abgeräumt hatte, dass derjenige etwas gesucht hatte in diesem Haus, was auch immer. Die Bilder und die Kunstgegenstände, die sonst noch überall hier rumstanden, schienen es wohl nicht gewesen zu sein. Und dass derjenige bestimmt versucht hatte, seine Spuren zu verwischen.

Aber war es der Tote, der dort draußen vor der Tür lag? Irgendwie kam ihm das recht unwahrscheinlich vor. Mit dem Einräumen der Spülmaschine hatte er wohl kaum etwas zu tun, denn deren Befund hatte ja klar gezeigt, dass der letzte Waschgang auf jeden Fall schon länger zurückliegen musste. Der hatte ja wohl kaum hier gewohnt. Aber vielleicht der, der ihn erschossen hatte? Auch eher unwahrscheinlich. Hatte Meisel den Typ erschossen? Bei der Überlegung war er ja schon gewesen und er hatte sie aus gutem Grund wieder verworfen. Was also dann?

„Hat der Meisel eigentlich Verwandte in der Gegend, oder überhaupt irgendwo?", fragte er Wildmann.

„Darüber hab ich noch nichts rausfinden können. Hier ist jedenfalls nur er gemeldet."

„Dann ruaf doch bitte als erstes die Frau Erhard o, die is ja a Allzweckwaffe, wenns um solche Sachen geht. Vielleicht kennt die wieder amoi jemand, der jemand kennt, der früher … Woaßt scho."

Sie brauchten dringend Verstärkung. Allein die Spurenlage hier im Haus, auf dem Gelände. Das Bootshaus wartete ja auch noch. Und mit diesen Daxbergers, den anderen Nachbarn, musste er unbedingt reden. So schnell wie möglich!

Er musste einen Moment raus hier, die Schwüle im Haus machte ihn fertig. Er troff förmlich vor Schweiß unter diesem blöden Overall. Und er brauchte dringend eine Kippe. Würde er sich halt doch wieder welche kaufen, hatte ja keinen Sinn. Nur für den Fall jetzt, und dann aufhören, endgültig. Oder auch nicht, scheiß drauf. Und um Lena sollte er sich mal wieder kümmern und um das Haus und und und …

Wildmann machte sich auf den Weg, um mit Andrea Erhard zu telefonieren. Er nutzte auch die Gelegenheit, um nach draußen zu gehen, ein bisschen Luft zu schöpfen und mal kurz das ganze Zeug abzulegen.

Andrea Erhard ging gleich dran. Er brachte erst mal Hattingers Anliegen vor. Sie meinte, dass sie da ausnahmsweise niemand kenne, aber mal nachfragen könne bei den üblichen Verdächtigen.

„Übrigens, der Chef hat eine abenteuerliche Theorie", erzählte Wildmann zum Abschluss. „Ich glaube, er schlussfolgert, dass der Hausbesitzer tot ist, weil seine Spülmaschine komisch eingeräumt war."

Andrea Erhard überlegte einen Moment. Dann sagte sie nur: „Des erscheint mir überhaupts ned abenteuerlich."

III. Montag

15

Am nächsten Morgen trafen sich alle in Prien auf der Polizeistation, alle mehr oder weniger übernächtigt.

Hattinger war um vier Uhr heimgekommen, hatte beruhigt registriert, dass Lena wieder zuhause war und schlief wie ein Murmeltier, und sich dann selber aufs Ohr gelegt, für zweieinhalb Stunden. Besser als gar nichts. Die ganze Nacht durchzumachen fiel ihm immer schwerer in letzter Zeit. Auch wenn es manchmal eben unumgänglich war. In dem Fall versuchte er aber zumindest tagsüber irgendwo eine Stunde abzuzwacken, zum Beispiel im Auto. Was bei den derzeitigen Temperaturen natürlich nicht in Frage kam.

Er war noch nie so der Power-Nap-Typ gewesen: fünf Minuten am Schreibtisch wegrüsseln und dann erfrischt aufwachen, von wegen! Wenn er am Schreibtisch einschlief, dann schlief er so lang, bis ihn jemand wieder aufweckte. Deshalb versuchte er es tunlichst zu vermeiden. Machte keinen besonders tatkräftigen Eindruck für einen Leiter der Mordkommission.

Aber die zwei Stunden in der Horizontalen, das hatte schon ein bisschen was gebracht. Nach ein paar Minuten unter der kalten Dusche und einem doppelten Espresso war er wieder einigermaßen einsatzfähig. Bevor er ging, ließ er Lena noch einen Zettel und einen Fünfziger da.

Hi Lena, das mit dem Herd wird heut nix werden.
Kauf was ein, was man nicht kochen muss
oder bestell Pizza!
Muss mal wieder Mörder fangen. LG, Paps

Als er zur Arbeit fuhr, drängte sich die Idee wieder in sein Bewusstsein, die ihn gestern Nacht beschlichen und dann nicht mehr losgelassen hatte: Eine männliche Wasserleiche, etwa um die 65, die mehrere Wochen im Chiemsee gelegen hatte. Ein abgängiger Hausbesitzer an die 70, vielleicht schon seit ein paar Wochen nicht mehr da. Der direkt am See wohnt. Und auch noch ein Boot hat.

Wenn das mal nicht ein und derselbe war.

„Mir treffen uns um acht im Besprechungsraum", sagte er an, holte sich einen Kaffee und telefonierte als erstes mit Staatsanwalt Reißberger und mit dem Präsidium in Rosenheim. Sie brauchten dringend Verstärkung. Die wurde ihm auch genehmigt. Man würde sein eingespieltes Sonderermittlungsteam schicken, Petra Körbel und Martin Haller. Die rollten im Moment einen 12 Jahre alten, ungelösten Mordfall wieder auf, aber der konnte noch ein bisschen länger warten. Sie würden mittags da sein.

Wildmann war nicht da, weil Hattinger ihn gebeten hatte, heute zur Obduktion des Tätowierten nach München zu fahren. Er hatte sich gar nicht groß gewunden dieses Mal, vielleicht gefiel ihm Triple-A auch ganz gut.

Hattinger erzählte Bamberger und Andrea Erhard von seiner Vermutung, dass Friedhelm Meisel die Wasserleiche sein könnte.

„Is zwar ned mei Job, aber daran hab i ah scho denkt", meinte Bamberger nur.

„Mir brauchen DNA-Material vom Meisel, Haar, Zahnbürsten und so weiter, woaßt eh, was da in Frage kommt."

„Hab i gestern gesichert, is scho unterwegs“, sagte Bamberger. „Dauert hoid.“

„Klar. Des pressiert ja jetz ah nimmer wirklich.“

Das Seltsame war, dass sie bis dato in diesem Haus kein einziges Foto seines Besitzers entdeckt hatten. Das hätte man ja mit der Wasserleiche vergleichen können. Obwohl natürlich fraglich war, ob der Vergleich überhaupt was gebracht hätte. Und überhaupt schien alles, was für sie interessant sein könnte, schon von jemand anderem geplündert worden zu sein, so gab es keine Kontounterlagen. Sie wussten bis jetzt noch nicht mal, bei welcher Bank Meisel war. Ob er ein Handy hatte oder nicht. Immerhin ein Festnetztelefon war da, von der Telekom, die Verbindungsdaten hatten sie schon angefordert. Und er fuhr einen anthrazitfarbenen VW-Bus.

„Soll ma dann trotzdem den Zahnstatus an die Zahnärzte rausschicken?“, erkundigte sich Andrea Erhard.

„Auf jeden Fall“, sagte Hattinger. „Können Sie des übernehmen, solang der Wildmann ned da is?“

„Selbstverständlich. I mach no an Kaffee“, sagte Andrea Erhard, weil sie sich gerade einen einschenken wollte und bemerkte, dass die Kanne schon wieder leer war.

Bei der Gelegenheit fiel Hattinger auf, dass es heute gar nichts zum Frühstücken gab. Sonst hatte die Erhard doch immer haufenweise Zeug angeschleppt. Aber das gehörte ja schließlich auch nicht zu ihren Kernaufgaben, wenn mans genau nahm.

„Wie weit seids'n ihr mit dem Haus und 'm Grundstück?“, wandte er sich wieder an Bamberger.

„Da brauch ma mindestens no bis morgn Abend,

fürs Grobe. Meine Sklaven san scho wieder am Werk", scherzte Bamberger. „Aber für des Grundstück sollt ma no a Hunderschaft aufstocken."

„Hat si des no ned bis zu dir rumgsprocha, dass Sklavenhaltung verboten is?"

„Na ja, des woaß ma ja von den ganzen Zwangsprostituierten und Kindersklaven, dass des Verbot no lang ned hoaßt, dass's koane Sklaven gibt", warf Andrea Erhard ziemlich bissig ein. Sie stand auf, die Kaffeekanne in der Hand.

Hattinger blickte verwundert auf.

„Ja, natürlich, Entschuldigung, des war doch nur a Scherz."

Was war denn heute los mit der?

„I mach an Kaffee", sagte sie und ging.

Hattinger sah ihr nach.

„Is die mi'm foischn Fuaß aufgstandn?"

Normalerweise war Andrea Erhard immer ein Ausbund an Höflichkeit, und während der letzten Fälle hatte sie alle Beteiligten geradezu mütterlich umsorgt.

Bamberger zog die Schultern hoch.

„Keine Ahnung. Humor dahoam lassn? Aber im Ernst, der Grund da in Schützing is fast an Hektar groß, da brauch ma Verstärkung."

„Guad, des soll der Poschner organisiern. Und die solln in der Umgebung schaun, ob irgendwo a Gefährt steht, mit dem der Tote da hikomma is."

Der Priener Dienststellenleiter Franz Poschner war der richtige Adressat für so eine Aufgabe, der würde sich schon die passenden Leute zusammenholen.

„I geh später als erstes zu de Nachbarn, diesen …", Hattinger sah in seinen Unterlagen nach, „Daxbergers. Irgendwas sollt si über den Typ doch rausfinden lassen, außer dass er a Spülmaschin eirama konn."

„Apropos Spülmaschin: An dem oana abgedeckten Teller hamma an sehr guad erhaltenen Daumenabdruck entdeckt. Jetz miassts ihr nur no rausbringa, von wem der stammt. Von dem Erschossenen is er jedenfalls ned."

Hattinger stöhnte.

Andrea Erhard kam wieder herein, mit einer dünnen Mappe unter dem Arm. Sie stellte den Kaffee auf den Tisch, ohne sich zu setzen.

„Da is grad a Anruf reikomma, von der Polizeitaucherabteilung. Die ham heut in aller Früh was ziemlich Interessantes gfundn, in 18 Meter Tiefe."

Sie legte eine dramaturgische Pause ein.

„Wissen S', mir ham da in Prien an Spezialisten mit am ganz am neuen Sidescan-Sonar. Der hat gestern mit dem Sonar da in der Gegend hinter der Herreninsel Richtung Weitsee an Grund abgsuacht und dann die Aufnahmen mit älteren verglichen und was entdeckt, was as letzte Mal no ned da war."

Andrea Erhard genoss es offensichtlich, die Kollegen auf die Folter zu spannen. Hattinger wurde langsam neugierig.

„Und?"

„Und dann hat die Wasserschutzpolizei ihren Unterwasserroboter eigsetzt. Der hat jetz a Rundum-Sonar. Die san inzwischen hervorragend ausgrüst bei uns. Und die ham die Stelle überprüft und den Fund bestätigt. Und jetz ham die Taucher des Ding rausgholt."

Sie setzte sich und schenkte sich in aller Ruhe Kaffee ein.

„Und was war des dann für a Ding, wenn ma fragn derf?", grummelte Bamberger ungeduldig.

„Eine Reisetasche. Mit Ziegeln gefüllt." Die Gewichtigkeit ihrer Auskunft unterstrich sie sogar mit Hochdeutsch. „Und jetz kommt as Beste: Mit am Rest Leine am Henkel. Da, schaun S' selber."

Sie legte die Mappe mit den frisch ausgedruckten Fotos auf den Tisch. Die Aufnahmen zeigten eine stabil wirkende, schwarze Reisetasche, offensichtlich aus Plastik, äußerlich relativ sauber. Zumindest war sie nicht mit Algen bewachsen. Die Henkel waren mehrfach verschnürt mit einem dünnen Strick, der dem um den Hals der Wasserleiche sehr ähnlich sah. Auf einem anderen Foto der Tasche mit geöffnetem Reißverschluss konnte man gut erkennen, dass sie mit leicht unregelmäßig geformten, offensichtlich recht alten Vollziegeln gefüllt war. Solche Ziegel bekam man jedenfalls in keinem Baumarkt. Auf dem dritten Foto die Knoten im Detail und auf dem letzten der ausgefranste Rest der Leine.

„I friss an Besen, wenn des ned derselbe Strick is", meinte Bamberger. „Die Tasche muass sofort zu mir ins Labor."

„Is scho unterwegs", antwortete Andrea Erhard.

„Sehr guad. Des wär auf jeden Fall die Bestätigung, dass der Tote versenkt worden is. Und vielleicht führen uns ja die Taschn und die Ziagl auf irgend a Spur", hoffte Hattinger.

„Da war vor a paar Jahr so a Ausstellung auf Schloss Herrenchiemsee", meinte Andrea Erhard, „da hat ma die Teile vom Schloss besichtigen können, die damals ned fertiggstellt worn san, weil s' an König Ludwig entmündigt ham. Riesige Räume und Gänge und

Treppenhäuser, alles unverputzt. Schaut echt eindrucksvoll aus. Und wie perfekt die des damals gmauert ham! Jedenfalls ham die Ziegel ziemlich ähnlich ausgschaut."

„Mhm, guader Punkt", fand Hattinger. „Vielleicht san die ja aus der Zeit."

„Des bring ma relativ schnell raus", meinte Bamberger.

„Zu dem Toten von gestern, Frau Erhard, gibts Vermisstenanzeigen, die auf den passen?", wollte Hattinger wissen. Sie hatten keine Ausweispapiere bei ihm gefunden, kein Handy, nichts, was auf seine Identität hätte schließen lassen.

„Gar nix. Is ja vermutlich ned länger ois zwoa Tag her, oder? I hab sei Foto und die Fingerabdrück durch'n Computer gjagt, aber Fehlanzeige. Der is uns ned bekannt bis jetz."

„Was mi ehrlich gsagt ziemlich wundert bei dem Typ", sagte Hattinger. „Der schaut eigentlich ned so aus wie jemand, der no nie mit der Polizei z'doa ghabt hat. Außerdem konn i ma ned vorstelln, dass der rein zufällig und völlig ahnungslos bei am Haus aufkreuzt, wo der Besitzer verschwunden is und a ganze Menge von seim Besitz und dann glei erschossn werd. Da muass's doch an Grund gebn, warum der da war. Des war ja offensichtlich koa harmloser Spaziergänger, mit Handschuah und Motorradmaskn? Der muass was gsuacht ham."

„Sollt ma ned glei a Foto von ihm veröffentlichen?", schlug Andrea Erhard vor. „I ruaf an Karli von der Chiemseezeitung an, der stellt ma des heut no auf die Website, und morgen hamma's in der Zeitung."

Hattinger überlegte. Andrea Erhards alter Sandkastenfreund Karli hatte schon bei einem der letzten Fälle einen wertvollen Tipp gegeben, weswegen er für ihre Neigung, ihn unter den lokalen Pressevertretern unauffällig zu bevorzugen, durchaus Verständnis hatte. Solange sie es nicht übertrieb. Natürlich gab es inzwischen längst Anfragen nach einer Pressekonferenz, die er aber erst mal ignorieren würde, solange es ging. Vielleicht konnte er Staatsanwalt Reißberger dazu überreden. Aber was hatten sie bisher schon zu sagen?

„Warum ned. Spricht eigentlich nix dagegen."

„Dann fahr i erst amoi nach Rosenheim und schau mir die Taschn o", schlug Bamberger vor.

„Genau. Und i fahr wieder nach Schützing, zu de Daxbergers und dann ins Haus. Und als nächstes nehm ma uns des Boot vor."

„Konn i mitkomma?", fragte Andrea Erhard fast schüchtern. „I sitz eh so vui am Schreibtisch. Und i bin früher oft gsegelt, mit … am Freund."

Hattinger sah sie an. Er merkte, dass es ihr wichtig war, warum auch immer.

„Freilich. Machen S' des mit dem Foto no, der Zahnstatus konn warten. Des sollen dann glei der Haller und die Körbel übernehmen. Erübrigt si vielleicht eh, wenn ma die DNA-Analyse ham."

Andrea Erhard sah ziemlich dankbar aus.

Hattinger packte seine Unterlagen zusammen.

„I red no mi'm Poschner und dann pack ma's."

Unterwegs besprach er mit ihr, dass sie die Suche auf dem Grundstück koordinieren solle. Poschner hatte zwei Mannschaftswagen angefordert, die bereits nach Schützing unterwegs waren.

„Und wie mach i des? Mir ham ja no ned amoi an Plan von dem Grundstück."

„Müssen S' halt improvisieren. Digitale Karten, Google Earth, oder vielleicht gibts auf der Gemeinde an Lageplan? Irgendwie kriagn Sie des scho hi, da bin i guter Dinge."

Andrea Erhard fühlte sich geschmeichelt. Man merkte ihr an, dass ihr gerade alles lieber war als Büroarbeit.

16

Die alte Frau Daxberger war mehr als reserviert, als Hattinger sie zu Friedhelm Meisel befragen wollte.

„Über die Nachbarn, da sagn ma mir grundsätzlich nix."

Er hatte sich durch die halbe Familie gefragt, wer über den Meisel etwas erzählen könne. Schließlich hatte er auf dem Hof der Daxbergers einen halbwüchsigen Jüngling gestellt, der so gar nicht in die bäuerliche Umgebung zu passen schien.

„Da fragn S' am besten die Mumi, oiso mei Urgroßmutter. I kenn den ned", sagte er, und schon war er wieder verschwunden.

Hattinger hatte sich also zur „Mumi" durchgefragt. Man hatte nach ihr gerufen und schließlich kam sie den langen Gang des Bauernhauses entlang angeschlurft, eine kleine, gebeugte Gestalt. Sie musste gut jenseits der 90 sein, aber dafür war sie noch erstaunlich sicher unterwegs auf ihren Säbelbeinen. Sie stellte sich in den Hauseingang und machte keinerlei Anstalten, ihn herein zu bitten.

Hattinger brachte noch einmal ausführlich sein Anliegen vor, wobei er den Erschossenen auf dem Nachbargrundstück erst mal nicht erwähnte. Natürlich wusste er nicht, ob der andere Nachbar, Anton Niedermeier, nicht doch schon getratscht hatte, aber vielleicht war er noch gar nicht dazu gekommen, wenn er Besuch von einer *Bauer-sucht-Frau*-Dame hatte.

Die alte Frau Daxberger studierte eingehend Hattingers Gesicht und kam wohl am Ende zu einer positiven Einschätzung. Sie bedeutete ihm, sich auf die Hausbank zu setzen, im Schatten eines mächtigen alten Walnussbaums. Dann rief sie in den Hausgang: „Girgl, bringst uns a Wasser und an Hollersirup!“, und setzte sich neben Hattinger.

„Oiso was soll sei mi’m Meisel?“

Ihre Aussprache war gebissbedingt ein wenig pfeifend. Aber sie schien noch gut zu hören, weil sie ziemlich leise sprach und nicht so schrie wie viele Leute ihres Alters.

„Des wiss ma ehrlich gsagt no ned. Es schaut so aus, als ob er scho a Zeitlang weg wär und koana woaß, wo er abbliebn is.“

Die grauen Augen der alten Bauersfrau wanderten wachsam hinter ihren Brillengläsern hin und her.

„Und wia konn i da helfn?“

„Sie kanntn mir sagn, was Sie über den Herrn Meisel wissen. Was der so macht, was er für a Typ is. Jede Information konn uns weiterhelfen, weil mir wissen praktisch gar nix. Außer, dass er a studierter Kunstgeschichtler is.“

„Ah geh … Schaun S’, des hab jetz i ned gwusst. I hab scho ghört, dass er amoi studiert hat, aber i glaub, der hat sei Lebtag no nix garbat.“

„Wenn er koa Arbeit hat, von was lebt er dann?“

„Mei, nix Gwiss woaß ma ned. I glaub, der hat gnua g’erbt. Des Haus, an Grund … Geld hat er auf jeden Fall oiwei scho ghabt.“

Der Bub kam aus dem Haus und brachte einen Krug mit Wasser und zwei Gläser, dazu eine Flasche mit dem angekündigten Hollersirup, der mit Sicherheit selbstgemacht war.

„Guad, schenkst uns ei, Girgl, na konnst geh. Was machst’n heid?“

„I geh baden."

„Was, am Montag?", fragte die alte Frau ihren Urenkel leicht irritiert.

„San ja Ferien."

„Ah so, freilich. Geh nur", schickte sie ihn weg. „Die Jugend", sagte sie zu Hattinger. „Baden, unter der Woch, des hätts bei uns ned gebn."

„Wissen Sie, von wem er des alles geerbt hat, der Herr Meisel?"

„Sicher woaß i's ned, wahrscheinlich von de Eltern. Der Vater is bestimmt scho vor 30 Jahr gstorbn, die Muatter a paar Jahr später."

„Ham Sie die Eltern kennt?"

„Ja freilich. Wia ma sich hoid so kennt, ois Nachbarn. Vergessn S' fei as Trinkn ned, bei dera Hitz braucht da Mensch vui Wasser."

Sie nahm einen Schluck und setzte hinzu: „As Viech ah."

Hattinger fühlte sich nicht angesprochen, trank aber trotzdem. Das kühle Hollerwasser schmeckte unvergleichlich intensiv und lang nicht so süß, wie er erwartet hatte.

„Guad gell? Mir machan alles selber, da schmeckts."

„Hervorragend", bestätigte Hattinger. „Frau Daxberger, die Familie Meisel, die lebt wahrscheinlich dann scho lang da, oder?"

Die alte Daxbergerin sah irgendwo in die Ferne. Sie überlegte eine Zeitlang.

„Mei, lang ... Was is scho lang? Wirklich lang ned."

Sie verscheuchte eine Wespe von ihrem Sirup.

„Vorher ham andere da glebt."

Hattinger wurde neugierig, so wie sie das sagte, mit einem gewissen Trotz in der Stimme.

„Des daad i gern a bissl genauer wissn, wie S' jetz des meinen."

„I red eh scho vui zvui", sagte sie und überlegte wieder.

Hattinger ließ ihr Zeit.

„Lebt er no, der Meisel?", fragte sie plötzlich und es klang so, als wolle sie nur weiter reden, wenn er tot wäre.

„Ich weiß es ned. Echt ned."

Hattinger war klar, dass man der alten Frau so leicht nichts vormachen konnte.

„Es gibt da so an gewissen Verdacht, dass er vielleicht ertrunken is, scho vor einiger Zeit."

„Ah geh? Is er des, die Wasserleich?"

Hattinger war verblüfft. Woher konnte sie …

„I hab heid scho Zeitung glesn. Des mach i jeden Tag in da Friah. Bis auf Sonntag, da gemma in d'Kirch."

Stimmt, in der Chiemseezeitung stand heute ein Artikel über den Fund einer unbekannten männlichen Wasserleiche, mit einem Foto des großen Polizeiaufgebots an der Herreninsel. Von dem Erschossenen hatte die Presse zum Glück noch keinen Wind bekommen.

„Ausschließen kemma's ned", antwortete er.

„Oana von dene hat amoi so enden miassn", stieß Frau Daxberger heraus, so als ob sie es endlich loswerden müsste.

Hattinger wartete geduldig auf mehr.

„Die warn ned immer da, die Meisels."

Jetzt hörte sich der Name bei ihr fast wie ein Schimpfwort an.

„Die san erst seit Ende der Dreißger da. Da hat

des Haus auf oamoi dene ghört, und der ganze Grund. Und die oidn Nachbarn, die warn weg, von heid auf morgn. Warum und wohi, des woaß koana. Aber mir ham uns natürlich unsern Teil denkt. Sagn hat ma ja nix derfa, in dera Zeit, sonst hättn s' oan glei an Kopf kürzer gmacht."

Hattinger wusste instinktiv, dass sie darüber noch nie mit einem Fremden geredet hatte. Vielleicht mit niemandem.

„Da war ja der junge Meisel no gar ned geboren", fuhr sie fort. „Der is ja erst nach'm Kriag … Aber an die Zeit erinner i mi genau, weil wia der kemma is, der oide Meisel mit seiner Frau, da hat er sofort ogfangt, hinter mir her zum schleicha. I war ja a junge Frau damals und i hab scho was hergmacht. Aber der war bestimmt vierzge. Und verheirat! Und i hab'n sowieso ned ausssteh kenna, des war a ganz a foischer Fuchzger."

Man sah der alten Bäuerin an, dass sie heute noch angewidert war.

„Der is mir bestimmt a Jahr lang nachgstiegn, und wia! Mei Vater hat des natürlich mitkriagt, der hat gsagt, i soll bloß aufpassn, der Meisel hat Kontakte nach ganz nach oben."

Frau Daxberger streckte einen vielsagenden Zeigefinger in die Luft.

„Wissen S', Herr …"

„Hattinger."

„Wissen S' Herr Hattinger, die san ja damals oiwei gern amoi am Nordufer vom Chiemsee entlang gfahrn, die hohen Herren von der Partei, weil so blöd waren die natürlich ned, dass die ned ah gwusst hätten, wo's bsonders schee is. Inklusive am

Führer höchstpersönlich, der is gern beim Malerwinkl eikehrt. Da mag si bloß heid koana mehr erinnern. Und mir, mir hätten natürlich begeistert sei miassn. Aber i war ned begeistert, wia de Nachbarn auf oamoi ... Vor allem i ned, weil i den Sohn echt gern ghabt hab. Und dann war er weg. Nie wieder was ghört."

Die alte Frau wischte sich eine Träne aus den Augenwinkeln. Lange sagten sie beide nichts.

„I woaß gar ned, warum i grad Eahna des erzähl."

Sie trank einen Schluck, ihre Hände zitterten leicht.

„Dann war der oiso a höherer Nazi, der Vater vom jungen Meisel?"

Frau Daxberger nickte.

„Konn ma sagn. Aber der war ah ned so, wia ma si an typischen Nazi heid vorstellt, so a SS-Hanswurscht. Der hat so auf fein gmacht, auf gebildet, dabei war des a ganz a Hinterfotziger."

„Wissen Sie, was der für a Funktion ghabt hat, in der Partei? Oder was er von Beruf war?"

„In der Partei woaß i ned. Aber der hat ah irgendwas mit Kunst zum doa ghabt. Der wollt mir sogar amoi a Buidl schenken. Vielleicht hat er gmoant, dass er mi damit rumkriagt. Da hat er si aber gschnittn. I habs ned gnomma."

„Was war des für a Bild, wenn i fragn derf?"

„A so a Nackerte in Öl. Wink mi'm Zaunpfahl, verstehn S'? Des hätt ma ja alloa scho der Vater ned erlaubt, a sowas Schamloses aufzhänga. Konn ma si heid gar nimmer vorstelln, oder? Heitzutag muasst scho in Keller geh und as Liacht ausmacha, wennsd' koane Nackertn sehn magst."

Hattinger musste herzhaft lachen. Irgendwann lachte Frau Daxberger mit. Die alte Dame beeindruckte Hattinger. Ja, sie war eine Dame, sie hatte Haltung und Würde und Humor hatte sie offensichtlich auch.

„Aber jetz no amoi zum jungen Meisel: Ham Sie den näher gekannt? Oder besser, kennen Sie den näher?"

„Naa. Ma is si hoid ab und zu übern Weg glaufn und hat a bissl übers Wetter gredt, aber sonst nix Bsonders. Aber er war ned unfreundlich. I denk, er war scho netter wia sei Vatter. Und er war oiwei vui weg, glaub i."

„Können Sie sich vorstelln, bei welcher Bank der sein könnt?"

„Wahrscheinlich bei der Raiffeisen. Da bin i eahm zwoa, drei Moi begegnet, die letzten dreiß'g Jahr."

„Danke, Frau Daxberger. Sie ham uns wirklich sehr weitergholfn. Jetz bin i wenigstens a bissl schlauer wia vorher."

Hattinger stand auf und reichte der alten Dame die Hand, die sie nahm und ausgiebig schüttelte.

„I glaub, so vui hab i scho lang nimmer gredt."

„Wenn i no was brauch, derf i wiederkomma?"

„Jederzeit, Herr Hattinger."

Hattinger erschien es gerade nicht angemessen, gegen das „Herr" anzukämpfen.

„Oans no, weils ma grad einfallt. Wie war denn des dann nach'm Kriag? Is der oide Meisel in Haft komma, oder in Kriegsgefangenschaft, oder irgendwas?"

Frau Daxberger schüttelte den Kopf.

„Nix. Gar nix. Die ham einfach weiterglebt da,

ois wie wenn nie irgendwas gwesn waar. Des Haus ham s' ah bhaltn derfa. ‚Rechtmäßig erworben', hat a Bekannte von mir in Seebruck gsagt, die ihn kennt hat. So hats offiziell ghoaßn. Wahrscheinlich für a Butterbrot. Und wissen S' was? Bei mir hat er si amoi beschwert, dass ma sei Segelboot a paar Jahr beschlagnahmt hat nach'm Kriag. Und sogar des hat er wieder zruck kriagt."

„Wissen Sie no den Vornamen vom alten Meisel?"

„Freilich, Adalbert. Der feine Herr Adalbert."

„Danke, Frau Daxberger."

17

Montag Vormittag wars, als er wieder aufwachte. Montag! Seit gestern Nachmittag durchgeschlafen. Er hatte wohl doch zu viel von dem Zeug eingepfiffen. Aber wenigstens fühlte sich sein Kopf jetzt besser an. Er schaute in den Spiegelschrank, der Kopfverband hatte halbwegs gehalten, er war nur ziemlich durchgeblutet. Die Schulter schmerzte höllisch beim Aufstehen, genauso sein Knie, und er hatte überall blaue Flecken. Und ein blaues Auge, das bis zum Kinn durchzuhängen schien. Immerhin ließ sich alles einigermaßen bewegen.

So weit, so gut. Jetzt musste schleunigst ein Plan her. Es wurde allerhöchste Zeit, sich ans Aufräumen zu machen.

Er zog sich an, ging in die Küche, braute sich eine Kanne tiefschwarzen Kaffee und machte sich zwei dicke Schinkenbrote. Ein Glück, dass überhaupt noch was Essbares da war, er hatte einen Mordshunger. Hatte ja seit zwei Tagen praktisch nichts mehr gegessen.

Sogar in der Küche waren Blutflecken auf dem Boden, dabei konnte er sich gar nicht erinnern, in der Küche gewesen zu sein. Na egal, das war zumindest nur sein eigenes Blut.

Die Frage war, welche Spuren er dort hinterlassen hatte und was er alles mit nach Hause geschleppt hatte. Er musste das Zeug sofort entsorgen, das war klar.

Wo war eigentlich der Seesack? Er sah im Flur nach, aber da war er nicht. Ach du Scheiße, die 08! Was hatte er damit gemacht? Moment, ganz langsam. Er hatte das alles … Das ganze Zeug musste noch im Auto sein.

Er ging über die Terrasse raus und über den Hintereingang in die Garage. Sogar das Tor hatte er noch zugemacht, vorgestern Nacht. Gar nicht schlecht, in dem Zustand.

Er sperrte den Jeep auf. Der Seesack lag auf der Rückbank, die Pistole im Fußraum und vorne wie hinten war alles voller Blutflecken. Da würde er wohl schrubben müssen. Obwohl er genau wusste, dass Schrubben allein wenig bringen würde, so gründlich konnte er gar nicht sein, dass da keine Spuren blieben.

Aber eins nach dem andern.

Die Pistole musste weg, so schnell wie möglich. Und zwar dauerhaft. Er fragte sich immer wieder, wer der Typ sein konnte, den er damit erschossen hatte. Wieso war der dort aufgetaucht? Zufall? Oder hatte der dort auf ihn gewartet? Wohl kaum, denn es konnte ja keiner wissen, dass er an dem Abend da hinfahren würde. Also doch Zufall. Aber für ihn ein saudummer, jetzt hatte er noch mehr Scheiße an der Backe. Die ganze Angelegenheit war inzwischen total aus dem Ruder gelaufen. Er durfte gar nicht darüber nachdenken. Jetzt konnte er vielleicht nur noch verhindern, dass es noch schlimmer wurde.

Er packte den Seesack und die 08 und ging damit auf die Terrasse hinterm Haus. Da ließ er als erstes eine Plastikwanne mit dem Gartenschlauch volllaufen und warf die Pistole hinein. Auf jeden Fall erst mal das Blut aufweichen.

Er öffnete den Seesack und schüttete den Inhalt auf den Boden, dann fing er an, die Sachen zu sortieren. Die Handschuhe von dem Typ, die hatte er eingepackt, weil da bestimmt auch sein eigenes Blut dran war. Ein hilfloser Versuch vielleicht, aber was hätte er machen sollen? Hatte halt alles zusammengerafft, was er ihm auf die Schnelle noch abnehmen konnte. Die Handschuhe würde er auf jeden Fall verbrennen, zusammen mit seinen ganzen Klamotten, die er an dem Abend getragen hatte. Schuhe ebenso am besten.

Seine eigenen Handschuhe wohl auch, was er sehr bedauerte.

Aber wo war eigentlich die Maske? Hatte er wohl liegen lassen, die war nicht dabei. Mist. Und da war doch noch irgendwas gewesen. Na ja, würde ihm schon wieder einfallen.

Alles, was wasserfest war, warf er schon mal in die Wanne. Die Taschenlampe war auch wasserdicht, also rein damit. Er ging in die Küche, um einen Eimer warmes Wasser mit viel Spülmittel und einen Lappen zu holen, womit er den Metallsucher und das andere Zeug gründlich abwischen konnte.

Außerdem musste er einen Strohhut aufsetzen, über den Kopfverband, weil die Sonne schon wieder unerbittlich runterknallte. Dann machte er weiter. Alles, was sauber war, spritzte er noch mal mit dem Gartenschlauch ab und sammelte es neben der Terrassentür.

Den alten Seesack würde er auch verbrennen, der war nicht mehr sauber zu kriegen. Er wollte ihn gleich in den gemauerten Gartengrill legen, aber da war noch irgendwas drin.

Ach du Scheiße, das Handy …

Das Handy von dem Toten! Das hatte er total vergessen. Ein relativ kleines Smartphone.

Er drückte auf irgendeine Taste am Rand und ein Sperrbildschirm leuchtete auf. Verdammt, das war ja noch an! *Bitte Code eingeben, stand da, und darüber: Nachricht von Volker, heute 9:32 – Wo bleibst du?*

Das war ja wohl unfassbar blöd, jetzt hatte er das Handy von dem Typ hier im Haus und das funkte seit eineinhalb Tagen vor sich hin! Er überlegte fieberhaft, was das für Konsequenzen haben konnte und was er damit machen sollte.

Er musste das Ding so schnell wie möglich tot kriegen.

Andererseits konnte er über das Handy vielleicht rausfinden, wer der Kerl war.

Auf ein paar Minuten kam es jetzt auch nicht mehr an. Er könnte ja versuchen, es anzukriegen. Aber wenn der Typ nicht ganz blöd war … Er zögerte kurz, dann gab er *1 2 3 4* ein, dann *5 6 7 8,* und dann probierte er es noch mit *4 3 2 1,* dann erschien die Meldung: *Bitte versuchen Sie es in 5 Minuten wieder.*

So hatte das keinen Zweck. Er würde sich was anderes überlegen müssen. Da er nicht wusste, wo man das Teil ausschaltete, nahm er die Rückwand ab, was ziemlich leicht ging, und zog den Akku raus. Ende.

Eigentlich müsste man doch über die SIM-Karte rauskriegen können, auf wen das Ding angemeldet war, überlegte er. Er fummelte sie raus und bemerkte, dass auch noch eine Speicherkarte im Handy steckte. Auch die nahm er raus, eine 8 GB-Karte immerhin. Das Zeug würde er sich später vornehmen, das lief nicht davon. Aber die Knarre musste weg und das Auto vom Meisel auch, das jetzt seit geraumer Zeit schon hinter seiner Garage stand. Das war zwar vor neugierigen Blicken ganz gut geschützt, aber wenn hier jemand herkäme, um zu suchen, würde das auch nichts helfen. Und wenn das GPS bei dem Handy eingeschaltet gewesen war, dann würde hier jemand auf der Matte stehen, sobald man die Leiche gefunden und identifiziert hätte. Und dann ... Er mochte es sich gar nicht vorstellen.

Während er das Zeug im Grill großzügig mit Spiritus übergoss und anzündete, dachte er nach. Er sah den Flammen zu, die den Seesack fraßen und die Kunststoff-Schuhsohlen zu einer schwarzen, übel qualmenden Masse schmolzen. Es stank wie die Pest. Zum Glück war er weit genug weg von den nächsten Nachbarn.

Er dachte nach über die Konsequenzen seines nächtlichen Ausflugs, aber wie er es auch drehte und wendete, er kam zu einer einzigen logischen Schlussfolgerung: Wenn er nicht gleich aufgeben wollte, musste alles weg.

Auch die Leiche, bevor sie entdeckt würde.

Mittlerweile stank sie wahrscheinlich schon zum Himmel und wurde von Maden zerfressen, bei den Temperaturen.

18

Montag Nachmittag traf sich das Ermittlungsteam am Haus von Friedhelm Meisel in Schützing, um das weitere Vorgehen zu koordinieren. Selbst Staatsanwalt Reißberger war da. Nur Petra Körbel und Martin Haller, die mittags in Prien eingetroffen waren, waren gleich dort geblieben. Hattinger hatte sie gebeten, die Nachforschungen in punkto Wasserleiche zu übernehmen und außerdem alles Verfügbare über Friedhelm und seinen Vater Adalbert Meisel zu recherchieren. Wenn Adalbert Meisel tatsächlich im Dritten Reich Kontakte nach „ganz oben" gehabt hatte, wie Frau Daxberger meinte, dann müsste sich über ihn doch irgendwas rausfinden lassen.

Sie setzten sich unter die gelbe Markise, die Wildmann herausgekurbelt hatte, auf die Terrasse des Hauses an einen alten, massiven Eichentisch. Bambergers Leute hatten ihn natürlich schon untersucht und freigegeben. Das verwitterte Möbel stand fest wie eine Eins, obwohl es bestimmt schon seine hundert Jahre auf dem Buckel hatte.

Hattinger nahm auf der Eichenbank an der Hauswand Platz. Er schaute hinunter auf den Chiemsee, der da unten in der Gluthitze langsam zu verdunsten schien. Er genoss die Aussicht allerdings nur kurz, weil er sich gleich fragte, ob der *Führer* mit seinen Schergen womöglich auch schon hier gesessen hatte.

Der Gedanke gefiel ihm überhaupt nicht. Er zog sein Taschentuch heraus und wischte sich den Schweiß von der Stirn.

„Wo is'n die Frau Erhard?"

„Die kommt glei, hats gsagt“, brummte Bamberger. „Sie muass no was erledigen.“

„Aha“, meinte Hattinger, „dann werds hoffentlich wichtig sei. Fang ma scho amoi o.“

Er berichtete zunächst ausführlich von seinem Gespräch mit Frau Daxberger.

Staatsanwalt Reißberger legte die Stirn in Falten. Er sah beunruhigt aus.

Hattinger zögerte, entschloss sich aber doch, seine vage Idee auszusprechen.

„Was mir überhaupt ned schmeckt, is die Kombination: Auf der einen Seite a möglicher Nazihintergrund, auf der andern a Toter, der zumindest vom Aussehen her ganz guad zu Neonazis passn daad.“

Reißberger nickte.

„Da könnten S' recht haben, Hattinger. Aber da halten wir uns bitte erst amal streng bedeckt gegenüber der Öffentlichkeit, solang wir nichts Konkretes in der Hand halten.“

Er schaute auch Bamberger und Wildmann eindringlich an.

„Wer weiß? Wenn wir da in a Wespennest stechen, dann sollt ma vorher ein feinmaschiges Netz drüber spannen, sonst …“

Alle am Tisch hatten schon mit Wespennestern im eigentlichen und im übertragenen Sinn zu tun gehabt, konnten sich also den Rest selbst zusammenreimen.

„Selbstverständlich.“

Hattinger war das nur recht. Reißbergers Wespengleichnis bereitete ihm Unbehagen.

„Was hat si bei der Obduktion ergeben, Karl?“

Wildmann rückte seine Unterlagen zurecht. Er

schaute aber letzten Endes nicht hinein, weil er sich alles Wichtige ohnehin gemerkt hatte.

„Also, im Wesentlichen hat sich der erste Befund vom Tatort bestätigt. Ich fasse kurz zusammen: Männliche Leiche, 1,75 groß, 98 Kilo, Alter zwischen 35 und 40. Todesursache war die Schussverletzung aus nächster Nähe, Schmauchpartikel an der Eintrittswunde, die unter dem Brustbein liegt, große Austrittswunde am Rücken, die Kugel hat, wie schon vermutet, die Aorta aufgerissen und die Brustwirbelsäule gestreift, daher ein schneller, großer Blutverlust. Der Todeszeitpunkt laut Körpertemperatur, Mageninhalt und anderen Faktoren liegt mit hoher Wahrscheinlichkeit zwischen 22:30 und 24:00 Uhr am Samstag Abend, plus minus eine halbe Stunde. Dr. Arendt hat sehr bedauert, die Zeit nicht enger eingrenzen zu können. Die letzte Mahlzeit des Toten war übrigens Leberkäs mit Spiegelei, sauren Gurken und Rettichsalat."

„A Radi, gsund", warf Hattinger ein. „Klingt nach am bayrischn Wirtshaus, die Kombi."

„Interessant finde ich auch, dass der Tote eine Blutalkoholkonzentration von immerhin 1,08 Promille hatte, das spricht durchaus für deine Theorie."

„Und für a verlangsamte Reaktionszeit", meinte Bamberger. „Deswegen hat er si vielleicht den Angreifer ned vom Hals haltn kenna."

„Durchaus plausibel", fand auch Staatsanwalt Reißberger.

„Habts ihr eigentlich des Projektil scho gfundn?", wollte Hattinger von Bamberger wissen. „I moan, des miassat doch durch ihn durch und dann irgendwo …"

Er deutete vage Richtung Wiese jenseits der Garage.

„Genau des is des Problem. Da miass ma erst amoi vorsichtig mähen, bevor ma's vielleicht mit am Metallsucher probieren. Aber wenn die Kugel irgendwo is, dann find ma die scho no."

„Davon geh i aus", sagte Hattinger. Er bedeutete Wildmann, fortzufahren.

„Ja, und dann haben wir natürlich noch die diversen Tätowierungen des Opfers."

Er legte einige Fotos aus seiner Mappe auf den Tisch, die Arme, Brust und Rücken des Toten zeigten, die mit unterschiedlichsten Tattoos bedeckt waren. Sie machten allesamt keinen besonders professionellen Eindruck. Von nackten Nixen über keltische Runen bis zu diversem Getier war hier alles vertreten. Es sah so aus, als ob der Mann jedes Mal, wenn ihm langweilig war, zum nächstbesten Tätowierer gegangen wäre.

„Ich kenn mich damit nicht aus, aber es gibt jemand im Präsidium, dem ich die Fotos gemailt hab, vielleicht kann der uns weiterhelfen. Wenn alle Stricke reißen, könnten wir's mit der Identifizierung über Tattoostudios versuchen, möglicherweise erkennt jemand sein Werk wieder."

Er zog ein weiteres Bild aus der Mappe.

„Zumindest daran sollte sich doch jemand erinnern."

Die Montage zeigte das beste Stück des Toten aus verschiedenen Perspektiven. Auf dessen Oberseite wand sich eine blaue Schlange und zu beiden Seiten Krokodile, die das Maul aufrissen. Sie sahen sich das Bild mit einem gewissen Lustgruseln an.

„Na Mahlzeit", kommentierte Bamberger trocken.

„Veröffentlichen kemma des ned", sagte Hattinger.

Wildmann legte die Fotos auf einen Stapel.

„Außerdem soll ich dir einen schönen Gruß von Triple-A bestellen."

„Danke."

„Triple-A?", wunderte sich Reißberger.

„Verzeihung, ich meine Dr. Arendt", sagte Wildmann. „Die neue Rechtsmedizinerin."

„Ach ja, die kenn ich ja schon. Aber wieso Triple-A?"

„Steht für Anna Amelia Arendt", klärte ihn Hattinger auf. „Und sie is a echte Überfliegerin."

Währenddessen kam Andrea Erhard sichtlich aufgeregt um die Ecke.

„Genau", missverstand sie Hattinger absichtlich. „Manchmoi san Frauen einfach besser."

Sie legte einen Ziegelstein mitten auf den Tisch.

„So, was sagn S' jetz?"

Bamberger war verblüfft.

„Öha …" Er nahm den Stein hoch und begutachtete ihn von allen Seiten. „Der schaut wirklich genau so aus wie die in der Reisetaschn."

„Wo ham S' den her?", wollte Hattinger wissen.

„A Stückl hinterm Haus, da im Dickicht, da hab i an alten Brunnen gfundn. Glaub i zumindest. Den ham s' vielleicht irgendwann amoi stillglegt und den gemauerten Rand abgrissn und die oidn Ziagl auf an Haufn glegt. Die liegn da wahrscheinlich scho hundert Jahr rum, so wia de ausschaun. Da hab i den her. Und da hat vor mir scho jemand anders welche weggnomma."

„Sehr interessant", sagte Bamberger. „Den nimm

i nachher glei mit ins Labor. Die Leine an der Reisetasche hab i scho überprüft, des Material is identisch mit dem Stück, des die Wasserleich um an Hals ghabt hat. Und i daad amoi schätzn, die Backstoana san ah gleich."

Er zog ein kleines Maßband aus der Hosentasche, legte es parallel zur Längsseite des Ziegels auf den Tisch und machte ein paar Fotos mit dem Handy.

„Oiso", fasste Hattinger zusammen: „Mir ham a Wasserleich, mit am Strick um an Hals. Mir ham a Taschn vom Seegrund mit oide Ziagl, an der des andere End von dem Strick hängt. Und die Stoana stammen von hier, für den Fall, dass ihr recht habts. Des erhöht die Wahrscheinlichkeit doch erheblich, dass si's bei der Wasserleich um den Meisel handelt."

Er musste sich mit dem Taschentuch wieder den Schweiß von der Stirn wischen, sonst wäre er ihm in die Augen gelaufen.

„Es sei denn, er hätt selber jemand in seim Alter umbracht und anschließend mit de Ziagl von seim Grundstück versenkt. Aber so jemand werd nirgends vermisst, wohingegen der Meisel verschwundn is."

„Bis morgn kannt die DNA-Probe da sei, dann wiss ma's", meinte Bamberger.

„Dann warten wir das halt ab, würd ich meinen", empfahl der Staatsanwalt. „Wenn wir allerdings noch keinerlei Anhaltspunkte zur Identität des anderen Toten haben, sollten wir wenigstens ein Foto von ihm veröffentlichen."

„Is scho passiert", sagte Andrea Erhard. Sie schaute etwas unsicher zu Hattinger.

„Genau. Hat die Frau Erhard heut scho veranlasst."

„Gut." Reißberger stand auf. „Dann mach ich mich wieder auf'n Weg. Und wenn Sie zusätzliche Unterstützung brauchen, dann sagen S' es, gell. Und Bitte um Diskretion, an alle Beteiligten. Wenn sich die Sache in die Richtung entwickelt, die Sie vermuten, dann möcht ich über jeden Schritt informiert sein. Dafür halt ich Ihnen die Presse vom Hals, Hattinger."

„Des is mir sehr willkommen."

Als der Staatsanwalt gegangen war, erkundigte sich Hattinger bei Andrea Erhard nach der Einheit, die das Grundstück durchkämmte.

„Bis jetz ham s' no nix gfundn. Die arbeiten sich von oben nach unten durch. I hab ma nur gedacht, ich schau derweil amoi a bissl rum und da hab i den Brunnen entdeckt."

„Des war a guade Idee."

„Wia mach ma jetz weider? Mir knurrt nämlich langsam der Magn", brummte Bamberger.

Es war nicht ganz zufällig, dass er dabei einen Seitenblick auf Andrea Erhard warf. Die wollte gerade zu einer Entschuldigung ansetzen, weil sie in den letzten zwei Tagen noch gar nichts für das leibliche Wohl der Kollegen getan hatte, aber Hattinger kam ihr zuvor.

„I hab ah no nix gessen. I schlag vor, mir machen jetz a Stund Pause und fahrn nach Seebruck. Da wer ma ja irgendwas kriagn."

Keiner hatte etwas einzuwenden.

Als Wildmann seine Unterlagen einpackte, wurde Andrea Erhard auf die Tattoofotos aufmerksam. Sie schnappte sich das Bild mit den Krokodilen und der Schlange und studierte es ungläubig.

„Schau da des o“, sagte sie. „Es gibt nix, was's ned gibt, oder?“

„Des sag i ah immer“, antwortete Hattinger.

19

Lena wachte auf und brauchte eine Zeitlang, um zu kapieren, wo sie war. Das ging ihr oft so, seit sie in Prien wohnte. Aber das war ja noch gar nicht so lang. Sie zog den Wecker zu sich her. Schon nach Mittag. Aber welcher Tag überhaupt? Gestern war … was war denn gestern? Ach ja, sie war von der Lisa heimgekommen irgendwann, nach dem Seefest am Samstag. Also war Montag.

Sie befühlte ihr feuchtes Bettlaken, sie war schon wieder schweißgebadet.

Als sie halbwegs aus den Augen gucken konnte, stand sie auf und ging duschen. Dann zog sie sich an und suchte ihr Handy. Sie drehte vergeblich eine Runde durchs Haus. Sie stellte fest, dass der Paps nicht da war. Völlig klar, was sonst? Aber er hatte ihr immerhin einen Fünfziger dagelassen.

Am Ende kam sie wieder in ihr Zimmer zurück und sah das Handy unterm Bett liegen. Sie suchte das Ladegerät und stöpselte es an, aber der Akku war so leer, dass es erstmal kein Lebenszeichen von sich gab. Na gut.

Was sollte sie mit dem Tag anfangen? Noch drei Wochen Ferien, dann ging die blöde Schule wieder los. Wenn sie jetzt doch in Prien aufs LTG gehen wollte, dann sollte sie sich schleunigst drum kümmern. Und um Französisch, weil die hier … Ach was, scheiß drauf. Sie hatte keinen Bock.

Vielleicht baden gehen? Da am Schöllkopf? Oder beim Schraml? Irgendwas musste sie doch machen, sie konnte doch die Ferien nicht einfach so dahinläppern lassen.

Sie dachte an Samstag Abend zurück, die Szene mit dem Jungen aus Eritrea. Irgendwie hatte sie das geschockt. Dieses dumme Arschloch, dieser Hass. Bloß weil der schwarz war und Flüchtling. Der hatte doch keinem was getan. Hatte wahrscheinlich die Hölle hinter sich, bis er hierher gekommen war und schon kommt er in die nächste. Die Leute waren so bescheuert. Wie konnte man denn so mit diesen armen Menschen umgehen? Klar, es wurden in letzter Zeit richtig viele, die kamen, aber wo sollten sie denn hin?

Ihr Handy gab den ersten Ton von sich. Jetzt konnte sie's zumindest schon einschalten.

Okay, paar Anrufe in Abwesenheit, vom Peter, das wusste sie ja schon, vom Paps, das hatte sich inzwischen bestimmt erledigt. Der hatte ihr sicher erzählt, dass er mal wieder nicht kommt.

Eine SMS von der Mama, die musste sie kurz anschaun. *Hallo Lenchen, wie gehts dir? Kommst du noch mal in den Ferien? Wir könnten einen Einkaufsbummel unternehmen!*

Sie konnte sich dieses doofe Lenchen einfach nicht abgewöhnen. Dem Paps hatte sie sein Lenilein schon ziemlich ausgetrieben. Paar Tage Hamburg, das wäre fast ne Überlegung wert, wo hier ständig tote Hose war und keiner da. Paar neue Klamotten wären auch nicht von Nachteil. Was noch?

Whatsapp von Peter: Foto – er mit dem Kopf im leeren Bierkasten am Strand, Surfbretter links und rechts und die Kumpels dahinter mit breitem Gegrinse und Bierflaschen in der Hand! Na klar, was sonst. Text dazu: *Geil hier!!! Bist immer noch sauer? Keine Angst, ich komme wieder!!!*

Der hats einfach nicht kapiert, dass es aus ist, der Warmduscher! Oder er wills nicht kapieren.

Und noch ne Whatsapp von der Lisa, vor ner Stunde: *Hey, was geht? Mir is langweilig!* Drei Smileys mit Sonnenbrille.

Mir auch, dachte Lena. Und Lisa war immer gut gegen Langeweile. Sie rief sie an.

„Hi, wie isses? Magst herkommen? Wir könnten baden gehen. Und Pizza essen, ich hab Kohle."

Lisa war sofort dafür. Beim Punkt Essen fiel Lena was ein.

„Sag mal, du kennst dich doch mit Elektro und sowas aus. Kannst du vielleicht nen Herd wieder anschließen? Ich sitz hier seit Tagen auf'm Kalten!"

„Ja, denk schon. Hast du Werkzeug, oder muss ich was mitbringen?"

„Glaub nich, wir haben die ganze Garage voll davon, das meiste von dem Typen, der früher hier gewohnt hat."

„Okay, ich bring vorsichtshalber nen Phasenprüfer mit. Dann bis gleich."

„Wart mal, kannst du am Bahnhof vorbeiradeln und 'n paar Brezen mitbringen? Und Schokocroissants? Ich verhunger gleich hier! Kriegst die Kohle wieder."

Lisa sagte zu und eine halbe Stunde später war sie da, mit Badezeug in der Tasche und einer großen Tüte vom Bäcker. Lena war froh, dass sie da war. Sie machte zwei Latte Macchiato. Zum Glück war noch genügend Milch da. Ohne Milch ging gar nix.

Sie setzten sich auf die Terrasse in den Schatten und fielen über die Tüte vom Bäcker her. Danach gings Lena schon wesentlich besser.

„Ich hab den Typen vom Samstag am Bahnhof gesehen“, erzählte Lisa.

„Welchen?“

„Wie, welchen? Na, den Schläger halt. Ich bin froh, dass er mich nicht gesehen hat.“

„Na, es hätte ja auch *Johnny Huber* sein können. Der Philanthrop ...“

„Was heißt’n des eigentlich genau, *Philanthrop*?“

„Keine Ahnung. Irgendwas mit Freund, glaub ich. Kannst dich an den Philipp aus Wasserburg erinnern? Der hat mir mindestens fünf Mal erzählt, dass Philipp Pferdefreund bedeutet, ausgerechnet, obwohl er Pferde hasst, weil seine Freundin immer nur auf ihrem blöden Gaul reitet.“

„Arme Sau“, sagte Lisa.

„Okay, also Phil heißt Freund. Und hipp? Hipp halt. Hippo Hippo Hippo!“

Lena galoppierte pantomimisch in ihrem Gartenstuhl. Mit keinem anderen konnte sie so rumalbern wie mit der Lisa, das war immer schon so. Lisa lachte sich scheckig.

„Vergiss den Gaul“, meinte sie. „Uns fehlt noch Anthrop ... Anthroposophen vielleicht?“

„Geh mir mit denen vom Acker. Waldorfschule: *Der seinen Namen tanzt!*“

„Okay, ich schau nach, jetzt will ich’s wissen!“

Lisa nahm ihr Handy und googelte Philanthrop.

„Ach du Scheiße! Das sind ja zig Seiten bei Wikipedia. Also kurz: Anthropos heißt Mensch, also Menschenfreund. Die philosophische Erklärung erspar ich uns. Wieso überhaupt? Gefällt der dir, der Johnny-Huber-Philanthrop?“

„Was? Spinnst du? Der is nich meine Baustelle.“

Lena dachte einen Moment nach.

„Aber schon interessanter Typ. Wie der den andern kaltgestellt hat, war echt beeindruckend. Nee, aber der Kleine hat mir gefallen, aus Eritrea. Der is so schüchtern. Und der hat so riesige Augen. Aber der is ja nich älter als ich."

„Ja. Netter Typ", sagte Lisa. „Wo der wohl is, wenn er in Prien is?"

„Keine Ahnung, können ja mal nachschaun. Da war was in der Zeitung neulich, dass wieder soundsoviel Flüchtlinge in Prien angekommen sind. Das lässt sich ja bestimmt rausbringen, wo die untergebracht sind."

„Mhm. Komm, wir machen das mit dem Herd und dann baden. Und abends Pizza und bisschen bummeln. Was hältst davon?"

„Gutter Plan! Komm Pferd! Herd, weißt du, ist in Kiche!", ahmte Lena mit tiefergelegter Stimme einen imaginären mongolischen Steppendialekt nach und galoppierte voraus in die Küche. „Hippo Hippo Hippo!"

Lisa wäre um ein Haar mit ihrem Gartenstuhl zusammengebrochen vor Lachen.

20

Sie fuhren Richtung Seebruck zum Essen. Wildmann saß auf dem Rücksitz und googelte. Er war seit einiger Zeit nicht mehr ohne sein iPad unterwegs.

„Wisst ihr, was interessant ist? Genau hier in der Gegend zwischen Arlaching und Schützing sollte *Hitlers Wolkenkratzer* entstehen. *Nach dem Endsieg.* Hah! Das ist der Hammer: Ein 1,7 Kilometer langes Bauwerk direkt am Chiemseeufer mit einem 100 Meter hohen Turm! Riesige Säle, Observatorium, eigener Yachthafen etc.", berichtete er. „*Die Hohe Schule der NSDAP, Hitlers persönlicher Auftrag an den Chefideologen der Nazis, Alfred Rosenberg.*"

Er scrollte durch einen Artikel des Traunsteiner Wochenblatts.

„So eine pseudosakrale Elite-Universität sollte das werden, für die Ausbildung der obersten Führungskader der Partei usw. Schaut euch bloß mal das Bild an!"

Er reichte sein iPad rum. Das Modell eines gigantischen Nazibaus war auf dem Foto abgebildet, mit einem monströsen Turm an der Seefront und vier Adlern oben an den Ecken, jeder einzelne so groß wie ein Reihenhaus.

„Des gibts ja gar ned", meinte Bamberger. „Wieso hab i davon no nie was ghört?"

Hattinger schüttelte nur den Kopf. „Unglaublich."

Andrea Erhard fuhr, sie warf einen Seitenblick auf die Abbildung. „Jessas! Da kemma ja nur von Glück reden, dass ma an Kriag verloren ham."

Hattinger pflichtete ihr bei. Er überflog schnell den Text.

„Zwei 180 Meter lange Seitentrakte, Exerzierplätze, Adolf-Hitler-Schule, Fest-Musiksaal ... Eigener Bahnhof sowie Autobahnzubringer, der Wahnsinn."

Er registrierte, dass Wildmann sein iPad gerne zurück gehabt hätte, also reichte er es nach hinten.

„Kann man wohl sagen." Wildmann fuhr fort: „Nicht zu vergessen, einen nur für Hitlers Reden gebauten *Hohen Saal*. Für die Anlage wollten sie die ganze Gegend hier plattmachen, alles einebnen, das Ufer zubetonieren. Das muss man sich mal geben!"

Es war wirklich unvorstellbar, wenn man durch diese grüne Hügellandschaft fuhr, dachte Hattinger.

„Des hätt die ganze Gegend für die nächsten Jahrhunderte verschandelt."

„Ned nur die Gegend", regte sich Bamberger auf, „den ganzen Chiemsee hätt der Klotz versaut! 1,7 Kilometer, dagegen is ja Schloss Herrenchiemsee a Streichholzschachtel. Von jedem Berg in der Gegend waar oam dieses Monstrum ins Aug gstochn."

„Freilich", sagte Andrea Erhard. „Des wolltn die doch. Da fallts doch wesentlich mehr auf wia in a Großstadt."

„Größenwahn lässt grüßen", sagte Wildmann. „Jedenfalls steht hier, dass Hitler im Januar 1940 persönlich den Gründungsauftrag erteilt hat. Und der Einsatzstab Rosenberg sollte für spätere wissenschaftliche Forschungsarbeiten an der Hohen Schule der NSDAP in den besetzten Gebieten Bücher und weltanschaulich oder kulturell bedeutsames Material beschlagnahmen und zusammentragen dürfen."

„Ma kannt ah sagn, si untern Nagel reißn", knurrte Bamberger.

„Was konnst erwarten von Menschen, die ganze

Völker ausrotten und die halbe Welt in Schutt und Asche legn?", meinte Hattinger.

„Jetz samma glei in Seebruck, wo geh ma denn hi zum Essen?", wollte Andrea Erhard wissen.

„Wo war des, wo der Adolf gern eikehrt is?", fragte Hattinger. „Des war doch hier irgendwo?"

„In Lambach, sovui i woaß, am Malerwinkl. Des is no a Stückl weiter zwischen Seebruck und Gollenshausen." Sie bremste an einem Zebrastreifen, über den schwitzende Urlauber vom Strand kamen. „Da war i scho amoi. Is ganz guad, aber ned billig."

„Naa, da gemma ned hi", protestierte Bamberger. „Mir reicht a vernünftiger Imbiss oder a Pizza."

Die anderen schlossen sich an. Sie wurden auch schnell fündig und gingen in die nächste Pizzeria. Weil draußen alle Tische belegt waren, gingen sie hinein. Immerhin waren alle Fenster offen und mittlerweile wehte wenigstens ein leises Lüftchen.

Als sie bestellt hatten und auf ihr Essen warteten, kam Hattinger auf dieses Naziprojekt zurück.

„1940, hast du gsagt, is des beschlossen worn?", fragte er Wildmann, der schon wieder über seinem iPad hing und noch mehr darüber rauszufinden versuchte.

„Ja. Moment … Vorplanungen haben Ende der 30er Jahre begonnen, steht da", bestätigte Wildmann.

„I denk an des, was die Frau Daxberger erzählt hat: Ende der 30er kommt der Vater vom Meisel daher. Und die Nachbarn von Daxbergers san von heut auf morgen verschwunden. Da konn ma doch davon ausgehn, dass des a jüdische Familie war, die s' abgholt ham. Und der Meisel mit seine Beziehungen hat des Grundstück zuagschuastert kriagt. Des is eh scho a Vermögen wert, aber wenn ma si amoi vorstellt, dass der zu dem Zeitpunkt scho von diesem Wahnsinnsprojekt erfahren hätt …"

„Du meinst, dann wäre das Grundstück noch viel mehr wert gewesen?", sagte Wildmann.

„Freilich. I glaub zwar, dass die alle normalen Anwohner einfach enteignet hätten. Aber bei oam von de obern wärn s' wahrscheinlich scho großzügig gwesn."

„Entweder bsonders großzügig", meinte Andrea Erhard, „oder Ungnade und Rübe ab. Des war doch immer a Alternative bei de Nazis. Ah, da kommt unser Essen."

„Jedenfalls muass i unbedingt no amoi mit der Frau Daxberger redn. I glaub, die woaß no so Einiges."

Der Kellner stellte ihre Pizzen auf den Tisch. Sie machten sich schweigend darüber her. Hattinger hatte eine Capricciosa bestellt. Zum Glück war sie gut. Aber so hungrig wie er war, hätte er sich im Moment auch so eine Tiefkühlpappe reingezogen.

Bamberger war als erster mit dem Essen fertig und stand auf.

„Ihr entschuldigts mi? I muass no …", murmelte er. Den Rest des Satzes ließ er in der Luft hängen.

Kurz darauf sah Hattinger ihn auf dem Parkplatz auf und ab gehen und telefonieren. Mit einer Kippe in der Hand. So lang hatte also sein Vorsatz gehalten.

Als er aufgegessen hatte, entschuldigte auch er sich bei Erhard und Wildmann und ging hinaus zu Bamberger.

„Du hast oiso doch welche?", schnorrte er.

„Ja, mei … Seit grad." Bamberger deutete auf den

Zigarettenautomaten, der neben der Einfahrt hing. „Vielleicht kaufst da selber welche?"

Hattinger forschte in seiner linken Hosentasche vergeblich nach Kleingeld. Er zog aus der rechten einen Zehner. Der fühlte sich schon ganz feucht an.

„Vielleicht konnst ma den zerlegn?"

Bamberger wollte gar nicht erst nachschauen.

„Naa. Da." Er hielt Hattinger sein Päckchen hin.

„Danke. I kauf dann die nächste, wenn i wieder a Kloageld …"

„Passt scho."

Bamberger gab ihm Feuer. Sie rauchten eine Weile schweigend vor sich hin.

„Die Hitz macht mi langsam narrisch", sagte Bamberger.

Hattinger schaute auf den See gleich jenseits der Straße, auf dem eine Menge Betrieb war für einen Montag. Klar, es waren noch Ferien.

„So nah und doch so fern", sagte er.

„Was?"

„Der Chiemsee. Wenn ma jetz Zeit hättn, kannt ma schnell neispringa."

„Ach so. Mhm …" Bambergers Handy klingelte. „Aber wer hat scho Zeit? Mir jedenfalls ned." Er fischte es aus der Brusttasche seines längst dreimal durchgeschwitzten Polohemds.

Während er telefonierte, ging Hattinger wieder hinein in die Pizzeria, um zu zahlen. Er entschloss sich spontan, Bamberger heute mal einzuladen, er hatte keine Ahnung, warum. War unter den Kollegen normalerweise selbstverständlich, dass jeder für sich selbst zahlte. Aber wenn er schon mal so einen komischen Impuls hatte.

Als er mit Andrea Erhard und Karl Wildmann wieder herauskam, beendete Bamberger gerade sein Gespräch.

„Der Kollege im Labor hat die Fotos von de Ziagl verglichen. Die Abmessungen san identisch. Und des is a Format, was's scho ganz lang nimmer gibt. Die Oberflächen schaun ah gleich aus, oiso höchstwahrscheinlich …"

„Sehr guad. Dann geh ma wieder ans Werk."

Andrea Erhard und Karl Wildmann gingen zum Auto.

„Aber i muass no mei Essn zahln", wendete Bamberger ein und machte sich auf den Weg.

„Passt scho", sagte Hattinger. „Scho erledigt."

Bamberger blieb stehen. Er sah ihn höchst verwundert an.

„Muass i des ois Einladung versteh?"

Hattinger nickte knapp.

„Öha! Ja dann … Danke", sagte Bamberger misstrauisch. „Alles in Ordnung bei dir?"

Hattinger zuckte die Achseln.

„Sonnenstich, Hitzschlag, suach da was aus."

21

Am Montag Abend hatte der Polizeitrupp Friedhelm Meisels Grundstück zum großen Teil durchsucht, aber weiter nichts Fallrelevantes entdeckt. Es gab noch einen verfallenen Schuppen im hinteren Teil, in dem ein paar verrostete Gartengeräte herumstanden, die offensichtlich seit vielen Jahren nicht mehr benutzt worden waren. Und eben den alten Brunnen im Wäldchen südlich des Hauses, den Andrea Erhard schon entdeckt hatte. Hinter dem zum Großteil von Pflanzen überwucherten Ziegelhaufen waren die Reste der runden Mauer zu erkennen, die den Brunnen umgeben hatte. Die Öffnung des Brunnens war mit einem massiven Eisengitter gesichert, das nicht so aussah, als ob es in jüngerer Zeit bewegt worden wäre. Die Beamten leuchteten hinein, aber außer verfallenem Mauerwerk war nichts zu entdecken. Hattinger sah sich den Brunnen natürlich selbst an, war aber auch der Meinung, dass es reichen würde, ihn am nächsten Tag genauer zu inspizieren. In der Umgebung hatte man außer dem offensichtlichen Fehlen von Ziegeln aus dem Steinhaufen nichts von Interesse entdeckt.

Die unmittelbare Umgebung der Stelle, wo der Tätowierte zu Tode gekommen war, war ausreichend gesichert. An Spuren, die nicht zum Opfer gehörten, konnte die Spurensicherung vor allem ein paar ganz passable Sohlenabdrücke sicherstellen. Auch die Blutspuren stammten von mindestens zwei verschiedenen Blutgruppen, aber mit dem Ergebnis der DNA-Analyse war nicht vor übermorgen zu rechnen.

Bambergers Leute waren immer noch im Haus unterwegs und sicherten vor allem Fingerabdrücke, in erster Linie dort, wo die Regale leergeräumt worden waren und natürlich an Türen und anderen üblichen Stellen. Dabei fiel ihnen auf, dass etliche Spuren weggewischt worden waren, und das vermutlich nicht erst vorgestern. Die abgewischten Stellen waren inzwischen schon wieder deutlich eingestaubt. Wer auch immer hier Dinge abtransportiert hatte, hatte es höchstwahrscheinlich schon vor ein paar Wochen getan.

Was die Frage anging, wie wohl der Tätowierte auf das Gelände gelangt war, waren sie noch keinen Schritt vorangekommen. Möglicherweise doch zu Fuß, denn ein passendes Gefährt hatte sich nirgends finden lassen. In der Garage war zwar ein altes Fahrrad, dem sah man aber an, dass es schon lange nicht mehr bewegt worden war, außerdem waren die Reifen platt. Deshalb kam Karl Wildmann auf die Idee, einen Mantrailer-Hund einzusetzen.

Hattinger brummte irgendwas vor sich hin, was Wildmann letzten Endes als Zustimmung interpretierte, aber er wusste genau, dass Hattinger nicht viel von Hunden hielt, weil er es bis dato noch nicht erlebt hatte, dass deren Einsatz irgendwas gebracht hätte.

„Meinetwegn“, sagte Hattinger schließlich. „Schaden konns ja nimmer.“

Wildmann kümmerte sich gleich um die Organisation des Hundeeinsatzes. Hattinger rief Petra Körbel in Prien an und bat sie, Nummer und Typ von Meisels Wagen bei der Zulassungsstelle zu erfragen und ihn zur Suche auszuschreiben.

Außerdem fehlten im Gesamtbild noch das Bootshaus und der Steg. Hattinger war mit Bamberger einmal kurz unten gewesen. Er war spontan neidisch geworden und das ging ihm nicht oft so. Der Steg erschien ihm wie ein Platz im Paradies, gut geschützt und halb verdeckt vom Schilf, eine unbezahlbare Idylle. Zwischen dem Steg und einer weißen Boje hing ein gut gepflegtes altes Segelboot aus Holz mit einer kleinen Kajüte. Es war von einer ausgeblichenen blauen Persenning geschützt. Das war vermutlich das Boot, von dem Frau Daxberger gesprochen hatte. Im Bootshaus neben dem Steg fand sich noch ein Ruderboot, ebenfalls aus Holz.

Hattinger und Bamberger fiel auf den ersten Blick nichts Ungewöhnliches auf, aber sie waren auch keine Experten, was das Segeln anging. Bambergers Söhne waren zwar begeisterte Sportsegler, aber sein Ding war das Wasser nicht. Er ging lieber zu Fuß. Er konnte also auch nicht mehr über das Segelboot sagen, wusste nicht, was für ein Typ das war, aber sie mussten sich das Ganze morgen ohnehin genauer ansehen.

Hattinger schaute über den See. Die Sonne stand schon tief im Westen und verschwand kurzzeitig hinter einer Wolkenbank. Das laue Lüftchen der letzten Stunden frischte langsam auf. Es war eine Wohltat, dass sich die Luft überhaupt wieder ein bisschen bewegte. Vielleicht würde es doch noch ein Gewitter geben. Zeit wärs. Ein bisschen Regen würde allen gut tun, die Landschaft war inzwischen schon ziemlich ausgetrocknet. Abgesehen von dem Gewittersturm letzte Woche, der aber auch kaum Regen mitgebracht hatte, war es schon seit Wochen heiß und trocken. Die Gartenbesitzer stöhnten allerorten, weil sie gießen mussten wie die Bekloppten.

Er war ja jetzt selbst Gartenbesitzer, allerdings hatte er sich an den Umstand noch keineswegs gewöhnt. In seinem Garten hing alles ziemlich welk bis vertrocknet rum. Er hatte schon Lena gefragt, ob sie sich nicht ein bisschen damit beschäftigen könnte in ihrer ach so knappen Freizeit, aber die entwickelte keinerlei Ehrgeiz. Sie schaffe es kaum, ihren einzigen Kaktus am Leben zu halten, hatte sie ihn gewarnt. Na ja, der Rasen, bzw. die Löwenzahnwiese, schien immer noch zu wachsen, also konnte es noch nicht so schlimm sein. Trotzdem, so ein bisschen Regen …

Ein paar schreiende Möwen rissen ihn aus seinen Überlegungen. Also weiter im Text. Er schaute auf die Uhr.

„I schlag vor, mir treffen uns in a Stund alle in Prien und arbeiten alles durch, was bis jetz anliegt. Und schaun, was die Petra Körbel und der Martin Haller inzwischen rausbracht ham."

Bamberger war einverstanden.

„Mei Mannschaft kannt ja no weitermachen", meinte er. „Aber wenn die dann irgendwann Feierabend hättn, waars ah ned verkehrt."

„Koa Problem. I glaub ned, dass uns da über Nacht irgendwas weglauft. Und mir solltn vielleicht ah a paar Stund Schlaf kriagn heit Nacht."

„Nix dagegen", brummte Bamberger.

Als Hattinger die anderen von seinem Entschluss informierte, fragte Andrea Erhard, ob sie nicht noch hierbleiben und sich um Boot und Bootshaus kümmern könnte.

„Mit Segelbooten kenn i mi ja a bissl aus."

„Ihr früherer Freund, i woaß scho."

Hattinger sollte es recht sein. Irgendwas war mit der Erhard, er hatte keine Ahnung, was, aber sie hatte im Moment ganz offensichtlich einen großen Widerstand gegen jede Art von Innendienst. Und schaden konnte es ja nicht, wenn sie sich schon mal kundig machen würde.

„Aber wenn S' irgendwas entdecken, was für uns interessant is, dann holn S' bitte jemand von der Spurensicherung dazua. Die san ah no a Weile da."

Andrea Erhard schien froh zu sein, dass Hattinger einverstanden war.

Auf der Rückfahrt nach Prien fing Wildmann gleich wieder zu googeln an.

„Hast da eigentlich a Flatrate, oder wie is des?", wollte Hattinger wissen.

„Ja klar", sagte Wildmann, „sonst wärs'n bisschen teuer."

In manchen Momenten dachte Hattinger, dass er eigentlich überhaupt nichts über den privaten Karl Wildmann wusste. Er wusste noch nicht mal, ob er eine Freundin hatte. Vielleicht hatte Wildmann einfach kein Privatleben? Auf jeden Fall gehörte er nie zu denen, die zu murren anfingen, wenn es mal wieder sehr lang wurde und man überhaupt nicht mehr nach Hause kam. Er wurde auch selten erkennbar müde. Hattingers Art war es nicht in privaten Dingen nachzufragen. Klar, er redete selber auch nicht über sein nicht existentes Privatleben und wollte schon gar nicht darüber befragt werden. Wenn überhaupt, dann wechselte er mit Fred Bamberger den einen oder anderen Halbsatz. Aber Fred kannte er auch schon seit Urzeiten.

„Hier gabs noch was Abgefahrenes in der Gegend", erzählte Wildmann. „Gleich da vorn bei Arlaching, da haben Schatztaucher vor einigen Jahren einen fast 11 Kilo schweren Kessel aus purem Gold aus dem See geholt. Da waren so keltische Figuren drauf, deswegen dachten sie zunächst, dass das Ding über 2000 Jahre alt wäre. Ich hab hier nen alten *Spiegel*-Artikel:

Für die Kelten-Version sprachen vor allem die Verzierungen und die Fundstelle, knapp 80 Meter vor dem Strand von Arlaching. Hier, im einstigen Kelten-Königreich Noricum, soll vor über 2000 Jahren ein Wasserheiligtum existiert haben, das dem Seegott Bedaius geweiht war. Um dessen Zorn zu mildern, seien Menschen geopfert worden: Ihr Blut wurde möglicherweise in kostbare Gefäße gefüllt und in die Fluten gegossen", zitierte er.

„Interessante Gschicht", meinte Bamberger. „Aber was hat des mit unserm Fall z'doa?"

„Moment ... Bei einer Untersuchung in der Archäologischen Staatssammlung kam dann raus, dass das Ding aus der Nazizeit stammt. Hier steht: *Indizien für eine Nazi-Herkunft des Kessels dagegen sind die Verarbeitungstechnik, die womöglich erst im 20. Jahrhundert gebräuchlich war, sowie der Ruf des Chiemsees als diskrete Müllkippe des Tausendjährigen Reichs. Nazi-Größen auf der Flucht sollen hier ihre Hakenkreuzgeschmückten Preziosen entsorgt haben. Ein Hakenkreuz ist auf dem mysteriösen Topf zwar nicht zu finden. Aber immerhin ... könnte das Gerät in Verbindung mit der Hohen Schule der NSDAP stehen, einer geplanten Kaderschmiede der Nazis unweit des Fundortes.*

Das ist doch interessant, oder? Der *Spiegel* nennt das Ding übrigens *Hitlers Nachttopf.*"

„Hitlers Wolkenkratzer, Hitlers Nachttopf. Die Gegend is auf jeden Fall ganz schee aufgladn, nazimäßig", stellte Hattinger fest.

„Allerdings", sagte Wildmann. „Hier steht noch was, über dieses Wirtshaus, von dem wir heute geredet haben: *Mitunter treiben die braunen Geschichten skurrile Blüten: So habe Hitler bei seinen Touren zum Berghof öfter mal Station im Seebrucker Gasthof Lambach gemacht. In der eigens eingerichteten „Hitler-Stube", so beteuern Einheimische, sei dann auch ein bis dato unbekannter Führer-Spross entstanden.*"

„Wenn des jetz der Meisel war, der Führerspross", unkte Bamberger.

„Des waar praktisch", meinte Hattinger. „Dann hätt ma ja glei an Grund, warum s'n umbracht ham. Aber der is erst 1947 geboren."

Scherz hin oder her, beide gingen inzwischen fest davon aus, dass Friedhelm Meisel nicht mehr unter den Lebenden weilte.

Während sie weiter Richtung Prien fuhren, mit einer gewissen Neugier vor allem für das Gasthaus am Malerwinkel in Lambach, an dem sie vorbeikamen, das allerdings gar nicht mehr so aussah wie auf dem Foto aus dem Artikel, das Adolf Hitler vor dem Wirtshaus zeigte, las ihnen Wildmann weitere reale Schauergeschichten über Hitlers *Nachttopf* vor. Der war auf einer wahren Odyssee in den Jahren nach seiner Entdeckung über die Schweiz bis nach Amerika gelangt. Wohin auch sonst?

Er hatte seinen Besitzern bislang wenig Glück beschert.

22

Nachdem er das Zeug verbrannt hatte, humpelte er hoch zur Straße, zum Briefkasten. Er trug vorsichtshalber den Strohhut wegen seines Kopfverbands. Er hatte sich sogar ein altes Make-up ins Gesicht geschmiert, das er in seinem Badezimmerschrank gefunden hatte, um die blauen Flecken notdürftig abzudecken. Man wusste ja nie.

Angesichts seines Briefkastens dachte er jedes Mal an einen kleinen Wellblech-Flugzeughangar, das rote Fähnchen oben drauf war der Windsack. Widerwillig machte er das Türchen auf. Er wusste sowieso, was drin war: Mahnungen.

Aber in die Chiemseezeitung wollte er schauen, die musste leider sein wegen der lokalen Berichte. Er hatte sich angewöhnt, jeden Tag einen Blick reinzuwerfen, um auf dem Laufenden zu sein. Er wollte wissen, was in der Gegend abging. Vor allem, um sicher zu gehen, dass er nicht über irgendein Gautrachtenfest stolperte, wegen dem dann die Straßen blockiert waren, weil sie gerade den Ministerpräsidenten ankarrten, oder Ähnliches. Oder weil sie mal wieder eine Straße gesperrt hatten wegen einer Baustelle, vorzugsweise im Hochsommer.

Links auf der Titelseite entdeckte er sofort die Notiz:

Aus der Region

Wasserleiche aus dem Chiemsee geborgen

Polizei vermutet Gewaltverbrechen

Scheiße. Das musste er sein.

Er überflog den Artikel im Lokalteil, der von einer *vermutlich älteren männlichen Wasserleiche* berichtete.

Ach du Scheiße!

Sein Herz begann unvermittelt zu rasen und er zitterte so, dass er die Hälfte der Post runterwarf. Er beeilte sich, ins Haus zu kommen, um einen Betablocker einzuwerfen. Ein Beruhigungsmittel gleich hinterher. Zitternd nahm er sich ein Pils aus dem Kühlschrank und setzte sich auf die Terrasse, trank es mit drei, vier großen Schlucken aus der Flasche. Er ließ sich zurücksinken und versuchte krampfhaft runterzukommen.

Langsam setzte die Wirkung ein und das Herzrasen ließ nach.

Er las den Artikel noch mal gründlich und studierte das Foto.

Bei der Herreninsel, das musste er sein!

Aber wie konnte das passieren?

So oder so war es viel eher passiert, als er gedacht hatte.

Aber warum?

Warum war ja jetzt auch egal.

Er stand ganz langsam auf. Es ging wieder einigermaßen. Das Pochen war abgeebbt. Jetzt hatte er nur noch das Gefühl, nicht genug Luft zu bekommen. Aber auch das kannte er gut, das würde auch wieder werden.

Er holte sich noch ein Pils. Diesmal ließ er sich mehr Zeit damit.

Verdammt verdammt verdammt, was bedeutete das jetzt für ihn?

Sie wussten offenbar noch nicht, wer die Wasserleiche war. Also …

Aber sobald sie die Leiche identifizierten, würden sie auf das Haus kommen. Und dann? Würden sie natürlich als erstes gleich den anderen finden, der da vorm Haus lag. Scheiße!

Das bedeutete, ja, was?

Er konnte die ganze Sache endgültig begraben!

Er musste abhauen.

Seine Gedanken überschlugen sich, das einzig wiederkehrende in diesem Strudel war: Du musst handeln, du musst handeln, du musst handeln! Jetzt!

Er musste seinen Plan überdenken, er musste … Eigentlich hatte er bis morgen warten und heute erst mal die Pistole und das Auto entsorgen wollen. Aber so viel Zeit hatte er jetzt nicht mehr!

Verfluchte Scheiße! Gibts doch gar nicht! Er hatte den Typ lange genug beobachtet, das war eine bombensichere Sache gewesen, da war nie jemand anderer gewesen bei dem Haus und der Alte hatte ihm ja selbst noch gesagt, dass er länger weg wäre, weil er Urlaub machen wollte. Urlaub! Es war der ideale Zeitpunkt, er hätte in Ruhe …

Aber er hatte den alten Mann unterschätzt.

Damit war der ganze Schlamassel losgegangen.

Gut, wie auch immer es dazu gekommen war, er musste heute noch den Toten wegschaffen. Und er musste sich darauf vorbereiten, jederzeit abhauen zu können. Und zwar für längere Zeit.

Wenn die Sache schief lief, vielleicht für immer.

Mit den letzten Reserven. Aber wohin?

Jetzt nur keine Panik!

Keine Panik.

Das würde sich schon finden.

Er könnte einen von den alten Kollegen anrufen, die sie auch rausgeschmissen hatten, damals. Irgendwo würde schon was gehen. Sein Vorteil war schließlich, dass er in der ganzen Welt unterwegs gewesen war, er konnte sich überall durchschlagen. Und er hatte noch nie seine Fingerabdrücke abgeben müssen.

Oder?

Ausweis?

Nein. Der war ja schon älter. Wo war überhaupt sein Ausweis?

Der Pass musste eigentlich noch zwei, drei Jahre gültig sein. Seit er nur noch zuhause war, hatte er den Überblick über diese Dinge ein bisschen verloren.

DNA hatten sie auch keine von ihm in der Datenbank.

Was natürlich nichts nützte, wenn sie hierher kämen.

Wenn sie ihm auf die Spur kämen.

Denn Samstag Nacht hatte er bestimmt DNA-Spuren dort hinterlassen.

Fingerabdrücke eher nicht. Im Haus sollten auch keine sein, er hatte alles gut saubergemacht. Hoffentlich.

Aber das Blut …

Und dann das Handy von dem Kerl …

Das führte zumindest hier in die Gegend, je nachdem, wie es eingestellt war. Aber wie sollte er das rausfinden, wenn er's nicht einschalten konnte?

Außerdem stand von dem Typ nichts in der Zeitung. Also war noch nicht alles zu spät. Wenn er die Leiche verschwinden ließe, war nur noch die Frage, wann den Mann jemand vermissen würde. Und ob derjenige damit zur Polizei ginge.

Dieser Volker aus der SMS zum Beispiel.

Aber sein Gefühl sagte ihm, dass die selber Dreck am Stecken hatten. Warum sonst hätte dieser Mensch in der Nacht dort aufkreuzen und auf ihn losgehen sollen, wenn er nicht selber was vorgehabt hätte?

Vielleicht wollte der einfach nur einbrechen?

Aber dann wär er doch eher abgehauen als auf ihn loszugehen.

Gefühl hin oder her, handeln war angesagt. Punkt.

Er hatte schon eine Idee, was er mit der Leiche machen würde.

Das Auto vom Meisel hatte er schon gepackt, mit dem ganzen Zeug, das er aus dem Haus mitgenommen hatte. Was ihn kein Stück weitergebracht hatte. Irgendwo musste was sein, da war er sich völlig sicher. Aber vielleicht ganz woanders?

Egal jetzt.

Er ging in den Keller und suchte nach der starken Plastikfolie, die noch irgendwo sein musste. Nach kurzem Rumkramen fand er sie. Dazu ein festes Tape, halbe Rolle noch, das musste reichen.

Arbeitshandschuhe, denn seine guten, feinen Lederhandschuhe hatte er verbrannt. Die alten Autohandschuhe packte er auch ein, diese weichen, zweifarbigen, mit den Luftlöchern über den Knöcheln und einem Druckknopf zum Zumachen. Von seinem Onkel noch, der ihm das Haus vererbt hatte. Er fragte sich, ob sowas heute überhaupt noch hergestellt wurde. Sahen aber zumindest beim Autofahren nicht ganz so blöd aus wie Arbeitshandschuhe.

Er hatte nur noch keinen Plan, was er mit Meisels Auto machen sollte. Jammerschade eigentlich, ein fast neuer VW-Bus, anthrazit, richtig edle Ausstattung. Hätte er gut gebrauchen können, aber der musste weg. Er konnte ihn ja schlecht verkaufen. Obwohl das Ding ne Stange Geld bringen würde, da war er sicher.

Irgendwo im Osten vielleicht?

Er verwarf den Gedanken schnell wieder. Zu riskant.

In der Garage pumpte er noch das Klappfahrrad auf und brachte es nach draußen. Heute sahs nach Gewitter aus, nicht das optimale Gefährt wahrscheinlich, aber irgendwie musste er ja wegkommen, wenn er den Bus zurückließ.

Die gewaschene Pistole hatte er in einen öligen alten Lumpen gewickelt und in einer Plastiktüte verstaut.

Schließlich holte er noch den vollen Ersatzkanister aus seinem Jeep, für den Fall, dass er den Bus doch abfackeln musste. Dann packte er das Fahrrad und alles andere zu den Umzugskisten in Meisels Bulli.

In seine alte Ledertasche steckte er einen Vorrat an Pillen und drei Flaschen Pils, dazu einen Flachmann mit dem Whisky-Fusel, sein eigenes Handy, ausgeschaltet natürlich, und auch das von dem Typen. Speicher- und Simkarte hatte er ausgebaut und erst mal versteckt.

Dann noch der Geldbeutel. Er schaute nach, noch magere 200 Euro ungefähr, aber das musste jetzt reichen. Sein Ausweis? Wieso war der eigentlich nicht da drin? Normalerweise …

Er konnte sich gerade keinen Reim drauf machen, aber das war jetzt zweitrangig. Er stellte die Tasche neben den Fahrersitz des Bullis und holte den Zündschlüssel aus der Hosentasche.

Bevor er einstieg, schaute er noch mal ums Eck.

Niemand zu sehen.

Es war zwar noch nicht dunkel, aber er musste trotzdem riskieren aufzubrechen.

23

Andrea Erhard nahm den schmalen Steig durch das Wäldchen zum See hinunter. Die Blätter der alten Laubbäume begannen über ihr leise im Wind zu rascheln. Gott sei Dank. Heute wars besonders schwül und drückend und sie hatte das Gefühl, dass ihre Klamotten an ihr klebten wie nasse Spüllappen. Würde nicht schaden, wenn wenigstens ein bisschen Wind aufkäme. Die Luft war richtig geladen und so wie sie den See kannte, würde es wohl heute noch ein Gewitter geben. Es könnte noch ein paar Stunden dauern, aber sie dachte daran, dass sie auf jeden Fall rechtzeitig das Verdeck von ihrem Cabrio zumachen musste. Ihr alter roter VW Käfer aus den 60er Jahren stand oben an der Straße, das war von hier unten ein gutes Stück zu Fuß.

Andrea wunderte sich, dass ihr auf dem Weg zum Bootshaus kein Uferweg in die Quere kam. Die Meisels schienen es geschafft zu haben, dass der Uferweg ums Grundstück herumgeführt wurde und eben nicht am Ufer entlang. Die Bayerische Verfassung garantiert den Bürgern – man mag es ja kaum glauben – einen freien Zugang zu den Seen. Zumindest im Prinzip. Allerdings wurde dieses Prinzip in der Praxis gerne mal aufgeweicht. Vor allem der Grad des Bonzentums der Grundstücksbesitzer oder das berüchtigte Vitamin B waren dabei offensichtlich hilfreiche Weichmacher.

Aber selbst wenn der Uferweg durch ein Seegrundstück führte, hieß das noch lange nicht, dass man vom Weg aus den See sah, geschweige denn, dass man sich ans Ufer legen konnte, denn die Besitzer säumten den Weg in dem Fall gerne beiderseits mit hohen Hecken oder ähnlichen Sichtbarrieren. Am Chiemsee gings ja noch, aber mit der Nähe zu München nahm der freie Zugang zu den Seen umgekehrt proportional ab. Eigentlich selbstverständlich, denn die Residenzen der Wirtschaftsbosse und des alten Geldadels waren der natürliche Feind des gemeinen wandernden Staatsbürgers.

Wie auch immer, Andrea war ohne weitere Hindernisse am Bootshaus angekommen, an dessen linker Seite entlang ein verwitterter, aber bombenfester breiter Steg ins Wasser führte. An dessen Ende war ein Segelboot vertäut, vermutlich ein alter 20er Jollenkreuzer, wenn sie sich nicht irrte. Das Deck war von einer blauen Persenning geschützt, aber diese relativ breite Rumpfform mit der kleinen Kajüte kannte sie von früher. Von der Zeit, als sie noch oft gesegelt war.

Sie dachte an ihren Freund damals, den Hans. Der hatte einen Drachen gesegelt, einen schönen alten mit Holzrumpf, ein Traum von einem Boot. Das hatte echt Stil. Hatte natürlich seinen Eltern gehört, aber die segelten selten. Sie war oft mit rausgefahren damals, mit dem Hans, deshalb kannte sie zumindest die älteren Bootstypen noch, und Jollenkreuzer gab es einige am Chiemsee.

Mit all den modernen, total überdimensionierten Yachten, die inzwischen hier rumgurkten, wenn sie nicht das ganze Jahr über an irgendeinem Steg hingen, weil die neureichen Besitzer entweder gar nicht segeln konnten oder sowieso keine Zeit hatten, kannte sie sich nicht aus. Das hatte in den letzten Jahren ziemlich überhandgenommen, irgendwo als

Statussymbol so einen hochseetauglichen Protzkübel liegen zu haben.

Gut, war ja nicht ihr Problem. Aber es ärgerte sie, dass sich manche offenbar alles leisten konnten und dann fingen sie nichts damit an. Dafür mussten sie es allerdings hinnehmen, von den einheimischen Seglern verächtlich als „Häuslbootfahrer“ beschimpft zu werden.

Andrea ging auf den Steg hinaus. Sie wäre wirklich gern mal wieder gesegelt. Auch wenn das Segeln für sie wahrscheinlich immer mit dem Hans verbunden sein würde.

Ja, der Hans. Das war jetzt schon so lang her. Sie hatten zusammen Abitur gemacht am LTG. So oft es zu der Zeit eben ging, waren sie zusammen rausgefahren mit dem Drachen. Für sie war das der Inbegriff von Luxus gewesen. Ein mondänes Leben am Chiemsee, hatte sie damals gedacht. Bis sie ihre Polizeiausbildung begonnen hatte, dann gings natürlich nicht mehr so oft mit dem Segeln, und überhaupt ...

Das hatte der Hans nie verstanden, dass sie ausgerechnet Polizistin werden wollte, mit einem halbwegs guten Abi in der Tasche. Der kam aus einer besseren Familie. Das war auch irgendwie der Anfang vom Ende gewesen. Aber sie war halt eine Polizistentochter. Sie hatte schon oft darüber nachgedacht, aber etwas anderes war für sie einfach nie in Frage gekommen.

Sie sollte sich nur vielleicht bald überlegen, ob sie nicht doch das Angebot vom Hattinger annehmen sollte. Der wollte sie ja gern in seinem Team haben. Wenn es denn noch so war.

Müsste sie halt doch noch mal die Schulbank

drücken. Was ja gar nicht ihr Ding war. Sie wollte arbeiten.

Aber in Prien, in letzter Zeit, das war mehr als nervig.

Sie wischte den Gedanken weg.

Die Arbeit rief.

Sie überlegte, ob sie sich zuerst das Bootshaus oder den Jollenkreuzer vornehmen sollte.

Eins fiel ihr auf: Dass das Boot am Steg lag und nicht im Bootshaus, sprach für die Annahme, dass der Meisel tot war. Wenn er für längere Zeit weg wollte, dann hätte er das Boot wohl sicher verräumt. Hier am Steg konnte ja jeder dran. Außerdem kam ihr an der Persenning irgendwas komisch vor. Sie hätte aber gerade nicht sagen können, was.

Also, wo anfangen? Sie war gerade ziemlich unentschlossen. Bei der verdammten Hitze konnte kein Mensch mehr kühl überlegen. Im Westen kam die Sonne unter einer fetten Gewitterwolke wieder zum Vorschein, eine glutrote Scheibe, die bald am Horizont versinken würde. Kitschpostkartentauglich. Die Luft war zum Schneiden schwer und es waren immer noch mindestens 30 Grad. Der Schweiß lief ihr in Strömen runter. Wer sollte denn bei dieser Schwüle vernünftig arbeiten?

Aber es musste sein. Sie entschied sich für das Bootshaus.

Obwohl …

Das war doch bescheuert: Sie war hier auf einem einsamen Steg am Chiemsee, an einem fast schon unwirklich schönen Platz, und sie wollte hineinspringen in diesen See, sie wollte schwimmen, sie wollte sich abkühlen!

Ging aber nicht im Einsatz. Sagte sie sich.

Andererseits …

Was bist du eigentlich immer so scheißdiszipliniert?

Sie sah sich um, niemand war zu sehen. Die Kollegen von der Spurensicherung waren irgendwo da oben hinter dem Wäldchen. Aber die würden hier garantiert nicht aufkreuzen, wenn sie sie nicht anforderte. Und die paar Minuten …

Auf dem See war auch niemand in Sichtweite.

Andrea riss sich die Klamotten vom Leib, warf sie auf einen Haufen auf dem Steg und sprang splitternackt neben dem Jollenkreuzer ins Wasser.

Es kam ihr wie eine Erlösung vor.

Sie schüttelte sich das Wasser aus den Haaren, als sie wieder auftauchte und stieß einen kurzen Juchzer aus. Dann tauchte sie hinaus in den See, was die Lungen hergaben.

Es war so eine Wohltat, es war unbeschreiblich! Wie ein Fisch im Wasser fühlte sie sich, sie war eine gute Schwimmerin, im Schwimmen hatte sie immer die meisten Punkte gemacht bei der Sportausbildung, sie fühlte sich einfach zuhause in dem Element.

Wie zum Beweis ging sie gleich wieder unter Wasser und tauchte weiter hinaus. Sie kam wieder hoch und schwamm auf dem Rücken mit kräftigen Stößen weiter. Sah den dunstigblauen Himmel über sich, der sich im Westen langsam zuzog. Spürte eine Freiheit, die sie lange nicht empfunden hatte.

Warum eigentlich? Warum hatte sie das nicht öfter?

Früher wars doch auch ganz einfach.

Sie fühlte sich schuldig und sauwohl zugleich.
Sie schwamm weiter hinaus, immer weiter.

24

Eigentlich wollte Hattinger Petra Körbel und Martin Haller berichten lassen, was sie über den alten Adalbert Meisel herausgefunden hatten und ob es über den Sohn weitere Erkenntnisse gab. Aber die Zeit hatte gerade gereicht, die beiden im Team zu begrüßen, da kam Dienststellenleiter Poschner in den Besprechungsraum.

„Entschuldigung, i glaub, es is wichtig", sagte er. „Der Kollege mit dem Mantrailer-Hund hat uns benachrichtigt, dass der Hund ihn auf an Parkplatz in Chieming gführt hat und dort ganz eindeutig zu am Motorradl. A oide Motoguzzi mit a Rosenheimer Nummer."

Er legte einen Notizzettel auf den Tisch.

„Zuaglassn auf einen Jens Vogel, wohnhaft in Rosenheim. Da is die Adresse. A Motorradhelm war übrigens an der Maschin befestigt, sonst hams nix Ungewöhnliches gfundn. Der Kollege meint, dass des Ergebnis absolut eindeutig war, oiso dass der Tote in Schützing mit dem Krad nach Chieming kommen is. Des wars eigentlich scho."

Hattinger bedankte sich und entließ Poschner wieder.

„Da hamma ja vielleicht endlich a konkrete Spur?"

Er hoffte, dass jetzt vielleicht etwas Licht in den Fall käme.

Wildmann schnappte sich gleich Poschners Notizzettel.

„Jens Vogel, Rosenheim, Innstraße", las er. „Ich schau gleich mal nach."

Er gab die Daten des Motorradhalters in den

Computer ein und alle starrten erwartungsvoll auf den Monitor.

„Nichts“, stellte Wildmann fast enttäuscht fest, als das Ergebnis der Suche angezeigt wurde. „Der Mann hat keine Einträge.“

„Hmm“, brummte Bamberger. „Was mach ma?“

„Mir fahrn hi“, beschloss Hattinger.

Fünf Minuten später saßen sie im Auto. Bamberger fuhr selbst, weil er ohnehin in Rosenheim zu bleiben gedachte. Er hatte gleich veranlasst, dass das Motorrad zur Untersuchung in die Kriminaltechnik gebracht wurde. Hattinger fuhr mit Karl Wildmann, Petra Körbel und Martin Haller im anderen Wagen. Wildmann saß am Steuer. Er hatte natürlich vorher noch nach diesem Jens Vogel gegoogelt, aber auch da: Fehlanzeige.

„Oiso erzählts doch amoi, was gibts über die Meisels?“, wandte sich Hattinger an Haller und Körbel, die ihre im Laufe des Nachmittags zusammengestellten Unterlagen dabei hatten.

„Na ja, um es vorauszuschicken, da sollte man vielleicht doch einen Historiker drauf ansetzen“, begann Petra Körbel. „Wenn man da anfängt im Netz zu graben tun sich Abgründe auf. Vielleicht fängst du an, Martin?“

„Ja, wo soll ich anfangen?“, überlegte Martin Haller. „Also, was wir wissen ist, dass Adalbert Meisel 1899 in Freilassing geboren wurde und auch dort aufgewachsen ist. Er hat sich gegen Ende des Ersten Weltkriegs noch freiwillig gemeldet und ist verwundet worden. Ab den 1920er Jahren hat er in Wien Kunstgeschichte studiert und dabei einen Mann namens Kajetan Mühlmann kennengelernt. Der war ebenfalls Kunsthistoriker und hat ab 1926 in Salzburg sogar für den berühmten Max Reinhart gearbeitet. Er war die nächsten Jahre unter anderem für die Organisation der Salzburger Festspiele zuständig, bis …"

„Und wo is da der Punkt für uns?", fragte Hattinger nach.

Sie fuhren inzwischen auf der Landstraße am Simssee entlang und Petra Körbel merkte, dass Hattinger gern ein wenig mehr Tempo in die Sache gebracht hätte.

„Der Punkt ist, dass Kajetan Mühlmann im Krieg zu einem der obersten Nazi-Kunsträuber wurde. Er hat sich in den 30er Jahren zu einem glühenden Faschisten entwickelt. Er war mit Görings Schwester befreundet, der Göring hat ihn schon bald in sein Haus auf dem Obersalzberg eingeladen und mit ihm über Kunst und Politik diskutiert. Nach dem „Anschluss" Österreichs, an dem er wohl eifrig mitgewirkt hat, ist er als Belohnung erst mal zum Staatssekretär für Kunst ernannt worden."

„Der Mühlmann oder der Meisel?", wollte Hattinger wissen.

„Der Mühlmann", antwortete Petra Körbel.

„Genau, und nachdem die Nazis Polen überfallen hatten", fuhr Martin Haller fort, „wurde er von Göring zum, Moment … hier ist es: *Sonderbeauftragten für den Schutz und die Sicherung von Kunstwerken in den besetzten Ostgebieten* ernannt. Man hat erst mal eine Verordnung erlassen, dass reichswichtigste Kunstgegenstände zugunsten des Reiches inventarisiert und beschlagnahmt werden konnten."

„So eine Art Selbstbedienungsladen also?“, meinte Wildmann.

„Könnte man so sagen“, antwortete Petra Körbel. „Aber das war erst ein bescheidener Anfang. Das Ganze nahm ab 1940 unvorstellbare Ausmaße an. Als die Niederlande überrannt waren, haben sie in Den Haag die *Dienststelle Mühlmann* eingerichtet, die sich praktisch generalstabsmäßig dem Kunstraub gewidmet hat. Die konnten eigentlich fast machen, was sie wollten. Kunst von jüdischen Besitzern wurde sowieso überall beschlagnahmt und wo das nicht so einfach ging, wurde bei Ankäufen halt Druck gemacht, um den Preis entsprechend zu senken. Die Dienststelle sollte Listen von den Kunstgegenständen erstellen, Gutachten einholen, Kunst auf dem freien Markt einkaufen usw.“

„Genau, und einer der erklärten Zwecke der *Dienststelle Mühlmann* war, hab ich aus Wikipedia“, las Martin Haller vor: *„Zusammenfassung dieser Objekte und Verkauf nach Deutschland an die bevorzugten Nazi-Größen Hitler, Göring, von Schirach, Hoffmann, Todt, Frank, Kaltenbrunner sowie an Museen, Auktionshäuser. Und da steht: Die Dienststelle beanspruchte 15 % Provision, die Dienststelle finanzierte sich allein durch die Verkäufe. Gewinne bei Geschäften mit Göring oder Hitler waren verboten.* Bitte gebt euch das mal!“

„Selbstbedienungsladen, sag ich ja“, sagte Wildmann.

„Die haben sich europaweit ganze Sammlungen unter den Nagel gerissen, hunderttausende von Gemälden, das ist aberwitzig. Da gibt es den sogenannten Vlug-Report von 1945, der sich damit befasst, auf Englisch, den konnte ich nur ein bisschen überfliegen auf die Schnelle", meinte Petra Körbel, die in Englisch ziemlich gut war, weil sie mal ein Jahr als Austauschschülerin in London verbracht hatte. „Die *Dienststelle Mühlmann* hat dann auch noch Büros in Brüssel und Paris aufgemacht, das Pariser Büro wurde von Kajetan Mühlmanns Halbbruder Josef geleitet und das, obwohl der seinen SS-Rang wegen Unterschlagung verloren hatte. Kajetan Mühlmann war übrigens SS-Oberführer, der war damit der höchstrangige NS-Kunsträuber."

Sie fuhren inzwischen am Inn entlang, waren also schon fast am Ziel. Hattinger versuchte nochmal aufs Tempo zu drücken.

„Und wia kommt jetz der oide Meisel ins Bild?"

„Ganz einfach", meinte Haller. „Adalbert Meisel war seit dem Kunststudium mit Kajetan Mühlmann befreundet. Er ist ihm nach Salzburg gefolgt und von da an hat der Mühlmann ihn immer mitgeschleppt und als Kunstsachverständigen mit Jobs versorgt. Am Ende war er ein entscheidender Mann unter Mühlmanns Bruder in Paris."

„Sehr interessant", sagte Hattinger. „Dann hat er ja praktisch die ganze Zeit direkten Zugang zu Raubkunst ghabt."

„Und ganz viel davon ist auf Nimmerwiedersehen verschwunden", sagte Petra Körbel. „Gemälde, Skulpturen, Bücher, Uhren, Schmuck, Gold, alles haben sich die feinen Nazi-Herrschaften gekrallt, die wussten gar nicht mehr wohin mit dem Zeug! Allein der Göring hat gegen Kriegsende einen ganzen Güterzug voll Raubkunst nach Berchtesgaden geschickt, um das Zeug vor den Alliierten in einem

Tunnel zu verstecken, das ist ja bekannt. Und das war nur ein Teil seiner sogenannten *Sammlung*!“

Petra Körbel blieb normalerweise eher nüchtern und sachlich, aber das, was sie sich da im Laufe des Nachmittags über das Thema angelesen hatte, schien sogar sie aus der Fassung zu bringen.

„Eines ist jedenfalls klar“, sagte Martin Haller: „Vieles von dem war später für den Chiemgau bestimmt, für Hitlers Wolkenkratzer. Da war die zweite offizielle Rauborganisation zuständig, der *Einsatzstab Reichsleiter Rosenberg*. Und vieles ist zumindest hier durchgekommen, ganz viel Raubkunst haben sie mit Güterzügen nach Österreich transportiert und in Bergwerken eingelagert, in der Gegend um Altaussee, aber auch in Hitlers *Alpenfestung* im Berchtesgadener Land, wohin sich die obersten Nazis bei Kriegsende zurückziehen wollten. Und in Linz sollte das *Führermuseum* entstehen, noch so ein Wahnsinnsprojekt.“

„Da kann man sich ja vorstellen, dass aus diesen Zügen schon mal das eine oder andere aus Versehen rausgefallen ist“, meinte Wildmann.

Sie bogen links ab auf die Innbrücke Richtung Stadtmitte.

„Allerdings“, sagte Petra Körbel. „Übrigens ist auch nach dem Krieg noch vieles verschwunden, als die Amis das Raubgut wieder eingesammelt hatten und zu den Central Collecting Points transportierten.“

Wildmann hielt in der Innstraße vor einem mehrstöckigen Gebäude, das ziemlich heruntergekommen aussah. Im Erdgeschoss war eine kleine Eckkneipe, die schon von außen so unwirtlich aussah, dass keiner von ihnen jemals freiwillig reingegangen wäre. Ein paar zwielichtige Gestalten standen vor der Tür und rauchten. War fast ein Wunder, dass sie es nicht drin taten, aber vielleicht hatten sie was zu besprechen.

„Hier ist es", sagte Wildmann. „Dritter Stock."

„Na dann schau ma moi", meinte Hattinger und stieg aus. Er war wirklich sehr gespannt darauf, endlich mehr über diesen Jens Vogel zu erfahren.

25

Er hatte sich entschlossen, den Bus nicht abzufackeln. Viel zu auffällig. Selbst wenn er ganz ausbrennen würde, könnte man ihn leicht identifizieren und wahrscheinlich würde von dem Zeug, das er reingeladen hatte, trotzdem das eine oder andere übrigbleiben. Auf jeden Fall würde das ausgebrannte Wrack laut *Hallo! Verbrechen!* schreien und die Bullen direkt zum Haus vom Meisel führen.

Was dann also? Blieb ja nur Versenken übrig. Der Chiemsee kam dafür nicht in Frage, da wüsste er gar keine geeignete Stelle, wo's einen Zugang gäbe und das Wasser tief genug wäre und wo man obendrein hinkäme, ohne dass es jemandem auffallen würde. Nein, es musste ein Fluss sein, einsame Stelle, alte Brücke, Damm, Wehr, irgendsowas. Am Inn oder an der Donau. Da bestünde wenigstens die Chance, dass das Auto nicht so schnell entdeckt werden würde. Er hatte mal von einem Fall gelesen, wo sie einen alten Bauern nach Jahren in seinem Mercedes aus der Donau gezogen hatten. Aber seine Angehörigen hatte man verurteilt, weil sie ihn angeblich an die eigenen Hofhunde verfüttert hatten. Wo war das gleich gewesen?

Verdammt, warum hatte er sich nur nicht eher um eine geeignete Stelle gekümmert? Half nichts, würde er eben eine Nachtschicht einlegen, notfalls auch zwei oder drei, dann würde sich schon was finden. Musste aber in jedem Fall spät nachts sein. Die nächsten Nächte wäre es noch ziemlich dunkel.

Aber zuerst zum Haus, das war klar.

Er hatte sich schon entschlossen, sein altes Elektroboot zu nehmen. Hatte er auch von seinem Onkel geerbt. Am Anfang hatte er gedacht, was für ein blödes Teil, nix wie weg damit. Hätte allerdings praktisch kein Geld mehr gebracht, die Batterie war auch fast hinüber. Dann war er ein paar Mal bisschen damit rumgeschippert und fand das irgendwie angenehm. Und praktisch, kein großer Aufwand, kein Auf- und Abtakeln, kein vergebliches Warten auf Wind, cool eigentlich, das Ding. Auf jeden Fall bestens geeignet, um einen geruhsamen Tag auf dem See zu verbringen und sich ein ruhiges Plätzchen hinter der Herreninsel zu suchen. Da war man ziemlich ungestört, auch wenn auf dem See viel los war. Also neue Batterie investiert und das Boot behalten. Lag auch nicht allzu weit weg bei Feldwies und inzwischen war er echt froh drum und fuhr regelmäßig raus.

Heute umso mehr, denn eines war ihm gleich klar geworden: Dass er es nicht riskieren konnte, mit dem Bus zu dem Haus zu fahren, vor allem nicht bei Tageslicht. Die Wahrscheinlichkeit, dass ihn einer von den Nachbarn sehen könnte, war einfach zu hoch. Und mit dem eigenen Jeep zu fahren kam jetzt auch nicht mehr in Frage, der war zu auffällig.

Jetzt musste er nur aufpassen mit dem Karren, wo er den parkte. Er fand einen ganz guten Platz unter Bäumen auf der Halbinsel hinter Seethal. Da kam kaum jemand vorbei. Es standen noch ein paar andere Autos da, den Nummernschildern nach alles Einheimische. Da würde das Traunsteiner Kennzeichen nicht auffallen und noch suchte ja keiner den Bus.

Er stellte den Wagen ab und stieg aus. Es war weit und breit niemand zu sehen. Offensichtlich zu heiß heute für Spaziergänger. Die Touristen waren bei dem Wetter entweder beim Baden oder sie rannten in die Berge. Er holte das Klappfahrrad aus dem Bus und hängte sich die alte Ledertasche um, nachdem er noch die Tüte mit der Waffe hineingestopft hatte. Die Plastikplane schnallte er auf den Gepäckträger. Er zog sich den Strohhut tief ins Gesicht und setzte die uralte Sonnenbrille mit den großen Spiegelgläsern auf. Betrachtete sich kurz im Seitenspiegel des Bullis. Er fand, dass er was von einem Alien hatte in der Aufmachung. War aber immer noch unauffälliger, als mit seinem Kopfverband rumzulaufen. Er sperrte den VW Bus ab und radelte los, hinüber Richtung Seepromenade.

Im Westen tauchte die Sonne unter einer Wolkenbank durch. Ziemlich sicher würde es heute noch ein Gewitter geben, aber darauf konnte er jetzt auch keine Rücksicht nehmen. Im Gegenteil, es wäre ja nur gut, wenn es richtig schütten würde, das würde ja einiges an Spuren wegwaschen. Und wenn sein Plan mit der Leiche aufging, wenn er die, gut in Plastik verschnürt, in dem alten Brunnen mit den Ziegelsteinen zuschütten könnte, die ja praktischerweise daneben lagen, dann hätte er zwar immer noch nicht entdeckt, was er suchte, aber dann könnte er vielleicht wenigstens noch seinen Kopf aus der Schlinge ziehen, in der er im Moment ganz tief drinsteckte.

Hätte er natürlich besser mal gleich Samstag Nacht gemacht. Allein bei der Vorstellung, wie die Leiche inzwischen stinken musste bei den Temperaturen, wurde ihm ganz schlecht. Und er wusste, wie Leichen stinken, die zwei Tage bei über 30 Grad in der Sonne liegen. Das hatte er schon bei seinen früheren Jobs in Krisengebieten ganz schlecht ausgehalten. Du kannst wegschauen bei einem unschönen Anblick, aber wegriechen kannst du nicht.

Nach ein paar Minuten war er bei der Werft angekommen. Er radelte Richtung Steg, zu seinem Liegeplatz. Der Hafenmeister hatte ihn von Ferne gesehen und offenbar nicht erkannt, sonst hätte er wie üblich gegrüßt. Gut so. Der Mann verschwand in einer Halle und stellte keine Gefahr mehr dar.

Bei seinem Boot angekommen, nahm er zügig die Persenning ab, verstaute sein Zeug, überzeugte sich, dass die Batterie voll geladen war, stopselte das Ladekabel aus, machte die Tampen los und legte ab. Er hielt auf die Spitze des langen Dampferstegs zu und war froh, als er den Steg umrundet hatte, weil er jetzt kaum mehr Gefahr lief, von irgendjemandem erkannt zu werden.

Überall strebten die Boote ihren Häfen zu, die Sonne würde bald untergehen und alle, die nicht vorhatten, die Nacht auf dem See zu verbringen – das waren angesichts der dicker werdenden Gewitterwolken im Westen mit Sicherheit die allermeisten – schauten, dass sie langsam nach Hause kamen.

Er hielt zunächst auf die Fraueninsel zu und nach der Spitze der Landzunge steuerte er das Boot Richtung Nordost, über den Weitsee Richtung Schützing. Das alte Ding schnurrte mit Höchstgeschwindigkeit dahin. Gut, das war nicht viel, aber man kam trotzdem komfortabel voran.

Als er ungefähr in der Mitte des Weitsees war, holte er den öligen Lumpen mit der alten Wehrmachtspistole aus der Plastiktüte. Er schaute sich nach allen Seiten um, kein anderes Boot war mehr in der Nähe, also ließ er die 08 aus dem Lumpen geräuschlos in die Bugwellen gleiten und sah zu, wie sie schnell im klaren Wasser versank.

Danach holte er das Handy von dem Typen aus der Tasche und versenkte es ebenfalls. So. Das war schon mal ziemlich befreiend, wenigstens dieses Zeug loszuwerden.

Jetzt noch die Nummer abkleben. Man wusste ja nie heutzutage, von welchen Spinnern man beobachtet, fotografiert, gefilmt wurde. Er kletterte mit dem weißen Tape zum Bug und klebte zwei breite Streifen über die Registrierungsnummer. Wenn er wirklich in die Nähe eines Polizeibootes kommen sollte, wären die schnell wieder abgemacht. Er schaute sich um. Es war aber keins zu sehen.

Der See kräuselte sich ganz leicht jetzt. Hier und da huschten schwarzblaue Striche über die Oberfläche und beruhigten sich wieder.

Die Ruhe vor dem Sturm.

Die Ruhe war so vollkommen, dass es noch nicht mal eine Sturmwarnung gab. Oft genug blinkten die orangen Warnlichter am Ufer, ohne dass daraufhin irgendwas Wesentliches passierte. Aber heute, wo fast in der Luft zu greifen war, dass noch was geschehen würde, blieb die Warnung aus.

Er wusste, dass er nicht allzu lang Zeit haben würde, wieder zurückzufahren. Andererseits würde es natürlich dauern, den Typ im Brunnen zu versenken. Skeptisch schaute er auf die Gewitterwolken, die sich in der Ferne hinter der Herreninsel immer mehr zusammenzogen. Egal, da musste er jetzt durch. Den ganzen Mist hatte er sich selbst eingebrockt. Musste er das Gewitter halt abwarten, vielleicht im Bootshaus.

Es war noch ein ganzes Stück zu fahren, aber er konnte die Stelle am Ufer schon ausmachen, wo er hin wollte. Zeit noch für ein Beruhigungspils. Er zog eine Flasche aus der Ledertasche und kramte nach dem Schweizer Taschenmesser, um sie zu öffnen. Dabei fiel der Geldbeutel raus, klappte auf und Münzen kullerten in die Bilge.

„Shit!", fluchte er halblaut und begann einzusammeln, was er zu fassen kriegte. Die Mastercard war auch aus dem alten, labberigen Portemonnaie gerutscht. Er nahm sie und steckte sie wieder an ihren Platz. Dahinter war die leere Sichthülle für den Personalausweis. Die Einfassung der Plastiktasche war an der Seite ausgefranst und aufgerissen.

In dem Moment sah er es ganz genau vor sich.

Er wusste jetzt, wo sein Ausweis sein musste – dasselbe war ihm auf Meisels Boot passiert! Bloß, dass das Fach mit den Münzen zugeblieben war.

Ach du Scheiße. Auch das noch!

Warum war ihm das nicht eher aufgefallen?

Na klar, er hatte den Ausweis lange nicht gebraucht und man musste den Geldbeutel zweimal aufklappen, um an ihn ran zu kommen. Auf der Vorderseite waren die Karten, die versteiften die Klappe, so dass das nicht auffiel. Und dass der Ausweis an der Seite rausrutschen konnte, das hatte er nicht bemerkt.

Er starrte auf die Bodenbretter, zwischen denen die Münzen verschwunden waren. Sein Ausweis steckte irgendwo in der Bilge von Meisels Jollenkreuzer! So musste es sein. Er hatte natürlich alles eingesammelt damals, alles mitgenommen. Aber es war Nacht gewesen, stürmisch, saukalt. Und unter dem Druck, da konnte man schon mal was übersehen. Verdammt.

Er setzte die Pilsflasche an und trank sie in wenigen Zügen aus. Dann ließ er die leere Flasche ins Wasser gleiten.

Also würde er wohl als erstes den Ausweis suchen müssen.

War auch schon egal.

Er war nicht mehr weit entfernt von der kleinen Bucht mit dem Bootshaus und holte sein Fernglas heraus, das er immer im Boot verstaut hatte. Stellte die Optik scharf, schaute hinüber. Erwartungsgemäß niemand zu sehen.

Ein Schwimmer, ziemlich weit draußen. Nein, eine Schwimmerin, bei näherer Betrachtung war das nicht zu übersehen, weil sie auf dem Rücken kraulte und offensichtlich nackt war. Wenn er geradeaus weitergefahren wäre, dann wäre er direkt an ihr vorbeigekommen. Schade eigentlich, dachte er, aber im Moment war es besser, einen weiten Bogen um die Frau zu machen, also verlagerte er seinen Kurs ein Stück nach Süden, um erst nahe am Ufer in die Bucht einzuschwenken.

Hinter den Inseln ging die Sonne unter, glutrot und riesengroß im Dunst. Grade dass es nicht zischt da hinten, dachte er. Am Alpenrand zog es sich immer schneller zu und erste Blitze leuchteten in der Ferne auf. Hinter der Kampenwand war der Himmel schon ziemlich schwarz, mit so einem unangenehmen Gelbstich. Die Unterseite der Wolken leuchtete violett im letzten Sonnenlicht. Und nun fingen doch noch die Sturmwarnungsfeuer rund um den See an zu blinken und zwar gleich in der schnelleren Stufe, obwohl hier, abgesehen von unregelmäßigen Minibrisen, immer noch kein Wind war.

Die Schwimmerin erfolgreich umkurvt, jetzt fast am Ufer angekommen, fuhr er am Schilfrand entlang nach Norden. Das Boot hatte ja zum Glück so gut wie keinen Tiefgang und er wusste genau, wo er noch drüber kam und wo nicht. Als er endlich das Bootshaus sehen konnte, schwenkte er in die Bucht ein und hielt auf den Steg zu.

Konzentrier dich jetzt, sagte er sich.

26

Lisa hatte das mit dem Herd hinbekommen, ziemlich schnell sogar. Sie hatte versucht, Lena zu erklären, welcher Draht von dem Herdanschlusskabel in welche Klemme musste.

„Schau mal, der grüngelb gestreifte, das ist die Erde, die gehört dahin, wo dieses umgekehrte Bäumchen in der Erde steckt."

„Häh? Bäumchen in der Erde? Ich versteh nur Bahnhof", sagte Lena.

„Na ja, hier, schau doch, das sieht aus wie so'n gestrichelter Christbaum, der ungespitzt im Boden steckt. So hab ich's mir gemerkt am Anfang."

Sie steckte den Draht rein und schraubte ihn in der Klemme fest.

„Und das blaue, das ist der Nullleiter."

„Sag mal, hast du eigentlich keine Angst, dass du eine gewischt kriegst? Dann bist du tot, wär doch saudumm, oder?", meinte Lena.

„Na ja, denk schon. Tot is irgendwie suboptimal. Aber ich hab ja die Sicherungen rausgenommen, hast du doch gesehen, und dann noch mal mit'm Phasenprüfer gecheckt, dass der Strom wirklich aus is. Was soll denn da passieren?"

„Ich weiß nich, mir is Strom irgendwie unheimlich. Mir reichts, wenn ich weiß, dass er aus der Steckdose kommt."

„Na klar. Einfalt lässt grüßen! Irgendwie muss er ja auch in die Steckdose reinkommen", kommentierte Lisa.

„Du bist ja echt spitzfindig drauf heut."

Lisa hatte die übrigen Leitungen festgezogen und

den Deckel wieder auf die Dose geschraubt. Schwitzend tauchte sie hinter dem Herd auf.

„So, jetzt kannst du die Sicherungen wieder anschalten, die drei, wo Herd drunter steht."

„Ach echt?"

„Mhm, vielleicht kriegst du das ja gerade noch hin? Schau ma erst ob er geht, bevor wir den Herd wieder hinterschieben."

„Jawohl, Frau Elektroingenieurin!"

Lena salutierte, verschwand im Gang und schaltete die Sicherungen wieder ein.

„Und woher will ich wissen, dass jetzt nicht der ganze Herd unter Strom steht?", gab sie zu bedenken, als sie wieder in die Küche kam.

„Jetz manno, chill mal."

Lisa hielt demonstrativ den Phasenprüfer an die Metallplatten, den Zeigefinger am hinteren Ende.

„Guckst du! Siehst du was? Nix siehst du! Kein böser Strom. Niente."

„Ja gut, aber geht er jetzt auch?"

„Probiers halt aus."

„Nee, mach mal lieber du", schlug Lena vor.

„Aha. Besser ich tot als du? Logo."

Lisa drehte einen der Regler auf. Die Kontrolllampe ging an und die alte Metallplatte wurde knisternd warm.

„Yippieh!", rief Lena. „Du bist ein Genie!"

Lisa grinste wie ein Breitmaulfrosch. Die beiden gaben sich ein High-Five.

„Wenn wir in so ner Ratgebersendung wären, dann müssten wir jetzt sagen: Don't do this at home, kids", meinte Lisa.

„Genau, also komm her." Lena zog sie an ihre

Seite. „Moment!“ Sie holte ihr Handy vom Tisch und startete eine Videoaufnahme. „Auf drei, okay? Eins, zwei, drei!“

Sie zeigten mit ausgestrecktem Arm auf die langsam aufglühende Platte.

„Don't do this at home, kids!“, riefen sie beide in die Kamera und lachten.

„Und jetzt endlich baden“, schlug Lisa vor, nachdem sie die Aufnahme ein paar Mal wiederholt hatten und immer neue Posen erfunden hatten. „Ich triefe! Alles nur wegen deiner Unfähigkeit.“

„Okay, okay, ich gebs zu, Meisterin der Elektronen!“ Lena fiel vor Lisa auf die Knie. „Seht, Gebieterin, ich werfe mich in den Staub dieser Küche! Ich stehe zutiefst in Eurer Schuld und spendiere Euch dafür ein Eis, okay?“

„Drei“, forderte Lisa. „Mindestens!“

Sie hatten schließlich den Herd noch in die alte Küchenzeile zurückgeschoben und danach waren sie schnell zum Schraml-Badeplatz an der Harrasserstraße geradelt, um sich endlich ins Wasser zu werfen.

Den Rest des Nachmittags hatten sie sich in ihren Bikinis möglichst dekorativ auf den Handtüchern positioniert und über alles und jeden gelästert, der ihnen in den Sinn oder unter die Augen kam, vor allem über die Jungs in halbwegs interessantem Alter, die dort entweder betont gelangweilt rumhingen oder aber lautstark im Wasser rumtollten – in jedem Fall ein: *Ich bin voll mit Testosteron bis obenhin!* ausstrahlend. Und da hatte sich jede Menge Stoff geboten.

Es war ein sehr lustiger Nachmittag. Sie gingen

zwischendurch immer wieder mal ins Wasser, das gefühlte 30 Grad hatte, und holten sich das eine oder andere Eis. Und natürlich sahen sie sich die Jungs auch daraufhin an, ob da nicht wenigstens was zum Flirten dabei wäre. Waren sich allerdings einig, dass das leider nicht der Fall war.

Gegen Abend zogen sie sich an und packten ihr Zeug auf die Fahrräder, um Pizza essen zu gehen. Sie hatten beide einen Mordshunger. Als sie die Räder den steilen Hang zur Seestraße hochschoben, kam ihnen ein Mountainbiker entgegen.

„Schau mal, dein Philanthrop", stieß Lisa Lena an.

Als Lena hochschaute, schoss Johnny Huber auch schon an ihr vorbei. Dann haute er die Bremse rein, er hatte die beiden wohl wiedererkannt. Er blieb auf seinem Rad sitzen und schaute sich nach ihnen um.

„Die Ladies … Servus. Alles klar gwesn no, vorgestern?"

Lena fiel gerade gar nichts ein.

„Ja, ja", sagte Lisa. „Danke noch mal für die Hilfe."

„Alles klar, immer gern. Und ihr gehts scho wieder?"

„Ja", antwortete Lena. „Wir waren den ganzen Nachmittag hier."

„Ja dann … Seids ihr öfters da?"

„Ja, vielleicht. Schon ab und zu", sagte Lisa. „Also ich jedenfalls. Oder in Schafwaschen."

„Ja. Genau", sagte Lena.

„Ja dann … segn ma uns ja vielleicht amoi. I geh jetz mein Body wässern, sonst verflüssigt er si no selber. Servus die Damen", rief er und fuhr weiter den Abhang hinunter.

„Wir gehen Pizza essen, am See", sagte Lena noch, aber so leise, dass Johnny Huber es nicht mehr hören konnte.

Beide schauten ihm nach. Unten am Zaun stellte er das Rad ab und machte sich mit seinem Rucksack auf zum Badeplatz. Ein großgewachsener, schlanker, muskulöser Typ, aber sichtlich keiner von diesen hirnlosen Muskelpumpern. Und heute hatte er Radlzeug an und überhaupt nichts Trachtlerisches.

„Komischer Typ", sagte Lisa. „Sieht aber gut aus, das muss man ihm lassen."

Lena zuckte mit den Schultern.

„Ich weiß nich. Der is doch eh zu alt", meinte sie. „Aber Charme hat er irgendwie. Mehr jedenfalls als diese ganzen Milchbubis da unten zusammen."

„Komm, die Pizza schreit nach uns", drängte Lisa. „Oder auf jeden Fall schrei ich nach der Pizza."

Also fuhren sie vor zu den Schären und setzten sich ins Restaurant gegenüber vom Bootsverleih. Da gab es seit ein paar Jahren auch ziemlich leckere Holzofenpizzen und Lena war wild entschlossen, den ganzen Rest des Fünfzigers vom Paps auch auszugeben. Wenn er schon überhaupt nicht mehr heimkam, dann musste er wenigstens löhnen. Es gelang ihr auch mühelos, weil sie sich mit Lisa nach dem Essen noch ein paar Cocktails gönnte. Fast dunkel wars inzwischen und sie hatten beste Laune.

Ein Zeitungsverkäufer bahnte sich seinen Weg zwischen den Tischen durch und sah sie fragend an. Lena winkte ab. Sie las nur die Schlagzeile: *Immer mehr Flüchtlinge in Bayern.*

Sie dachte wieder an den Jungen aus Eritrea. Der

ging ihr seit Samstag nicht mehr aus dem Kopf. Sie unterhielten sich eine ganze Weile über das Flüchtlingsproblem. Im Moment drängte gerade so eine richtige Welle über Österreich herein und die Aufnahmebereitschaft, die vor kurzem noch recht groß war, schien inzwischen langsam zu kippen.

„Wenn man überlegt, wie gut's uns geht …"

Lena sah ihr leeres Cocktailglas an und machte dem Kellner ein Zeichen.

„Noch einen bitte. Du auch?", fragte sie Lisa.

„Bevor ich mich schlagen lass …"

„Zwei bitte."

„Zwei Margaritas, gern", sagte der Kellner, tauschte den vollen Aschenbecher auf ihrem Tisch gegen einen leeren und ging wieder.

„Von dem, was hier zwei Margaritas kosten, könnte der Kleine aus Eritrea wahrscheinlich ein paar Tage leben, oder?", meinte Lena. Seit vorgestern hatte dieses anonyme Wort Flüchtling auf einmal ein Gesicht für sie. „Wir sollten was tun für den."

„Na ja, aber die kriegen ja immerhin Taschengeld", sagte Lisa. „Im Gegensatz zu mir. Ich job am Wochenende immer im Kino. Und in den Ferien wochenweise an der Tanke."

„Aber das dürfen die ja gar nicht. Außerdem ist das nicht viel, das Taschengeld. Der is ja bestimmt noch keine 18, da kriegt der ungefähr 80 Euro im Monat, hab ich letzte Woche erst gelesen. Das sind keine … drei Euro am Tag. Überleg doch mal! Weißt ja selber was das Leben bei uns kostet. Zigaretten sind da schon mal überhaupt nicht drin."

Sie holte die letzte Kippe aus ihrem Päckchen und zündete sie an.

„Okay, aber ein Smartphone haben sie alle", wandte Lisa halbherzig ein.

„Ja, Mensch, aber das brauchen die auch!" Lena hatte langsam Lust, sich aufzuregen. „Das ist ihre einzige Verbindung nach Hause! Stell dir das doch mal vor! Und auf der Flucht ist das überlebenswichtig für die."

„Ja, schon wahr, hast ja recht." Lisa überlegte. „Wir könnten ja Klamotten spenden. Oder anderes Zeug, was so nutzlos rumliegt", meinte Lisa. „Da fällt mir schon ne ganze Menge ein, was ich eigentlich nich mehr brauch."

„Gute Idee. Ich hab auch'n Haufen Zeug, was ich eh nie mehr anzieh. Nur die Frage, ob der Typ Mädelsklamotten anziehen will?"

„Das eine oder andere T-Shirt würd ihm schon passen. Oder so Unisex-Teile halt, Pullover, Sweatshirts und so. Vielleicht sogar Jeans, von der Größe her könnt das doch hinhauen. Musst ihm ja nicht deine abgelegten Unterhosen mitbringen."

„Du bist blöd!", lachte Lena. „Okay, gebongt, das machen wir. Aber erst mal müssen wir ihn überhaupt finden."

„Das kann ja nicht so schwer sein, hier in Prien gibts doch bis jetzt nur die eine Unterkunft, oder?"

Lena trank ihren Cocktail aus. Es war inzwischen fast dunkel, die Beleuchtung der großen Sonnenschirme war schon vor geraumer Zeit angegangen. Sie winkte dem Kellner zum Zahlen.

„Okay, dann schaun wir doch erst mal, ob wir ihn da finden, und wenn er da is, dann können wir morgen das mit den Klamotten machen, wenn er welche braucht."

Sie zahlte, holte sich am Automaten noch Zigaretten und dann machten sie sich auf den Weg in den Ort.

27

Hattinger mochte es kaum glauben. Ganz offensichtlich waren sie schon wieder zu spät. Schon wieder war ihnen jemand zuvorgekommen und hatte die Wohnung von Jens Vogel durchsucht. Oder vielleicht sollte man besser sagen, verwüstet. Und sich dabei keinerlei Mühe gemacht, seine Tat zu kaschieren. Die Wohnungstür im dritten Stock in dem Haus in der Innstraße in Rosenheim stand einen Spalt weit offen, als sie kamen. Sie ging auch gar nicht mehr zu, weil das Schloss aus der windigen Tür herausgebrochen war. Vermutlich hatte dafür ein kräftiger Tritt gereicht.

Es war eine ziemlich versiffte Zweizimmerwohnung mit einem langen, schmalen Küchenschlauch und einem winzigen Bad mit Sitzbadewanne und Klo. Welche Funktion die Zimmer jeweils hatten, war nicht auf den ersten Blick ersichtlich, denn in beiden lagen schmuddelige Matratzen am Boden, mit ebenso unansehnlichen Kissen und Decken, hier wie da standen schmutzige Teller herum, leere Bierflaschen, Tüten und Pappbecher verschiedener Fast-Food-Ketten. Ein ziemlich wüstes Durcheinander, das bestimmt ohnehin schon schlimm genug ausgesehen hatte, das aber irgendjemand zusätzlich aufgemischt haben musste, indem er alles noch einmal umgedreht und dann aus den wenigen uralten Sperrmüllmöbeln den gesamten Inhalt herausgerissen und gleichmäßig über die Restflächen verteilt hatte.

„Hat er Besuch ghabt, der Herr Vogel“, meinte Hattinger nur, nachdem er sich einen ersten Überblick verschafft hatte.

„Da ist uns jemand zuvorgekommen", stimmte Wildmann zu.

Bamberger war kurz nach den anderen eingetroffen.

„Herr, lass diesen Kelch an mir vorübergehen", stöhnte er, als er den Saustall sah.

„I versteh di guad", sagte Hattinger. „Aber der Kelch muass leider untersuacht wern."

Als erstes schickte er Martin Haller und Petra Körbel los, sich im Haus bei den Nachbarn umzuhören. Die beiden hatten Fotos des Erschossenen von Schützing dabei.

„Karl, vielleicht fragst du amoi in der Kneipe unten rum", bat er Wildmann. „Da gibts ja bestimmt jemand, der den Vogel kennt hat."

Wildmann sah nicht begeistert aus, aber er kramte ein Foto von Jens Vogel aus seiner Mappe und machte sich auf den Weg.

Einen Moment fragte sich Hattinger, ob er wirklich der Richtige wäre für diese Aufgabe, aber dann sagte er sich, dass er Wildmann auch gelegentlich mit Dingen fordern musste, die nicht nur seine Überfliegerintelligenz beanspruchten.

Und es war gut so, dass es hier ein bisschen luftiger wurde, denn zu fünft wären sie sich in dieser Wohnung sowieso nur gegenseitig auf die Füße getreten.

„Den Hausbesitzer brauch ma möglichst schnell", rief er Wildmann hinterher.

„Ich kümmer mich drum", bestätigte der aus dem Treppenhaus.

Hattinger inspizierte mit einem erheblichen Widerwillen das Chaos in der Wohnung.

„Jetz schau ma uns amoi grob um", schlug er

Bamberger vor, „und dann holst du dei Mannschaft dazua."

„Die wern si gfrein. Die san jetz wahrscheinlich grad auf'm Hoamweg von Schützing."

„Is mir scho klar. Mir machts ah grad koan Spaß. Aber mir brauchan so schnell wie möglich Gewissheit, dass der Vogel wirklich unser Toter is."

„Dann nimm i erst amoi Fingerabdrück ab", schlug Bamberger vor. „In der Küch, im Bad und so weiter. Wenn seine dabei san, is's ja ziemlich wahrscheinlich."

Hattinger nickte.

Bamberger rief zwei Techniker aus seinem Team an und pfiff sie wieder von zuhause zurück. Nebenbei packte er an der Wohnungstür seinen Koffer aus und begann mit dem Abpinseln.

Hattinger sah sich um. Er bahnte sich vorsichtig wieder einen Weg in das Zimmer zur Linken des schmalen Schlauchs von Flur. Der Raum war vielleicht zehn Quadratmeter groß, schätzte er, ein verstunkenes Loch mit einem trüben Fenster zur Straße an der Stirnseite.

Man roch nicht nur, man sah auch deutlich, dass hier ein starker Raucher wohnte, bzw. gewohnt hatte. Wenn es nicht mehrere waren, wie man aus der Anzahl der Matratzen vielleicht schließen musste. Vor der Wand gegenüber dem Fenster stand ein riesiger Flachbildfernseher. Der sah noch ziemlich neu aus. Daneben auf am Boden ein BluRay-Player. Das waren mit ziemlicher Sicherheit die wertvollsten Gegenstände in dieser Wohnung. Das bedeutete, dass der oder die Einbrecher hier wohl etwas anderes gesucht hatten, denn das wäre wohl das einzige, was man schnell zu Geld hätte machen können.

An den helleren, rechteckigen Flächen auf den vergilbten Raufasertapeten konnte man erkennen, dass in diesem Raum vermutlich Plakate oder Fotos oder vielleicht auch Karten gehangen hatten. An den Rändern der Stellen klebten zum Teil noch Reste von Tesafilm. Und neben der Tür musste so eine Art Pinnwand gewesen sein. Verschiedene bunte Nadeln steckten da noch, einige lagen davor am Boden und der Größe und Form der Flecken nach könnten dort z.B. Flyer oder Notizzettel angepinnt gewesen sein. Die waren alle verschwunden, wenn sie nicht irgendwo in dem Durcheinander herumlagen, aber das glaubte Hattinger eher nicht. Am Boden lag alles Mögliche, aber Fotos konnte er nicht entdecken, ebensowenig wie in dem einzigen Möbelstück hier drin, einem grässlichen, nussbaumfarbenen Sideboard aus den 50ern. Da fanden sich nur ein paar DVDs, Abteilung Gruselschocker oder Kriegsfilm, ein Waffenkatalog und eine Modellbaubroschüre mit ferngesteuerten Minidrohnen.

Im anderen Zimmer gab es so eine Art Kleiderschrank, die Türen offen und drinnen ein fürchterlicher Verhau von Klamotten. Vieles von dem Zeug ging eher in Richtung Militärkleidung: Parkas, Hosen in Tarnfarben, schwarze Uniformjacken mit Schulterklappen und ähnliches.

Auch hier nichts Persönliches, keine Schriftstücke, Fotos, keine Kontoauszüge, keine Post. Nicht mal Rechnungen.

Was ging hier eigentlich vor, fragte sich Hattinger. Das wurde ihm langsam unheimlich. Es war, als ob dieser Fall eine Art Vakuum erzeugen würde, in dem alles verschwand. Alles, was zur Aufklärung beitragen könnte, wurde abgesaugt, bevor sie es in die Finger kriegten.

Bamberger pinselte gerade die Ablage und den Spiegel im Bad ab und sicherte DNA-Proben. Hattinger ging nebenan in die Küche. Auch hier nichts Interessantes. Gekocht wurde hier jedenfalls nichts, außer vielleicht Kaffeewasser. Dafür gab es eine Unmenge leerer Bier- und Schnapsflaschen. Ein Fest für die Spurensicherung, was Fingerabdrücke anging. Die würden nicht begeistert sein über die Arbeit, die hier auf sie wartete.

Hattinger fand keinen Festnetzanschluss in der Wohnung, auch keine Anzeichen, dass ein Computer oder Laptop hier gewesen wäre, keinerlei übliches Zubehör dafür, aber zumindest ein Ladegerät für ein Handy. Das Handy dazu konnte er nicht entdecken und bei der Leiche hatten sie auch keins gefunden. Hatte der Schütze es mitgenommen? Das Dumme war, dass sie noch nicht mal die Nummer hatten. Aber die müsste sich ja rausbringen lassen, zumindest, wenn es auf seinen Namen angemeldet war. Und vielleicht hatte ja irgendwer im Haus die Nummer.

Er schickte vorsichtshalber eine SMS an Martin Haller und an Wildmann: *Bitte nach Vogels Handynummer fragen.*

Dabei entdeckte er, dass Lena eine Nachricht geschickt hatte: *hallo paps, lisa & ich haben grad dein pizzageld verfressen. der herd geht wieder! kommst du in diesem jahrhundert noch mal heim? wenn ja – in welchem jahr? lg, lena!*

Lisa? Wer war das denn? Er konnte sich nur an

eine Lisa aus Wasserburg erinnern, war aber länger her. Und wieso ging der Herd wieder? Hatte Lena einen Elektriker geholt? Er wusste, dass sie mit Strom nichts zu tun haben wollte. Außer, dass sie ihn großzügig verbrauchte … Oder hatte der Peter den Herd angeschlossen?

Er antwortete: *Weiß noch nicht, vielleicht sehr spät. LG, Paps.*

Durch das halb blinde Zimmerfenster schaute er hinunter auf die Innstraße. Es war inzwischen schon fast dunkel. An den Bäumen gegenüber sah man, dass der Wind jetzt deutlich auffrischte. Die ersten Tropfen fielen. Endlich!

Er machte das Fenster auf: Ein Windstoß fegte durch die leeren McDonalds-Tüten im Raum und ließ die Zimmertür in den Rahmen krachen. Danach flog sie gleich wieder auf. Und wieder zu.

„Hey, da ziagts! Mir fliagt der Puder weg“, schimpfte Bamberger draußen.

„Ja ja, ich mach scho wieder zua.“

Hattinger schloss widerstrebend das Fenster. Unten vor dem Haus sah er zwei von Bambergers Spurensicherern aus dem Auto steigen und ihre Koffer ausladen. Dem einen, dem großen Blonden, fegte der Wind die Frisur auseinander, zwei, drei Mal hintereinander, und er versuchte sie immer wieder hinzudrapieren, vergeblich. Er schaute, dass er schnell ins Haus kam. Dem anderen mit der Halbglatze war das egal. Im Gegenteil, er schien es zu genießen und hielt seinen Kopf in den Wind.

Hattinger musste raus hier, an die Luft. Er beschloss, die Wohnung Bamberger und seinen Kriminaltechnikern zu überlassen.

„I schau amoi nach'm Wildmann“, sagte er.

Bamberger brummelte irgendwas Unverständliches in sich hinein.

28

Andrea Erhard ließ sich eine ganze Weile auf dem Rücken treiben. Sie war weit hinausgeschwommen und jetzt paddelte sie selbstvergessen mit gelegentlichen Armbewegungen dahin. So wohl hatte sie sich lange nicht gefühlt. Der ganze Druck, dieses Unwohlsein der letzten Wochen fiel im Moment von ihr ab. Es war doch manchmal gut, einfach die Perspektive zu wechseln.

Obwohl, so einfach war es eben nicht.

Sie musste eine Entscheidung treffen. Für ihre Zukunft. In den letzten Jahren hatte sie alles einfach laufen lassen. War ja auch nicht verkehrt gelaufen. Sie hatte sich wohl gefühlt in Prien. Sie hatte auch nie das Bedürfnis gehabt, aus Prien wegzugehen. Im Gegenteil, sie hatte es als großes Glück empfunden damals, an ihrem Heimatort arbeiten zu können. Das war ja alles andere als selbstverständlich bei der Polizei. Wenn man Pech hatte, dann steckten sie einen in irgendein Kaff in der Pampa, wo man nicht mal tot übern Zaun hängen möchte. War ja in den ersten paar Jahren auch so gewesen, das ging eigentlich allen so. Aber dann hatte sie sich für Prien beworben und war tatsächlich dahin versetzt worden. Ein Wunder fast. Und dabei hatte Poschner ja auch geholfen, dafür war sie ihm auch dankbar.

Aber jetzt, in den letzten paar Monaten, da wars richtig schwierig geworden. Seit Poschners Scheidung letztes Jahr war der ein anderer Mensch geworden. Klar, konnte man ja auch verstehen irgendwie: Frau weg, Kinder weg, Haus demnächst weg …

Aber seit sie den haarsträubenden Fehler begangen hatte, mit ihm ein einziges Mal in die Kiste zu steigen, war die Situation immer unhaltbarer geworden. Unglaublich, wie hatte sie nur so naiv sein können? Nach der Geburtstagsfeier bei einem Kollegen – der Klassiker unter den Fettnäpfen!

War eigentlich harmlos gewesen. Beide allein, sie waren sich nähergekommen an dem Abend, hatten sich gut unterhalten. Beide angetrunken und ziemlich ausgehungert, wie's halt so geht. Und sie hatte überhaupt keinen Zweifel daran gelassen, dass das eine Ausnahme war. Dass es keine Zukunft geben würde zwischen ihnen. Aber reden kann man viel, wenn der Abend lang ist.

Erst wars ganz okay gewesen, danach, aber dann hatte er sich halt doch mehr vorgestellt. Hatte angefangen, sie zu bedrängen. Eine saudumme Situation: Dienststellenleiter und Stellvertreterin, ausgerechnet! Nach außen natürlich weiterhin per Sie. Wenn das noch andere im Revier mitbekommen hätten, das wär ja ganz fatal gewesen. Aber wenn keiner dabei war, dann fing er an sie zu beknien und zu beackern, von sanft bis nervig bis … übergriffig. Sie hatte ihm schon mal eine geknallt, das hatte eine Zeitlang geholfen. Er hatte sich sogar entschuldigt. Da war er weit über seinen Schatten gesprungen. Aber dann fing es wieder an.

Der war völlig von der Rolle, der Poschner. Der würde vielleicht schon irgendwann wieder runterkommen, aber darauf konnte sie nicht mehr warten. In letzter Zeit half nur noch, ihm aus dem Weg zu gehen. Doch das war auch kein Dauerzustand. Ging ja auch schlecht. Und reden konnte sie eh mit keinem drüber. Hätte sie wahrscheinlich sowieso nicht gemacht.

Es war Zeit für eine Entscheidung. So konnte es nicht weitergehen.

Andrea schaute hoch in den Himmel, der direkt über ihr noch blau war, aber schon recht dunkel. Die Sonne war gerade untergegangen und die Wolken im Westen türmten sich immer mehr auf. Es gab schon gelegentliches Wetterleuchten in den Bergen.

Ja, es wurde Zeit und hier draußen im Wasser schien alles auf einmal ganz klar für sie: Sie würde sich für die Fortbildung anmelden und danach für Hattingers Team bewerben, wenn sie das alles geschafft hätte. Ihr war klar, dass das noch ein weiter Umweg werden würde, aber wenn sie so bald wie möglich anfinge, ihn zu gehen, blieben ihr immer noch viele Berufsjahre. Und die wären hoffentlich um einiges interessanter als das, was sie jetzt machte.

Sie wollte irgendwann zur Mordkommission, das war ihr im Moment so klar wie nie zuvor. Sie hatte früher gar nicht gewagt, das zu denken, warum auch immer, ihr Selbstbewusstsein lag nicht gerade bei 100 Prozent, als sie damals in die Polizeilaufbahn einstieg. Aber seit dem Ostermeier-Fall hatte sie Feuer gefangen. Und inzwischen wusste sie, dass sie das Zeug dazu hatte. Wenn nicht, hätte der Hattinger sie bestimmt nicht gefragt. Der war keiner, der einen fürs Brezenholen lobte. Brezenholen war zwar kein Ausschlussgrund, aber das wäre ihm mit Sicherheit zu wenig.

Und mit dem Hattinger konnte man klarkommen, also sie jedenfalls. Und er wollte eh nichts von ihr. Das fand sie zwar in manchen Momenten fast ein bisschen schade, aber es erleichterte die Sache erheblich. Sowas wie mit dem Poschner konnte ihr mit ihm jedenfalls nicht passieren, das war klar.

Genauso klar war, dass sie jetzt wieder an die Arbeit gehen musste. Wollte! Sie fühlte sich richtig erfrischt und erleichtert.

Da war ein Surren, das langsam lauter wurde. Sie schwamm immer noch auf dem Rücken und hatte die Ohren unter Wasser. Als sie sich aufrichtete, um zurückzuschwimmen, sah sie ein Elektroboot, ein Stück rechts von ihr. Ein Mann mit einem großen Strohhut am Steuer. Okay, das war weit genug weg und es schien sich eher zu entfernen.

Sie kehrte um, legte sich wieder auf den Rücken und kraulte los wie ein Schaufelraddampfer. Eine Weile zog sie ihre Bahn in Richtung der kleinen Bucht und verlor das Elektroboot aus dem Blickfeld.

Als sie sich kurz aufrichtete, um zu überprüfen, ob sie die Richtung gehalten hatte, war es auf einmal rechts vor ihr, schon fast am Schilfrand.

Was hatte der Typ vor? Er fuhr am Schilfgürtel entlang, auf die kleine Bucht zu. Genau da, wo sie auch hin musste! So was Blödes.

Sie schwamm etwas langsamer weiter, im Bruststil jetzt, um das Elektroboot vor sich im Auge zu behalten.

Was, wenn …?

Von einem Moment auf den anderen wurde ihr unwohl in ihrer Haut. Was gerade noch wunderbar gewesen war, ohne lästiges Badezeug hier durchs Wasser zu pflügen, wie Gott sie schuf und diese Freiheit zu genießen, kehrte sich unvermittelt ins Gegenteil, als ihr bewusst wurde, dass sie splitterfasernackt war und ihre Klamotten beim Bootshaus auf dem Steg lagen.

Aber der Typ würde doch wohl an der Bucht vorbeifahren. Würde sie halt noch ein bisschen rumdümpeln hier, bis er wieder weg war. Sie hatte ja normalerweise auch kein Problem damit, dass sie beim Baden einer nackt sah. Was war schon dabei? Allerdings war sie hier im Dienst, wenn mans genau nahm. Und wenn der doch in Meisels Bucht wollte, was sollte sie denn dann machen?

Das Elektroboot war am Rand der Bucht angekommen. Nein, es fuhr nicht hinein, es fuhr geradeaus weiter.

Gott sei Dank, dachte sie – in dem Moment drehte sich der Strohhut herum in ihre Richtung, ganz kurz sah sie sein Gesicht von der Seite. Instinktiv ging sie auf Tauchstation, denn sie waren jetzt vielleicht noch 50 Meter auseinander und es musste ja nicht sein, dass er sie sah.

Sie tauchte weiter Richtung Ufer, während sie sich vorstellte, wie das Elektroboot weiterfahren würde. Nachdem sie geschätzte 20 Meter getaucht war und das Boot inzwischen an der Bucht vorbei sein müsste, kam sie wieder hoch.

Das Boot war mitten in der Bucht und hielt auf den Steg zu!

Der Strohhutmann fuhr an dem Jollenkreuzer vorbei und ging längsseits des Stegs, gegenüber dem Bootshaus.

Oh Gott. Das darf doch nicht wahr sein!

Verdammt noch mal, was sollte sie denn jetzt tun?

Der Typ macht das Boot fest. Er schaut sich unvermittelt um.

Runter!

Mist ... Das war vielleicht zu spät. Jetzt hat er dich gesehen, denkt sie. Weitertauchen, am besten hinter den Jollenkreuzer, aber das ist zu weit auf einmal, irgendwann muss sie wieder Luft holen.

Leise versucht sie aufzutauchen und möglichst nicht laut nach Luft zu japsen. Es gelingt ihr einigermaßen, sie lässt die Luft in ihre Lungen strömen und streift sich das Wasser aus den Augen, schaut hinüber ...

Der Mann mit dem Strohhut steht jetzt auf dem Steg und stiert auf den Boden. Er interessiert sich für eine Stelle, die für sie durch das Segelboot verdeckt ist.

Ach du verdammte Scheiße!

Genau dort liegen ihre Klamotten.

Und nicht nur die.

29

Wildmann hatte sich überlegt, nicht gleich den Polizeiausweis zu zücken, wenn er in die Kneipe käme. In dem Moment, wo er sich als Polizist zu erkennen gäbe, würden die Leute sofort auf Durchzug schalten, erst recht, wenn sie was mit Jens Vogel zu tun hatten. Die Leute da drin konnten natürlich alles sein: Zuhälter, Hehler, Nazis, sonstwas. Oder auch Freier, er hatte keine Ahnung, aber zumindest waren ein paar weithin bekannte Puffs gleich um die Ecke. Er hatte sich vor diesen Milieus immer gedrückt. Da waren zu viele Menschen unterwegs, bei denen man mit Intelligenz wenig bewirken konnte. Diese tumbe Gewalt. Dieses *Geht-mir-am-Arsch-vorbei-was-du-denkst-ich-hau-dir-erst-mal-eine-aufs-Maul*-Gehabe! Es war ihm zuwider. Aber gut, er musste sich eben überwinden.

Im Moment stand niemand vor der Tür. Er nahm sich vor, möglichst unauffällig und lässig auszusehen und ging rein.

Der große Dicke hinterm Tresen gleich links neben der Tür musterte ihn mit einem kurzen Seitenblick, dann rief er ziemlich entspannt „Freund und Helfer!“ in die Runde.

In der Ecke hinter der Bar, die Wildmann nicht einsehen konnte, raschelte es kurz, dann war ausgiebiges Gläserklirren zu hören. Ein Mann, der an der Bar saß, grinste süffisant in sein Weißbierglas hinein.

So viel zu seinem Plan, unerkannt zu bleiben.

Er ging um die Bar herum. An dem Tisch in der Ecke saßen vier Männer mit Spielkarten in der

Hand. Sie nahmen absichtsvoll keinerlei Notiz von ihm. Wahrscheinlich hatten sie schnell ihr Geld unterm Tisch verschwinden lassen, nach der Warnung des Barkeepers.

An einem anderen Tisch gegenüber der Bar saßen die drei Gestalten, die vor dem Laden auf der Straße gestanden hatten, als sie angekommen waren. Die glotzten ihn feindselig an.

Außerdem war nur noch eine ziemlich aus der Form geratene ältere Frau mit strähnigen grauen Haaren da, die in der Ecke hinter der Eingangstür an einem Spielautomaten zockte, den sie unentwegt mit Münzen fütterte, ohne eine Miene zu verziehen.

Wildmann setzte sich neben den Grinser, der gerade den Rest seines Weißbiers leerte, an die Bar.

„So, was derfs denn sei?", fragte der Barmann, ohne aufzuschauen.

„Ein Mineralwasser bitte", antwortete er.

„Mit oder ohne?"

„Gib ihm eins ohne, sonst verschluckt er sich noch am Ende", empfahl der Weißbiertrinker. Er grinste wieder breit und legte dem Barmann einen Zwanziger auf den Tresen.

„Mit", sagte Wildmann.

Der Mann hinter der Bar stellte ihm ein Glas Mineralwasser hin, daneben ein Schnapsglas, das er mit Obstler füllte.

„Was soll das jetzt werden?", wollte Wildmann wissen.

„Ein Mineralwasser *mit.*"

„Ja, mit Kohlensäure natürlich, aber doch nicht mit Schnaps."

„*Mit* hoaßt bei mir immer mit Schnaps", entgegnete der Barkeeper. „Sprudel is eh drin im Wasser, Wasser *ohne* hab i gar ned. Des bstellt bei mir koa oide Sau. Aus der Leitung vielleicht …"

Der Grinser steckte sein Wechselgeld ein, das ihm der Wirt nebenbei auf den Tresen zählte. Eine 50 Cent Münze ließ er liegen. Er stand auf.

„Würden Sie bitte noch einen Moment dableiben!", sagte Wildmann zu ihm. Nachdem ohnehin schon jeder mitbekommen hatte, dass er Polizist war, zog er seinen Dienstausweis aus der Tasche und zeigte ihn dem Mann. „Ich hab nur ein paar Fragen."

Er wandte sich wieder dem Barmann zu: „Ich wollte aber keinen Schnaps."

„Bstellt is bstellt", befand der. „Und was bstellt is, werd zahlt."

„Nein, ich hab keinen Schnaps bestellt und ich werde ihn weder bezahlen noch trinken. Ich bin im Dienst."

„Arme Sau", höhnte einer an dem Dreiertisch hinter ihm. Die anderen lachten.

Wildmann ließ sich nicht beirren. Er fixierte den Barmann entschlossen.

„Darf ich solange wenigstens pinkeln gehen, bis ihr beiden Hübschen fertig seid?", warf der inzwischen nicht mehr grinsende Weißbiertrinker ein.

„Bitte", antwortete Wildmann, ohne ihn anzusehen. Der Typ verschwand in einem Gang neben dem Spielautomaten.

Der Barkeeper überlegte offenbar noch, ob er sich mit einem Bullen anlegen sollte. Er entschied sich dagegen. Er nahm das Schnapsglas von der Theke und kippte es selbst.

„Meinetwegn. Die Runde geht aufs Haus. Weil heit Montag is."

„Keine Sorge, das Wasser bezahl ich schon", sagte Wildmann.

Er holte das Foto von Jens Vogel aus der Jackentasche, das seinen Kopf mit den schreckgeweiteten Augen zeigte, und hielt es dem Dicken hin.

„Kennen Sie den Herrn zufällig?"

Der Barmann konzentrierte sich ganz auf das Einschenken einer Runde Weißbier, die der Spielertisch per Handzeichen geordert hatte.

„Würden Sie freundlicherweise hinsehen? Das würde die Wahrscheinlichkeit, dass Sie die Frage beantworten können, enorm erhöhen."

Wildmann schob ihm das Foto noch ein Stückchen weiter über den Tresen entgegen.

„Moment … Erst die Arbeit, dann as Vergnügen."

Der Mann schenkte in aller Ruhe die vier Weißbier fertig ein. Dann brachte er das Tablett an den Tisch und machte Striche auf die Bierdeckel. Als er wieder zurück war, nahm er tatsächlich das Foto in die Hand und betrachtete es aus der Nähe. Wildmann meinte ein leichtes Zucken um seine Augen wahrzunehmen, das vorher nicht da war.

„Also? Kennen Sie ihn?"

Der Barkeeper schob das Foto zurück über den Tresen.

„Ja freilich. Der war ja Stammgast, der Jensi."

„War? Wieso war?"

„So wia der schaut auf dem Foto, geht er ja wahrscheinlich in koa Kneipn mehr."

„Wissen Sie, wie er mit Nachnamen heißt, der ‚Jensi'?"

Der Barmann spülte leere Weißbiergläser und stellte sie umgekehrt zum Trocknen auf.

„Keine Ahnung. Aber der wohnt ja irgendwo da im Haus, sovui i woaß. Miassn S' hoid amoi schaun, wo er abgeht."

„Ach ja?" Wildmann wurde des Geplänkels langsam müde. „Danke für den Tipp, wären wir nie drauf gekommen. Wann haben Sie ihn denn zum letzten Mal gesehen?"

Der Dicke spülte weiter, schien aber tatsächlich zu überlegen, sein Spültempo war merklich eingebremst.

„Vor drei, vier Tag vielleicht. Woaß i nimmer genau."

„Könnte Ihr Chef das wissen?"

Der Mann hörte auf zu spülen. Er legte den Kopf in den nicht vorhandenen Nacken und sah Wildmann herausfordernd an.

„I bin mei eigener Chef. Da herin sag i alloa wo's lang geht. Und was *mit* und *ohne* hoaßt."

„Von mir aus. Haben Sie vielleicht die Handynummer von diesem Jens?"

„Naa. Für was denn? Dass i'n oruaf, wenn i mehr Gäste brauch? Jetz kommt er ja eh nimmer, oder?"

Wildmann ging nicht darauf ein. Er überlegte, ob er den Wirt zur rechten Szene befragen sollte, beschloss aber lieber noch damit zu warten.

„Eins noch: Können Sie mir sagen, wer der Besitzer von dem Haus hier ist und wo ich ihn finde?"

„Ja. Da." Der Barmann deutete auf den Vierertisch mit den Kartenspielern. „Fonsä, dei Typ is gfragt!", rief er.

„I hab jetz koa Zeit, mir miassn schafkopfen."

Wildmann sah hinüber zu dem Tisch.

Der besagte „Fonsä", ein älterer, vierschrötiger Typ mit einer Art Baskenmütze auf dem Kopf, spielte eine Karte aus, machte einen Stich und sammelte ihn ein. Er schaute gar nicht erst auf.

„Ich denke mal, die Zeit werden Sie sich schon nehmen müssen", rief Wildmann, ohne Antwort zu erhalten. Irgendwie lief hier gerade alles aus dem Ruder.

In dem Moment fiel ihm auf, dass der Grinser immer noch nicht von der Toilette zurückgekehrt war. Er beschloss nachzuschauen und steuerte auf die Tür neben dem Spielautomaten zu.

„Wo mächtn S' denn hi?", rief ihm der Wirt nach.

„Aufs Klo."

„Aufs Klo gehts aber da", sagte der Barmann und deutete hinter sich auf eine schmale Tür neben der Bar.

Wildmann ging schnell weiter in den Gang und kam in eine winzige Küche, deren zweite Tür in den Hausflur führte, gleich neben dem Hinterausgang.

Der Mann war natürlich verschwunden.

„So ein Mist!"

30

Was ist das denn? Da liegt ein Kleiderhaufen auf dem Steg! Wie kommt der denn hierher?

Vorsichtig schaut er sich um. Es ist niemand zu sehen.

Was hat das zu bedeuten? Doch wohl, dass jemand in der Nähe sein muss, dem das Zeug gehört. Auch das noch! Als hätte er nicht schon genug Scherereien. Aber wer …

Na klar, die Schwimmerin, die er vorher gesehen hat. Die ist in die Richtung geschwommen. Das muss ihre Kleidung sein.

Was jetzt? Er kann nicht riskieren, dass ihn hier jemand sieht. Er zieht den Strohhut tiefer ins Gesicht und lässt den Blick über die Wasseroberfläche wandern. Die ist inzwischen gekräuselt und von einem fast giftigen Grün. Der See hat sehr schnell die Farbe gewechselt.

Die Schwimmerin ist nicht zu sehen. Sie muss irgendwo an Land gegangen sein. Aber auch da kann er sie nirgends entdecken.

Vorsichtig schiebt er mit dem Fuß den Wäschehaufen auf dem Steg ein bisschen auseinander: Unterwäsche, ein BH, T-Shirt, Hose, am Gürtel eine Handytasche und … Was ist das?

Unter der Hose liegt noch was Schweres.

Ach du Scheiße! Ne Knarre!

Eine Pistole! Im Halfter! Was zum Teufel?

Der Puls beginnt sofort Amok zu laufen.

So eine verfluchte … Beruhig dich, Mann! Verdammt!

Er schaut sich hektisch um, dreht sich um die

eigene Achse, einmal, zweimal, er umkreist den Haufen, bloß nicht durchdrehen jetzt!

Hallo! Langsam, sagt er sich, ganz ruhig jetzt!

Ganz ruhig!

Verdammt nochmal! Wo ist diese Frau?

Und vor allem: Wer ist sie? Was sucht die hier?

Er schaut sich wieder um. Nichts. Wo ist die nur abgeblieben?

Wenn das ihre Sachen sind, dann muss sie doch irgendwie hierher kommen. Sie will ja wohl kaum nackt nach Hause gehen!

Aber was, wenn sie gar nicht nach Hause will? Wenn sie … Die Gedanken rasen durch seinen Kopf wie auf einer vielspurigen Autobahn, einer überholt den anderen und keiner geht vom Gas, er kriegt keinen zu fassen. Die Frau, wer ist die? Warum hat die ne Knarre dabei? Das kann doch nur bedeuten, dass sie vielleicht von einem Sicherheitsdienst ist, oder Detektivin, oder Polizistin!

Polizei.

Was dann? Was soll er denn dann tun? Abhauen? Mit einem Elektroboot? Wohl kaum. Zu Fuß? Und das Boot hierlassen? Dann kann er auch gleich seine Visitenkarte hier irgendwo hinnageln.

Beruhigen jetzt. Entscheiden. Und zwar schnell. Das Herz klopft bis in den Hals. Aber trotzdem …

Erst mal checken, sagt er sich. Erst mal checken, das Zeug. Er geht neben dem Kleiderhaufen in die Hocke, sieht sich um. Hier ist er ganz gut geschützt vor Blicken, links Schilf, rechts das Bootshaus, gegen den See einigermaßen durch den Jollenkreuzer. Und von hinten, vom Land? Der Hang und Wald. Den Weg kann man ein Stück einsehen, da ist niemand.

Es bleibt ihm sowieso keine Wahl, also was solls.

Erst mal die Klamotten.

Er muss nicht lange suchen. In der einen Hosentasche ist ein Schlüsselbund, ein bisschen Kleingeld, in der anderen: Ein Polizeiausweis!

Panikansturm.

Nein! Bleib cool jetzt! Bleib cool! Nachdenken.

Da oben am Haus liegt eine Leiche und hier unten ist eine Polizistin. Das kann ja wohl kein Zufall sein.

Andererseits, wenn sie die Leiche schon gefunden hätte, dann würde sie doch wohl kaum jetzt hier baden gehen? Oder?

Vielleicht war sie doch nur zufällig hier. Man konnte doch bestimmt auch unten am Ufer entlang hierher kommen. Vielleicht wohnte sie auch irgendwo in der Nähe und das war ihr geheimer Badeplatz. Am Steg von einem alten Mann, der selten da war.

Trotzdem, wenn sie hochgeht zum Haus, findet sie die Leiche. Außerdem liegt sein Ausweis mit Sicherheit in diesem Segelboot. Das heißt, er *muss* was unternehmen, sonst kann er gleich zu den Bullen gehen. Er kann die Frau nicht gehen lassen. Aber er kann nicht auch noch eine Polizistin erschießen!

Zwei Tote gehen schon auf sein Konto, aber die hat er beide nicht absichtlich getötet. Bei dem Kerl dort oben hätte er sogar Notwehr geltend machen können! Vielleicht sogar bei dem Alten. Zumindest, dass es nicht vorsätzlicher Mord war, das müssten sie ihm glauben, das könnte er plausibel machen. Aber wenn er jetzt eine Polizistin erschießt …

Allerdings will er auch nicht erschossen werden.

Er schaut zum See.

Wo ist die Frau abgeblieben? Vielleicht wartet sie, bis es dunkel ist. Es dämmert sowieso schon arg, die schwarze Wand im Westen kommt rasend schnell näher. In immer kürzeren Abständen fegen Böen durchs Schilf, die Wellen werden immer lauter. Vor zehn Minuten hätte man einen Schwimmer noch gehört, aber mittlerweile wurde das Geräusch mit Sicherheit überdeckt. Keine Chance mehr. Aber sie muss hier irgendwo sein.

Er sieht sich wieder um. Der Jollenkreuzer schwingt hin und her am Steg, zerrt an der Boje. Sein Elektroboot hat sich längsseits des Stegs gedreht und zeigt jetzt mit dem Bug nach Westen.

Er muss an seinen Ausweis kommen.

Und er muss diese Leiche im Brunnen versenken.

Wenn sie überhaupt noch da ist.

Einfach hier rumhocken und warten ist jedenfalls keine Option, zumal das Wetter immer schlechter wird. Zurück muss er auch noch, wenn er das alles irgendwie hinter sich gebracht hat.

Er fasst einen Entschluss.

31

Hattinger ging in die Kneipe unten im Haus. Er hatte beschlossen, sich jetzt ein Weißbier zu gönnen, Dienst hin oder her. Er würde ja wohl nicht fahren müssen.

Als er den Gastraum betrat, tauchte Wildmann gerade hinter einem Spielautomaten auf, so sah es zumindest aus. Und er wirkte nicht gerade zufrieden.

„Ich habs vermasselt, sorry", sagte Wildmann leise, damit es die Kneipenbesucher nicht hörten. Aber die hatten ohnehin alles mitbekommen.

Hattinger lieh ihm ein Ohr.

„Was?", fragte er leise.

„Ich hab einen abhauen lassen. Er hat mich gefragt, ob er aufs Klo gehen kann. Dabei ist er durch den Hinterausgang verschwunden."

„Na ja, vielleicht steht er ned auf Polizei."

Wildmann verzog die Mundwinkel zu einem gequälten Grinsen.

„Aber der Jens Vogel war wohl oft hier. ‚Jensi' nennt ihn der Wirt. Und da hinten am Tisch sitzt der Hausbesitzer. Der mit der Mütze."

„Guad. Dann schau'ma moi."

Hattinger wandte sich dem Wirt zu.

„A Weißbier hätt i gern", sagte er laut, um den Spielautomaten zu übertönen, der gerade rasselnd einen Gewinn ausspuckte.

„Aber gern, der Herr Kommissar", schleimte der Barmann. „Kennt der dich?", fragte Wildmann verwundert.

„Naa", meinte Hattinger. „Aber offensichtlich kennt er seine Pappenheimer."

Er nahm sein Weißbier über den Tresen in Empfang und trank einen großzügigen Schluck. Das tat gut nach diesem heißen Tag. Die Abkühlung draußen tat auch gut. Die Kneipe hatte keine Fenster bzw. waren die alle von innen verbrettert, aber auch so konnte man deutlich hören, dass es draußen gerade wie aus Kübeln zu schütten begann. Eine Böe riss die Eingangstür auf und knallte sie gleich wieder zu. Draußen fiel irgendwas krachend um, so ein Werbeaufsteller oder irgendwas Ähnliches. Ein paar Fahrräder schienen zu folgen.

„Jetz gehts aber los", stellte Hattinger fest.

„Ham S' die Küchentür wenigstens wieder zuagmacht?", fragte der Barkeeper Karl Wildmann.

Der ging nicht darauf ein.

„Kennen Sie den Mann, der vorher hier an der Bar saß?", wollte er wissen. „Wissen Sie, wie er heißt?"

Der Wirt schüttelte den Kopf.

„Keine Ahnung. Wenn i gwusst hätt, dass die Schmier aufkreizt, hätt i ma natürlich seine Personalien notiert."

Der Dreiertisch quittierte seine Auskunft mit Gelächter.

Hattinger drehte sich ganz zum Wirt und hob geringfügig seine Stimme.

„Jetz passn S' amoi auf: Mir san ned zum Vergnügen da. I konn ah ganz schnell an Mannschaftsbus kemma lassn und die ganze Partie aufs Präsidium karren. Dann setz ma die Befragung hoid in a weniger gmiatlichen Umgebung fort", sagte er ruhig und wohl vernehmlich. „Des konn dauern, erfahrungsgemäß."

Eine gewisse Unruhe machte sich im Raum breit. Der Dreiertisch hörte auf zu lachen.

„Ah ja, jetz nix für unguad, Herr Kommissar", versuchte der Wirt einzulenken. „Des is doch ned notwendig, oder?"

„Des entscheiden Sie. Oiso, kennen Sie den, der vorher da war?"

„Kennen is maßlos übertrieben. Der war vielleicht zwoa-, dreimoi da mi'm Jensi."

„Und an Namen ham S' bestimmt ah, oder?"

„Ah ja, jetz wo S' es sagn … Volker hoaßt er, glaub i. Aber sicher bin i ma ned."

„Volker, und wia no?"

„Keine Ahnung, ehrlich. Wia gsagt, i frag ned nach sowas."

„Und was wollte er heute hier, ohne den Jensi?", schaltete sich Wildmann wieder ein.

„Keine Ahnung. Er hat nur nach eahm gfragt, genau wia Sie: Wann er z'letzt da war."

Hattinger und Wildmann sahen sich an. Es wäre auf jeden Fall interessant, den Mann zu befragen.

„Was war denn des für oana, der Jens?", fuhr Hattinger fort.

„Wia moanan S' jetz des?", fragte der Barmann zurück.

„So politisch, zum Beispui."

„Gehn S' ma mit der Politik. Da misch i mi grundsätzlich ned ei."

„Aha. Oiso, dass der so a bissl rechts unterwegs war, der Jensi, kannt des sei?"

„Des woaß i ned. Des geht mi ah nix o. Des is mir wurscht. Bei mir gibts koa Politik, bei mir gibts nur a Bier. Schaun S' Eahna doch um, sehn Sie da an Nazi? Alles normale Leit bei mir."

Was auch immer der Mann als normal befand,

ihre politische Gesinnung sah man den Kneipenbesuchern tatsächlich nicht an, da musste er ihm recht geben. Sie wirkten auf Hattinger eher wie gut abgehangene Kleinganoven.

„Und mitgebracht hat er nicht ab und zu welche?“, warf Wildmann ein. „Abteilung Glatzen, Springerstiefel, Sie wissen schon?“

„Naa, hat er ned. Des hätt i ja gmerkt, die san mir ja selber unheimlich. Bei mir war er ja nur am Feierabend, des war ja ganz praktisch für eahm, da hat er nur no die Stiagn nauffoin miassn, wenn er a bissl zvui derwischt hat.“

Hattinger nahm einen Schluck Weißbier.

„Was hat er denn vorm Feierabend gmacht?“

„Keinen Schimmer. Hat er ned gsagt, und i hab ned gfragt. Aber er war oft weg, glaub i. Vielleicht war er a Vertreter oder sowas.“

Hattinger zeigte auf den Kartenspieler mit der Mütze.

„Und des is der Hausbesitzer?“

„Da Fonsä, genau“, bestätigte der Wirt.

Hattinger wusste wieder einmal, warum er seinen Vornamen, Alfons, nicht mochte. Er wollte noch nie ein Fonsä sein.

„Mhm. Wia hoaßt der no?“

„Biermandl.“

„Nomen est omen“, brummte Hattinger. Laut sagte er: „Herr Biermandl, kommen Sie bitte amoi zu uns?“

Der Mann schaute geradezu entrüstet von seinem Spiel auf.

„Des geht jetz ned“, er hielt sein Blatt hoch. „Mir samma beim Schafkopfen!“

Dass das eine heilige Angelegenheit war, das wusste Hattinger natürlich.

„Doch, des geht. Mach ma Pause, die Herrschaften. Und Sie bitte zu uns."

Unter Protest legten die vier ihre Blätter umgedreht vor sich auf den Tisch.

„Sowas hab i no ned erlebt", grummelte der Hausbesitzer und schlurfte an die Bar.

„Erzähln S' uns doch a bissl was über den Herrn Vogel bitte", forderte ihn Hattinger auf.

„Was habts'n jetz auf oamoi mit dem Vogel? Was is'n mit dem?"

Wildmann zog sein Foto wieder raus und gab es Biermandl.

„Das ist er doch, oder?"

Biermandl schaute das Foto an.

„Scho, glaub i. So oft hab i'n gar ned gseng, i wohn ja ned im Haus. Mir ham ja nur am Montag oiwei Stammtisch da herin, zum Kartenspuin. Der schaugt aber irgendwia ned guad aus", fand er bei näherer Betrachtung des Fotos.

Hattinger nickte.

„Da war er ah scho a paar Stund nimmer am Leben. Deswegn samma ja da."

„Ah geh … Ja und wia, i moan, hat'n jemand …? Und mei Wohnung? Was is mit meiner Wohnung? Jessas!"

Der Hausbesitzer hatte das Schafkopfen auf einmal völlig vergessen. Er wirkte weniger erschrocken als vielmehr entrüstet.

„I moan, des is ja … des mindert ja sauber an Mietwert, wenn sowas … Oiso, wenn si des rumspricht, zum Beispui. Des waar überhaupts ned guad!"

„Wenn des Ihr oanzige Sorge is: Es is ned hier im Haus passiert. Allerdings schauts scho ziemlich aus da oben."

„Na sauber sag i. Da siegt ma's wieder amoi, ma sollt si's liaba fünfmoi überlegn, wem ma sei Wohnung vermiet! Aber des hätt i ma jetz ah ned denkt, dass der so oana is, der wo glei umbracht werd."

„Wer hat denn was von umbringen gsagt?", wunderte sich Hattinger.

„Na ja, sonst waarn ja Sie wahrscheinlich ned da, oder?", entgegnete der Hausbesitzer. „Und was is mit meine Möbel, san die no da?"

Der Tod seines Mieters ging dem Herrn Biermandl offensichtlich komplett am Arsch vorbei. Der machte sich nur Sorgen um seine Einnahmequelle. Hattinger war entschlossen, sich nicht darüber aufzuregen.

„Wie lang hat er denn scho bei Ihnen gwohnt, der Herr Vogel?"

Biermandl überlegte kurz.

„So a Jahr ungefähr. Miassat i nachschaun dahoam."

„Wissen Sie, wo er vorher gwohnt hat?"

„Naa, aber er is ja von *drieben* kemma, von der DDR. Irgendwo von Sachsen oder Thüringen oder woaß der Deifi woher. Und gredt hat er ah so. Zweiraumwohnung und so."

„Wissen Sie, was er beruflich gemacht hat?", wollte Wildmann wissen.

„Keine Ahnung."

„Aber so etwas fragt man doch normalerweise, wenn man jemand eine Wohnung vermietet, wegen Sicherheit, Kaution etc."

„Mei, irgendwas hat er scho gsagt … Kraftfahrer, glaub i. Aber des war mir wurscht, weil i hab die Wohnung ja möbliert vermiet. Und de ersten drei Mieten und die Kaution hat er ma glei in bar gebn, insofern war ja ois okay."

„In bar?"

„Ja, er hats ma oiwei pünktlich bracht, oiwei bar. Er hat was gegen Banken, hat er gsagt. Da gehts mir ganz ähnlich."

„Ham S' an Mietvertrag dahoam?", fragte Hattinger. „Da miassat ja sei frühere Adress drinsteh."

„A geh, Mietvertrag. Handschlag, mehra brauchts ned. Wenn oana ned zahln konn, dann zahlt er ah mit Mietvertrag ned, oder?"

„Ham Sie a Telefonnummer oder a Handynummer von eahm?"

Hattinger hatte die Antwort schon geahnt.

„Naa. Solang i woaß, wo oana wohnt, brauch i koa Nummer. I telefonier eh ned gern. Konn i jetz wieder schafkopfen?"

„Oans no: Wiavui hat er denn zahlt für die Wohnung?"

„Achthundertfuchzge, warm."

„Is des Ihr Ernst?"

„Ja freili … Wieso? Is ja schließlich möbliert."

Hattinger beherrschte sich mühsam, nicht ausfällig zu werden. Aber es wäre eh verschwendete Energie, sich über so einen Gemütsmenschen aufzuregen.

Nachdem sie mit ihm fertig waren, befragten sie noch die übrigen Gäste in der Kneipe. Doch erwartungsgemäß hatten zwar alle Jens Vogel gelegentlich gesehen, aber keiner wusste, was er sonst so trieb oder mit wem er sich traf, keiner hatte eine Telefonnummer. Und alle waren froh, als Hattinger und Wildmann wieder aufbrachen.

Draußen schüttete es immer noch wie blöd, die Temperatur war mindestens um zehn Grad gefallen, es war dunkel und der Sturm peitschte den Regen fast horizontal durch die Innstraße. Sie standen im Windfang der Kneipe und warteten einen Moment ab, in dem sie halbwegs trocken wieder in den Hauseingang gelangen könnten. Es kam aber keiner.

32

Andrea Erhard hielt sich am Heck des Jollenkreuzers fest und überlegte, was sie machen könnte, um wieder an Land und zu ihrem Zeug zu kommen. Was für eine beschissene Situation! Wie um alles in der Welt hatte sie sich so saudumm anstellen können?!

Glücklicherweise hatte sie das Boot zwischen sich und dem Steg, so dass sie einigermaßen vor Entdeckung sicher war. Andererseits sah sie natürlich auch nicht, was da vor sich ging.

Der Typ mit dem Strohhut schien immer noch auf dem Steg zu sein. Sie hätte vermutlich gesehen, wenn er weggegangen wäre, weil sie immer mal links, mal rechts am Heck des Jollenkreuzers vorbeigelugt hatte, so vorsichtig wie möglich.

Zum Glück war das Wasser warm, aber trotzdem wurde es jetzt langsam ungemütlich. Die Wellen wurden schnell höher und schlugen gegen den Heckspiegel des Segelboots, sodass sie ständig Wasser über den Kopf und in die Augen bekam. Wenn das in dem Tempo weiterging, würde sie bald nicht mehr hierbleiben und warten können.

Was wollte der Mann hier? War der nur zufällig hier? Hatte er mit seinem Elektroboot hier Schutz gesucht vor dem Sturm, der jetzt gleich losbrechen würde? Dann wärs ja gut. Dann wärs ja nur peinlich, auf einmal aus dem Wasser zu steigen und so zu tun, als ob nichts wäre: Hallo, kann ich bitte mal meine Klamotten haben? Und mein Handy und meine Dienstwaffe? Vielen Dank.

Aah! Erhard, du bist so dumm, dass es wehtut! Was, wenn der Typ da ist, weil er in den Fall verwickelt ist? Wenn der deine Waffe findet? Die war ja schwer zu übersehen. Sie mag überhaupt nicht dran denken!

Wie wärs, vorsichtig am Segelboot entlang zu tauchen bis zum Steg? Vielleicht könnte sie sehen, was der Mann da treibt. Aber die Chance, dabei entdeckt zu werden, war auch ziemlich hoch. Und was sollte sie dann machen? Sich nackt einem Bewaffneten stellen?

Auf der anderen Seite konnte sie auch nicht einfach hier im Wasser bleiben und abwarten. Gott, wie peinlich. Das war das Ende ihrer Kripokarriere, bevor sie überhaupt anfing.

Ein Knarren aus der Richtung des Stegs.

Schnell schaut sie links am Segelboot vorbei, so dicht wie möglich über der Wasseroberfläche. Der Mann geht rüber zum Bootshaus, sie sieht nur seinen Oberkörper und den Strohhut von hinten. Er macht die Tür vom Bootshaus auf und geht hinein. Die Tür lässt er offen stehen.

Sie zieht sich etwas hoch am Heck des Jollenkreuzers, kann aber nicht ins Bootshaus sehen, weil das Türblatt ihren Blick verstellt. Gerade überlegt sie, zum Steg zu schwimmen, als er wieder herauskommt. Schnell geht sie wieder in Deckung.

Als sie sich wieder nachzuschauen traut, sieht sie ihn Richtung Ufer weggehen. Er hat eine Ledertasche umhängen. Sie sieht ihn nur von hinten, er hat eine relativ schlanke Figur, ist vielleicht 1,80 Meter groß und scheint ein kleines bisschen zu hinken. Er nimmt den Weg Richtung Haus. Einen Moment später ist er um die Ecke verschwunden.

Eine Weile beobachtet sie noch das Ufer, aber sie kann den Mann nicht mehr sehen.

Jetzt oder nie!

Sie schwimmt an der rechten Seite des Jollenkreuzers entlang zur Spitze des Stegs, da ist eine schmale Leiter. Dort angekommen schaut sie sich ein letztes Mal um und steigt schnell aus dem Wasser.

Verdammter Mist, ihre Sachen sind weg!

Was soll sie denn jetzt machen?

Sie weiß ja nicht, was der Mann in seiner Tasche hatte, aber dass all ihre Klamotten da drin waren, glaubt sie eigentlich nicht.

Eine Bö fegt sie an. Auch wenn die Luft noch warm ist, wird ihr auf einmal ganz kalt. Instinktiv geht sie in die Hocke, die Hände zwischen den Knien.

Die Tür zum Bootshaus steht noch einen Spalt offen.

Es könnte ja sein, wenn sie ganz viel Glück hat, dass der Mann ihre Sachen da reingelegt hat, damit sie nicht nass werden. Soll es ja geben, solche Menschen.

Ihr Verstand sagt allerdings: Träum weiter.

Irgendwas muss sie unternehmen, sie kann ja nicht ewig hier so rumhocken. Vielleicht ist irgendwas im Bootshaus, womit sie sich einwickeln kann. Oder vielleicht wenigstens ein Teil von ihrem Zeug. Wenn der Mann was mit Meisel oder mit dem Erschossenen zu tun hat, dann wird er wohl kaum ihre Dienstwaffe dagelassen haben oder ihr Handy, so viel ist klar. In dem Fall würde es nicht nur peinlich, sondern auch gefährlich werden.

Es hilft nichts, mit Überlegen wird sie's nicht rauskriegen, sie muss nachschauen.

Sie gibt sich einen Ruck und schleicht vorsichtig

zur Tür und schaut rein, durch den Spalt. Es ist schon ziemlich dunkel dort drinnen, aber was da auf dem Steg liegt, lässt sie aufatmen. Da stehen ihre Schuhe und daneben liegt ihre Hose. Sogar die Handytasche hängt am Gürtel.

Gott sei Dank!

Sie schaut sich schnell noch mal um, keine Spur von dem Typ. Lauscht an der Tür vom Bootshaus: Außer Wind und Wellen nichts Auffälliges. Es beginnt zu regnen.

Auf gehts, Andrea, sagt sie sich. Vielleicht kann sie die Sache ja doch noch zu einem guten Ende bringen.

33

Seine Finte scheint zu klappen. Er steht hinter der Tür, reglos. Die ersten Regentropfen fallen schwer auf das Dach des Bootshauses, Wellen klatschen gegen die Seeseite. Trotzdem kommt ihm sein pochendes Herz im Moment lauter vor als alles andere.

Gut, dass er vorher schon hier war. Gut, dass er wusste, dass es auch an der Landseite noch eine Tür gab. Die nicht abgesperrt war. Hätte auch wenig gebracht. In ein Bootshaus kam jeder rein, der wollte, notfalls übers Wasser. Und gut, dass er wusste, dass neben dieser Tür in der Ecke einige alte Ruder und Paddel rumstanden.

Er entscheidet sich für ein massives Holzpaddel und schleicht damit hinter die angelehnte Tür zum Steg.

Keinen Moment zu früh. Da ist sie schon, er hört ihre Füße über den Steg tappen. Dann stoppt das Geräusch wieder. Was macht sie da draußen? Sie könnte auch versuchen, einfach wegzulaufen.

Nein. Sie wird versuchen, an ihre Kleidung zu kommen. Sie muss versuchen, ihre Pistole wiederzukriegen, ihr Handy. Alles andere ist eigentlich nicht vorstellbar.

Jetzt bewegt sie sich wieder, die Planken knarren.

Keinen Mucks jetzt! Er spürt, dass sie ganz nahe ist, nur diese Holzwand trennt sie.

Konzentrier dich, du hast nur die eine Chance, wiederholt er für sich, mantraartig. Es hilft ihm, das Pochen in der Brust einigermaßen im Zaum zu halten. Konzentrier dich! Und wackel nicht! Das Paddel umgedreht, hoch überm Kopf, der erste Schlag muss sitzen, sonst … Weiter mag er nicht denken. Bleib ruhig und konzentrier dich, bleib ruhig und …

Jetzt!

… geht die Tür angelquietschend auf, ganz langsam …

Was wird sie tun? Erst versuchen, um die Tür herum zu schauen? Nein, sie muss ihn woanders vermuten, er hat ja so getan, als würde er zum Haus hochgehen, also wird sie den Schritt zu ihrem Zeug tun, wie er es geplant hat, um sich anzuziehen, um …

Im selben Moment fliegt die Tür krachend auf, schrammt haarscharf an ihm vorbei, er weicht einen halben Schritt zurück und lässt das Paddel hinuntersausen mit aller Kraft, die Frau will ausweichen in der Hocke und hochschnellen und sich auf ihn werfen, aber er hat genau dahin gezielt wo sie gerade eben noch nicht war und sie schafft es nicht unter dem Stiel des Paddels durch, der landet berstend auf ihrem Hinterkopf und sie bricht mitten in ihrem angesetzten Sprung vor ihm zusammen. Ihr Körper verliert die Spannung, sackt zu Boden, schiebt Arme und Beine von sich.

Sie bleibt liegen auf dem Bauch, ihr Oberkörper halb durch die Türöffnung.

Nur einen Moment später bricht ein tropischer Regenschauer los. Böen treiben flüssige Luft über den Steg und durch die Tür und in Sekundenschnelle ist die Frau patschnass von unten bis oben. Blut sickert aus ihren Haaren und vermischt sich mit dem Regen.

Sie bewegt sich nicht mehr.

Er starrt den leblosen Körper auf dem Holz an.

Die Frau liegt völlig schlaff da.

Verdammt, sie wird doch nicht tot sein!

Zitternd legt er den abgebrochenen Rest des Paddels weg und geht neben ihr in die Knie. Versucht tief durchzuatmen, was kaum gelingt. Er betrachtet ihren Rücken, breite Schultern hat sie wie eine Schwimmerin, aber ob sie atmet oder nicht kann er nicht erkennen.

Nicht bitte, lass sie nicht tot sein, ich will keine Polizistin umgebracht haben!

Hören kann er auch nicht, ob sie atmet, bei dem Inferno, das gerade erst richtig losbricht. Das restliche Tageslicht wird aufgesogen von den Gewitterwolken, dafür leuchten immer öfter Blitze auf die Szenerie, immer schneller gefolgt von scharfem Krachen. Gleich wird das Unwetter mitten über ihnen stehen.

Er sucht den Puls der Frau am Handgelenk, kann ihn nicht finden. Tastet an ihrem Hals entlang, ein Stück vor, muss doch hier irgendwo sein. Verdammt! Eine nackte, bewusstlose Frau liegt vor ihm und er kommt sich hilflos vor! Tastet sich entlang zum Kinn, am Kinnwinkel nach oben. Nichts.

Er fühlt nach seinem eigenen Puls am Hals, den findet er auch nicht. Doch, da. Kein Wunder, sein Herz pumpt ja auch wie verrückt. Moment. Er legt sein linkes Ohr auf ihren Rücken, sucht da, wo das Herz sein müsste, links, neben der Wirbelsäule.

Dieser verfluchte Lärm!

Er verschiebt sein Ohr auf ihrer nassen Haut.

Hält sich das rechte Ohr zu.

Nein. Da ist nichts.

Sie ist tot und du hast sie erschlagen, Idiot! Wie kann ein Mensch in so eine abgrundtiefe Scheiße hineinrutschen, bloß weil er einmal eine dumme

Entscheidung getroffen hat? Er könnte sich genauso gut gleich selbst erschießen.

Nein, nicht einmal das könnte er, denn ihre Pistole hat er sicherheitshalber ins Wasser geworfen.

Das wars, Heckmann.

Hast alles selbst vermasselt, alles dir selbst zuzuschreiben.

Was jetzt? Keine Ahnung.

Gerade als er aufgeben will, hört er doch noch was – ein schwaches Pochen, ganz langsam. Er hält sich das rechte Ohr wieder zu und lauscht mit dem linken hinein in diesen Rücken …

Ja. Da ist es.

Er vergewissert sich, hört noch einmal ganz konzentriert hin.

Gott sei Dank. Sie lebt.

Er setzt sich auf, wischt sich den Schweiß von der Stirn, oder den Regen, das ist kaum noch zu unterscheiden. Irgendwie fällt ihm ein Stein vom Herzen, auch wenn schon eine ganze Gerölllawine darauf lastet.

Gut. Das heißt allerdings, dass er jetzt schleunigst zu Plan A zurückkehren muss, bevor sie vielleicht aufwacht.

Als erstes holt er das Klebeband aus der Ledertasche und bindet der Frau die Handgelenke auf dem Rücken zusammen. Anschließend verschnürt er ihre Füße.

Unter anderen Umständen hätte er registriert, dass diese Polizistin eine ziemlich attraktive Figur hatte. Er registrierte es natürlich trotzdem, aber das war definitiv der falsche Moment, sich davon auch nur einen Augenblick ablenken zu lassen.

Gut, weglaufen wird sie schon mal nicht.

Aber dass sie ihn sieht oder schreit kann er auch nicht zulassen.

Er muss sie umdrehen, packt sie an der Hüfte und an der Schulter, hält mit einem Fuß in der Taille dagegen und zieht. So leicht ist sie gar nicht, schwerer jedenfalls, als sie aussieht. Er muss sich richtig ins Zeug legen, bis sie schließlich über ihre rechte Seite auf den Rücken kippt. Ein bisschen schwingt ihr Körper noch nach, dann liegt sie wieder schlaff und reaktionslos.

Schlaff ist in ihrem Fall das falsche Wort, denkt er. Gottverdammt, wenn er jetzt Zeit hätte und sie wach wäre … dann würde sie ihm vor lauter Begeisterung in die Eier treten!

Er reißt ihr Hemd in Streifen, faltet einen davon über ihren Augen und klebt ihn fest. Ein paar Lagen von dem Tape noch über den Mund, so, das ist schon die halbe Miete.

Jetzt der Spinnaker. Gut, dass er weiß, was hier noch alles rumliegt. Er holt das alte Segel aus der Holzkiste im Eck, dünner blauer Stoff mit roten Streifen, verdreckt, eingerissen. Sein Glück, dass der alte Mann das Ding aufgehoben hatte. Obwohl, die Spinnakerschot hatte er ja schon verwendet, die schien ihm damals geeignet zu sein, aber das war ja wohl ein Irrtum gewesen.

Er breitet den Spinnaker auf dem Steg im Bootshaus aus so gut es geht. Draußen wäre es aussichtslos wegen der Böen. Er zerrt die bewusstlose Frau an den Füßen auf das Segel. Es geht einigermaßen, weil sie auf dem glatten Segeltuch ganz gut rutscht. Er beginnt sie einzuwickeln, schlägt den Spinnaker um sie und rollt sie zweimal ein, über ihrem Kopf lässt er eine Öffnung.

Es gibt noch ein paar kürzere alte Tampen in der Holzkiste, die werden für seinen Zweck genügen.

34

„Sollten wir nicht lieber heimgehn?", schlug Lisa vor. „Schau dir mal das Wetter an, gleich gehts los."

Sie radelte langsam weiter, schaute aber mehr nach oben in den schwarzgelben Himmel als auf die Straße, weshalb sie bedrohlich schwankte mit ihrem Rad.

„Jetzt sind wir ja schon fast da", meinte Lena. „Müssen wir uns halt irgendwo unterstellen."

Sie überholte Lisa und fuhr voran. Zum Glück war hier ohnehin kein Verkehr, sie konnten sich also im Moment die ganze Straße teilen.

„Ich weiß nich, mir is des nich so geheuer. Wir könnens ja morgen wieder versuchen", rief ihr Lisa nach.

„Ach, jetzt komm, was soll denn sein? Werden wir'n bissl nass, und wenn schon? Wir haben ja eh kaum was an, was nass werden könnte."

„Ja eben", sagte Lisa halbherzig, mehr für sich, als dass Lena es hätte hören können.

Sie waren fast da, da vorn musste es eigentlich sein, wenn der Typ recht hatte, der ihnen den Weg beschrieben hatte. Aber das Wetter wurde langsam wirklich bedrohlich. Eher schnell sogar. Nicht nur, dass es zu regnen anfing, das Problem war, dass sie auf einmal mit richtig heftigen Böen zu kämpfen hatten, die es ihnen schwer machten, sich überhaupt noch auf ihren Fahrrädern zu halten.

„Aber wir wissen ja nicht mal seinen Namen!", versuchte Lisa noch mal einzuwenden. Sie musste schon gegen den Wind anschreien, damit Lena sie überhaupt noch hörte.

Lena gab den Kampf auf und stieg ab. Sie drehte sich zu Lisa um und wartete. Die Haare flatterten ihr um den Kopf.

„Jetz chill mal!", rief sie. „Den kriegen wir schon raus."

Im Moment war sie sich allerdings selbst nicht mehr ganz so sicher wie eben noch. Es wäre vielleicht wirklich besser, irgendwo in Deckung zu gehen und die Sache auf morgen zu vertagen. Zeit hatten sie ja.

Lisa schob ihr Rad weiter bis zur nächsten Ecke.

„Ey schau mal, da vorn", sagte sie und deutete in die schmale Seitenstraße.

„Was'n?"

Lena folgte ihr gegen den Sturm. Als sie an der Ecke ankam, sah sie es selbst. Das links musste die Flüchtlingsunterkunft sein, und davor auf der Straße standen sie: Ein Häufchen schwarz gekleideter Typen, die Transparente oder Schilder an Stöcken hochzuhalten versuchten, die ihnen gerade vom Wind zerzaust wurden. Sie schrien irgendwas in Richtung der Unterkunft, was ebenso in den Böen zerrissen wurde. Es war nicht zu verstehen, aber die Fratzen der Schreier machten den Inhalt auch so deutlich.

Lena brauchte einen Moment um das Ganze zu realisieren.

„Yeah, wie geil is das denn!", schrie sie Lisa entgegen. „Schau dir die Typen an! Die kriegen fett, was sie verdienen!"

Einem riss es ein Schild von seinem Stecken, das Schild flog über die Straße davon und gegenüber in die Wiese. Der Typ versuchte noch hinterher zu hechten, allerdings vergeblich. Er gab eine ziemlich komische Nummer ab, aber Lena hatte keine Zeit mehr zum Lachen, weil in dem Moment ein derartiger Regenschauer losbrach, dass sie nur noch den Kopf einzog.

„Woah …“ Sie griff sich das Handtuch aus ihrer Badetasche und warf es sich über den Kopf. „Brutal!“

„Ich habs ja gesagt“, schrie Lisa zurück. „Und was jetzt? Ich geh da nich hin, wenn die Typen da rumstehen!“

Sie waren vielleicht 50 Meter entfernt von dem Flüchtlingsheim und Lisa erkannte in dem Mob auch den Deutschrussen mit seinen zwei Hilfsbremsern, der vorgestern den Jungen aus Eritrea angegriffen hatte.

Der Mob wurde allerdings gerade auseinander gefegt und war in überstürzter Auflösung begriffen. Der Obermacker schrie seinen Kumpels irgendwas zu und gestikulierte, ihm zu folgen, also zogen sie alle ab mit ihren unter den Arm geklemmten Schildern und hastig zusammengerollten Transparenten, zum Glück in die andere Richtung. In kürzester Zeit waren sie mit eingezogenen Köpfen um die Ecke verschwunden.

„Yep! So is gut!“, rief Lena. „Fort mit euch! Jetzt komm“, sagte sie zu Lisa.

Die tat es ihr nach und warf sich schnell ihr Handtuch um.

„Ich weiß nich …“

„Jetzt komm schon!“

Lena schob schnell ihr Rad Richtung Unterkunft, Lisa schaute sich noch mal nach einer Alternative um, aber letztlich blieb ihr nichts anderes übrig, als Lena zu folgen. Patschnass erreichten sie das Flüchtlingsheim und stellten sich unters Vordach, dicht an die Hausmauer. Keine Sekunde zu früh, denn jetzt begann es auch noch zu hageln. Die Hagelkörner wurden in kürzester Zeit zu richtig dicken Geschossen, die aufs Dach prasselten und in der Wiese gegenüber dem Haus herumsprangen. Das einzige Auto, das schräg gegenüber geparkt war, wurde zu einer Hüpfburg für Eisbälle. Der Hagel war so dicht und heftig, dass es nach ein paar Minuten aussah, als hätte es geschneit. Den irritierenden Kontrast zu diesem Weiß bildeten allerdings die frischen grünen Blätter und Zweige, die überall von Bäumen und Sträuchern abgerissen wurden.

Lena und Lisa drückten sich an die Hauswand. Im Moment wäre es nicht ratsam gewesen, sich dort draußen aufzuhalten, also blieb ihnen gar nichts anderes übrig als abzuwarten.

Die Bewohner der Unterkunft hingen überall aus den Fenstern und schauten sich mit großen Augen dieses Spektakel an.

Lena wagte einen Rundblick nach oben: Da waren fast alle Hautfarben vertreten, aber es waren überwiegend jüngere Menschen und vielen von ihnen sah man an, dass sie so etwas in ihrem Leben noch nicht gesehen hatten.

Nach ein paar Minuten wagte sich ein Mann aus der Haustür und stellte sich neben Lena und Lisa an die Mauer. Er war vielleicht so um die 40 und eher hellhäutig, mit dunklen Haaren und freundlichen schwarzen Augen.

„Hallo, ich bin Amir", lächelte er die beiden an. „Wollen Sie einkommen? Ist gefährlich!"

Er deutete auf die eisbedeckte Straße und zog eine ziemlich lustige Gruselgrimasse.

„Nein, danke", lachte Lena. „Das hört bestimmt bald wieder auf."

In der Tat ließ der Hagel schon etwas nach. Das Eis auf der warmen Straße begann schnell wieder zu schmelzen.

„Wir sind eh schon nass", ergänzte Lisa, die sich immer noch ziemlich unwohl in ihrer Haut fühlte.

„Ich noch nie so Wetter gesehen", sagte Amir. Er sprach mit einem relativ weichen Akzent.

„Wo kommen Sie her?", fragte Lena.

„Von Syrien." Amir deutete sichtlich beeindruckt auf den Himmel. „Kenn ich nicht so was."

Lisa zog sich das nasse Handtuch ein bisschen enger um die Schultern, aber die Freundlichkeit dieses Mannes beruhigte sie.

„Sie sprechen gut Deutsch", sagte sie.

Amir zog die Schultern hoch und schüttelte leicht den Kopf.

„Danke. Ich viel ubersetze hier, viel Menschen. Aber muss besser."

Er sah die beiden an.

„Sie wollen trocken Kleider? Wir geben dir."

„Danke, kein Problem", sagte Lena.

Sie beschloss, die Gelegenheit zu nutzen.

„Wir suchen einen Jungen aus Eritrea. Groß, schlank", beschrieb sie mit Gesten. „Ist vielleicht 18 Jahre alt. Oder weniger. Ganz dunkel. Vielleicht kennen Sie den?"

„Wie ist Name?"

„Wir wissen nicht, wie er heißt", sagte Lisa. „Große schwarze Augen hat er. Locken", fuhr sie sich mit kreisendem Zeigefinger über die nassen Haare. „Wir haben vielleicht ein paar Sachen für ihn."

Lena dachte an die Menschen hinter sich in den Fenstern. „Oder auch für andere. Ich lass auf jeden Fall mal meine Handynummer da."

Amir überlegte. Er zog ein einfaches Smartphone aus der Hosentasche und startete es.

„Schau", sagte er. Er stellte sich scheu ein bisschen näher zu Lena und hielt den beiden das Handy hin. „Foto ..."

Dann fing er an, langsam Fotos durchzuscrollen, die er offenbar hier vor der Unterkunft und in den Räumen gemacht hatte.

„Halt sagen, wenn Foto ..."

Den Schnappschüssen sah man an, dass die Menschen Zutrauen zum Fotografen hatten. Die meisten schauten ihm offen entgegen, einige lachten auch, obwohl ihre Umgebung nahelegte, dass sie wenig zu lachen hatten. Eins hatten alle gemeinsam, die älteren wie die Jugendlichen: Sie sahen vom Leben gezeichnet aus.

„Moment!" Beim vielleicht zwanzigsten Foto meinte Lena den Jungen zu erkennen, ziemlich klein im Hintergrund. „Der hier? Geht das größer?"

Amir bemühte sich, das Foto zu vergrößern.

„Ah, Senai. Name ist Senai."

„Ja, das ist er", bestätigte Lisa.

„Könnten wir ..."

Lena wurde selbst unsicher, jetzt wo sie ihn wohl gefunden hatten. Ihr war klar geworden, dass es vielleicht besser war, nicht in die Unterkunft zu gehen, vor allem nicht so, wie sie gerade aussahen.

„Ich meine, ist es möglich, ihn zu sprechen?"

„Ah, leider", Amir schüttelte den Kopf, „Senai nicht mehr da."

„Wo ist er denn?“, wunderte sich Lena.

„Weiß nicht. Er, wie sagt man, Schlagerei? An Bahnhof. Männer vorher, angreift … Er Polizei.“

35

Am Samstag Nachmittag hatten sie die Wasserleiche aus dem Chiemsee gezogen, vor gerade mal zweieinhalb Tagen. Kaum zu glauben. Und jetzt, am Montag Abend? Eine Leiche mehr, aber sonst? Hattinger war eigentlich zu müde zum Denken, auch wenn nach diesem urgewaltigen Abendgewitter zumindest die drückende Schwüle ein wenig entschärft war und er das Gefühl hatte, mal wieder ein bisschen durchatmen zu können, ohne gleich Hitzebeulen zu kriegen. Er versuchte es trotzdem noch mal, allein schon, um das weitere Vorgehen morgen vernünftig zu strukturieren.

Also, was hatten sie bis jetzt?

Erstens: Die Leiche eines Kunstgeschichtlers. Höchstwahrscheinlich, denn noch nicht einmal das stand zweifelsfrei fest ohne das Ergebnis der DNA-Analyse. Über den wussten sie eigentlich gar nichts, außer dass er der Sohn eines anderen Kunsthistorikers war, der in enger Verbindung mit einem der größten Nazi-Kunsträuber gestanden hatte.

Zweitens: Die Leiche eines Mannes, der auf dessen Grundstück zu Tode gekommen war, vermutlich als Jens Vogel in Rosenheim gemeldet. Das war inzwischen mehr als wahrscheinlich, denn Bamberger hatte in Vogels Wohnung in der Innstraße im Überfluss Fingerabdrücke sichern können, die mit denen der Leiche übereinstimmten. Aber sonst wussten sie auch über den sehr wenig. Allenfalls, dass er Stammgast in der Kneipe im selben Haus gewesen und vermutlich aus den neuen Bundesländern nach Rosenheim gekommen war. Und dass sein Aussehen Anlass gab, über seine Zugehörigkeit zur rechten Szene zu spekulieren. Aber das war eben reine Spekulation, irgendwas Greifbares in der Richtung hatten sie bis jetzt nicht gefunden, geschweige denn Beweise.

Drittens: Übereinstimmend waren in beiden Fällen alle Unterlagen verschwunden, die vielleicht Licht in dieses Dunkel hätten bringen können. Was immer das bedeuten mochte.

Eine naheliegende Schlussfolgerung war natürlich, dass es ein und derselbe war, der die beiden ums Leben gebracht hatte. Aber auch dafür gab es keinerlei Beweise.

Das Bild vom Vakuum befiel Hattinger wieder: Irgendwo ein kleines Loch und dahinter ein riesiger leerer Raum, der einen Sog erzeugte, der alles durch dieses Loch zog. Selten hatte er sich so ohnmächtig gefühlt.

Seine ganze Erfahrung sagte ihm, dass da kein Gelegenheitsverbrecher dahinter steckte. Aber auch Erfahrung war immer wieder überholungsbedürftig bzw. überholte sich systembedingt selbst. Die Frage war nur, ob man immer noch bereit war, neue Erkenntnisse in seinen Erfahrungsschatz zu integrieren, oder ob man irgendwann aufgab. Dann wäre es höchste Zeit, den Beruf an den Nagel zu hängen. Für ihn jedenfalls. Andere mochten damit noch Jahrzehnte weitermachen, Beispiele hatte er schon ein paar gesehen in seinem Berufsleben.

„Chef?" Wildmann stellte sein Bierglas ein bisschen ungestüm auf den Bartresen zurück. „Oh, Verzeihung."

Es war vielleicht ein Fehler gewesen, Wildmann

ein Bier zu spendieren. Er trank sehr selten Alkohol und das eine Pils, zu dem er sich hatte überreden lassen, tat offensichtlich schon seine Wirkung.

„Das tut mir echt leid, dass ich den Typen verloren hab“, sagte er jetzt schon zum dritten Mal in abgewandelter Form.

„Passiert am jeden amoi, sowas“, wiegelte Hattinger ab.

Er orderte noch ein Weißbier, diesmal aber alkoholfrei. Er konnte sich nicht leisten, morgen auch noch einen schweren Kopf zu haben. Sie wollten ohnehin nur noch auf Martin Haller und Petra Körbel warten, die sich inzwischen durchs ganze Haus gefräst hatten. Die anderen Gäste in der Kneipe waren nach und nach verschwunden, als er mit Wildmann doch wieder hereingekommen war. Er hatte einfach keinen Bock gehabt, ohne Wechselklamotten klatschnass irgendwo rumzusitzen.

Wildmann konnte sich mit seinem Fehler noch immer nicht abfinden. „Aber ich hab mir gemerkt, wie er aussieht. Ich erkenn ihn wieder, diesen Volker. Wenn der Name überhaupt stimmt.“

Was stimmt schon in diesem Fall, dachte Hattinger. Wildmanns Bemerkung brachte ihn auf die Idee, dass Jens Vogel vielleicht auch nicht immer Jens Vogel geheißen hatte. Das könnte erklären, dass es über ihn keine Eintragungen gab. Andererseits musste er sich mit einem Ausweisdokument in Rosenheim gemeldet haben. Und seine Fingerabdrücke konnte er auch kaum gefälscht haben. Und die hatten sie standardmäßig überprüft nach dem Fund seiner Leiche.

Martin Haller und Petra Körbel kamen herein.

Während die Kneipentür offen stand, hörte Hattinger, dass er nichts mehr hörte, es hatte also aufgehört zu regnen. Das Gewitter war weitergezogen. Aber die Luft war deutlich frischer.

„Wir haben die Handynummer", verkündete Petra Körbel. „Der Nachbar gegenüber auf dem Flur hat sie gehabt."

„Der Vogel hat sie ihm gegeben, damit er ihn anruft, wenn irgendwas Ungewöhnliches sein sollte", sagte Martin Haller. „Wobei ihm der Vogel nicht genau erklärt hat, was er damit meinte. Aber er ist wohl immer mal für ein paar Tage weg gewesen und für den Fall …"

„Sehr guad. Des hat absolute Priorität, dass ma schnell die Verbindungsdaten ham." Hattinger schaute in die Runde: „Wer macht des?"

Martin Haller signalisierte, dass er das übernehmen würde.

„Hat der Nachbar von dem Einbruch bei Vogel was mitgekriegt?", wollte Wildmann wissen.

„Nein", meinte Petra Körbel, „er ist gerade erst nach Hause gekommen. Arbeitet als Busfahrer. Und bevor er mittags zur Arbeit ging, ist ihm nichts aufgefallen."

„Dann is der Einbruch oiso vermutlich erst heut Nachmittag passiert", folgerte Hattinger.

Der Wirt stellte ihm sein Weißbier hin.

„Ein Alkoholfreies für den Herrn Kommissar", sagte er, mit einer deutlichen Grundverachtung selbigem Getränk gegenüber.

„Wolln S' ned wenigstens an Schnaps dazua? Geht auf mi."

Hattinger lehnte dankend ab.

„As nächste Moi vielleicht."

„I hoff, es werd koa nächst's Moi gebn", meinte der Wirt, „weil ihr seids ja echte Umsatzkiller."

Immerhin hatte er inzwischen seinen demonstrativen Widerstand aufgegeben. Offenbar war ihm vor allem seinen Gästen gegenüber wichtig gewesen, nicht als Polizeifreund dazustehen.

„Sagen Sie", wandte sich Wildmann an ihn, „wann ist denn dieser Volker, der hier an der Bar saß, heute gekommen?"

„So gegen Abend. Ungefähr zwoa Weißbier vor dir."

Wildmann ignorierte, dass er jetzt schon geduzt wurde. Er hakte nach.

„Könnten Sie das auch in Zeiteinheiten ausdrücken? Bei meiner Trinkgeschwindigkeit wären das mindestens zwei, drei Stunden. Ich kenn den Mann ja nicht."

„A Stund vielleicht. Mehr bestimmt ned. Aber jetz wartn S' amoi … Er war vorher scho amoi kurz herin und hat nach'm Jens gfragt", fiel ihm ein. „Des war kurz nach vier. Um viere mach i nämlich auf unter der Woch."

„Okay. Danke."

Wildmann wandte sich Hattinger zu, der auch hellhörig geworden war.

„Dann könnte es ja auch er gewesen sein, der da oben in der Wohnung aufgeräumt hat."

Hattinger nickte.

„Is zwar reine Spekulation im Moment, hat aber was."

Wie auch immer, es half ihnen nichts, wenn sie den Mann nicht hatten. Hattinger beschloss, diese frustrierende Sache für heute abzubrechen und auf neue Erkenntnisse morgen zu hoffen, Telefondaten, DNA, Spurensicherung etc., und dann mit etwas frischerem Elan wieder ans Werk zu gehen. Ein paar Stunden Schlaf würden ihnen allen nicht schaden.

Andrea Erhard hatte in den letzten Stunden nichts von sich hören lassen, also rief er sie an, um ihr Bescheid zu geben.

Der Teilnehmer ist zur Zeit nicht erreichbar.

Hattinger wartete. Er probierte es noch mal, ohne Erfolg. Na ja, Funkloch oder was auch immer. Wahrscheinlich war sie schon daheim. Sie würde sich morgen Früh schon melden.

Also ab nach Hause. Heute Nacht wird eh nichts mehr passieren, dachte er.

IV. Dienstag

36

Ein bohrender Schmerz pflügte sich durch Andrea Erhards Nacken in den Hinterkopf, als wollte er ihre Schädelbasis erobern, um von da aus den ganzen Kopf zum Platzen zu bringen.

Was …? Das war ja unerträglich. Ein Bohren und Reißen, sie hatte noch nie in ihrem Leben solche Kopfschmerzen gehabt. Und der ganze Kopf fühlte sich verklebt an.

Sie schien am Leben zu sein. Immerhin.

Aber wo war sie überhaupt?

Ganz vorsichtig versuchte sie den Kopf ein bisschen zu heben. Der Versuch wurde mit einem grausamen Stechen bestraft, das bis hinter die Augen schoss. Noch vorsichtiger ließ sie ihn wieder sinken.

Also bloß nicht bewegen. Vielleicht später mal. Vielleicht einfach wieder schlafen.

Die Ohren schienen zu funktionieren, ohne zusätzliche Schmerzen zu verursachen. Was war das für ein Geräusch? Sie lag ganz still da und schwankte trotzdem hin und her, so kam es ihr zumindest vor. Wie besoffen im Liegen, wenn sich das Bett unter einem dreht. Aber sie war nicht besoffen. Oder?

Auf keinen Fall lag sie in ihrem Bett. Das war ganz hart hier.

Aber das Geräusch, das war … Wasser …

Und sie war ganz nass, da war so eine glitschige Hülle um sie rum, ganz eng war sie eingeschnürt, was um Himmels willen war hier los? Das Schlingern, das Geplätscher – sie war auf dem See, in einem Boot!

Mit einem Schlag war sie wach. Wie zum Teufel

war sie hierher gekommen? Sie war geschwommen. Und dann …

Ach du Schande. Der Typ! Und ihre Sachen und …

Sie öffnete die Augen. Sie sah nichts. Es war stockdunkel. Sie lauschte in dieses Dunkel. Vielleicht war der Typ ja auch hier, auf dem Boot. Das musste ein Boot sein. Sie hörte die Wellen, die gegen den Bootsrumpf schlugen, nein, schlagen war übertrieben, sie plätscherten gegen die Bordwand, unregelmäßig, das waren keine großen Wellen mehr.

Auch Regen war nicht zu hören. Es musste aufgehört haben. Das Letzte, woran sie sich erinnerte war, dass das Gewitter losbrach. Sie war auf diesem Steg gewesen und wollte ihr Zeug holen.

Ein Fehler. Ein böser Fehler. Von den Fehlern vorher ganz zu schweigen.

Das Gewitter war vorbei. Wie lang war sie schon hier? Und wie war sie überhaupt auf dieses Boot gekommen?

Das konnte ja nur der Typ gewesen sein. Der hatte sie … aahh! Sie hätte schreien mögen! Aber sie musste sich jetzt zusammenreißen. Wenn nur nicht ihr Kopf so wahnsinnig wehtun würde.

Und nicht nur der Kopf. Jetzt, wo sie langsam wieder zu Sinnen kam, realisierte sie erst, wie ihr ganzer Körper aufschrie, rebellierte! Alles tat ihr weh. Sie schien auf einer Art Bank zu liegen, sie war in irgendwas eingewickelt, was ihr das Wasser aus allen Poren trieb, das war gar nicht zum Aushalten, wenn man es erst mal spürte.

Ihr Kopf stieß an eine Wand, die Beine waren zwangsweise angewinkelt, sie fühlte vorsichtig mit den Zehen, wie weit sie kam in dieser Hülle, aber die Zehen in der Hülle stießen an eine andere Wand.

Erst mal die Lage checken. Nur nicht noch mehr so haarsträubende Fehler machen. Wenn der Mann auch hier war …

Mit aller Macht zwang sie sich, bewegungslos so liegen zu bleiben, wie sie lag. Ein paar endlose Minuten hörte sie in die Nacht. Alles war gedämpft durch diesen Stoff um ihren Kopf. Aber nach oben musste eine Öffnung sein, durch die sie auch Luft bekam. Es ging schon, man konnte sich daran gewöhnen. Aber außer dem sanften Geplätscher der Wellen am Bootsrumpf und einem leisen Wind war nichts Besonderes zu hören.

Klar war, das Boot wurde nicht angetrieben, es driftete nur so dahin.

Nach einer Weile war sie sich ziemlich sicher, dass außer ihr niemand anderer auf diesem Boot war, es sei denn, er schlief tief und fest, ohne sich zu bewegen oder zu schnarchen. Und das war ja wohl ziemlich unwahrscheinlich.

Genauso unwahrscheinlich war, dass dieser Mann sie am Leben gelassen hatte, nur um jetzt mit ihr seelenruhig auf dem Chiemsee dahin zu treiben bis der Morgen käme, wenn es kein durchgeknallter Psychopath war, der darauf stand, mitten in der Nacht auf dem See Polizistinnen zu vergewaltigen.

Scheiße, echt!

In dem Moment wurde ihr überhaupt erst klar, was das bedeutete, dass sie hier herumtrieb wie ein nicht zugestelltes Paket. Das war doch der Wahnsinn! Sie könnte jetzt genauso gut tot sein.

Sie war dem Kerl zu hundert Prozent ausgeliefert gewesen. Vielleicht war sie es noch.

Wieder fühlte sie in ihren Körper hinein, aber außer diesen wahnsinnigen Kopfschmerzen, die immer dumpfer und bohrender zu werden schienen, und außer den Knien, Ellbogen, Hüften, Fersen, außer ihrer verdrehten Wirbelsäule und den Stellen, die einfach wehtaten, weil sie wie lang auch immer auf dieser Holzpritsche herumgelegen hatte, spürte sie nichts, was ihr gesagt hätte, dass der Typ sich während ihrer Ohnmacht an ihr vergriffen hätte.

Etwas Positives immerhin, wenn man in einer Situation wie der, in der sie gerade steckte, unbedingt noch irgendwas Positives finden wollte.

Sie hätte heulen mögen. Aber auch das verkniff sie sich. Nein! So weit würde es noch kommen.

Der Mann war nicht mehr da und sie lebte. Aber sie trieb steuerlos auf dem Chiemsee dahin. Es wurde Zeit, etwas dagegen zu unternehmen.

Sie öffnete die Augen wieder. Sah zwar nichts, aber von oben, über ihrem Kopf, kam ein schwacher Lichtschein in diese Stoffröhre, oder was immer das war, in der sie drinsteckte wie eine Weißwurst in ihrer Haut.

Gut, aus dem Zeug würde sie sich jetzt befreien.

Ihre Arme waren auf dem Rücken, sie lag so halb schräg drauf. Natürlich waren ihre Hände fast abgestorben. Sie versuchte die Arme auseinander zu kriegen. Das war gar nicht so einfach. Verdammt noch mal! Es war unmöglich, sie zog und zerrte, aber ihre Handgelenke waren gefesselt.

Als nächstes versuchte sie die Beine auszustrecken.

Es ging nicht, da war kein Platz. Und ihre Knöchel waren auch zusammengezurrt.

„Ahhh! Scheißdreck!“, schrie sie jetzt doch laut heraus. Aber nicht einmal ihr Schreien klang wirklich befreiend, weil sie in diesen verfluchten Drecksstoff hineinschrie, der ihren Fluch unmittelbar in die Ohren umlenkte. Und alles fühlte sich pappig und wund an, um ihren Mund und um die Augen herum.

Plötzlich überfiel sie ein ziemlich unguter Gedanke: Warum um alles in der Welt war sie überhaupt hier? Was, wenn der Mann mit dem Elektroboot in der Nähe war, vielleicht, um sie mitsamt dem Boot, auf dem sie jetzt lag, zu versenken? Und das war vermutlich der Jollenkreuzer, denn das Glucksen der Wellen und die Bewegungen passten nicht zu einem Elektroboot. Was, wenn der Mann derselbe war, der die Wasserleiche versenkt hatte? Was, wenn er eine Bombe an ihrem Boot angebracht hatte und nur darauf wartete, sie zu zünden? Aus sicherer Entfernung?

Dann hätte sie schlechte Karten.

Es gab nur eins, sie musste sofort raus aus diesem Kokon.

Andrea spannte ihre Bauchmuskeln und gab ihrem Oberkörper einen Ruck, um sich aufzusetzen. Der Kopf schrie gequält auf bei diesem Manöver, aber einen Moment lang schien es zu gelingen.

Im nächsten Moment rutschte sie seitlich ab von der schmalen Bank und krachte ein Stück runter. Die Beine blieben erhöht auf einer Art Balken hängen, ihr Rücken knallte wieder auf Holz und zuletzt schlug trotz aller Anstrengung, ihn hochzuhalten, ihr Hinterkopf gegen etwas ziemlich Hartes. Das war zu viel.

Andrea Erhard war wieder ohnmächtig.

37

Hattinger fuhr vom Priener Revier im eigenen Wagen weiter. Er wollte nur noch schnell heim, er war hundemüde. Das war so ein elend langer Tag gewesen, dieser Montag. So viele Überstunden konnten sie einem gar nicht bezahlen, wie sich manchmal an einem einzigen Tag anhäuften. So ein Tag hatte nicht 24, sondern gefühlte 36 Stunden oder noch mehr. Das war keine Frage von Astronomie oder Physik, das war eine Frage von Ereignisdichte.

Genau. Das beschrieb es gut, fand er, das sollte er sich vielleicht mal aufschreiben für Überstunden-Verhandlungen.

Er schaltete das Autoradio ein. Das Klavierintro kannte er, das war der gute alte Bob Geldof mit den Boomtown Rats. Ein passender Abgesang auf diesen Montag: *Tell me why? I don't like Mondays, I wanna shoot the whole day down!*

Und mitten im Stück schalteten sie auf Werbung um, und dann auch noch das: „Woisch Kerle, du brauchschs jetz a ÖL für ÄLLES!“

Unfassbar! Es war nicht auszuhalten, von diesem unsäglichen Müslifritzen konnte man echt Verfolgungswahn kriegen!

Er schaltete um auf Bayern 5, da gabs wenigstens keine Werbung um diese Zeit. Der Nachrichtensender berichtete von weiteren Bränden, die in den letzten Tagen in Asylbewerber-Unterkünften gelegt worden waren, vor allem in Sachsen. Außerdem wurde darüber berichtet, wie niedrig die Aufklärungsquote bei diesen Brandanschlägen war.

Erschreckend niedrig, fand Hattinger. Unerklärlich

niedrig, es sei denn, man ginge davon aus, dass das Interesse an Aufklärung in diesen Fällen sehr gering war, wenn nicht gleich null. Aber davon musste man wohl ausgehen. Ein äußerst befremdliches Signal denen gegenüber, die dafür nicht zur Verantwortung gezogen wurden. Nein, ein völlig falsches Signal.

In Prien hatte es im Übrigen auch schon gebrannt, erst vor Kurzem. Zum Glück war keiner verletzt worden. Man ging von Brandstiftung aus, aber er wusste gar nicht, was aus der Sache geworden war. Auf jeden Fall war das Thema auffallend schnell wieder aus den Medien verschwunden.

Hattinger schaltete das Radio wieder aus. Er hatte schon wieder genug. Wieso wurde diese Welt immer beschissener? Terror, Rassismus, Bürgerkrieg, Folter, ein Irrsinn. Man mochte schon gar keine Nachrichten mehr schauen.

Er war ja noch im Kalten Krieg aufgewachsen, das hatte sich auch bedrohlich angefühlt. Wie auf einem Pulverfass zu sitzen, unter dem die Grillkohle glüht. Aber danach hatte man doch die Hoffnung gehabt, dass alles besser würde, friedlicher. Und jetzt?

George Walker Bush, dieser überforderte Präsidentensohn-Präsident, hatte seine Truppen durch den Irak walken lassen und eine völlig destabilisierte Region hinterlassen. Angefeuert von seinem Vize Cheney, der sich mit dem Krieg ganz nebenbei eine goldene Nase verdient hat und seinem deutschen Feldwebel Rumsfeld. Rrrummsfeld! Was für ein passender Name. Was hatte dieses Trio für ein Chaos angerichtet! Und die Folge? IS und Konsorten. Assad, der sein eigenes Volk umbringt oder nach Europa treibt. Bürgerkrieg und Terror wohin man schaut.

Und wir wundern uns, dass ganz *plötzlich* eine Flüchtlingswelle über uns hereinbricht! Da musste man doch kein Politiker sein, um den Zusammenhang zu kapieren, da reichte ja ein bisschen gesunder Menschenverstand. Nicht, dass er irgendwas für Typen wie Saddam Hussein übriggehabt hätte, ganz im Gegenteil, aber unter dem hatte es weniger Tote gegeben.

Konnte einen echt am Verstand der Menschheit zweifeln lassen. Das Glück, sein ganzes bisheriges Leben in Frieden, oder vielleicht besser, in der Abwesenheit von Krieg verbringen zu dürfen, könnte bald vorbei sein.

Hattinger wich einer großen orangefarbenen Straßenkehrmaschine aus, die die Straße von Zweigen und Blättern befreite, die der Sturm abgerissen hatte. Musste wohl gehagelt haben hier.

Kurz darauf war er daheim. Im Haus brannte Licht, also war Lena da. Schön. Er hatte eh schon ein schlechtes Gewissen, weil er sie seit Samstag nicht gesehen hatte. Oder? Doch, Sonntag Morgen, aber da hatte sie geschlafen. Nein, Moment mal, das war ja erst heute Morgen gewesen!

„Paps! Du hier, zuhause? Hast dich wohl verfahren?“, pampte ihn Lena gleich mal an. „Kennst du die Lisa noch? Hier: Lisa, hier: Herr Hauptkommissar Hattinger.“

Sie schien nicht besonders gut drauf zu sein.

„Ja freilich kenn i die Lisa, von Wasserburg, oder?“

Hattinger hatte sie zwar zwei, drei Jahre nicht gesehen, aber Lisa war früher öfter bei ihnen gewesen.

„Genau. Hallo“, sagte Lisa.

„Die Lisa hat übrigens den Herd wieder angeschlossen. Aber gut, dass du kommst, wir brauchen deine Hilfe“, sagte Lena. „Wir waren heut Abend auf der Polizei.“

Was würde das jetzt werden, fragte sich Hattinger. Hatten sie was ausgefressen? Sollte er irgendwas für die Mädels geradebiegen? Das hätte ihm gerade noch gefehlt. Er wollte eigentlich ins Bett und ein bisschen Schlaf abkriegen.

Lena und Lisa erzählten ihm von ihrem Erlebnis beim Seefest am Samstag Abend, von einem Jungen aus Eritrea, der Senai hieß und von einem Schläger angegriffen worden war.

„Na ja, solche Deppen gibts leider“, meinte Hattinger, auf den Schläger bezogen. „Aber was konn i da doa?“

„Warts ab“, sagte Lena. „Heut waren wir beim Flüchtlingsheim, um ihn zu suchen, da erzählt uns ein Syrer, dass er auf der Polizei ist.“

„A Syrer?“

„Ja, ein sehr netter Mann, der ganz gut Deutsch kann. Er hat uns erzählt, dass er Ingenieur ist und früher mal für ne deutsche Firma gearbeitet hat. Was glaubst du, was dem passiert ist?“ Lena wurde richtig wütend. „In diesem scheiß Bürgerkrieg ist seine Familie bei einem Giftgasangriff von diesem scheiß Assad umgekommen! Seine Frau und seine beiden kleinen Kinder! Da fällt einem doch nix mehr ein, oder?“

Lena stockte.

„Das war irgendwie vor zwei Jahren. Und jetzt hat er’s hierher geschafft und jetzt hilft er den anderen hier mit Übersetzen und so.“

Hattinger fiel dazu wirklich nichts ein. Was sollte man da noch sagen.

„Der is wirklich total nett“, sagte Lisa. „Ich glaub, ich würd durchdrehen und bloß noch rumschießen.“

„Jedenfalls hat er uns erzählt, dass der Senai, der Junge aus Eritrea, mit zwei anderen beim Priener Bahnhof war“, fuhr Lena fort. „Und da war wieder dieser Typ, der ihn am Samstag angefallen hat, mit ein paar anderen. Und wie der ihn erkannt hat, wollt er gleich wieder auf ihn losgehen. Aber heut hat er wohl ein Messer dabei gehabt, der Senai, und hat sich gewehrt. Er hat den Typen irgendwie am Unterarm erwischt und dann waren da Leute, die gleich die Polizei gerufen haben und dann sind die gekommen und er hat das Messer gehabt und jetzt soll er schuld sein und der andere hat ihn angezeigt. Das ist doch der Wahnsinn!“

„Die haben ihn auf die Wache mitgenommen und ihm gedroht, dass er wieder abgschoben wird“, sagte Lisa.

„Ja, genau, und die zwei, die mit dem Senai dort waren, die haben sie noch nich mal angehört. Die haben sie gleich wieder weggeschickt. Die habens doch gesehen!“

„Ja, und wir waren dann bei der Polizei, aber uns haben sie auch gleich wieder weggeschickt“, sagte Lisa.

„Der Poschner war sogar noch da, der kennt mich doch. Aber der hat nur gesagt, dass es besser wär, wenn wir uns da nicht einmischen. Du musst was tun, Paps!“

Hattinger zögerte. So gut er die beiden verstehen konnte, so wenig würde er in dem Fall vermutlich unternehmen können. Vor allem nicht, bevor er mehr über die Umstände wüsste.

„Des werd schwer wern", sagte er. „I bin ja bei der Mordkommission und in die normale Polizeiarbeit konn i mi schlecht eimischn. Oiso, eigentlich gar ned, wenn ma's genau nimmt."

„Ach so!" Lena funkelte ihren Vater zornig an. „Dann sollen wir also mal schön abwarten, bis er tot ist, oder was? Und dann kannst du seinen Mörder suchen!"

Hattinger war klar, dass er wohl noch nicht so schnell ins Bett käme.

38

Es war ein einziges Fiasko, aber jetzt hatte er wenigstens Gewissheit. Er war oben gewesen, beim Haus. Der Tote war weg. Dafür überall Absperrbänder der Polizei. Aber zum Glück kein Polizist. Jedenfalls hatte er keinen gesehen. Und so wie's da ums Haus rum aussah, hatten sie den Toten nicht gerade erst gefunden. Das sah alles untersuchungstechnisch schon ziemlich abgefrühstückt aus. Tatorte hatte er schließlich zur Genüge gesehen in seiner früheren Journalistenzeit.

Er war gleich wieder runtergegangen zum Bootshaus. Was hätte er da auch noch ausrichten können, in der Situation? Ins Haus gehen und in aller Ruhe weitersuchen, bis die Polizei am Morgen wiederkäme? Das Einzige, was ihm jetzt noch blieb, war irgendeine Art von Schadensbegrenzung zu versuchen. Und wahrscheinlich blieb ihm nicht einmal das.

Während er mit Mühe die brennenden Augen aufhielt und auf die Nebenstraße starrte, auf der er gerade unterwegs war, überlegte er, was das alles für ihn bedeutete.

Eins war klar: Sie hatten die Wasserleiche identifiziert, wie auch immer, sonst wären sie nicht nach Schützing gekommen. Und dort hatten sie dann den Typ gefunden, den er erschossen hatte. Vielleicht wussten sie sogar schon, wer der Mann war. Auf jeden Fall würden sie versuchen, es so schnell wie möglich rauszufinden. Und je mehr sie rausfänden, desto dichter wären sie ihm auf den Fersen. Nur eine Frage der Zeit, bis sie bei ihm anklopfen würden, schließlich hatte er ein paar Mal mit Friedhelm Meisel telefoniert.

Verdammt, warum konnte man die Zeit nicht zurückdrehen? Vielleicht so dreimal im Leben? Etwas ungeschehen machen und vor dem Punkt wieder einsteigen. Na ja, drei Freischüsse hätte er bestimmt längst vorher verbraucht. Und am Ende wahrscheinlich auch noch für irgendwas letztlich Unwichtiges.

Viel hätte er im Moment dafür gegeben, die Zeit ein paar Monate zurückdrehen zu können. Oder lieber gleich 20 Jahre. Der entscheidende Punkt lag doch viel weiter zurück. Hätte ihm aber auch nichts geholfen. Damals hätte er das überhaupt nicht zugeben können, dass er die Geschichte gern zurückgedreht hätte. Damals hatte ihn komplett die Hybris im Griff gehabt. Wenn man einen spannenden, gut bezahlten Job bei einem Magazin wie dem Stern hatte, als Berichterstatter vor Ort, in allen Krisengebieten der Welt, wie blöd musste man sein, um wegen getürkter Spesenabrechnungen rauszufliegen? Weil man den Hals nicht voll genug kriegen konnte. Weil man … ach was, man – er! Er hatte es vergeigt, er ganz allein! Wenn du dir jeden Tag Koks reinziehst bis zum Abwinken, um dich noch ein bisschen allmächtiger zu fühlen, um dir jeden Tag zu bestätigen, was für ein geiler Typ du bist und dabei nur noch Paranoia einfährst und Schulden bis zum Stehkragen, Gott, wie blöd musst du sein! Aber genau das checkst du eben nicht, wenn du mittendrin steckst.

Danach hatte er nie mehr richtig Fuß gefasst. Es war auch lange alles unter seiner Würde gewesen. Und irgendwann wars dann zu spät für alles.

Er bremste ab, da vorn war schon die Kreuzung. Ein paar Kilometer musste er auf der Bundesstraße fahren. Aber so früh am Morgen würde ja hoffentlich noch kaum was los sein. Hauptsache keine Polizeikontrolle und wieso sollte hier eine sein?

Also wenn sie bei ihm klingelten, dann müsste auf jeden Fall der verdammte Bus weg sein mit dem Zeug vom Meisel, das war das Vordringlichste. Aber was wäre ihm jetzt anderes übriggeblieben, als mit dem Bulli wieder heimzufahren. Er konnte ihn ja nicht einfach am See stehen lassen. So wie die Lage war, fahndeten sie mit Sicherheit danach, da konnte er nicht am helllichten Tag damit durch die Gegend gurken und ein lauschiges Plätzchen zum Versenken suchen. Obwohl, er hatte da so eine Idee, wie er's machen könnte. Aber jetzt erst mal heimkommen.

Auf der Bundesstraße war tatsächlich nichts los, nach ein paar Minuten bog er wieder links ab in den nächsten Waldweg. Jetzt wars nicht mehr weit. Aber er musste wirklich aufpassen wegen der ganzen Blätter, die der Sturm in der Nacht runtergerissen hatte, die machten die Nebenstraßen ziemlich rutschig. Einmal hatte er auch schon aussteigen müssen, um einen Ast von der Straße zu räumen.

Wenn der Sturm die ganze Nacht so weitergetobt hätte, dann hätte er alt ausgesehen. Dann hätte er echt Probleme bekommen mit seinem Elektroboot. Aber nach zwei Stunden war der Spuk vorbei gewesen. Die Wellen auf dem Chiemsee hatten natürlich noch gebraucht, sich zu beruhigen, aber auch die hatten bald wieder an Schwung verloren.

Zum Glück hatte er schnell seinen Ausweis gefunden, ziemlich genau da, wo er ihn vermutet hatte, unter den Bodenbrettern in der Bilge. Und die Idee, diese Polizistin in den Jollenkreuzer zu verfrachten, schien ihm in dem Moment die beste zu sein. Sie war irgendwann unruhig geworden in ihrem Segelpaket, hatte angefangen, unwillkürliche Bewegungen zu machen. Er konnte sie nicht dalassen. In der Früh würden bestimmt Kollegen von ihr auftauchen, da wars besser, sie noch eine Weile aus dem Weg zu schaffen. Er hatte ihr vorsichtshalber einige von seinen Tranquilizern eingetrichtert, per Schluckreflex hatte das ganz gut funktioniert. Das Zeug würde sie schon noch ein paar Stunden ausknocken, hatte er sich ausgerechnet. Deshalb konnte er auch darauf verzichten, sie wieder zu knebeln. Die Augenbinde hatte er ihr auch abgenommen. Der Spinnaker sollte ausreichen.

Als er mit allem anderen fertig war, hatte er das Segelboot längsseits des Stegs befestigt und das Paket mit ihr ins Boot gezerrt, was nicht ganz einfach war, allein. Am Ende hatte er den Jollenkreuzer an sein Elektroboot gehängt und hinter sich hergezogen, bis er ihn schließlich mitten auf dem Weitsee losmachte und sich selbst überließ. Der Wind war zu der Zeit schon wieder völlig eingeschlafen. Er fragte sich, wann und wo sie wohl anlanden würde. Jedenfalls hatte er ihr eine reelle Chance gelassen.

Als er wieder an seinem Liegeplatz ankam, hatte es gerade zu dämmern begonnen. Außer zwei Fischern ziemlich weit drüben zwischen Herreninsel und Autobahn hatte er niemand gesehen, also konnte er immerhin hoffen, dass ihn niemand beobachtet hatte. Auf jeden Fall war er niemand begegnet, als er sich wieder auf seinen Klappesel schwang.

Zu Hause angekommen, tauschte er als erstes die Autos aus. Er fuhr den Bulli in die Garage und sperrte das Tor ab. Anschließend parkte er seinen

Jeep davor. Verdammt, das Blut auf dem Sitz … Was solls, es war wenigstens sein eigenes. Dann war er eben gestürzt, falls jemand fragen sollte.

Nachdem er das Zeug aus seiner Tasche wieder ausgeladen und verstaut hatte, ging er zum Briefkasten, um in die Zeitung zu schauen. Die wurde immer sehr früh geliefert.

Im Lokalteil fand er das Foto von dem Toten. Bildunterschrift:

Die Polizei bittet um Ihre Mitarbeit

Wer kennt diesen Mann? Seine Leiche wurde letzten Sonntag vor einem Haus zwischen Seebruck und Chieming entdeckt. Sachdienliche Hinweise unter …

Am Sonntag schon? Das ließ seinen möglichen Vorsprung schon wieder schrumpfen. Andererseits bedeutete das vermutlich, dass die Bullen bis jetzt auch nicht wussten, wer der Kerl war, sonst wäre das Foto wohl kaum heute in der Zeitung. Er nahm den Rest der Post mit, ohne ihn eines Blickes zu würdigen und ging ins Haus.

Er war total verdreckt, verschwitzt, aufgedreht und hundemüde gleichzeitig und alles tat ihm weh, er hatte seinem geschundenen Körper letzte Nacht schon wieder alles angetan, was ihm nicht gut tat und wie auch immer es war mit dem Mann, mit den Bullen und allen anderen Idioten, es war ihm gerade mal scheißegal!

Er brauchte jetzt eine Dusche, einen Verbandswechsel, ein paar Bier und zwei Stunden Schlaf. Alles andere später.

39

Am Dienstag Morgen sollte sich die große Runde in Prien treffen. Auch Staatsanwalt Reißberger hatte sich angesagt. Außer ihm war nur Andrea Erhard noch nicht da, was Hattinger ziemlich wunderte. Er versuchte sie noch mal anzurufen. Dieselbe Ansage wie gestern Abend, *Teilnehmer nicht erreichbar.* Kam ihm ein bisschen spanisch vor, aber sie würde schon noch kommen, da war er sicher. Unentschuldigt zu fehlen war nicht ihre Art.

Er hatte kurz und hundsmiserabel geschlafen. Als er um sieben eintraf, hatte er als erstes nach Poschner geschaut, der würde aber erst um acht kommen, sagte man ihm. Hattinger wollte gern ein paar nähere Angaben zu dieser Geschichte mit dem Flüchtling von ihm hören. Lena und Lisa hatten ihn so lange gelöchert gestern bis er versprochen hatte, sich der Sache anzunehmen. Es passte ihm zwar überhaupt nicht in den Kram, schließlich hatte er schon genug mit seinem Fall am Hals, aber letztlich wusste er, dass sonst kein Hahn nach dem Typen krähen würde.

Wildmann wirkte heute nicht ganz so munter wie sonst, Hattinger fand das zur Abwechslung mal ganz erfrischend, er kam sich selbst gleich weniger alt vor. Er erfuhr auch schnell die Ursache für Wildmanns Durchhänger: Die Sache mit diesem verschwundenen Volker hatte ihm keine Ruhe gelassen, also war er nachts noch ins Präsidium gegangen, um Verbrecherdateien zu durchforsten, vergeblich allerdings.

„Ich könnte ein Phantombild erstellen lassen", schlug er vor.

„Jetz machst amoi hoiblang."

Hattinger wusste Wildmanns Ehrgeiz zu schätzen, aber das schien ihm im Moment übertrieben.

„Na gut. Wir haben übrigens schon den Provider zu Jens Vogels Handynummer, auf die Daten warten wir noch. Aber Meisels Telefondaten sind inzwischen reingekommen. Er hatte zum Glück einen Einzelverbindungsnachweis beauftragt."

Er reichte Hattinger ein Blatt.

„A Vieltelefonierer war er offenbar ned, der Meisel. Da wern aber ah nur die abgehenden Anrufe protokolliert, oder?"

„Genau."

Das war überschaubar, was da stand. Einige 08-er Vorwahlen, also eher in der Umgebung, zweimal 0043, das war Österreich, soviel er wusste, und eine, die mit 0044 anfing. Also irgendwo in der Nähe von Österreich, vermutete Hattinger.

„Was is des?", fragte er Wildmann. „Italien oder so was?"

„Nein, Großbritannien."

„England neben Österreich? Was is'n des für a Logik?"

„Gar keine. Vielleicht ein Relikt aus den Urzeiten der Telekommunikation?"

Das hatte er schön ausgedrückt, fand Hattinger. Wildmann hatte natürlich die Zeit nicht mehr erlebt, als ein Telefonapparat der Deutschen Bundespost mit Wählscheibe für den Normalbürger schon das Ende der Fahnenstange in punkto Fernmeldetechnik darstellte.

„Und, hast scho Namen zu de Nummern?"

„Klar."

Wildmann fuhr langsam mit dem Zeigefinger über die Liste. Er hatte hinter die Nummern winzige Bleistiftnotizen gekritzelt.

„Das da ist seine Bank, der Metzger, der Autohändler …"

„Apropos Autohändler, is des Auto vom Meisel scho irgendwo auftaucht?"

„Nicht dass ich wüsste." Wildmann fuhr mit der Liste fort: „Das ist der Friseur, die Fußpflegerin, ein Physiotherapeut, eine Nummer ohne Eintrag, ein Arzt, ein Zahnarzt, die österreichischen Nummern gehören zu zwei Galerien in Salzburg und Linz und die englische ist eine Privatnummer in, Moment …"

Wildmann sah auf einem anderen Blatt nach.

„Guildford, Surrey, das ist westlich von London."

„Guad, dem Zahnarzt schick ma glei den Zahnstatus. Ansonsten alles durchtelefonieren, wann der Meisel as letzte Mal da war und so weiter. Von der Bank Kontenübersichten anfordern. Woaßt eh … Na ja, den Metzger kemma uns vielleicht sparen. Die Galerien ruaf i nachher selber o, und da in Guildford ah, des interessiert mi."

Das hätte Wildmann nicht vermutet.

„Aha? Na gut, ich schreib dem Zahnarzt gleich mal ne Mail." Er sah auf die Uhr. „Zum Anrufen bei den anderen ist's vermutlich noch zu früh. Den Metzger würde man vielleicht schon erwischen?"

„Probiers einfach", empfahl Hattinger. Er drehte sich zu Bamberger um, der im Hintergrund leise fluchend an der Kaffeemaschine rumhantierte.

„So ein Glump … I habs glei", grummelte er. Tatsächlich begann die Maschine kurz darauf Kaffee zu mahlen.

„Na ja, die Erhard fehlt hint und vorn. Vor allem dir, oder?“, zog ihn Hattinger auf.

„Stimmt. Wo is'n die eigentlich?“

„Keine Ahnung. Die werd scho no kemma. Jetz setzn hoid mir uns scho amoi zamm. Gibts Neuigkeiten bei dir?“

„I hab gestern no alle Fingerabdrücke aus'm Vogel seiner Wohnung in Computer gebn. Da san zumindest scho amoi drei Bekannte dabei. Dreimal derfst raten: Alle aus'm Neonaziumfeld.“

Bamberger reichte Hattinger die Ausdrucke und holte seine Tasse aus der Maschine.

„Bringst ma oan mit?“, bat Hattinger.

Er blätterte die Papiere durch.

„Aha ... Da kommt ja a ganze Menge zamm: Schwere Körperverletzung, Widerstand gegen die Staatsgewalt, Verstoß gegen Versammlungsverbot und Kriegswaffengesetz, Hausfriedensbruch, Volksverhetzung ... A sauberne Litanei.“

Zwei der drei Typen hatten schon eingesessen, einer war gerade auf Bewährung draußen. Alle zwischen 20 und 30. Einer war aus Kolbermoor, die anderen aus Rosenheim. Und alle drei waren ähnliche Typen wie der tote Jens Vogel. Einer hatte sich sogar auf seinen kahlgeschorenen Schädel irgendwelche Runen tätowieren lassen.

„Na großartig“, sagte Hattinger. „Miass ma alle überprüfen, Alibis, Befragung über den Jens Vogel, was die bei eahm gmacht ham etc.“

Bamberger stellte ihm missmutig einen Kaffee hin. Inzwischen versuchte Martin Haller der Maschine einen zu entlocken.

„Könnten Sie des mit der Frau Körbel zamm

übernehmen, Herr Haller? Die Herrschaften interviewen?"

„Selbstverständlich. Ach Mensch, das gibts doch nicht!"

Irgendein Knopf an dem Gerät blinkte jetzt regelmäßig auf und es gab überhaupt kein Geräusch mehr von sich, geschweige denn Kaffee. Als nächste versuchte es Petra Körbel, aber auch die hatte keinen Erfolg.

Währenddessen steckte Poschner seinen Kopf zur Tür herein, um guten Morgen zu sagen. Als er die vergeblichen Bemühungen Petra Körbels und Martin Hallers an der Kaffeemaschine registrierte, wies er auf den Automaten im Gang als Alternative hin.

„Mit dem Ding konns nur die Andrea, oiso die Frau Erhard."

„Wissen Sie zufällig, wo die is?", wollte Hattinger wissen.

„I …? Naa, wieso?" Er wirkte etwas verlegen. „Is die no ned da?"

„Sonst daad i ja ned fragn."

„Keine Ahnung. I ruaf amoi bei ihr dahoam o", sagte Poschner und verschwand wieder.

Hattinger probierte seinen Kaffee und verzog das Gesicht. Bamberger wollte gerade einen Kommentar dazu abgeben, aber sein Handy klingelte, also ging er dran. Während er telefonierte, ging Hattinger zum Waschbecken und kippte die Brühe hinein.

„Undank is der Welten Lohn", brummte Bamberger, als er aufgelegt hatte. „Des war übrigens as Labor, i hab dene a bissl Feuer unterm Hintern gmacht. Hat si glohnt: DNA-Ergebnis Wasserleiche."

„Und?“ Hattinger wurde ungeduldig. „Jetz sag scho!“

„Identisch mit de Proben vom Meisel seim Haus. Die Wasserleich is der Meisel.“

„Na dann is ja wenigstens oans sicher. Ah wenn ma des eigentlich scho gwusst ham. Und sonst wiss ma überhaupts nix!“

Bamberger war ein bisschen eingeschnappt.

„Was hast jetz erwart? Rosa Elefanten?“

„Ja is ja guad, konnst ja du nix dafür“, beschwichtigte Hattinger. „Aber der Fall geht ma langsam auf'n Zeiger.“

Poschner kam schon wieder herein.

„Der Herr Staatsanwalt lasst ausrichten, dass er erst heut Nachmittag kommt, weil er ins Ministerium muass.“

„Sag i doch, nix geht“, sagte Hattinger zu Bamberger.

Der zog seinen Geldbeutel aus der Gesäßtasche und kramte nach Kleingeld, er hatte beschlossen, sich draußen aus dem Automaten einen Espresso rauszulassen. Als er zur Tür ging, stolperte Poschner rückwärts wieder herein.

Bamberger blieb wie angewurzelt stehen.

„Jessas“, murmelte Poschner und ging aus dem Weg.

Alle Köpfe drehten sich zur Tür.

Herein schlich ein Gespenst.

„Um Gottes willen“, sagte Hattinger.

Das Gespenst war Andrea Erhard. Sie trug einen blutigen weißen Turban auf dem Kopf und hatte die Ausstrahlung eines frisch geschlachteten Suppenhuhns.

„Entschuldigung", stammelte sie. „I war no dahoam, duschen."

Ihr Blick saugte sich an der blinkenden Kaffeemaschine fest.

„Da muass ma den Restbehälter ausleeren, sonst gehts ned", sagte sie wie ferngesteuert und begann ganz langsam in sich zusammen zu sacken.

Poschner und Bamberger standen wie gelähmt und starrten Andrea Erhard an, also sprang Hattinger zu ihr und fing sie auf.

„Des zoagn S' uns dann später", sagte er. „Und jetz gemma ins Krankenhaus."

40

Viel hatte er nicht aus ihr herausgebracht. Hattinger hatte Andrea Erhard selbst in die Notaufnahme des Priener Krankenhauses unten am See gefahren. Zum einen wars ihm ein Anliegen, zum anderen wollte er natürlich schnell wissen, wie sie so unter die Räder geraten war. Besonders ergiebig wars aber nicht, denn über ihre körperlichen Verletzungen hinaus stand sie offensichtlich unter Schock und er wollte sie nicht noch zusätzlich quälen.

„Ich bin so ein Rindviech", war das Einzige, was sie öfter wiederholte.

Sie hatte irgendwas von dem Segelboot erzählt und dass es ein Fehler war, schwimmen zu gehen und von einem Typen mit Strohhut und von ihrer Dienstwaffe, aber richtig schlau wurde Hattinger nicht aus alldem. Sie entschuldigte sich flehentlich und war ständig drauf und dran, loszuheulen, so dass er ganz froh war, sie schließlich in ärztliche Obhut geben zu können. Die Ärzte in der Notaufnahme ließen sie auch sofort zum Röntgen bringen, also wünschte er ihr gute Besserung und fuhr wieder zurück.

Da die Besprechung mit Staatsanwalt Reißberger auf Nachmittag verlegt war, verteilte er die wichtigsten Aufgaben und zog sich zum Telefonieren zurück.

Die Besitzer der beiden österreichischen Galerien hielten sich sehr bedeckt, was ihre Beziehungen zu Friedhelm Meisel anging.

„Diskretion is unser höchstes Gut, Herr Kommissar", näselte der Inhaber der Salzburger Galerie, die laut Internetauftritt auf eine 140-jährige Geschichte zurückblickte. „Da werden S' sicher verstehn, dass wir über unsere Geschäftsbeziehungen strengstes Stillschweigen bewahren, ned woahr? Außer vielleicht dem Fiskus gegenüber, da bleibt uns ja goar nix anderes übrig, ned woahr?"

Beide bestritten nicht, dass sie Friedhelm Meisel seit langem kannten, das war aber auch schon alles. Von dessen Vater Adalbert hatten beide angeblich noch nie in ihrem Leben etwas gehört.

Wer's glaubt, dachte Hattinger. Er erwähnte nicht, dass Friedhelm Meisel tot war, aber er wies die Herren darauf hin, dass sie auch der Polizei gegenüber auskunftspflichtig wären.

„Aber ned der deitschen", bemerkte der Linzer Galerist trocken. „So weit kommts no, dass mir uns von de Piefkes befragn lassn. Da müssten Sie dann schon ein Amtshilfeersuchen einreichen, dann schau ma weiter."

Immerhin schien der Mann sich damit ja schon auszukennen. Es lohnte sich also vermutlich, mehr über ihn herauszufinden, nur wie am besten?

Hattinger machte sich ein paar Notizen, dann wählte er die Nummer in England. Das Telefon tutete endlos dahin, zweimal wechselte der Ton, Hattinger bereitete sich innerlich darauf vor, sein eingerostetes Englisch auszupacken, aber es schien sowieso niemand dranzugehen. Er wollte gerade wieder auflegen, als er eine Frauenstimme hörte:

„Fiorella Langner, hallo?"

Hattinger war verblüfft, die Stimme sprach eindeutig Deutsch. Er meinte sogar, in der Aussprache des Namens Langner eine süddeutsche Färbung zu erkennen.

„Hattinger, Kripo Rosenheim", stellte er sich vor.

„Kripo? Ach. Also sind Sie ein Kommissar, Herr Hattinger?"

„Ja, aber … wie, also dass Sie sofort Deutsch, woher …"

„Deutsche Vorwahl, Herr Hattinger. Ich bin ja Deutsche und telefoniere auch oft mit Deutschland, also die erkenne ich sofort."

Die Stimme von Frau Langner war angenehm und freundlich und dass sie aus Süddeutschland stammte, da hätte er sich jetzt schon festgelegt, auch wenn sie Hochdeutsch sprach.

„Vorwahl, ja freilich, des is so einfach, dass ma gar ned draufkommt."

Warum um alles in der Welt redete er eigentlich am Telefon immer so einen Blödsinn daher? Das passierte ihm doch in normalen Gesprächen nicht. Gut, Lena hätte da vermutlich widersprochen.

„Herr Kommissar, darf ich Sie zurückrufen? Ich sehe an Ihrer Ortsvorwahl, dass Sie aus Prien anrufen. Dann wird das für uns beide wesentlich billiger. Ich bin nämlich gerade in Törwang, am Samerberg."

„Ach, am Samerberg? Aber …"

„Rufumleitung, Herr Kommissar. Ich bin hier im Sommerurlaub. Ich lebe zwar seit bald 30 Jahren in England, aber ich komme fast jedes Jahr hierher zurück. Bin übrigens in Prien geboren. Aber worum geht es denn eigentlich?"

„Frau Langner, kennen Sie einen Friedhelm Meisel?"

Die freundliche Stimme pausierte einen Augenblick, dann sagte sie: „Ja. Das ist mein Halbbruder … Ich ruf Sie zurück."

Hattinger wollte noch „Moment" sagen, aber schon hatte sie aufgelegt. Verdammt, was wenn sie's nicht macht? Er hatte ja nur ihre Nummer in Guildford. Aber nach einer langen Minute klingelte das Telefon vor ihm auf dem Tisch. Er nahm ab.

„Herr Kommissar? Nach meinem Halbbruder hat mich noch nie jemand gefragt. Was ist denn mit ihm?"

Hattinger zögerte einen Moment, dann entschied er, es gleich zu sagen.

„Der Herr Meisel is leider verstorben."

„Was? Ach … Das überrascht mich jetzt aber. Ich hab ihn ja schon lang nicht mehr gesehen, aber er war doch recht rüstig für sein Alter." Sie überlegte einen Moment. „Aber wenn Sie von der Kripo sind, heißt das, dass er gewaltsam zu Tode gekommen ist?"

„Leider ja."

Hattinger berichtete Frau Langner über die Umstände, soweit er sie kannte.

„Im See? Das ist ja schrecklich", sagte sie. „Er war auch ein guter Schwimmer und Segler, soweit ich weiß."

„Wann ham Sie ihn denn as letzte Mal getroffen?"

„Das war vor zwei Jahren. Wir hatten kein enges Verhältnis, auch wenn wir Halbgeschwister sind."

„Könnten Sie mir da a bissl mehr erzählen?"

Fiorella Langner erzählte Hattinger bereitwillig über die besonderen Umstände ihrer verwandtschaftlichen Beziehung zu Friedhelm Meisel. Ihre Mutter war eine Deutsche mit italienischen Wurzeln, die in den 1950er Jahren in Chieming lebte. Sie hatte Adalbert Meisel, Friedhelms Vater, kennengelernt, mit dem sie ein Verhältnis einging, nachdem ihr erster

Mann sehr jung gestorben war. Fiorella wurde 1959 geboren und Adalbert Meisel war ihr Vater, was sie aber jahrelang nicht wusste.

„Der Onkel Adi, so nannte ich ihn, war regelmäßig bei uns zu Besuch. Er war ein durchaus charmanter älterer Mann, aber ich wusste überhaupt nichts über ihn."

„Onkel Adi" lebte mit Frau und Sohn Friedhelm in Schützing, erzählte Frau Langner. Seine Frau wusste wohl von der Affäre und duldete sie, aber Friedhelm hatte auch keine Ahnung, er war es gewohnt, dass sein Vater oft weg war.

„Es war 1985, das weiß ich zufällig genau, weil ich im selben Jahr nach England ging. Kurz vor meiner Abreise erfuhr ich, dass ich Adalbert Meisels Tochter bin. Das war ein Schock. Meine Mutter hatte mir immer erzählt, dass mein Vater kurz nach meiner Geburt verschwunden sei. Aber vor seinem Tod wollte Adalbert reinen Tisch machen, er war krebskrank. Da hat er auch Friedhelm eingeweiht und wir haben uns das erste Mal gesehen. Der war genauso geschockt wie ich. Wir wussten auch nicht wirklich was miteinander anzufangen."

Das konnte Hattinger gut nachvollziehen. Er konnte mit seinem eigenen Bruder auch nichts anfangen, der lebte seit vielen Jahren in Südamerika. Sie hatten schon lang keinen Kontakt mehr gehabt.

„Und wie gings dann weiter?"

„Wir haben uns ein paar Jahre nicht gesehen und später, als auch Friedhelms Mutter gestorben war und ich im Sommer immer in Urlaub in den Chiemgau kam, sind wir alle zwei Jahre mal essen gegangen. Er war nicht besonders unterhaltsam, aber von Essen und Kunst verstand er was. Nach dem Tod seiner Mutter hat er mir bei unserem ersten Wiedersehen gesagt: Jetzt bist du ja meine einzige Verwandte."

„Ham Sie ab und zu telefoniert?"

„Sehr selten. Und wenn, hab ich angerufen. Er ist auch oft nicht drangegangen, obwohl er da war, davon bin ich überzeugt. Aber was mich sehr überrascht hat: Vor etwa zwei Monaten hat doch tatsächlich er mal angerufen. Ich glaube, das war wirklich das erste Mal."

„Des is jetz vielleicht indiskret", sagte Hattinger vorsichtig, „aber unter den gegebenen Umständen würd mich natürlich sehr interessieren, was er wollt."

„Jetzt mach ich mich wahrscheinlich auch noch verdächtig", lachte Fiorella Langner. „Na gut, ich hab mich ja selbst gewundert. Er wollte wissen, ob meine Adresse in Guildford noch dieselbe ist. Er würde mir einen Brief schicken und wollte sicher sein, dass er auch ankommt."

„Und? Is er?"

„Ja, ein paar Tage später, per Einschreiben."

„Jetz machen S' mi wirklich neugierig."

„Das denke ich mir. Mich hat es auch neugierig gemacht. Es war nur eine Telefonnummer in dem Umschlag und ein Schlüssel. Sonst nichts. Am Telefon hatte er mir gesagt: Nur für den Fall, dass mal was wäre. Ich hab noch gefragt, was er damit meint, aber er hat gesagt, das könnten wir klären, wenn ich nach Deutschland käme. Er wollte eine Zeitlang wegfahren, aber Mitte August wäre er spätestens wieder da, dann könnten wir mal wieder essen gehen. Das wird ja nun wohl nichts."

Hattinger versuchte das für sich zu sortieren und machte sich nebenher Notizen.

„Wissen Sie, wofür der Schlüssel is?"

„Ich habe nicht die leiseste Ahnung, Herr Kommissar."

„Und die Telefonnummer? Ham S' amal angrufen?"

„Nein, angerufen hab ich nicht, ich wollte erst mal abwarten, was mir Friedhelm zu der ganzen Angelegenheit erzählen würde. Aber ich hab zumindest recherchiert, dass die Nummer zu einem Notariat in Salzburg gehört."

Es wurde immer interessanter, fand Hattinger. Aber musste dieses Notariat ausgerechnet in Österreich sein? Das könnte zum Problem werden.

„Frau Langner, hat der Herr Meisel mit Ihnen je über sein Erbe geredet? Ich mein, wenn Sie sagn, dass Sie die einzige Verwandte san …"

Fiorella Langner schien zu überlegen. Nach einer Weile erst antwortete sie.

„Nein, darüber hat er nie mit mir geredet. Ob Sie's glauben oder nicht, darüber hab ich tatsächlich noch nicht nachgedacht. Wissen Sie, der Friedhelm, der hatte sowas … Robustes. Ich hab immer gedacht, dass der bestimmt 90 wird."

Sie klang glaubwürdig, fand Hattinger. Aber wenn er daran dachte, wieviel allein Haus und Grund von Friedhelm Meisel wert sein mussten, das war als Motiv für einen Mord nicht von der Hand zu weisen. Da wurden Leute für viel weniger umgebracht.

„Seit wann san Sie denn scho in Deutschland, diesen Sommer?"

„Seit drei Wochen. Ich merke schon, Sie fangen an, mich zu verdächtigen, Herr Kommissar."

„Immer mit der Ruhe, Frau Langner. Von verdächtigen kann keine Rede sein." Mit drei Wochen wäre sie zeitlich sowieso außen vor, wenn es stimmte. „Aber wir müssen natürlich alle möglichen Spuren verfolgen, des wern Sie bestimmt verstehn. Wie lang bleim S' denn no da?"

„Ich hab noch knapp zwei Wochen, dann muss ich wieder zurück an die Arbeit."

„Was machen Sie, wenn i fragn derf?"

„Ich betreibe mit meinem Mann eine kleine Druckerei. Wir stellen vor allem hochwertige Kunstdrucke her, in relativ kleiner Auflage. Das läuft gut."

„Und Ihr Mann?"

„Der ist in Guildford und kümmert sich ums Geschäft. Wir wechseln uns ab. Er darf dann im Winter wegfahren, den hält er überhaupt nicht aus bei uns, nass, grau, aber kein Schnee. Er liebt Neuseeland."

Hattinger wurde langsam neidisch. Ein Erbe schien die Frau nicht unbedingt zu brauchen. Andererseits, erzählen konnte man viel. Er überlegte. Hatte er wirklich eine Handhabe, konnte er sie veranlassen, bei dem Notariat anzurufen? Rauszubringen, was hinter der Sache mit dem Schlüssel steckt? Das wäre zwar vermutlich in ihrem eigenen Interesse, aber …

„Frau Langner, können wir uns treffen? Wie sagt ma neudeutsch: zeitnah? Ich kann Ihnen versichern, es geht ned um an Verdacht, aber ich würde Sie dringend um Ihre Mitarbeit bitten. Vielleicht bringt uns des auf a neue Spur im Todesfall vom Herrn Meisel.

Ich erklär Ihnen dann auch gern, warum ich des hoff. Ham S' den Schlüssel eigentlich dabei?"

„Der hängt tatsächlich seit meiner Abreise aus England an meinem Schlüsselbund. Man weiß ja nie, hab ich mir gedacht. Und wenn, dann würde ich ihn ja wohl hier brauchen."

„Des ham S' guad gmacht, Frau Langner."

„Wissen Sie was ich mag, Herr Hattinger? Ihr Bairisch ist so angenehm."

Das ließ er einfach mal so stehen und verabredete für mittags ein Treffen mit ihr.

41

Nachmittags würde er aufbrechen, dann könnte er in aller Ruhe nachts den Bus versenken. Er hatte sich inzwischen vorbereitet, gegoogelt was das Zeug hält. Dabei war er schnell auf den alten Fall mit dem Bauer und den Hunden gestoßen. Was praktisch war, denn es brachte ihn auf die Idee: Das Zauberwort hieß Staustufe! Wenn der Mercedes des Bauern fast ein Jahrzehnt in so einer Staustufe unentdeckt geblieben war, dann war das auch genau das Richtige, um den VW-Bus loszuwerden.

Er hatte sich drei Alternativen rausgesucht, die dafür in Frage kämen, eine davon würde dann schon passen. Wie es genau vor Ort aussah, musste er sich am Ende auch vor Ort ansehen. Man wusste ja nie, wie alt die Fotos von Google im Endeffekt waren und was sich inzwischen verändert hatte. Aber er würde schon eine passende Stelle finden, da war er jetzt wieder ganz zuversichtlich.

Er tauschte die Nummernschilder des Bullis gegen die von seinem Jeep. Zumindest würde er so schon mal nicht wegen der Nummer auffallen, wenn sie nach dem Auto suchten.

Den Jeep rangierte er hinter die Garage in den Schatten und bearbeitete das Innere ausgiebig mit Polsterreiniger und Cockpitspray bis der Wagen roch wie frisch aus der Fabrik. Er schwitzte wie ein Schwein dabei.

Danach war er erst mal erledigt, so hatte er sich reingehängt. Er brauchte ein paar Bier. Und er brauchte was zu essen, wenn er durchhalten wollte. Gerade merkte er erst, wie ihm der Magen durchhing. Einkaufen fiel aus, aber eine Ladung Spaghetti mit Pesto konnte er sich machen. Er verschlang drei Portionen davon. Danach gings ihm schon ein bisschen besser.

Das Telefon klingelte. Er sah nach, auf dem Display stand: *Unbekannt.* Sollte er drangehen oder nicht? Es klingelte weiter, lange. Vielleicht wars ja besser zuhause zu sein als nicht, im Zweifelsfall? Er nahm ab.

„Ja?"

„Herr Haunreiter?", fragte eine Männerstimme.

„Nein."

„Ist Herr Haunreiter nicht da?"

„Nein, hier wohnt kein Herr Haunreiter."

„Muss aber, er hat mir doch die Nummer gegeben."

„Nein, Sie haben sich verwählt. Hier ist Heckmann, nicht Haunreiter."

„Ach so, dann entschuldigen Sie bitte. Auf Wiederhören", sagte der Mann freundlich und legte auf.

Komisch. Der Name kam ihm nicht bekannt vor. Er hatte eine Idee, er schlug im Ortsverzeichnis des Telefonbuchs nach. Tatsächlich, es gab einen Haunreiter und die Telefonnummer war bis auf einen Zahlendreher in der Mitte die gleiche wie seine eigene. Kann passieren, dass man sich da verwählt.

Er trank das Bier aus. Während des Essens war ein Gedanke in ihm gereift: Wenn der Typ, den er vor Meisels Haus erschossen hatte, nach dem Gleichen gesucht hatte wie er, dann gäbe es vielleicht noch die Chance, über ihn eine Spur zu finden. Vielleicht hatte der ja schon mehr gewusst. Er hielt es zwar für unwahrscheinlich, denn er selbst hatte schließlich ein paar Monate recherchiert, bevor er zu Meisel ging, aber man wusste ja nie. Es könnte helfen, wenn er rausfände, wer der Typ war und wie er tickte. Und er hatte immerhin die Speicherkarte von seinem Handy. Wenigstens das hatte er der Polizei voraus.

Er holte sich noch ein Bier, dann setzte er sich mit dem MacBook auf die Terrasse. Es waren schon wieder 27 Grad im Schatten, das Gewitter gestern hatte wenig gebracht außer ein paar Hagelschäden im Garten, aber die waren ihm im Moment so was von egal.

Er schob die Micro-SD-Karte aus dem Handy in einen Adapter und den in den Kartenslot, dann doppelklickte er das Laufwerkssymbol und sah jede Menge Ordner mit sechsstelligen Zahlen drunter. Na, das konnte ja heiter werden. Ach so, das schienen die Erstellungsdaten der Dateien zu sein.

Er öffnete einen Ordner, er enthielt tatsächlich Fotos, Videos und vereinzelt Audiodateien. Die nächsten zwei Stunden verbrachte er damit, sich Bilder und Videos dieses Menschen und vor allem seiner Kumpel anzusehen. Jeden Scheiß hatte der aufgenommen, vom unappetitlichen Saufgelage über Ausländer-Raus-Demos und Anti-Islam-Kundgebungen, von rechten Hetzreden über para-militärische Waldausflüge oder Waffenübungen am Schießstand bis zu offensichtlichen Hetzjagden und Schlägereien. Er hatte sich zwischendurch auch immer wieder selbst aufgenommen, eine Menge Selfies mit und ohne Kameraden gemacht und auch in dem einen oder anderen Video schwenkte er auf sich selbst und gab launige Kommentare auf Sächsisch zum Besten. Einige Gesichter tauchten immer wieder auf, viele

Glatzköpfe darunter, manche sehr jung, es schien eine größere Gruppe zu sein.

Ludwig Heckmann ging in die Küche und holte sich noch ein Bier. Der Scheiß war nur mit Alkohol zu ertragen. Und er war noch nicht einmal zur Hälfte durch. Das schaffte er nie, in einer Stunde sollte er spätestens aufbrechen. Den Rest müsste er auf jeden Fall zurückstellen. Er sah sich noch mal die Daten unter den Ordnern an. Die Aufnahmen waren alle innerhalb des letzten Jahres gemacht worden.

Die meisten Videos spulte er sowieso nur im Schnelldurchlauf vor, um einen groben Überblick zu bekommen. Dieses faschistoide Gelaber konnte man sich nicht anhören, ohne Dünnschiss zu kriegen. Geschweige denn den ganzen sturzbesoffenen Mist. An dem einen oder anderen Video blieb er aber doch hängen. Der Typ hatte gefilmt, wie ein paar dieser Vollidioten auf einen langhaarigen Jungen einprügeln, offenbar am Rand irgendeiner Demo hatten sie den abgedrängt. Das war harter Tobak. So ein feiges Pack! Die zerschlagen dem das Gesicht und als er am Boden liegt, trampeln sie auf ihm rum mit ihren Springerstiefeln und grölen und johlen dabei und feuern sich gegenseitig an und beschimpfen und bespucken den armen Kerl, der nur noch versucht, den Kopf mit den Händen irgendwie zu schützen. Einfach widerlich. Und einer, der sich gerade umschaut, ruft ihm zu: „Ey, was machst du Video, du Spacko? Lässt uns hier alles alleine machen?“ Und er antwortet in seinem sächsischen Dialekt: „Isch muss das doch dokumentieren, für de Zukunft. Wenn wir erst mal siegreisch sind, dann kommste groß raus!“

Ein anderes, irgendwo im Wald aufgenommen,

beginnt mit ihm selbst. „Pass auf, das is unser kommender Mann, Volker“, sagt er in die Kamera, dann schwenkt er auf einen Typen, der in militärischer Tarnkleidung ein paar Meter entfernt im Unterholz steht und einem anderen eine Panzerfaust erklärt. Im Off hört man ihn selbst nochmal: „Schweres Gerät. Klasse, oder?“

Was für Irre waren eigentlich unterwegs da draußen? Warum nimmt der die ganze Zeit so einen Scheiß auf? Aber damit wars jetzt vorbei, dachte er ohne großes Bedauern.

Er trank sein Bier aus und holte sich noch eins aus dem Kühlschrank. Wenn er nicht so schwitzen würde. Sein T-Shirt war schon wieder klatschnass.

Das Fatale war, dass er sich inzwischen selbst zu den Schwerverbrechern zählen musste. Er hatte zwei Menschen auf dem Gewissen, also mit welchem Recht erhob er sich über diese Typen?

Und doch war da ein Unterschied, sagte er sich. Er hatte das ja nicht gewollt. Er war kein Mörder. Und so was wie diese Arschlöcher, im Rudel auf einen losgehen, der gar keine Chance hat, das hätte er im Leben nicht gemacht! Er hatte den Typen ja nur erschossen, weil der plötzlich vor ihm stand und ihm ans Leder wollte. Und nach dem, was er die letzten zwei Stunden gesehen hatte, war das nur gut so.

Und die Polizistin hatte er verschont. Auch wenns vermutlich ein Fehler war.

Eins war klar, inzwischen musste eine Hundertschaft hinter ihm her sein. Irgendwann würden die hier auf der Matte stehen. Er schaute auf die Uhr. Er sollte jetzt wirklich langsam aufbrechen, es wurde

Zeit. Er hatte sowieso keinen Bock mehr auf den Mist.

Er scrollte ans Ende der Ordnerliste. Die letzte Datei auf der Speicherkarte war eine Audiodatei, die er doppelklickte. „Okay, also der Typ, wo der Willy gearbeitet hat", hörte er den Sachsen sagen, sehr nah und leise, *„der mit dem Bargeld …* der Typ heißt M e i s e l. Der wohnt in Schützing, das befindet sisch in der Nähe von Schieming."

Als er den Namen Meisel hörte, begann unvermittelt sein Herz loszupoltern. Verdammt!

In einem jähen Anfall von Panik stand er auf und rannte ein paar Meter hinaus in den Garten, um seiner Pumpe was zu tun zu geben. Manchmal half das. Im Moment offensichtlich nicht, also lief er in die Küche und nahm einen Betablocker. Nach einer Weile wurde es besser, er setzte sich wieder auf die Terrasse und hörte sich noch ein paar Mal diese Sprachnotiz an.

Eigentlich hatte er genau danach gesucht, nach einem Hinweis auf Meisel. Aber wenn das Erstellungsdatum der Aufnahme stimmte, dann hatte der Mann Friedhelm Meisel vor zwei Wochen noch gar nicht gekannt. Wenn er diese Aufnahme halbwegs richtig interpretierte, der mit dem Bargeld, dann wollte der den Meisel vielleicht nur ausrauben, weil er von einem Willy gehört hatte, dass Meisel viel Bargeld zuhause haben sollte? Was im Übrigen gar nicht stimmte, denn er selbst hatte kaum Bargeld bei Meisel gefunden. Das waren nicht mal 400 Euro gewesen, auf jeden Fall keine Summe, für die hierzulande üblicherweise jemand umgebracht würde.

Vielleicht hatte der Kerl von Meisels wahrem Vermächtnis überhaupt keine Ahnung gehabt?

Das wäre ja ein richtig saudummer Zufall.

Wie auch immer, es ließ sich nicht mehr ändern und er musste jetzt los.

Ludwig Heckmann klappte das MacBook zu und ging ins Haus. Im Bad nahm er den Kopfverband ab und schaute nach, wie die Wunde aussah. Dick verkrustet. Ganz gut eigentlich, jedenfalls nicht entzündet. Er konnte auf den Verband verzichten. Und er konnte statt des Strohhuts was Unauffälligeres nehmen. Er hatte noch verschiedene Kappen im Schrank.

Das blaue Auge war inzwischen schwarzgelb geworden und ziemlich abgesackt, also noch mal Make-up drüber. Auch wenns bei der Schwitzerei nicht lang hielt. Okay, das sah ganz gut aus, auf jeden Fall nicht mehr so zombiemäßig wie gestern noch.

Er sperrte alles ab, die Tasche war gepackt, also los.

42

Wildmann hatte seinen Teil der Telefonliste von Friedhelm Meisel fast durch. Es wurmte ihn immer noch, dass er den Typen gestern hatte laufen lassen, aber jetzt kümmerte er sich auf Hattingers Geheiß eben darum. Er hatte aber immer noch im Hinterkopf, bei Gelegenheit dieses Phantombild erstellen zu lassen, solang er sich noch gut erinnerte. Na ja, er würde sich schon erinnern.

Im Moment war er allein im Büro, weil die anderen zum Teil nach Schützing gefahren waren, um nach dem Boot zu schauen und sich das Bootshaus vorzunehmen. Sie wussten ja noch nicht mal, ob das Boot überhaupt noch da war, denn der Chef hatte nur gesagt, dass er aus Andrea Erhards Erzählung nicht schlau geworden war. Sie war offensichtlich noch ziemlich verwirrt. Musste wohl einen massiven Schlag auf den Kopf bekommen haben, so wie sie drauf war und aussah. Er war immer noch ziemlich geschockt von ihrem Anblick und hoffte, dass bald Entwarnung aus dem Krankenhaus kommen würde. Aber typisch für sie, dass sie in so einem Zustand auch noch auf die Idee kommt, zum Dienst aufzukreuzen. Wahnsinn!

Zurück zur Liste. Blieb nur noch der Autohändler. Der Zahnarzt hatte inzwischen den Zahnstatus als zu Friedhelm Meisel gehörend bestätigt, also falls es da überhaupt noch irgendeinen Zweifel gegeben haben sollte, jetzt war die Sache wirklich wasserdicht. Blödes Wort vielleicht, im Zusammenhang mit einer Wasserleiche, dachte Wildmann. Als Besonderheit hatte er sich notiert, dass der Zahnarzt sagte, Meisel habe seine Rechnungen immer in bar beglichen. Er sei auch nicht krankenversichert gewesen, jedenfalls soweit er wüsste.

Der Hausarzt bestätigte das, auch ihn hatte Meisel immer bar bezahlt. Er sei im Übrigen recht gut beieinander gewesen. Vielleicht ein bisschen Übergewicht, der Blutdruck etwas hoch, aber sonst … Erstaunlicherweise erzählte er das ganz freiwillig, ohne nach einer Legitimation zur Entbindung von seiner Schweigepflicht zu fragen.

Der Autohändler wollte erst mal wissen, was mit Herrn Meisel sei, wenn sich die Polizei für ihn interessiere. Er war zunächst recht misstrauisch und wollte sicherheitshalber zurückrufen, denn man wisse ja nie und seine Kunden müsse er schon schützen, denn da könne ja jeder kommen.

Wildmann fand das einen vorbildlichen Umgang mit Kundendaten. Als er zurückrief, erzählte er dem Händler, worum es ging. Der Mann fand es sehr bedauerlich, dass Friedhelm Meisel tot war.

„Das war ein sehr freundlicher älterer Herr. Außerdem ein guter Kunde. Er hat alle drei bis vier Jahre einen neuen Wagen gekauft bei mir, bzw. immer einen Jahreswagen."

„Und sein letzter war ein VW-Bus?"

„Ja, warten Sie mal, ich hol die Unterlagen", sagte der Mann. Nach einem kurzen Metallschubladen-Intermezzo war er zurück. „Hier ist es: VW-Bus T5 Multivan DSG Highline 4Motion, Leichtmetall 18 Zoll-Felgen, Bordcomputer, Navi, 132 kW, 20413 km …"

„Danke, ich denke das genügt", unterbrach ihn Wildmann.

„Ein guter Wagen, den hatte er erst seit ... Februar. Warum fragen Sie eigentlich danach?"

„In erster Linie, weil der Wagen verschwunden ist."

„Aha? Also gestohlen, meinen Sie?"

„Ja, vermutlich. Ich wüsste nicht, wie man das sonst nennen sollte. Es sei denn, er hätte den Wagen verkauft, bevor ... Sagen Sie, was würde so ein Fahrzeug bringen?"

Der Händler überlegte kurz.

„Also bezahlt hat der Herr Meisel 47 000. Ich würde mal sagen, mindestens 40 000, wenn sich der Zustand inzwischen nicht sehr verschlechtert hat. Ich hab das Fahrzeug seit der Auslieferung nicht mehr gesehen."

Das war eine ordentliche Summe Geld, das konnte auch schon ein Mordmotiv sein, dachte Wildmann, obwohl er es aufgrund der anderen Umstände für unwahrscheinlich hielt. Aber das brachte ihn auf eine Idee.

„Sagen Sie, ein Navi kann man nicht orten, oder? Das empfängt ja nur Satellitendaten, aber es sendet selbst keine?"

„Ein Navi nicht." Wildmann hörte den Händler in seinen Unterlagen blättern. „Aber vielleicht haben Sie Glück. Der Bus hatte beim Verkauf nämlich eine GPS-Blackbox eingebaut."

„Aha, das heißt im Klartext?"

„Die GPS-Blackbox ist ein Diebstahlschutz, ein kleiner Sender, der sendet eben GPS-Daten und dadurch kann man das Fahrzeug orten. Ich erinnere mich wieder, als wir die Ausstattung des Wagens durchgegangen sind, hat der Meisel gesagt: ‚Sowas brauch ich nicht‘. Dann hab ich gesagt: ‚Ich kann sie Ihnen auch ausbauen, wenn Sie möchten‘. Das fand er aber auch unsinnig. Er hat gemeint: ‚Dann lassen wir sie halt drin‘.“

Wenn Wildmann jemand gewesen wäre, der leise durch die Zähne pfeifen würde, dann hätte er jetzt leise durch die Zähne gepfiffen. Leider konnte er weder leise noch laut pfeifen.

„Das eröffnet ja ganz neue Möglichkeiten“, sagte er. „Und wie geht das?“

„Das könnte vielleicht ein Problem sein. Die Ortung läuft über eine Website oder eine App, so ganz genau kenn ich mich damit auch nicht aus, aber soviel ich weiß, muss man der Betreiberfirma für die Nutzung eine monatliche Gebühr bezahlen. Das sind nur ein paar Euro, aber ich bezweifle, dass Herr Meisel das gemacht hat.“

„Lassen Sie mich raten – weil er immer nur bar bezahlt hat?“

„Sie sind nicht zufällig Hellseher?“ Der Autohändler war verblüfft. „Genau das wollte ich eben sagen. Er hat sogar seine Autos immer bar bezahlt. Das hat seit Jahren keiner mehr gemacht außer ihm. Höchstens mal bei einem günstigeren Gebrauchtwagen. Das letzte Mal kam er mit einem Stapel 500er an.“

„Und es war kein Falschgeld ...“

„Nein nein, die Bank hat die anstandslos akzeptiert. Nicht dass Sie jetzt denken, ich hätte das als Schwarzgeld eingeschoben. Ich muss ja auch eine Rechnung ausstellen und Garantie und alles.“

„Keine Sorge, das wäre sowieso eine andere Abteilung. Aber wie mach ich das jetzt mit der Ortung?“

„Ich kann Ihnen den Link zu der Firma mailen.

Der Rest ist dann leider Ihr Problem, Herr Kommissar."

Wildmann bedankte sich. Er war richtig aufgeregt. Gut, man musste sehen, was dabei rauskommen würde, aber es bestand doch zumindest die Hoffnung, dass sie den Wagen orten konnten. Obwohl ein professioneller Autoschieber wahrscheinlich als erstes nach so einer Blackbox suchen und ihr den Strom abknipsen würde.

Er schaute ein bisschen ungeduldig auf seine Mailbox, aber es war noch nichts gekommen. Wahrscheinlich musste der Autohändler die Adresse erst mal finden.

Er entschloss sich, es so lang noch mal mit der Kaffeemaschine zu versuchen. Andrea Erhard hatte ja quasi mit letzter Kraft noch irgendwas von einem Restbehälter gesagt und er vertraute darauf, dass sie sowas noch im Halbkoma beurteilen konnte. Es gibt eben Dinge, die manche Menschen im Schlaf erledigen und andere, die sie im Leben nicht hinkriegen, dachte er. Warum was, wie und wem gegeben war oder auch nicht, das fragte er sich oft. Gene, Erziehung, whatever.

Als er die Maschine untersuchte und nach diesem ominösen Restdings fahndete, kam der Chef herein. Er hatte eine Frau dabei.

„Mei Assistent, der Kommissar Wildmann", stellte Hattinger ihn vor. „Karl, des is die Frau Langner. Die von der Telefonliste, aus Guildford."

„Aus … ahm … Guildford? Hallo", stammelte Wildmann und reichte der Frau die Hand. „Kannst du jetzt zaubern?", fragte er Hattinger.

Frau Langner musste lachen.

„Als mich Ihr Chef angerufen hat, war ich gerade am Samerberg."

„Ach so."

Sie war eine aparte Frau, registrierte Karl Wildmann, relativ klein, sie ging ihm gerade mal bis zur Schulter, sehr schlank, dunkle, ganz kurze Haare mit grauen Strähnen und sehr gut angezogen, soweit er das beurteilen konnte. Locker und irgendwie edel. Und dass Hattinger sie durchaus wohlwollend betrachtete, registrierte er auch.

„Mir miassn telefonieren", sagte Hattinger, „mit Salzburg. Gibt interessante Neuigkeiten."

„Bei mir auch. Ich …"

„Super. Später", würgte Hattinger ihn entschlossen ab, griff sich das schnurlose Telefon vom Tisch und winkte Frau Langner in den Nebenraum.

Wildmann wusste nicht, ob er noch was sagen sollte oder nicht. Er sagte nichts und entschied sich dafür, an der Sache mit dem Auto dranzubleiben.

Inzwischen war der Link des Autohändlers eingetroffen. Er sah sich die Website über GPS-Ortung an und entschloss sich, die Firma gleich anzurufen.

„Sie können die Fahrzeugposition in unserem Internetportal direkt auf einer Karte sehen, Ort, Straße, Hausnummer, alles. Sogar, in welche Richtung es geparkt ist. Sie können das Auto auch verfolgen, wenn es in Bewegung ist. Das geht sogar mit einem Smartphone", sagte der Verantwortliche. „Und da geht noch viel mehr. Allerdings brauche ich eine richterliche Anweisung von Ihnen. Sie wissen ja, Datenschutz, Privatsphäre …"

„Die besorge ich Ihnen so schnell wie möglich", sagte Wildmann. „Ich melde mich wieder."

43

Lenas Handy klingelte. Sie schlief tief und fest weiter. Jedenfalls schloss Lisa das aus ihrem unbeirrten Schnarchen. Lisa lag auf einer Matratze neben Lenas Bett. Sie war gleich beim ersten Klingelton aufgewacht. Es läutete weiter, ziemlich laut.

„Ey, magst du nich mal drangehen?"

Lisa schüttelte Lenas Fuß, bis sie ein verschlafenes „Was?" von sich gab.

„Dein Handy klingelt. Oder soll ich?"

Lena schob den Kopf Richtung Bettkante und klaubte im Halbschlaf ihr Smartphone vom Boden. Kein Name, nur eine Nummer. Sie nahm ab.

„Ja?"

„Hello", sagte eine schüchterne Stimme. Nach einer längeren Pause: „You Lena? Amir give me number."

Jetzt wurde Lena doch ziemlich schnell wach.

„Senai?"

Lisa beobachtete sie neugierig.

„Yes …"

Lena wartete einen Moment, aber Senai machte keine Anstalten, was zu sagen.

„What's the matter?", fragte sie. „You need help?"

„Yes", sagte Senai nur.

„Er braucht Hilfe", sagte Lena zu Lisa.

„Okay, ich mach uns mal Kaffee."

Obwohl sie ziemlich neugierig war, worum es ging, schlappte Lisa in die Küche des neuen Hattingerhauses und beschäftigte sich mit der Espressomaschine. Ohne Kaffee würde das nichts werden mit Hilfe, das war klar. Sie hatten nur sehr kurz geschlafen letzte Nacht. Was heißt Nacht? Heute Vormittag eigentlich. Ewig geredet und so. Na ja, und ein paar Tequilas hatten sie auch heimlich vernichtet.

Sie hörte Lena in ihrem Zimmer für ihre Verhältnisse ziemlich knappe Beiträge zum Telefongespräch abgeben: „Yes … no … oh. But did you … Where are you now? Okay“, während sie versuchte, der Espressomaschine was Koffeinhaltiges zu entlocken, es kam aber nur heißes Wasser heraus. Shit, wo …?

„Du musst Kaffee nachfüllen“, sagte Lena, die mit dem Handy am Ohr ihren Kopf durch die Tür steckte und gleich wieder verschwand.

Lisa nahm das große Einmachglas mit den Kaffeebohnen aus dem Regal und suchte den zugehörigen Behälter an der Maschine. Sie wurde schnell fündig. Beim nächsten Versuch fing das Ding zumindest schon mal an, die Bohnen zu mahlen. Als der erste Kaffee durchlief, kam Lena wieder in die Küche.

„What? … But where are you? Wo? … Okay, we'll be there. Let's say, in half an hour … HalbeStunde, ja? Yes. Bye.“

Sie legte ihr Handy auf den Küchentisch.

„Scheiße“, sagte sie.

„Was'n los?“

„Er is abgehauen.“

„Was? Wie, wohin?“

Lena nahm ihren Kaffee. Sie suchte ihre Zigaretten und ging zur Terrassentür.

„Komm, lass uns rausgehen, ich muss eine rauchen.“

Lisa folgte ihr auf die Terrasse und sie setzten sich in den Schatten. Es war schon wieder total heiß.

Lena zündete sich eine Kippe an und sah auf die Armbanduhr.

„Jetzt erzähl schon", drängte Lisa.

„Na ja, ganz hab ich's nicht geblickt, was er erzählt hat. Angst hat er auf jeden Fall. Wenn ich ihn richtig verstanden hab, hat er irgendwas von Anklage gesagt und von Abschiebung und dass sie ihn zurückgebracht haben ins Flüchtlingsheim und dass er da bleiben muss und warten. Und da hat er wohl die Panik gekriegt, dass er jetzt wieder nach Eritrea muss, weil er den Typen mit dem Messer verletzt hat und so."

Lena nahm einen Schluck Kaffee.

„Und jetzt is er abgehauen, weil er das halt auf keinen Fall will. Er hat aber nicht gewusst, wohin, deswegen is er erst mal zu McDonalds."

„Häh? Zu McDonalds?"

„Na ja, der kennt hier halt wohl sonst noch nix. Aber da hat er wenigstens WLAN, da kann er seine Family kontakten."

„Ja und, weiter?"

„Ja, er hat halt von dem Amir meine Nummer bekommen, und weil er sonst niemand weiß, hat er gefragt, ob ich ihm helfen kann."

„Ja und was mach mer jetz?" Lisa deutete auf Lenas Zigarettenschachtel. „Gibst mir auch eine?"

Lena warf sie ihr zu.

„Keinen Schimmer. Ich hab ihm gesagt, wir kommen." Sie schaute auf die Uhr. „In 20 Minuten übrigens."

„Na toll. Und was machen wir dann dort mit ihm?"

„Ich weiß es doch auch nich, Lisa! Irgendwas wird mir schon einfallen."

„Ich weiß nich." Lisa war ziemlich skeptisch. „Du mit deinen Ideen, du bringst uns echt noch in Schwierigkeiten."

Lena wurde langsam sauer.

„Ja aber der Senai is schon in Schwierigkeiten! Was is'n mit dir los eigentlich? Was bist'n jetzt auf einmal für ne Zimperliese? Was soll uns denn schon passieren? Dann mach ich's eben allein", sagte sie trotzig.

Die Zimperliese wollte Lisa nicht auf sich sitzen lassen.

„Jetzt chill vielleicht mal! Ich komm ja mit, aber man wird ja wohl noch fragen dürfen, obs irgendnen Plan gibt? Und vielleicht sollten wir uns vorher noch was anziehen. Oder willst du in dem Monster-Shirt da einlaufen?"

Lena hatte ein völlig ausgewaschenes XXXL-T-Shirt an, das sie wahrscheinlich mal ihrem Dad geklaut hatte.

„Punkt für dich", sagte Lena. „Komm."

Sie suchte einen Aschenbecher und drückte ihre Kippe aus. Normalerweise hätte sie die auf die Schnelle in die Wiese geschnippt, aber zur Zeit hatte sogar sie das Gefühl, dass sie damit einen mittelschweren Steppenbrand auslösen könnte. Sie hielt Lisa die Hand hin, zog sie hoch und nahm sie kurz in den Arm.

„Sorry. Danke, dass du mitkommst. Komm, ich leih dir auch was zum Anziehen."

Kaum eine halbe Stunde verspätet schwangen sich die beiden auf ihre Fahrräder.

44

Fiorella Langner erwies sich zum Glück als sehr kooperativ, das hatte Hattinger gehofft. Die Frau war ihm sympathisch. Sie lachte viel, trotz des durchaus tragischen Schicksals ihres Halbbruders, aber die beiden schienen wirklich ein sehr entferntes Verhältnis gehabt zu haben. Und sie war genauso neugierig wie er, was diese Telefonnummer und den Schlüssel betraf, die sie bekommen hatte.

„Herr Meisel hat bei mir einen Brief und ein Testament für Sie hinterlegt, das ist richtig", sagte der Salzburger Notar zu Frau Langner. Sie ließ Hattinger mithören. „Aber telefonisch kann ich Ihnen dazu leider keine Auskunft geben, das werden Sie verstehen, gnä' Frau. Dazu müssten Sie schon zu mir kommen, einen gültigen Ausweis oder Pass mitbringen und nicht zuletzt Friedhelm Meisels Sterbeurkunde. Seine Verfügung bezieht sich einzig und allein auf den Fall seines Ablebens."

„Wenn ich die Sterbeurkunde besorge, können wir dann kurzfristig einen Termin vereinbaren?"

„Heute kann ich nicht mehr, aber morgen könnten wir das vielleicht noch einschieben, wenn Sie mir in der Früh Bescheid geben."

Hattinger hatte sich schon gedacht, dass da am Telefon nichts zu machen wäre, aber bis morgen konnten sie jetzt auch noch warten. Blieb nur das Problem, dass er als deutscher Polizeibeamter in Österreich eigentlich nichts verloren hatte.

„Frau Langner, hätten Sie morgen Zeit?", fragte er, als sie das Telefonat beendet hatte. „Würden Sie mich vielleicht mitnehmen? Sagn ma, als Dolmetscher."

Fiorella Langner lachte.

„Ich weiß nicht, ob ich in Österreich unbedingt einen Dolmetscher brauche, aber vielleicht würde ich Sie einfach so mitnehmen. Auf einen Ausflug."

„Mir is völlig klar, dass Sie dazu ned verpflichtet san", sagte Hattinger. „Aber bis mir auf'm Amtshilfeweg irgendwas erfahren von de Kollegen da drüben, da is Weihnachten vorbei."

„Na dann machen wir das so", sagte Fiorella Langner. „Wenn Sie die Sterbeurkunde besorgen?"

„Des sollt koa Problem sei, jetzt wo sei Identität zweifelsfrei feststeht. Danke Frau Langner. Ich ruf Sie morgen Früh an."

Hattinger verabschiedete Fiorella Langner. Fiorella, das bedeutete doch sowas wie Blümchen, überlegte er, das kam wahrscheinlich von ihrer deutsch-italienischen Mutter. Sie war zwar ziemlich klein, aber abgesehen davon passte diese Verniedlichung nicht zu ihr. Sie hatte eine sehr selbstbewusste und zielstrebige Art.

Als sie ging, war gerade Staatsanwalt Reißberger angekommen. Hattinger wollte eigentlich die große Runde versammeln, aber der Staatsanwalt nahm ihn beiseite.

„Können wir uns unter vier Augen unterhalten, Hattinger?"

„Selbstverständlich. Worum gehts?"

Hattinger wurde neugierig. Er ging mit Reißberger in einen Nebenraum und zog die Tür hinter sich zu. Der Staatsanwalt setzte sich an den Tisch und lud Hattinger auch dazu ein.

„Ich komm grad aus'm Ministerium", sagte Reißberger und machte eine Pause.

Der macht es aber spannend, dachte Hattinger. Dass ein Staatsanwalt im Justizministerium war, war keine allzu aufregende Neuigkeit.

„Innenministerium“, sagte Reißberger.

„Innen… ? Aha …“

„Entschuldigen Sie, wenn ich … Ich versuche das grad noch für mich selber zu sortieren, was ich Ihnen jetzt eigentlich sagen kann. Oder was nicht. Und wem Sie … Ich habs ehrlich gesagt selber nicht so ganz verstanden“, ruderte der Staatsanwalt in einer für ihn untypisch vagen Weise durch seine Einleitung.

Es klopfte an der Tür. Wildmann streckte seinen Kopf herein.

„Chef, wegen dem Auto von Friedhelm Meisel, wir hätten da die Möglichkeit …“

„Ned jetz, Karl, duad ma leid. Der Herr Staatsanwalt hat was Wichtiges.“

„Okay, sorry“, sagte Wildmann und zog sich leicht verwundert wieder zurück.

„Ja, also ich kann jetzt nicht über Personen sprechen, Hattinger“, fing Reißberger wieder an. „Aber ich bin im Ministerium von einigen hochrangigen Herren vom Verfassungsschutz darüber informiert worden, dass der in Schützing zu Tode gekommene Jens Vogel, um es ganz kurz zu sagen, ein V-Mann des Verfassungsschutzes war.“

„Was? A V-Mann?“ In dem Moment gingen bei Hattinger gleich mehrere Lichter an. „Ja klar, des macht Sinn. Deswegn ham mir über den nix rausbracht. Weil die alle polizeilichen Eintragungen von dem Typen glöscht ham.“

„Durchaus möglich“, sagte der Staatsanwalt.

Hattinger kannte ihn schon ziemlich lange, als einen sehr offenen und geradlinigen Beamten und er merkte ihm an, dass er sich in dieser Angelegenheit ziemlich unwohl fühlte.

„Was hoaßt des jetz für uns?"

„Also, ich bin darüber instruiert worden, dass Jens Vogel seit einem Jahr von Rosenheim aus im Umfeld einer noch relativ jungen rechtsradikalen Gruppierung Material sammeln sollte. Er hat offenbar schon vorher in Thüringen entsprechende Erfahrungen gemacht, sie haben ihn aber aus nicht näher genannten Gründen von dort abziehen müssen und ihn dann nach Bayern weiter vermittelt, sozusagen. Was immer das heißt."

„Ja guad, aber was sagt mir des? Dass die jetz selber auf d' Jagd gehn? Des derf der Verfassungsschutz laut Gesetz ja gar ned. Die ham ja koane polizeilichen Befugnisse. Die derfn uns höchstens ihre Erkenntnisse zur Verfügung stellen."

„Da haben Sie völlig recht, Hattinger. Aber die glauben offenbar nicht, dass es einer aus der Gruppe war, weil der Vogel angeblich ziemlich gut dort integriert war und ihn niemand als Spitzel verdächtigt hat."

„I frag mi, woher die des so genau wissen wollen", wandte Hattinger ein.

Der Staatsanwalt zuckte mit den Schultern.

„Ich weiß es auch nicht. Jedenfalls hat der V-Mann-Führer von Jens Vogel, der übrigens bei der Besprechung nicht dabei war, wohl dringend darum gebeten, dass Sie das Umfeld dieser Gruppe nicht aufwirbeln, um seine bisherigen Ermittlungen nicht zu gefährden. Es wäre kontraproduktiv, wenn die

Observierten wegen polizeilicher Nachforschungen in dem Todesfall jetzt auf einmal vorsichtig würden und mögliches Beweismaterial verschwinden ließen. Man würde uns aber zu gegebener Zeit über Details informieren, sobald sie genügend Erkenntnisse hätten, um die Gruppe auffliegen zu lassen."

„Aha … Mir solln oiso nimmer ermitteln? Oder nur no ganz woanders, in respektvoller Entfernung vom Verbrechen? Oder wie hätten s' es gern, die Herren Verfassungsschützer?"

Hattinger mochte es nicht glauben.

„Außerdem hab i ja die Petra Körbel und den Martin Haller scho auf drei von diesen Neonazis ogsetzt. Allesamt einschlägig vorbestraft!"

„Ich weiß, ich weiß", sagte Reißberger fast zerknirscht. „Und ich hab sie laut Anweisung von oben schon wieder abrufen müssen. Umgehend, war die Ansage."

„Was? Die lassen meine Leut abziehn? Des geht doch wohl ned?!"

„Tut mir leid, Hattinger. Ich hab klare Anweisung zu übermitteln, dass sich die Polizei momentan nicht in diese Angelegenheit einmischen soll."

„Und wia soi i dann ermitteln, ohne Ermittlungen? Können S' ma des sagn? Und was sag i meine Leut?"

Der Staatsanwalt stand auf.

„Ich weiß es ned. Denken Sie sich was aus." Er schaute auf die Uhr. „Ich muss los. Ich hab meine Botschaft überbracht, Hattinger. Ich zieh mich aus dem Fall erst mal raus und was Sie machen, das weiß ich natürlich im Einzelfall nicht jederzeit, das ist ja auch Ihre Entscheidung, vor allem wenn Gefahr im

Verzug ist. Aber ich muss Ihnen raten: San S' vorsichtig."

Hattinger hatte große Lust, ausfallend zu werden. Aber Reißberger konnte ja auch nichts dafür.

„Einen Moment no", hielt er ihn zurück. „Besteht wenigstens die Möglichkeit, dass i heut no a Sterbeurkunde vom Friedhelm Meisel krieg? Nachdem DNA und Zahnstatus zweifelsfrei übereinstimmen."

„Da seh ich kein Problem."

Als der Staatsanwalt den Raum verlassen hatte, beobachtete Hattinger durch die Glasscheibe, dass Karl Wildmann mit ihm redete oder ihn etwas fragte. Reißberger schien mit Wildmanns Vorschlag einverstanden, er nickte, bevor er verschwand. Wildmann sah zufrieden aus.

Hattinger blieb noch eine Weile allein in dem Raum. Er dachte nach, was er jetzt mit dieser Information anfangen sollte. Wie es weitergehen sollte. Er hatte mit sowas keine Erfahrung. Er hatte bis jetzt noch nicht erlebt, dass ihm eine andere Behörde solch einen Prügel zwischen die Beine warf. Pures Glück vielleicht?

Aber zumindest auf die Ermittlungen im Fall Meisel hatte das eigentlich keinen Einfluss, davon war nicht die Rede gewesen. Und weil der Vogel auf Meisels Grundstück umgekommen war, musste man die Fälle zwangsläufig im Zusammenhang betrachten. Dass da die Grenzen fließend waren und man nicht immer eindeutig zuordnen können würde, welchem Fall die Ermittlungen galten, war ja klar. Da ergaben sich Grauzonen, die er weidlich ausnützen würde.

Bei den Nazis in Rosenheim müssten sie sich

halt erstmal zurückhalten. Dabei kam Hattinger ein Gedanke. Was, wenn die in dem Punkt recht hätten, die Verfassungsschützer? Vielleicht hing der Tod von Jens Vogel ja wirklich nicht mit seinen rechten Kameraden zusammen?

Er beschloss, Reißberger noch mal anzurufen. Er wollte mit diesem V-Mann-Führer reden, der sollte doch eigentlich mehr wissen. Dann könnten sie den Fall zumindest enger eingrenzen. Er erwischte den Staatsanwalt im Auto.

„Keine Chance, Hattinger. Ich hab selbst schon gefragt, ob wir da einen Kontakt herstellen könnten. Die haben nur gemeint, die Namen von ihren verdeckten Ermittlern oder V-Mann-Führern geben sie grundsätzlich nicht raus, aus Sicherheitsgründen. Tut mir leid. Aber Sie können dem Wildmann sagen, dass seine richterliche Anordnung schon im Fax liegen müsste."

Wildmanns richterliche Anordnung? Was war denn das jetzt schon wieder? Entglitt ihm dieser Fall jetzt vollständig, oder was?

Bevor er nachfragen konnte, hatte Reißberger schon aufgelegt. Dafür sah er Wildmann auf den Raum zusteuern.

„Der Staatsanwalt lasst ausrichten, dass deine richterliche Anordnung im Fax liegt?", sagte er, als Wildmann hereinkam.

„Sehr gut, darauf hab ich schon gewartet."

„Konnst du mi vielleicht amoi ins Bild setzn, Karl?"

Karl Wildmann war sichtlich aufgeregt. Er nahm die Brille ab und begann unnötigerweise die Gläser zu putzen.

„Ganz einfach, wenn wir Glück haben, können wir gleich Meisels Wagen lokalisieren."

Er berichtete Hattinger über den GPS-Diebstahlschutz.

„Sehr guad, Karl. Des is zur Abwechslung amoi a positive Meldung. Dann los."

Sie gingen in den Konferenzraum hinüber und Karl Wildmann steuerte auf das Faxgerät zu.

„Was wollte eigentlich der Staatsanwalt von dir?"

„Davon später oder nie", sagte Hattinger.

„Und was ist mit der Besprechung?"

„Konn wartn."

45

Ludwig Heckmann radelte wie ein Besessener auf seinem windigen Klapprad. Ein paar Kilometer hatte er schon hinter sich gebracht, aber jetzt ging ihm langsam die Puste aus. Er schwitzte wie die Sau.

Es war nicht zu fassen! Eine ganze Weile hatte er gebraucht um draufzukommen, was da los war. Dieser Scheißkarren war urplötzlich stehengeblieben, ohne Vorwarnung. Er war in voller Fahrt einfach ausgegangen! Motor aus, Navi aus, alles. Die ganze Elektrik tot, von einem Moment auf den anderen!

Zum Glück hatte der Wagen gerade genug Schwung gehabt. Er war auf der B 304 hinter Obing unterwegs gewesen, hatte sofort die Kupplung getreten und konnte den Bulli noch in eine Seitenstraße rollen lassen, wo's leicht bergab ging und ihn am Rand eines Maisfelds abstellen. War gar nicht leicht, das Ding ohne Servounterstützung zu lenken und zu bremsen.

Was konnte das sein, verdammt noch mal? Ein totaler Batterieinfarkt, gabs sowas? Wohl kaum, da würden doch zumindest einzelne Zellen noch funktionieren. Außerdem würde der Wagen bei intakter Lichtmaschine trotzdem weiterfahren. Und umgekehrt, bei intakter Batterie und kaputter Lichtmaschine auch eine ganze Zeit.

Was dann? Kurzschluss? Kabelbrand? Aber da brannte nichts, müsste man ja riechen. Außerdem würde deswegen wohl kaum die Spannung komplett auf null sinken.

Er hatte natürlich probiert, den Bus wieder anzulassen, aber da tat sich gar nichts, nicht einmal den leisesten Muckser gab der Anlasser von sich. Fensterheber, Scheibenwischer, Licht, nichts! Nicht einmal das Radio gab irgendwas von sich, und so ein Radio braucht ja nun wirklich nicht viel Strom. Oder hing das am Bordcomputer dran, am Navi, dann …

Auf einmal wusste er es.

Als er damals seinen Jeep kaufte, hatte der Händler was erzählt von wegen GPS-Sender und Diebstahl. So ein beliebtes Modell würde ja gern geklaut und dann könne man den Wagen per Fernabschaltung stilllegen.

Fernabschaltung! Das musste es sein. Unterbricht den Stromkreis per Funkbefehl. Dann geht überhaupt nichts mehr.

Das hieß, er hatte so einen GPS-Sender oder was auch immer in der Scheißkiste! Und jetzt hatten sie ihm den Saft abgedreht. Irgend so ein Sesselfurzer hatte ihm mit einem Mausklick den Motor abgestellt. Und jetzt saß er wahrscheinlich vor seinem Monitor und frohlockte: Wir haben ihn! Da steht er, da, neben dem Maisfeld. Und wer könnte sonst dahinter stecken als die Bullen?

Als ihm das klar wurde, gab es nur noch eins, weg hier!

Zwei Sachen waren noch wichtig: Nummernschilder, Benzin.

Er hatte seine Ledertasche und das Klappfahrrad aus dem Bulli geholt und mit zitternden Fingern seine Nummernschilder abgeschraubt, so schnell er konnte – wenn er die dranließe, könnte er auch gleich seine Adresse dalassen – und danach den Inhalt des Benzinkanisters hinten über die Kisten vom Meisel verteilt.

Nummernschilder in der Mitte geknickt, damit sie in die Tasche passten, Rad und Tasche weit genug weg vom Bus und ... Verdammt, die Streichhölzer? Er hatte doch extra so ein Briefchen in die Tasche gesteckt. Fast panisch die Tasche durchwühlt, keine Zeit mehr zu verlieren! Zum Glück fand er sie dann doch.

Streichholz angerissen, Schiebetür halb auf, seitlich in Deckung, Streichholz rein: wummfff! Ein dumpfes Fauchen aus der Schiebetür, eine glühend heiße Welle, zum Glück hatte er nicht direkt daneben gestanden.

Er hatte natürlich gleich die Seitenstraße genommen und dann den nächsten Feldweg hinter dem Maisfeld. Als er zurückschaute, sah er schwarzen Rauch über dem Feld aufsteigen und nach ein paar Minuten hörte er schon die Martinshörner. Erst mal hatte er ziemlich die Orientierung verloren, bis er wieder die B 304 kreuzte. Danach weiter auf Nebenstraßen, so gut es ging, um eventuelle Polizeikontrollen zu vermeiden. Und jetzt war er tatsächlich nicht mehr allzu weit weg von zu Hause.

Er spürte seine ohnehin schon zerschundenen Knochen und Gelenke kaum noch, der Schweiß lief ihm in Strömen runter und sein Hals war völlig ausgedörrt vom Schnaufen, mit sperrangelweit aufgerissenem Mund. Und das Ziehen in den Beinen bremste ihn auch immer mehr aus. Schon bei der geringsten Steigung konnte er die Pedale kaum noch durchtreten. Es half nichts, er musste jetzt eine kurze Pause einlegen, sonst würde er einfach vom Rad fallen. Und er dachte an das Pils in der Tasche. Er brauchte dringend Flüssigkeit.

Beim nächsten Waldweg bog er links ab und strampelte noch ungefähr 50 Meter in den Wald, da war eine kleine Lichtung. Er stieg ab und setzte sich auf den nächsten Baumstumpf, holte die Bierflasche aus der Tasche und machte sie auf, mit dem Schweizer Taschenmesser, das ihn schon durch die halbe Welt begleitet hatte.

Das Pils war pisswarm, aber das war im Moment egal, er schüttete es gierig in sich hinein.

Ein schöner Sommertag, warm, wolkenlos, eine einsame Waldlichtung, das Leben könnte schön sein.

Wie beschissen konnte seine Lage eigentlich noch werden? Langsam war es doch genug, mochte man meinen. Aber nach jeder Scheiße, die ihm passierte, kam gleich die nächste Doppel- und Dreifachscheiße hinterher. Inzwischen watete er gefühlt durch einen Scheißhaufen von astronomischen Ausmaßen! Ab jetzt kann es eigentlich nur noch besser werden, das hatte er sich schon weit vorher einzureden versucht. Mittlerweile glaubte er kaum noch daran. Die vergangenen Ereignisse hatten ihn schließlich immer eines Besseren belehrt.

Aber er war selbst schuld. Er hätte nicht versuchen sollen, den Meisel zu erpressen. War aber auch zu einladend gewesen. Hatte sich förmlich aufgedrängt.

Recherche war früher genau sein Ding gewesen und als er anfing, über Altnazis im Chiemgau zu recherchieren, natürlich mit dem Hintergedanken, endlich mal wieder einen Artikel bei einem großen Magazin unterzubringen, war er relativ schnell auf Friedhelm Meisel gestoßen.

Überhaupt auf das Thema gebracht hatte ihn

diese Provinzposse um das Jodl-Grab auf der Fraueninsel. Das steht da seit vielen Jahren auf dem Friedhof rum, obwohl es in Wahrheit gar kein Grab ist, sondern ein Ehrenmal. Alfred Jodl war aber nun mal kein Künstler oder Gelehrter gewesen, sondern zufällig Hitlers oberster General, und nachdem er in den Nürnberger Prozessen als einer der Hauptkriegsverbrecher zum Tode verurteilt und hingerichtet worden war, hatte man seine Asche nicht etwa auf Frauenchiemsee verbuddelt, sondern wohlweislich in die Isar gestreut, um genau das zu verhindern, was man dann auf der Fraueninsel doch noch schaffte, nämlich ein Pilgerziel für Nazis zu errichten. Ehre, wem Ehre gebührt …

Seit Jahren protestierten Touristen wie Einheimische gegen dieses Schandmal, darunter viele Inselbewohner, aber vergebens. Bürgermeister und Gemeinderat waren dagegen, es zu entfernen. Als Aktionskünstler vor Kurzem eine Informationstafel auf dem Gedenkkreuz anbrachten: *Keine Ehre dem Kriegsverbrecher*, wurde sie prompt mit einem schwarzen Müllsack verhüllt und der Bürgermeister erstattete auch noch Anzeige wegen Sachbeschädigung und Verstoßes gegen die Friedhofssatzung!

Auf jeden Fall war er bei seiner Recherche über diese abstruse Geschichte auf die hohe Dichte von Altnazis im Chiemgau nach dem 2. Weltkrieg gestoßen. Und dabei unter anderem auf Adalbert Meisel, Friedhelm Meisels Vater, der unter dem berüchtigten Kajetan Mühlmann im Dritten Reich den Kunstraub quasi an der Urquelle studiert hatte. Und durch ihn auf den Sohn, der zwar nach dem Krieg geboren war, der aber sehr gut zu leben schien, ohne arbeiten zu müssen. Und das auf einem einzigartig gelegenen Anwesen.

Zunächst aus reiner Neugier hatte er angefangen, Friedhelm Meisel zu beobachten und sich im Lauf der Zeit immer mehr in die Frage verbissen: Was treibt der eigentlich, wovon lebt der? Irgendwann hatte er sich Zutritt zu seinem Haus verschafft, als Meisel weggefahren war. War ganz leicht gewesen. Nur mal auf einen Rundgang. Besondere Reichtümer konnte er da nicht entdecken. Ein paar bekannte Chiemseemaler, aber nichts Außergewöhnliches, keine van Goghs oder Spitzwegs jedenfalls.

Aber dann war das passiert, was ihn endgültig gehookt hatte. Er war in Salzburg gewesen, wegen einer anderen Sache, da hatte er Meisel gesehen, mit einem verpackten Bild unterm Arm. Er war ihm gefolgt, Meisel betrat zielstrebig eine Galerie. Neugierig geworden ging er auch hinein, Meisel hatte ihn noch nie gesehen, also konnte er das gefahrlos tun. Er sah sich in Ruhe um, während Meisel mit dem Kunsthändler in einem Hinterzimmer verschwand. Die Tür stand halb offen, deshalb konnte er beobachten, wie der Händler Meisels Bild sehr sorgfältig untersuchte. Er war natürlich kein Kunstexperte, aber er hätte wetten mögen, dass das ein Max Beckmann war. Auf jeden Fall war das Bild aus der Zeit und es wäre von den Nazis mit Sicherheit als „Entartete Kunst“ eingestuft worden.

Um nicht aufzufallen, hatte er sich schnell wieder aus der Galerie zurückgezogen und von einem gegenüberliegenden Café den Eingang beobachtet. Nach fast einer Stunde kam Meisel ohne das Bild wieder aus der Galerie. Er verschwand in einem

Parkhaus ganz in der Nähe und nach ein paar Minuten kam er mit dem Auto wieder raus und fuhr weg.

Zwei Wochen später hatte Meisel ein neues Auto, eben den Bulli, den er gerade abgefackelt hatte und in der Folgezeit ließ er offensichtlich die Heizung in seinem Haus erneuern. Ein Schuft, wer Böses dabei denkt, hätte sein alter Onkel dazu gesagt.

Danach hatte er gelegentlich versucht, Meisel mit dem Auto zu folgen, aber einmal war der nur den ganzen Tag in der Gegend rumgefahren und abends wieder nach Hause, ohne dass erkennbar gewesen wäre, was er eigentlich vorhatte. Ein andermal konnte er ihm bis nach Salzburg folgen, aber da hatte er ihn dann ausgerechnet in einem Parkhaus verloren. Wie auch immer, er brauchte ja nur eins und eins zusammenzählen, um sich auszurechnen, dass Meisel irgendwo ein verstecktes Bilderdepot haben musste, aus dem er gelegentlich ein Bild zu Geld machte. Und da er selbst finanziell inzwischen mit dem Rücken zur Wand stand – das Haus war hoch verschuldet und wenn er nicht bald die rückständigen Hypothekenraten zahlen konnte, drohte ihm die Zwangsversteigerung –, hatte er beschlossen, das mit dem Artikel sein zu lassen und lieber auf Friedhelm Meisel als Geldquelle zu setzen.

Ein Fehler. Aber hinterher ist man meistens schlauer.

Er hatte gedacht, er könne Meisel locker erpressen. Hatte ihn ein paarmal angerufen: Geplänkel, kryptische Andeutungen, es ginge um Bilder und so, er bereite einen Artikel vor. Schließlich hatte ihn Meisel zu sich eingeladen, Anfang Juli, ein kühler, windiger Tag.

„Was wollen Sie von mir?“, hatte Meisel gefragt, als sie bei einem Bier auf seiner Terrasse saßen.

Der Dialog hallte immer noch nach in ihm.

„Ich will ab jetzt die Hälfte des Gelds von jedem Bild, das Sie verkaufen.“

Meisel hatte ihn ziemlich verdattert angesehen.

„Nur mal für den Fall, dass ich so etwas tatsächlich tun würde: Warum sollte ich Ihnen dieses Geld geben?“

„Weil das Raubkunst ist, die Ihnen sowieso nicht gehört.“

Meisel hatte nur gelacht.

„Ach ja? Aber an den Erlösen zu partizipieren, das würde Ihnen nichts ausmachen?“

„Ich bin kein Robin Hood. Ich muss sehen, wo ich selbst bleibe. Und ohne mich verkaufen Sie gar nichts mehr.“

„Ach ja? Da bin ich aber gespannt.“

Meisel nahm einen Schluck Bier und gab sich gelassen.

„Ich weiß, wo Ihr Versteck ist.“

Das war ein Bluff, aber Meisel schien kurz zu zögern.

„Das wage ich zu bezweifeln“, sagte er. „Und selbst wenn, könnten Sie nichts von dem so verkaufen wie ich. Falls ich auf so etwas wie Raubkunst überhaupt Zugriff haben sollte“, fügte er hinzu. „Da gehört ein bisschen mehr dazu.“

Er hatte es praktisch zugegeben. Zeit, seinen Trumpf aus dem Ärmel zu ziehen, hatte er gedacht:

„Salzburg. Franz-Joseph-Straße.“

Meisel wäre ein hervorragender Pokerspieler gewesen. Er zuckte kaum.

„Und? Da ist eine Galerie“, antwortete er. „In der Sie ja auch schon mal waren. Ich kann mich erinnern, ich hab Sie gesehen. Ich bin alt, aber nicht senil.“

Der Trumpf hatte nicht gestochen, aber irritiert war Friedhelm Meisel, das konnte er nicht verbergen. Vermutlich war ihm noch keiner so nahe getreten. Er überlegte eine ganze Weile.

„Gut“, sagte er schließlich. „Ich werde Ihnen etwas zeigen. Kommen Sie.“

Meisel war vorangegangen, hatte aus der Garage ein langes Brecheisen geholt. „Ich brauche Werkzeug“, hatte er erklärt. Dann hatte er ihn hinters Haus geführt, zu einem alten, verfallenen Brunnen.

„Sehen Sie den Brunnen? Hier ist der Eingang“, hatte er gesagt.

„Der Eingang? Wozu?“

„Sie müssen durch das Gitter schauen, dann sehen Sie’s.“

Einen Moment lang hatte er sich tatsächlich runtergebeugt, um durch das verrostete Metallgitter zu schauen, aber instinktiv kam er gleich wieder hoch, da pfiff das Brecheisen haarscharf an seinem Kopf vorbei. Meisel kippte durch den enormen Schwung des schweren Werkzeugs nach vorn und er selbst fuhr herum und traf ihn mit dem ausgefahrenen Ellbogen voll auf den Kehlkopf. Meisel brach zusammen und das wars auch schon fast. Man musste nicht mehr viel tun, um den hinterhältigen alten Schweinehund zu erledigen.

Das wäre der Zeitpunkt gewesen, an dem er noch die Polizei hätte holen können, an dem er vielleicht noch Notwehr hätte geltend machen können. Da wäre er vielleicht noch glimpflich davongekommen.

Aber welche Geschichte hätte er erzählen können, warum Meisel auf ihn losgegangen wäre? Was ihm einfiel, war alles andere als plausibel, das würde bei der Polizei in sich zusammenfallen wie ein Kartenhaus. Und alles, was er bis dahin unternommen hatte, wäre sinnlos gewesen. Jetzt, wo er dachte, ganz kurz vor dem Ziel zu stehen. Er würde nur noch in dieses Haus gehen müssen und nach Hinweisen für das Versteck suchen. Und sein eigenes Haus erhalten können, vielleicht mit dem Verkauf eines einzigen Bildes.

In derselben Nacht noch hatte er Meisel im Chiemsee versenkt, von seinem eigenen Jollenkreuzer aus, mit seinen eigenen Brunnenziegeln. Das war ein hartes Stück Arbeit gewesen. Und leider alles andere als perfekt durchgeführt. Er hatte mit sowas ja auch keine Erfahrung bis dato.

In der folgenden Zeit hatte er gesucht, Meisels Unterlagen mit dem Bulli abtransportiert, zuhause alles gründlich durchforstet. Ohne irgendein Ergebnis.

Er hätte wenigstens die Chiemseebilder aus dem Haus mitnehmen sollen. Selbst dazu war es jetzt zu spät.

Jetzt saß er im Wald mit seinem dämlichen Klappfahrrad und konnte sehen, wie er damit nach Hause kam, nur um möglichst schnell wieder abzuhauen. Und er hatte keinen Plan, wohin. Aber er musste verschwinden, bevor die bei ihm auf der Matte standen.

Das Bier war längst leer. Er warf die Flasche ins Unterholz. Wenigstens schwitzte er nicht mehr so. Die Lichtung lag inzwischen vollständig im Schatten. Es würde schon bald dunkel sein.

Höchste Zeit. Letzte Etappe vor der Flucht. Was für ein Mist.

46

„Hier, Sie können zum Beispiel einen Alarm für die Zündung aktivieren, dann bekommen Sie automatisch eine E-Mail, wenn der Wagen gestartet wird. Oder Sie können auf Ihrem Smartphone verfolgen, ob Ihre Frau tatsächlich zum Friseur fährt oder ganz woanders hin. Ups! Oh … Tut mir leid."

Der Mann von der GPS-Firma, den sie via Skype auf dem Monitor hatten, gab sich zerknirscht.

„Das ist mir jetzt aber peinlich. Ich wollte Ihnen nur das Menü demonstrieren. Jetzt hab ich versehentlich geklickt. Ich hab seit gestern eine neue Maus, die alte ging immer so zäh."

Wildmann hatte sich gefreut wie ein Schneekönig, als das Symbol für Friedhelm Meisels VW-Bus auf der Karte erschien, und es bewegte sich auch noch! Jemand war gerade mit dem Wagen unterwegs, irgendwo nördlich des Chiemsees. Das sollte doch aller Wahrscheinlichkeit nach Meisels Mörder sein.

„Geklickt? Und was hoaßt des jetz?", wollte Hattinger wissen.

„Ich hab die Zündung abgestellt", sagte der Mann.

Dann brach auch noch die Skype-Übertragung ab und sie hatten nur noch die Karte auf dem Monitor, auf der das Symbol sehr langsam wurde, von der B 304 Richtung Norden nach rechts abbog und schließlich stehenblieb. Sie hatten sofort eine Streife hingeschickt und die Rückmeldung bekommen, dass der VW-Bus in Flammen stünde und die Feuerwehr alarmiert sei.

Hattinger war mit Wildmann und Bamberger

hingefahren, um sich die Sache anzuschauen und wenn möglich Spuren zu sichern, aber der Bus war fast vollständig ausgebrannt. Die Löscharbeiten hatten ein Übriges getan. Was nicht verbrannt, verrußt oder im Feuer geschmolzen war, war mit Löschpulver überzogen.

„Brandbeschleuniger“, bemerkte der Feuerwehrhauptmann trocken. „Wahrscheinlich Benzin. Da is der gschmolzne Kanister.“

Wenn überhaupt, dann wäre vielleicht auf dem Grund der verbrannten Umzugskisten im Fond des Wagens noch irgendwas Brauchbares auszugraben.

„Aber zerscht vollständig auskühlen lassen, gell“, empfahl der Feuerwehrhauptmann mit Nachdruck.

Der Bus hatte interessanterweise keine Nummernschilder. Bamberger meinte, er würde erst mal da ansetzen. Vorne sah der Wagen noch am besten aus, vielleicht hatte derjenige, der die Schilder abmontiert hatte, wenigstens ein paar brauchbare Fingerabdrücke hinterlassen in der Eile. Eventuell auch außen an der Fahrertür. Er machte sich gleich an die Arbeit und wurde auch schnell fündig. Für die Untersuchung der verkohlten Reste im Inneren des Wagens würden sie den Bus sowieso nach Rosenheim bringen lassen.

„Das war natürlich ein Fehler, die Streife nicht vor der Aktion loszuschicken“, sagte Karl Wildmann, als sie wieder zurück in Prien waren.

„Konnst du ja nix dafür, wenn der Typ einfach die Zündung abstellt“, brummte Hattinger, aber das konnte Wildmann auch nicht trösten.

Was hätten sie machen sollen? Einen Hubschrauber losschicken, schlug Martin Haller vor, aber wonach sollte der suchen? Nach jemand, der sich im Maisfeld versteckt? Das glaubte keiner. Ein paar Streifenwagen waren natürlich noch unterwegs in der Gegend, um nach verdächtigen Personen Ausschau zu halten oder in der näheren Umgebung rumzufragen, ob jemand etwas in Zusammenhang mit dem brennenden VW-Bus beobachtet hätte, aber bis jetzt war keine Meldung reingekommen. Hattinger hielt es auch für unwahrscheinlich, denn da war nicht mal ein Haus oder Bauernhof in Sichtweite und das Maisfeld verdeckte die Stelle ganz gut.

Also was würde jemand machen, der von dort schnell abhauen will, fragten sie sich. Zu Fuß würde er nicht allzu weit kommen. Vielleicht trampen? Möglich. Mit dem Bus fahren? Die nächste Haltestelle war ein ganzes Stück weg. Und würde jemand an einer Bushaltestelle warten, womöglich mit Nummernschildern unterm Arm und nach Benzin stinkend? Wohl kaum. Ein Fahrrad klauen? Schon eher.

„In dem Bulli könnte die Person sogar ein Rad mitgenommen haben", meinte Karl Wildmann. Er sprach immer noch neutral von einer „Person" und sagte nicht „er", obwohl sie alle ziemlich überzeugt waren, dass sie nach einem Mann suchten. „Vielleicht wohnt die Verdachtsperson ja auch ganz in der Nähe?"

Das alles brachte sie nicht wirklich weiter.

Hattinger war angefressen. Erst diese Ansage vom Staatsanwalt, die er seinem Team zu erklären versucht hatte, wobei er wahrscheinlich auch keine bessere Figur gemacht hatte als Reißberger, und dann schienen sie wenigstens mal den Hemdzipfel eines möglichen Durchbruchs in der Hand zu halten und es war wieder nichts.

Die Bestandsaufnahme war ziemlich ernüchternd: In dem einen Fall sollten sie die Ermittlungen praktisch einstellen, in dem anderen war ihnen der mögliche Täter, oder wie Wildmann sagte, die Verdachtsperson, um Haaresbreite durch die Lappen gegangen.

Sie würden ihn schon kriegen, da war Hattinger grundsätzlich zuversichtlich, aber im Moment hatte er große Lust, nach Hause zu gehen und irgendwas ganz anderes zu machen. Er könnte zum Beispiel mit Lena endlich den neuen Herd kaufen gehen. Überhaupt sollte er sich um sie kümmern, sie schien ihm im Moment irgendwie seltsam drauf zu sein. Aber sogar den Keller aufzuräumen hätte er gerade als willkommene Abwechslung begrüßt. Oder wenigstens die Umzugskisten im Wohnzimmer.

Dabei fiel ihm Andrea Erhards Blick ein, als sie ihn am Samstag wegen der Wasserleiche besucht hatte. Jetzt war gerade mal Dienstag und das schien schon ewig her. Und nun lag sie im Krankenhaus.

„Wie gehts'n eigentlich der Frau Erhard? Woaß des jemand?“, fragte er in die Runde.

„Ja, ich hab angerufen“, sagte Petra Körbel. „Sorry, hab ich vergessen, allen anderen hab ich's schon erzählt: Den Umständen entsprechend gut. Sie hat eine schwere Gehirnerschütterung und eine große Platzwunde am Hinterkopf, die sie genäht haben und noch diverse andere Schrammen und blaue Flecken, aber das wird alles wieder. Sie haben ihr aber ein paar Tage strenge Bettruhe verordnet.“

„Da bin i gspannt“, sagte Hattinger, „dazu miassatn s'es wahrscheinlich wieder fesseln.“

Haller und Körbel hatten ihm mittags kurz berichtet, dass Andrea Erhard auf Meisels Jollenkreuzer in ein Segel verschnürt auf dem Chiemsee herumgetrieben war und schließlich östlich der Herreninsel von einem Fischer befreit worden war, als sie um Hilfe rief. Und über die besonderen Umstände, die ihr wohl mehr als peinlich waren. Er würde sie auf jeden Fall über den Mann mit dem Strohhut befragen müssen, sobald sie wieder halbwegs klar war. Aber heute nicht mehr, soweit die klare Ansage der Ärzte.

Und die Erhard hatte offenbar ihre Dienstwaffe verloren, oder der Mann hatte sie ihr entwendet. Das würde auf jeden Fall Ärger geben. Was, wenn der Mörder von Meisel jetzt damit unterwegs war? Oder der Mörder von Vogel? Oder der Mörder von allen beiden? Die Variante erschien Hattinger mittlerweile immer wahrscheinlicher. Wie auch immer, wenn derjenige damit noch jemand umbrächte, nicht auszudenken! Er sah die Schlagzeile schon vor sich: *Polizei stattet Mörder mit Dienstpistole aus!*

In der Konferenz, die Hattinger endlich mit großer Verspätung einberief, tauschten sie zwei Stunden lang noch einmal alle Informationen aus, die bisher vorlagen. Nur Staatsanwalt Reißberger war nicht da und Bamberger kam später, dafür brachte er einen frischen Befund mit.

„I hab da an saubern Daumenabdruck von dem ausbrenntn VW-Bus.“ Bamberger machte es spannend. „Und jetz rats amoi, mit was für oam der übereinstimmt?“

„Vielleicht sagst as uns einfach?“, schlug Hattinger

vor. Er hatte gerade überhaupt keine Lust auf noch mehr Rätsel, als sie ohnehin schon zu lösen hatten.

„Mit dem von dem dreckatn Teller aus'm Meisel seiner Spülmaschin", sagte Bamberger.

Wildmann sah Hattinger an. Der Chef hatte also tatsächlich recht gehabt mit seiner Spülmaschinentheorie.

„Guade Arbeit", sagte Hattinger. „Aber bringt uns des wirklich weiter?"

„I bin ja no ned fertig", brummte Bamberger.

Er hätte sich etwas mehr Enthusiasmus gewünscht angesichts der Tatsache, dass seine ganze Abteilung personell und zeitmäßig langsam am Anschlag war.

„Der Kollege, der den Jollenkreuzer vom Meisel untersuacht, hat dieselben Daumenabdrück gfundn."

„Das heißt, derjenige, der die Spülmaschine eingeräumt und den Bus angezündet hat", fasste Wildmann zusammen, „hat auch die Andrea niedergeschlagen und auf Kreuzfahrt geschickt."

„Genau." Hattinger überlegte. „Oans find i dabei auffällig: Er hat s' ned umbracht, obwohl er jede Möglichkeit dazu ghabt hätt."

„Daran dachte ich auch schon", sagte Wildmann. „Spricht dafür, dass wir es nicht mit einem kaltblütigen Killer zu tun haben. Jedenfalls nicht mit jemandem, dem es in erster Linie ums Töten geht."

„Er hat sich sogar zusätzliche Arbeit gemacht, wenn mans genau nimmt", meinte Petra Körbel. „Er wollte sie vermutlich nicht töten, aber lange genug von dort weg haben."

„Gibts denselben Daumenabdruck ah in der Wohnung vom Vogel in Rosenheim?", wollte Hattinger von Bamberger wissen.

„Naa", sagte der nur. Man sah ihm deutlich seine Müdigkeit an.

„Dann hat der Strohhut", Hattinger versah den Strohhut mit Gänsefüßchen, „vielleicht gar nix mit der Nazibande z' doa." Dabei fiel ihm etwas ein: „Was is denn eigentlich mit den Handydaten vom Vogel? Den Provider hamma doch heut Morgen scho ghabt."

„Die sind schon längst abgerufen worden, wurde mir gesagt", antwortete Martin Haller.

„Und wer hat die dann?"

Hattinger schaute in die Runde, keiner reagierte.

„Ach so", sagte Haller. „Ich dachte … Dann ruf ich gleich noch mal an", entschuldigte er sich und verzog sich in den Nebenraum.

Petra Körbel berichtete solange von ihrem Besuch bei Meisels Bank in Chieming. Meisel hatte ein Konto, von dem vor allem Nebenkosten wie Strom, Wasser, Telefon etc. abgebucht wurden. Überweisungseingänge gab es nicht. Meisel hatte aber relativ regelmäßig Bargeld eingezahlt, meistens nicht mehr als 2000 Euro und nie so viel, dass das Guthaben 5000 Euro überstieg.

„Das passt zu dem, was mir die Leute von seiner Telefonliste erzählt haben", meinte Wildmann. „Alles, was irgendwie ging, hat er bar bezahlt."

„Muass jede Menge Schwarzgeld ghabt habn", vermutete Hattinger. „Fragt si nur woher."

Martin Haller kam wieder herein.

„Chef, wir kriegen Vogels Handydaten nicht. Sie dürfen dreimal raten, warum."

Hattinger hatte immer noch keine Lust zum Raten, aber er ahnte es schon.

„Verfassungsschutz."

Martin Haller nickte.

„Die haben das Protokoll heute Vormittag abgerufen und für alle anderen Behörden eine Sperre verhängt."

Hattinger haute mit der Faust auf den Tisch, dass die leeren Kaffeetassen klirrten.

„Langsam reichts!"

47

Es war Abend geworden, bis Ludwig Heckmann es nach Hause geschafft hatte. Er strampelte mit hängender Zunge die letzten Meter den Feldweg entlang bis vor seine Garage. Da fiel er fast vom Rad vor Erschöpfung. An die 40 Kilometer mit dem windigen Ding in der Gluthitze, das war kein Vergnügen. Er schob den Klappesel an der Garage vorbei nach hinten in den Garten und lehnte ihn neben der Terrasse an die Hauswand.

Die Schatten krochen schon wieder die Wand des Geräteschuppens hinauf, gleich würde die Sonne weg sein. Der Tag fast wieder vorbei, aber immer noch so warm.

Er stellte die Ledertasche auf den Gartentisch und holte den Schlüssel für den Hintereingang aus der Hosentasche. Sperrte auf, ging ins Haus und holte sich als erstes ein kaltes Pils aus dem Kühlschrank. Damit setzte er sich auf die Terrasse und trank.

Er hatte es bis hierher geschafft, ungesehen. Zumindest war er keinem einzigen Polizisten begegnet. So weit so gut. Aber er war mit den Kräften am Ende. Er konnte heute nicht mehr abhauen, das packte er einfach nicht. Alles vorbereiten für morgen, mehr war nicht mehr drin. Er brauchte ein paar Bier, was zu essen, eine Dusche und Schlaf. Schlaf! Und zwar endlich mal wieder ein paar Stunden am Stück, sonst würde gar nichts mehr gehen bei ihm.

Mit 20 oder 30 hätte er das alles noch weggesteckt, aber er war jetzt immerhin auch schon über 50, da steckte einem so eine Tortur, wie er sie seit

Samstag Nacht durchgemacht hatte, ganz anders in den Knochen.

Wenn er nochmal 20 wäre, würde er alles anders machen. Garantiert. Mit dem Wissen von heute. Aber das war ja der Mist, das hast du mit 20 eben nicht. Da hast du vielleicht so ein zartes Gefühl, wenns hoch kommt, so ein vages Unwohlsein, wenn du in die falsche Richtung gehst. Oder eher treibst, in seinem Fall. Er hatte sich diese zarten Gefühle schon frühzeitig weggeschossen, mit allem möglichen Zeug.

Scheiß drauf, die Erkenntnis half ihm jetzt auch nicht mehr.

Er trank das Bier aus und holte sich ein neues aus der Küche.

Wenigstens machte das Herz im Moment keine Probleme. Aber das war ja das Vertrackte, wenn es richtig was zu tun bekam und er sich körperlich auspowerte, war alles okay. Es drehte meistens in Ruhe durch. Oder im Leerlauf-Psychostress. Stress hätte er eigentlich gerade genug.

Egal. Er sollte lieber überlegen, was er noch alles brauchte, was er einpacken musste.

Die Nummernschilder wieder an den Jeep schrauben, das sollte er auf jeden Fall gleich noch erledigen. Er zog sie aus der Ledertasche und versuchte sie wieder gerade zu biegen so gut es ging. Es funktionierte halbwegs, für den erhöhten Rand nahm er eine Flachzange zur Hilfe, um den wieder in Form zu bringen. Okay, das sah ganz passabel aus.

Laptop, Handy, Ladegeräte, Ausweise, ein paar Klamotten, bloß nicht zu viel Zeug! Wenn er irgendwo angehalten würde, war es bestimmt besser, wenn er nicht wie auf der Flucht wirkte. Auch hier im Haus, wenn die Polizei kam, wäre es vielleicht vorteilhafter, wenn es so aussah, als ob er gleich wiederkäme. Oder?

Es war eine Illusion.

Sie hatten längst seine Fingerabdrücke. Boot, Bootshaus und so weiter. Vom Bus vielleicht auch, wenn er nicht komplett ausgebrannt war. Konnte man eigentlich an einem ausgebrannten Auto noch Fingerabdrücke sichern? Er wusste es nicht. DNA wohl kaum, aber …

Er würde nicht zurückkommen können.

Also weiter: Den Schmuck von der Tante und die paar Krügerrands von seinem Onkel, die er bis jetzt noch nicht zu Geld gemacht hatte. Notiz- und Adressbücher natürlich. Die USB-Sticks. Die Kamera, das wichtigste Werkzeug.

Und dann ab. Erst mal Richtung Italien, zum Horst, der müsste noch in Brindisi sein. Die Entscheidung hatte er jetzt in der Eile getroffen und es schien ihm gar nicht die schlechteste zu sein. Und er würde nicht den Fehler machen, den Horst anzurufen. Erst eine neue SIM-Karte besorgen.

Beim Horst hatte er auf jeden Fall noch einen dicken Gefallen gut. Wenn er den damals in Kolumbien nicht gewarnt hätte, dann wäre er ohne Kopf in so einem Massengrab im Dschungel geendet, mit Sicherheit. Der Horst hatte sich da unten in Apulien eine kleine Ferienpension aufgebaut, da würde er schon eine Weile unterkommen. Und dann mal weitersehen.

Ludwig Heckmann trank das Bier aus und ging in die Garage. Er montierte die Nummernschilder wieder an den Jeep. Prüfte auch gleich Ölstand, Scheibenwasser, schien alles in Ordnung. Dann warf er noch eine Luftmatratze und den Schlafsack aus dem Garagenschrank ins Auto, für alle Fälle auch das uralte Einmannzelt und die Plastikbox mit Gaskocher und Campinggeschirr.

Das wars hier erst mal, jetzt noch die Sachen im Haus zusammensuchen und dann schnell unter die Dusche und so bald wie möglich in die Kiste.

Inzwischen wars dunkel geworden. Er holte sich in der Küche noch ein Bier und wollte durchs Wohnzimmer wieder auf die Terrasse.

Er hatte den Mann nicht kommen hören.

Ludwig Heckmann erstarrte, als er ihn sah.

Der Mann saß drei Meter vor ihm im Sessel neben dem Couchtisch und zielte mit absolut ruhiger Hand mit einer großkalibrigen Pistole auf ihn. Er hatte Handschuhe an und trug eine Atemschutzmaske wie ein Chirurg im OP.

„Die SIM-Karte hätte ich gern", sagte der Mann mit ruhiger Stimme.

Ludwig Heckmann rang zu Tode erschrocken um Luft. Sein Herz hatte wieder zu rasen begonnen.

„Welche SIM-Karte?", versuchte er sich noch dumm zu stellen, während ihm schon bewusst war, dass diese Geschichte kein gutes Ende nehmen würde.

„Du weißt genau, welche SIM-Karte ich meine", sagte der Mann zu ihm und hob den Lauf der Pistole ein winziges bisschen an.

Ludwig Heckmann zitterte. Seine Gedanken überschlugen sich, unproduktiver denn je.

„Die Speicherkarte habe ich schon", wies der

Mann im Sessel mit einer Kopfbewegung auf Heckmanns MacBook, das neben ihm auf dem Couchtisch lag. „Na los."

„Ich …"

Heckmann wollte etwas sagen, aber der Mann unterbrach ihn.

„Sei vernünftig und gib mir die Karte, dann gehe ich durch diese Tür und du siehst mich nie wieder."

48

paps!!! kommst du iiirgendwann mal wieder??? hast du was gemacht wg. senai??? sache wird langsam ernst! and by the way: nutzt nix wenn herd geht aber is nix in kühlschrank!!! help!!! ground control to major paps: bitte melden!!!

Hattinger fühlte sich spontan noch mieser als ohnehin schon, als er Lenas Nachricht auf dem Handy fand. Die Nachricht war auch schon wieder zwei Stunden alt. Den kurzen SMS-Ton überhörte er gern mal. Logisch, in einer Konferenz, wo's um was Wichtiges geht.

Er sollte wenigstens zurückrufen, aber er hatte ja sowieso keine Zeit. Und den Poschner hatte er auch noch nicht gefragt nach diesem Jungen.

Kann jetzt nicht, melde mich später. Wenn du daheim bist, nimm dir einen 50er aus der Brieftasche im Küchenschrank f. Essen, LG Paps tippte er und schickte die Nachricht ab.

Dabei stellte er fest, dass sich das Thema Kühlschrank aus Lenas Nachricht gerade tief durch seine Eingeweide pflügte. Sein Magen knurrte so laut, dass es ihm fast peinlich war.

„Chef?" Wildmann riss ihn aus seinen Gedanken. „Der Typ von der GPS-Firma hat gerade noch mal angerufen, er hätte da so eine Idee."

„Okay", sagte Hattinger. „Aber i für mein Teil hab inzwischen so einen Hunger, dass i vom Fleisch fall, wenn i ned sofort was zum Essn kriag. I schlag vor, dass ma irgendwas bsorgn für alle, bevor ma weitermachen."

Damit waren alle höchst einverstanden.

„Burger?“, schlug Martin Haller vor.

„Ned scho wieder“, grummelte Bamberger. „I konns nimmer riacha.“

„I ah ned“, sagte Hattinger. „Oiso was dann?“

Bamberger schaute auf die Uhr.

„Für Leberkassemmeln is's zspät .“

„Und die kann ich nicht mehr sehen“, warf Petra Körbel ein.

„Vorn am Marktplatz, da gibts Döner“, fuhr Bamberger fort. „Die san ganz guad.“

Damit waren alle einverstanden. Sie gaben ihre Bestellung bei Bamberger auf, der sich bereit erklärte, sie zu holen. Er war froh, dass er mal kurz hier rauskam.

„Oiso, was is mit dem GPS-Hansl?“, kam Hattinger auf Wildmann zurück.

„Gehen wir am besten rüber, ich hab ihn drüben wieder auf Skype“, schlug Wildmann vor.

Diesmal blieb die Verbindung stabil. Dem Mann von der Firma war sein Fauxpas mit dem Zündung-Ausklicken so peinlich gewesen, dass er überlegt hatte, ob er nicht doch noch irgendwie helfen könnte.

„Ich hatte da eine Idee. Ich denke, ich kann was für Sie tun, Herr Kommissar. Aber Sie müssen versprechen, dass Sie mich dafür nicht beim Datenschutz hinhängen“, sagte der Mann.

Hattinger überlegte kurz.

„Datenschutz is ned unser Abteilung. Wenns uns was bringt, bin i guter Dinge, dass ma des regeln“, sagte er. „Und wenn ned, dann vergess ma des Ganze schnell wieder.“

„Also, es ist so, dass unsere Firma für die Wagen,

die mit GPS-Sendern ausgestattet sind, auch ein elektronisches Fahrtenbuch anbietet, zum Beispiel für die Steuererklärung. Das ist so sicher, dass es auch vom Finanzamt anerkannt wird."

„Aber die Steuererklärung interessiert uns natürlich weniger", warf Wildmann ein. Er hoffte, dass der Mann etwas schneller zum Punkt käme.

„Damit wollte ich Ihnen auch nur deutlich machen, dass das System sehr manipulationssicher ist. Jedenfalls wird dieses Fahrtenbuch zum Beispiel gern von Speditionen oder Autovermietungen beauftragt. Wenn wir den Auftrag für ein Fahrzeug bekommen, dann zeichnen unsere Server jede einzelne Fahrt dieses Wagens auf, und die Daten werden für mindestens 18 Monate gespeichert. Das Fahrzeug Ihres Herrn Meisel hat vor ihm einer Autovermietung gehört."

Jetzt wurde Hattinger hellhörig.

„Hoaßt des ...?"

„Moment, jetzt kommt der Punkt: Herr Meisel hat diesen Dienst nicht beauftragt. Er hat ja nicht einmal für den Diebstahlschutz bezahlt. Der Sender in seinem Wagen hat aber weiter gesendet, weil ihn keiner abgeklemmt hat. Sonst hätten wir ihn ja heute nicht verfolgen können. Normalerweise stellen wir die Datenaufzeichnung natürlich ein, wenn der Dienst abgemeldet wird. Der kostet extra. Aber in diesem Fall ist er gar nicht offiziell abgemeldet worden, deswegen ist das offenbar von unserem Mitarbeiter vergessen worden."

„Das heißt, wir können das Auto rückwirkend verfolgen?" Wildmann mochte es kaum glauben.

„Wenn Sie sich an Ihr Versprechen halten, maile

ich Ihnen das Protokoll und schicke Ihnen den Link für unser Webportal. Dann können Sie sehen, wo sich das Fahrzeug während der letzten eineinhalb Jahre befunden hat, lückenlos, auf die Minute genau. Sie können sogar sehen, wie schnell das Auto an einer bestimmten Stelle zu einer bestimmten Zeit unterwegs war, ob also zum Beispiel ein Strafzettel, den Herr Meisel vielleicht bekommen hat, berechtigt war oder nicht."

„Hervorragend", sagte Hattinger. „Vielen Dank, des bringt uns wirklich was. Ab Februar reicht übrigens vollkommen."

„Gut, dann bekommen Sie das Protokoll ab Februar."

„Wie lange dauert das?", wollte Wildmann wissen. Er konnte es gar nicht mehr erwarten.

„Ich denke, in fünf Minuten haben Sie's. Auf Wiedersehen, die Herren", verabschiedete sich der Mann, sichtlich froh, dass er seinen Schaden wieder gut machen konnte.

„Bingo!", sagte Hattinger. Mit Lena hätte er sich jetzt ein High Five gegönnt, aber mit Wildmann machte er sowas nicht, obwohl er im Moment ernsthaft in Versuchung war.

Als sie wieder in den Konferenzraum wechselten, um den anderen zu berichten, kam gerade Bamberger mit den Dönern wieder und sie fielen alle gierig darüber her.

„Leider ohne Tomaten, die warn heit scho aus", sagte Bamberger.

Das war Hattinger im Moment sowas von schnurzpiepegal, er hätte das Ding auch ohne alles gegessen, auch „Ohne saaf", wie der Mann in der Dönerbude immer sagte. Er war selbst schon öfter dort gewesen. Bei jedem Döner wurde man gefragt: „Mit alles?", außerdem „Mit scharf?" oder „Ohne scharf?" Er fragte sich, ob das wohl mittlerweile schon so im Duden stand.

„I bin übrigens der Lena begegnet vorm Döner", sagte Bamberger zwischen zwei Bissen. „Mit ihrer Freindin, Lisa, hat s' gsagt. Und a so an jungen Typen ham s' dabei ghabt, schwarz wie die Nacht finster. Schaut aber nett aus."

„So? Mhm." Dann war der Junge wohl schon wieder entlassen worden, dachte Hattinger. Das erleichterte die Sache. Er hatte aber gerade keine Lust, weiter darauf einzugehen.

„Wo is eigentlich mei Cola?", fragte er.

„Ah ... Duad ma leid, die hab i vergessn", brummte Bamberger. „Dafür lad i di auf den Döner ei."

„Öha ... Okay", bedankte sich Hattinger.

Da hatte er zweimal im Jahr Lust auf Flüssigzucker und dann bekam er keinen. Er holte sich stattdessen ein halbwegs kühles Glas Leitungswasser und beobachtete Wildmann, der jetzt schon zum dritten Mal in den Nebenraum lief, um nachzusehen, ob das Bewegungsprotokoll von Meisels Wagen schon da war.

Diesmal kam er mit erhobenem Daumen wieder heraus.

„Wir haben die Daten", sagte er. „Ganz schön umfangreich."

„Konnst uns die rüberlegn, auf den Beamer?", schlug Hattinger vor.

„Das sollte kein Problem sein", meinte er. „Ich frag schnell den Poschner."

Nach kurzer Zeit hatte er es geschafft, das Protokoll und eine Karte auf die Leinwand zu werfen. Alle schauten sich neugierig an, wo der VW-Bus im letzten halben Jahr unterwegs gewesen war.

„Der is ganz schee rumkomma, der Meisel", sagte Hattinger.

Die Strecken, die er zurückgelegt hatte, führten des öfteren nach Österreich, aber auch nach Italien, in die Schweiz, nach Frankreich, nach Tschechien und nach Ungarn. Auch einen Ausflug nach Dänemark hatte er im Mai unternommen und im Chiemgau war er naturgemäß viel unterwegs.

Diese Reisetätigkeit fand Anfang Juli ein abruptes Ende. Seitdem hatte der Wagen da unten am Alpenrand gestanden. Bis gestern, da war er nach Feldwies gefahren und heute in aller Herrgottsfrühe wieder zurück. Und heute Nachmittag schließlich bis hinter Obing.

„Wo is des, wo der die ganze Zeit gstandn is?", wollte Bamberger wissen. Er kniff die Augen zusammen.

„In Bayern", antwortete Martin Haller.

„Ja klar in Bayern, wo denn sonst?" Bamberger fühlte sich verarscht. „Aber wo genau? I konns ned lesen von da."

„Es ist in Bayern", bestätigte Wildmann.

„Ja Herrschaft …", setzte Bamberger an.

„Der Ort heißt tatsächlich Bayern", sagte Petra Körbel.

„Des gibts ja ned." Hattinger schaute auf die Karte, da stand es schwarz auf gelb. Musste ein winziges Dorf sein, direkt am Alpenrand, zwischen Bergen und Grassau. „Gibts doch."

Wildmann vergrößerte den Ausschnitt am Computer.

„Zumindest ist es ganz in der Nähe von Bayern", sagte er. „Ein einzelnes Haus. Da in dem Kasten steht die Adresse."

Bamberger schüttelte den Kopf. „In Bayern in der Näh von Bayern bei Bergen – klingt absurd."

„Egal, da sitzt der, der den Bus ghabt hat während der letzten Wochen", sagte Hattinger. „Bis er'n heit abgfackelt hat."

„Auf was warten wir?", fragte Wildmann ungeduldig.

„Auf nix. Auf gehts."

Hattinger bat Petra Körbel und Martin Haller, in Prien die Stellung zu halten und brach mit Wildmann und Bamberger auf Richtung Bayern. Er hoffte, jetzt würden sie ihn bald haben, den Mann, der letzte Nacht Andrea Erhard niedergeschlagen und verschnürt hatte. Den Mann mit dem Strohhut. Und dann wäre hoffentlich wenigstens ein Teil dieses Falles geklärt.

Im fraglichen Haus war ein Ludwig Heckmann, 52 Jahre alt, von Beruf Journalist, registriert, das entlockten sie noch dem Melderegister. Journalist? Das kam Hattinger seltsam vor. Aber man wusste ja nie. Das hieß noch gar nichts, es konnte ja auch ein anderer da wohnen. Unterwegs googelte Wildmann den Namen, fand aber nur Verweise auf einige ziemlich alte Artikel. Wenn es der Heckmann war, dann war er sogar mal beim *Stern* gewesen, aber in den letzten Jahren hatte er sich offenbar zur Ruhe gesetzt.

Als sie in den schmalen Feldweg bei Bayern einbogen und auf das Haus zufuhren, warnte Hattinger die Kollegen noch einmal eindringlich.

„Der Mann is bewaffnet und gfährlich, oiso seids vorsichtig."

Er hatte sich trotzdem dagegen entschieden, hier gleich mit einem SEK anzurücken. Bis er das alles organisiert hätte, wäre wertvolle Zeit vergangen und der Typ wäre vielleicht schon über alle Berge. Im wahrsten Sinne des Wortes womöglich, denn die Berge standen hier direkt vor der Haustür. Wenn der Mann nicht total weltfremd war, musste er ja damit rechnen, dass sie irgendwann kommen würden.

Ein gutes Stück vor dem Haus, das sich am Ende des Weges an den Waldrand duckte, ließ Hattinger den Wagen am Wegrand ausrollen und machte die Scheinwerfer aus. So leise wie möglich stiegen sie aus und schlossen die Autotüren wieder. Dann gingen sie Richtung Haus.

An einer weiteren Abzweigung – ein noch etwas schmalerer Feldweg führte nach links weiter, vermutlich zu einem anderen Haus – stand ein typisch amerikanischer Briefkasten auf einem Pfosten, so eine halbrunde Zeitungsgarage aus Aluminium. Wildmann zückte seine Taschenlampe und leuchtete ihn kurz an, wobei er den Lichtstrahl mit der hohlen Hand zum Haus hin abschirmte.

„Heckmann", flüsterte er.

„Na dann greif ma'n uns, den Heckmann", sagte Hattinger.

Im Haus brannte Licht. Es war nicht hell erleuchtet, es sah von der Lichtstimmung her so aus, als ob jemand zuhause wäre und am Feierabend gemütlich vor der Glotze säße, nur das typische Flimmern fehlte. Es war auch ganz ruhig, kein Laut zu vernehmen.

„Oiso, du vorn und i hinten“, sagte Hattinger zu Wildmann und beide zogen ihre Dienstwaffen.

Seitdem er diese Alpträume mit Albrecht Ostermeier gehabt hatte, der ihn im Traum schon mehrfach erschossen hatte, nahm Hattinger zu kritischen Einsätzen wieder seine Waffe mit.

„Und du, Fred“, sagte er zu Bamberger, der hier als Spurensicherer eigentlich noch gar nichts zu suchen hatte und auch nicht bewaffnet war, „du wartst da bei der Garage.“

Bamberger wollte protestieren, aber Hattinger duldete keinen Widerspruch. Sie waren jetzt am Hauseck angelangt und mussten sich hier trennen.

„Moment, du hast doch den Uhu drauf?“, fragte er Bamberger.

„Den Uhu? Was'n für an Uhu?“

„Na den Vogel, den Schrei …“

„Ach so. Glaub scho, ja“, antwortete Bamberger.

„Guad, dann machst du in drei Minuten den Uhu, und mir“, Hattinger sah Wildmann an, der sehr nervös war, „gehn in dem Moment gleichzeitig nei, okay?“

Wildmann nickte.

„Oiso los.“

Hattinger schlich zwischen Garage und Haus nach hinten in den Garten. Es war ziemlich finster, aber seine Augen waren inzwischen schon ganz gut an die Dunkelheit gewöhnt. Rechts an der Hauswand lehnte ein kleines Fahrrad, an dem er beinahe hängengeblieben wäre, kein Kinderfahrrad, es war wohl eins zum Zusammenklappen.

Ein Stück weiter hinten war eine Terrasse, er konnte den Rand eines Tisches erkennen, der durch das Fenster aus dem Haus beleuchtet wurde. Eine Umhängetasche aus Leder lag auf dem Tisch, ein paar Bierflaschen standen da. Er wagte sich bis zur Ecke vor und sah auf die Uhr: Eine Minute noch …

Hattinger kniete sich auf den Boden und lugte um die Ecke. Die Terrassentür stand weit offen. Er ging gleich wieder in Deckung. Falls der Typ herausstürmen sollte, wäre er vorbereitet.

Der Weg war jedenfalls klar jetzt, Hattinger wartete nur noch darauf, dass Bamberger das Signal gab. Als er den heiseren Uhu hörte, stürmte er rechts um die Ecke und mit der Waffe im Anschlag durch die Terrassentür ins Haus.

Er sah ihn sofort, den Mann, der leblos mit blutigem Schädel im Sessel gegenüber der Tür saß, den Kopf auf der linken Schulter. Blut, viel Blut, war auf seiner linken Seite aus dem Kopf über die Sessellehne auf den Boden geflossen und hatte dort eine ausgedehnte Lache hinterlassen. Der Mann war offensichtlich tot. So tot, wie man nur sein konnte. Rechts neben seinem Sessel lag eine Pistole am Boden.

Fast im selben Moment kam Karl Wildmann von der anderen Seite durch die Wohnzimmertür hereingestürmt und zielte wild hin und her, bis er Hattinger und den Toten im Sessel sah. Dann ließ er die Pistole etwas zittrig sinken.

Hattinger sah den Toten an, dann Wildmann.

„Scho wieder zu spät."

Bamberger kam über die Terrasse dazu.

„Auweh … Der schaut ned guad aus."

„Oiso: Haus sichern, ned dass da no irgendwo jemand is", schlug Hattinger vor. „Und dann die ganze Mannschaft her."

„Ich frage mich, wer ist das?" Wildmann meinte den Toten im Sessel. „Ist das Ludwig Heckmann, oder jemand, den uns Heckmann hinterlassen hat?"

„Find ma's raus", seufzte Hattinger.

Dieser Fall ging ihm langsam echt auf den Sack.

49

„Sollte ich mich lieber an Sie gewöhnen, Hattinger?" Dr. Anna Amelia Arendt reichte ihm zur Begrüßung die Hand. „Ich meine, das vierte Treffen innerhalb von vier Tagen, das würde sich langsam lohnen."

„Nix dagegen einzuwenden", sagte Hattinger. „Leider is der Anlass immer so unerfreulich."

„Dann sorgen Sie doch für einen erfreulicheren", entgegnete die Rechtsmedizinerin mit einem leichten Schmunzeln, bevor sie sich dem Toten zuwandte.

Die Frau hatte eine erfrischende Art, ihn in Verlegenheit zu bringen, dachte Hattinger. Ihm fiel schon wieder keine Antwort ein.

„I werd drüber nachdenken", sagte er.

„Ob das was bringt?"

Die Rechtsmedizinerin umkreiste langsam den Sessel mit der Leiche und diktierte die Auffindesituation so genau wie möglich ihrem Recorder.

„Einschuss circa drei Zentimeter über dem rechten Ohr, Ausschuss hinter dem linken Ohr, circa sechs Zentimeter große trichterförmige Austrittswunde, erheblicher Blutverlust, Austritt von Hirnsubstanz." Sie sah Hattinger an. „Ich nehme an, Sie interessiert die Frage: Tötung oder Suizid?"

„Da ham S' recht."

„Die Pistole lag da rechts neben ihm am Boden?"

„Wir haben noch nichts verändert an der Situation", sagte Karl Wildmann. „Nur fotografiert."

„Wobei's mir natürlich recht wär, wenn i möglichst schnell die Waffe kriagat", sagte Bamberger, „und dem Toten die Fingerabdrück abnehma kannt."

„Die Waffe können Sie gern schon haben, die Finger sollte ich mir erst ansehen."

Bamberger angelte vorsichtig die Pistole vom Boden. Es war eine P7 von Heckler und Koch. Die Dienstwaffe der bayerischen Polizei.

„Hoffentlich is des ned die von der Erhard", sagte er.

Das hoffte Hattinger allerdings auch. Er sah sich die Stelle, wo die Waffe gelegen hatte, aus der Nähe an. Buchenparkett, wenn er sich nicht irrte. Er konnte keine frischen Kratzer oder Eindrücke erkennen. Angesichts der relativ schweren Pistole sprach das nicht unbedingt dafür, dass sie aus Kopfhöhe des Toten auf den Boden gefallen war.

Die Rechtsmedizinerin nahm eine große Lupe zuhilfe und untersuchte die Einschussregion am Kopf genauer.

„Hier sind auf jeden Fall Schmauchspuren und die Haare sind kreisförmig angesengt, aber ein aufgesetzter Schuss war es nicht, der verursacht in der Regel eine sternförmige Platzwunde und wir hätten die Schmauchantragung direkt auf dem knöchernen Schädel. Das hier ist ein relativer Nahschuss."

„Welche Entfernung schätzn S'?", fragte Hattinger.

„Schwer zu sagen", meinte Dr. Arendt. „Aber ich meine, mindestens zwei bis drei Zentimeter, höchstens zehn."

Hattinger fiel auf, dass sie sich gar nicht mehr so gegen das Schätzen wehrte.

„Der Schusskanal setzt relativ hoch an und verläuft schräg abwärts. Sehen wir uns mal die rechte Hand an, da müssten ja auch Schmauchspuren vorhanden sein."

Dr. Arendt hob die Hand an und stellte fest, dass noch fast keine Leichenstarre vorhanden war.

„Ja, hier haben wir Blutsprenkel und Schmauchspuren, aber ganz typisch, also vor allem auf Daumen, Zeigefinger, Handrücken, sieht mir das Verteilungsmuster nicht aus. Diese Spuren könnten auch entstanden sein, wenn der Mann die Hand in unmittelbarer Nähe der abgefeuerten Pistole hatte."

„Zur Abwehr vielleicht", meinte Wildmann.

„Wäre denkbar. Und lange ist das alles noch nicht her. Zwei bis zweieinhalb Stunden."

Hattinger rechnete zurück. Dann waren sie also höchstens eine Stunde zu spät gekommen. So ein verdammter Mist!

Natürlich machte es einen erheblichen Unterschied, ob hier ein Selbstmord vorlag oder ein Tötungsdelikt. Im ersten Fall wäre der Spuk vielleicht schon vorbei, im zweiten war da draußen nach wie vor ein Mörder unterwegs, vermutlich noch ganz in der Nähe.

„Sehen Sie mal hier", sagte Dr. Arendt. „An der linken Hand sind auch Blutsprenkel. Weniger zwar …"

Hattinger sah sich an, was sie meinte.

„… aber dafür sogar in der Innenfläche der Hand. Die sind nicht dahin gekommen, indem das Blut auf die Hand getropft ist."

„Naa", meinte Hattinger. „Die Hand war beim Schuss wahrscheinlich in Kopfhöhe, oder?"

„Ich denke schon."

„Hier steckt übrigens das Projektil", sagte Wildmann, der neben einem offenen Sideboard etwa drei Meter zur Linken des Toten kniete. „Hier in der Rückwand."

Hattinger und Bamberger hockten sich neben ihn.

„Mhm …, sehr guad“, lobte Bamberger. „Des is ned auf'n erstn Blick ersichtlich.“

Die Kugel war offenbar genau zwischen zwei scheußlichen alten Vasen und anderem Nippes in die Hinterwand des Möbels geflogen, ohne etwas von dem Zeug zu treffen.

Hattinger sah sich die Richtung von der Einschlagstelle zum Sessel mit dem Toten an.

„Vor allem hätt i des Projektil ganz woanders erwartet, eher da hinten.“

Die Flugbahn der Kugel erforderte, dass der Tote im Sessel im Moment des Schusses den Kopf stark nach rechts gedreht haben musste und warum hätte er das tun sollen, wenn er sich selbst erschoss?

„Vielleicht is er überrascht worn und hat si nach hinten umgschaut?“

„Des is a Fall für unsern 3D-Laserscanner“, fand Bamberger. „Dann kemma uns des räumlich genau oschaun. I ruaf glei amoi den Kollegen o.“

Hattinger fand den Vorschlag gut. Das Problem war, dass das alles dauern würde.

„Konnst dir solang die Waffe scho amoi oschaun? Fingerabdrück, auf wen's registriert is und so.“

„Des mit der Registrierung konnst vergessn“, sagte Bamberger wenig später, als er sich die Pistole vornahm. „Die Seriennummer auf der Seitn is abgflext worn.“

Er zeigte Hattinger und Wildmann die Stelle.

„Dann kann man davon ausgehen, dass die anderen Seriennummern auch entfernt wurden“, vermutete Wildmann.

„Wennst mi fragst: Da war a Profi am Werk“,

sagte Hattinger. „I glaub, dass der mit der Waffe hinter dem Sessel gstandn is und in dem Moment, wo des Opfer si nach rechts zu eahm umdraht hat, hat er gschossn."

„Die Frage ist nur, können wir das beweisen?", meinte Wildmann. „Ich trau mich wetten, dass wir auf der Pistole die Fingerabdrücke vom Opfer finden werden."

„Apropos Fingerabdrücke", sagte Frau Dr. Arendt, „die können Sie jetzt abnehmen."

Sie hatte inzwischen die Schusswunden mit Maßstab fotografiert, ebenso die Hände aus allen Perspektiven und Proben unter den Fingernägeln des Toten gesammelt.

„Ein Abwehrkampf hat hier wohl kaum stattgefunden. Die Fingernägel sind relativ sauber und auch sonst habe ich keine Abwehrverletzungen entdeckt, zumindest oberflächlich. Aber die Obduktion steht ja noch aus."

Nach und nach trudelten jetzt Bambergers Leute mit ihren Gerätschaften ein. Sie würden sich auch in diesem Fall wieder das ganze Haus vornehmen müssen, obwohl sie jetzt schon seit Tagen fast rund um die Uhr im Einsatz waren.

„So geht des nimmer weiter", stellte Hattinger fest, als schließlich Staatsanwalt Reißberger eintraf. „Mir san komplett überfordert. Am Anschlag! Drei ungeklärte Todesfälle in vier Tagen."

Inzwischen war schon klar, dass Wildmann recht behalten hatte, die Fingerabdrücke auf der Waffe waren identisch mit den Fingerabdrücken des Toten und die wiederum stimmten mit denen von Meisels Spülmaschine, Segelboot und VW-Bus überein.

„Dann setzen wir morgen eine Sonderkommission ein, Hattinger", versprach Reißberger. „Aber den Jens Vogel sollten wir in dem Zusammenhang nicht offiziell erwähnen, aus bekannten Gründen."

Hattinger wurde langsam echt sauer.

„Was Sie offiziell erwähnen oder ned, des is mir grad wurscht! Entschuldigung … Aber der Vogel is auf jeden Fall a wichtigs Glied in der Kette, den konn i doch ned einfach rauslassen."

„Also das hier", der Staatsanwalt zeigte auf den Toten im Sessel, „ist der Mann, der mutmaßlich den Friedhelm Meisel und wahrscheinlich auch den Jens Vogel umgebracht hat? Wenn wir seine DNA-Analyse haben, können wir's im Fall Vogel mit den Tatortspuren auch beweisen, richtig?"

Hattinger nickte. „Und die Andrea Erhard hat er übrigens niedergschlagn."

„Ja freilich, schon. Aber wenn Sie davon ausgehen, dass der Mann sich jetzt endgültig in die Enge getrieben sah und sich selbst gerichtet hat, und das sieht doch ganz danach aus, dann ist die Sache doch im Wesentlichen ausgestanden. Dann is es doch gar nimmer so dramatisch, Hattinger."

„I glaub aber ned an Selbstmord", antwortete Hattinger. „I glaub, dass da no oaner unterwegs is, der eiskalt über Leichen geht."

Eine Weile diskutierten sie noch, bis Hattinger klar wurde, dass diese Debatte ausgehen würde wie das Hornberger Schießen. Es würde noch eine lange Nacht werden, also zog er es vor, wieder an die Arbeit zu gehen.

Dr. Anna Amelia Arendt war inzwischen mit ihrer Arbeit hier fertig. Sie war auch eher skeptisch, was einen Suizid anging, aber das Gegenteil konnte sie genauso wenig beweisen.

Hattinger begleitete sie noch hinaus, nicht zuletzt, um sich eine Kippe anzuzünden.

„Sehe schon, Sie sind ein echter Gesundheitsfanatiker", sagte die Rechtsmedizinerin mit sanftem Spott.

„I dua was i konn … Mögn S' oane?"

„Nein danke, ich rauch ein, zwei die Woche, das reicht."

„Schachteln?"

„Zigaretten."

„Wenn i des kannt, zwoa Zigaretten in der Woch, dann hätt i nie aufghört."

„Haben Sie ja wohl auch nicht, oder?"

„Doch, scho oft. Aber … Na ja, so betrachtet ham S' scho recht."

Dr. Arendt reichte Hattinger die Hand.

„Dann sehe ich Sie morgen in München?"

„Duad ma leid, aber morgen muass i nach Salzburg", antwortete er. „Beruflich", fügte er vorsichtshalber hinzu.

„Beruflich, nach Salzburg?", schmunzelte Triple-A. „Da haben Sie doch gar nichts zu suchen, oder?"

Der Frau konnte man so leicht nichts vormachen.

„Ich weiß", sagte Hattinger. „I suach aber trotzdem."

„Na denn … Waidmannsheil!"

V. Mittwoch

50

Um halb vier Uhr morgens fuhr Hattinger heim nach Prien. Er hatte auch alle anderen nach Hause geschickt. Drei, vier Stunden Schlaf, das musste einfach drin sein, sonst machte auch keiner mehr eine vernünftige Arbeit, im Zustand ständiger Übermüdung.

Mittwoch Morgen, es würde schon gleich wieder hell werden. Er mochte gar nicht erst zusammenrechnen, wie viel Schlaf er seit letztem Samstag abbekommen hatte. Würde sich auch nicht lohnen, es wäre gerade mal eine einstellige Zahl. Aber vier Leichen in der Zeit, wenn er die erschlagene Schreierin in der Ferienwohnung dazuzählte.

Setzten einem ja doch zu, diese ganzen Toten.

Hätte er früher nie zugegeben.

Ganz am Anfang, die ersten Erschossenen, Erschlagenen, Verwesten, Enthaupteten und was man sich noch so alles anschauen musste in diesem Beruf, am Anfang wars schlimm gewesen. Ein paar Mal wäre er fast umgekippt. Hatte natürlich versucht, das zu überspielen, irgendwie. War rausgegangen zum Kotzen. Nein nein, ist nichts, geht schon wieder. Hatte nachts geträumt von diesen durchlöcherten, zerfetzten, verbrannten Körpern. Diesem ganzen Blut, dem Hirnbrei, den Knochen, die sich irgendwo durch die Haut spießten. Nachts spießten sie sich in seine Seele. Er hatte gedacht, er wäre für diesen Beruf eben doch nicht geeignet.

Aber dann kommt die Zeit, wo du dir die dicke Haut zulegst. Weil es gar nicht anders geht, weil du das nicht an dich ranlassen darfst, weil es dann einfach nicht auszuhalten ist. Manche schaffen das nicht, die müssen dann wirklich was anderes machen. Und vielleicht verfolgt es sie trotzdem ein Leben lang. Aber bei ihm gings dann. Es wurde besser. Er konnte sich diese Dinge irgendwann anschauen, ohne dass sie in ihm mehr auslösten als eine berufliche Neugier. Ein 1 000-Teile-Puzzle, von dem man gerade mal das erste Stückchen Rand zusammengesetzt hat. Wo ist das nächste Randstück, oder findet man vielleicht schon eins, das innen dran passt? Die ganzen 1 000 Teile sortieren, wieder und wieder, wenns sein muss, sich immer wieder erinnern, wo man was gesehen hat und wo das hinpassen würde. Nichts anderes machten sie ja auch im Grunde.

Nur dass es halt ein bisschen mehr bedeutete, ob sie ihre Puzzles lösten oder ob ein paar hundert Pappteile in einer Schublade endeten. Und irgendwann im Altpapier. Mord landet nicht im Altpapier. Wenn ausnahmsweise mal nichts Neues anlag, dann nahmen sie sich alte Fälle vor. Und das war richtig so.

Aber wo würde dieser Fall landen? Im Moment war er ziemlich ratlos. Er war drauf und dran, den Überblick zu verlieren und das durfte nicht passieren. Das konnte er sich nicht erlauben. Es würde ihn in den Schlaf verfolgen, das wusste er. Gesetzt den Fall, er käme überhaupt mal zu Schlaf.

Der Tote heute, dieser Ludwig Heckmann, ein ehemaliger Journalist. Dass es tatsächlich Ludwig Heckmann war, schien eindeutig, sie hatten seinen Ausweis gefunden, in seinem Geldbeutel. Außerdem musste Heckmann der „Strohhut“ sein, von dem Andrea Erhard geredet hatte, genau so einen Strohhut hatten sie in seinem Schlafzimmer entdeckt, neben einem Berg blutiger Bettwäsche.

Vieles in dem Haus deutete darauf hin, dass er abhauen wollte. Sein Jeep in der Garage war schon gepackt mit Zelt, Campingzeug und so weiter. Die Nummernschilder auffällig sauber, die Schrauben gelöst und wieder angezogen, jedenfalls frisch geölt und nicht festgerostet wie häufig. Waren in der Mitte geknickt und wieder gerade gebogen worden. Die musste Heckmann an den VW-Bus von Meisel geschraubt haben.

Ein Mann also, der fliehen will und sich dann stattdessen umbringt? Das machte keinen Sinn.

Ein Journalist, wenn auch ein ehemaliger, arbeitsloser, ausgebrannter oder wie auch immer, ein Journalist ohne Computer? Unvorstellbar. Sie hatten einen funktionierenden WLAN-Router gefunden und die Originalverpackung eines MacBookPro. Ein Ladegerät, eine Hülle, aber das MacBook war weg. Wohin? Würde jemand, der abhauen will, das nicht mitnehmen? Zum Abhauen kam er ja nicht mehr und dass ein MacBook auf eigenen Füßen laufen konnte, wäre selbst für Apple eine revolutionäre Neuigkeit.

Nein, für Hattinger sprach alles dafür, dass Ludwig Heckmann erschossen wurde und dass jemand das als Suizid inszenieren wollte. Und derjenige hatte nur mitgenommen, was für ihn wichtig war. Ein Raubmord war es jedenfalls nicht, denn dann hätte der Täter mit Sicherheit ein paar Dinge mitgehen lassen, die relativ offen im Wohnzimmer lagen, zum Beispiel die Brieftasche des Toten mit immerhin acht Krügerrand-Goldmünzen. Und womöglich war auch der Diebstahl des Laptops nur ein Versuch, Beweismaterial zu beseitigen.

Stellte sich die Frage: Wenn es so war, in welcher Beziehung stand der Täter zu seinem Opfer? Ein Komplize wäre naheliegend, der sich an dem Punkt, wo sie Heckmann zu dicht auf den Fersen waren, von ihm „getrennt" hätte. Aber hatte irgendwas von dem, was sie bisher ermittelt hatten, für die Beteiligung eines Zweiten gesprochen? Nein.

Hattinger hatte das miese kleine Gefühl, dass er etwas Entscheidendes übersehen hatte.

Das andere Gefühl war, dass er nicht draufkommen würde, solange er sein unausgeschlafenes Gehirn quälte. Aber jetzt war er sowieso zuhause angekommen.

Schon von Weitem sah er, dass natürlich wieder das Licht im ganzen Haus brannte, was sonst? Irgendwann würde er mit Lena doch mal wieder ein Gespräch über Energieverschwendung führen müssen. Es war schon seltsam, da schrieb sie sich Umweltbewusstsein auf die Fahnen, war für die Grünen und selbstverständlich gegen Atomstrom und fossile Energien, aber die gedankliche Verbindung von Strom zu Lichtschalter oder Öl zu Heizung schien bei ihr dauerhaft unterbrochen. Die zuständigen Synapsen waren nicht aktiv.

Als er ins Haus kam und auf die Küche zusteuerte, um sich erst mal einen Schlummertrunk zu holen, kam Lena geradewegs aus ihrem Zimmer geschossen.

„Paps? Du?" Sie war offensichtlich irritiert.

„Ja. Scho. So lang is's jetz ah no ned her, dass d' mi nimmer erkennst, oder?"

„Äh, nein, aber …" Lena war wohl nicht nach Scherzen zumute. „Ich hab eigentlich gar nicht mehr mit dir gerechnet heut … Nacht."

„Wieso? Hast an Liebhaber da?", probierte es Hattinger noch mal.

„Ähm, ich, nein, aber ich …", stopselte sie rum. „Also pass auf. Aber bitte werd jetz nich sauer, versprochen? Ich …"

Lena war ihrem Vater in die Küche gefolgt. Er öffnete den Kühlschrank und stellte fest, dass kein Bier mehr da war.

„Du hast as letzte Weißbier vernichtet?", schlug er als Fortsetzung des Satzes vor.

„Nein, das war die Lisa, ich steh ja nich auf Weißbier, das weißt du doch. Es is nicht das Bier, ich besorg dir auch eins, wenn du willst."

Hattinger schaute auf die Uhr.

„Um vier in der Friah?"

„Paps, echt jetzt, es geht nicht ums Bier, aber bitte versprich mir, dass du jetzt keine Szene machst. Bitte."

Irgendetwas schien ihr ziemlich unangenehm zu sein. Langsam wurde Hattinger neugierig.

„Was is denn los?"

„Und du musst mir versprechen, dass du mich nicht verrätst!"

„Lena! Sagst ma jetz vielleicht amoi, was los is?"

„Ich hab ihn mitgebracht."

„Wen hast mitbracht?", fragte Hattinger, aber er ahnte es schon.

„Den Senai. Den Jungen aus Eritrea, von dem ich dir erzählt hab. Für den *du* übrigens was tun wolltest!", fügte sie patzig hinzu.

„Wie, mitbracht? Hierher, ins Haus?“

Lena nickte. Dann machte sie schnell ihr Sorry-ich-weiß-ich-hab-Scheiß-gebaut-aber-du-magst-mich-trotzdem-Gesicht.

Hattinger war perplex.

„Lena, des geht doch ned! Du hast mir gestern selber gsagt, dass der a Anzeige wegen Körperverletzung laufen hat.“

„Ja, ich weiß! Aber ich hab dir auch erzählt, dass das alles nicht stimmt! Ich war doch dabei, wie der Typ ihn angegriffen hat, am Samstag auf dem Seefest. Völlig ohne jeden Grund! Das absolute Vollarschloch! Da is das doch klar, dass der Angst hat, der Senai.“

„Ja, des mag ja sei. Aber was is jetz mit der Anzeige? Hat der Typ die zruckzogn?“

„Wie, das fragst du mich? Das sollte ich eigentlich dich fragen! Wenn du irgendwas unternommen hättest, dann wüsstest du das ja, oder?“

Es war Hattinger gar nicht angenehm, dass er das zugeben musste.

„Lena, des duad ma leid, aber des glaubst du gar ned, was bei uns los is. Des konnst du dir gar ned vorstelln! Drei Tote! Der Fall kost uns die letzten Reserven. I drah echt am Rad, des konnst ma glauben. Sonst hätt i scho versuacht …“

„*Was* hättest du versucht?“

Hattinger kannte diesen Gesichtsausdruck bei Lena nur zu gut. Sie war drauf und dran, einen ihrer berüchtigten Tobsuchtsanfälle zu kriegen.

„Das is doch *immer* so bei dir! Jeder Fall ist der schwierigste in der ganzen Kriminalgeschichte! Und alles is mega WICHTIG! ALLES! Bloß ICH nicht!

Verdammte Scheiße! Wenn ich dich EINMAL um was bitte! Echt!"

„Ja, is ja guad", versuchte Hattinger zu beschwichtigen.

„Nein! Es ist NICHT gut!", schrie Lena.

„Lena, bitte! Jetz beruhig di amoi!"

„*ICH* beruhige mich, wenn *ICH* mich beruhigen will!!!", heulte sie außer sich.

„Lena!!! Glaubst du, dass des jetz beruhigend is für dein Senai? Wenn der uns jetz hört?"

„Er ist nicht *mein* Senai, okay?!"

Sie schien immerhin ein kleines bisschen runterzukommen von ihrer Rage.

„Wo is der denn überhaupt?", fragte Hattinger.

Lena riss nur den Arm hoch und zeigte nach oben.

„Wie jetz?", fing jetzt Hattinger an, sich aufzuregen. „Oben in meim Schlafzimmer, oder was?"

„Nein! Ich bin ja nich völlig … Ich hab ihn in dem kleinen Kammerl einquartiert, wo das Bügelbrett drinsteht. Das haben wir doch eh noch nie benutzt."

„Oiso neben meim Schlafzimmer!"

„Ja, Mensch! Hast jetzt Angst, oder was? Herr Hauptkommissar!"

„Angst, so ein Schmarrn! Aber wie schlaft der denn da drin, auf'm Boden oder was?"

„Ich hab ihm eine Matratze aus deinem Doppelbett reingelegt. Die brauchst du doch eh nich."

„Sag amoi, gehts no? Du konnst doch ned …"

Beide hörten ein Geräusch von oben und schauten gleichzeitig zur Treppe. Oben tauchte ein helles Augenpaar in der Dunkelheit auf und schwebte da scheinbar schwerelos.

Hattinger und Lena vergaßen ihren Streit.

„Lena?“, fragte das Augenpaar schüchtern. „I have to go?“

„No“, sagte Lena. „Everything is okay. This is my dad. You are safe. Just go and sleep, okay?“

„Okay.“

Das Augenpaar verschwand genauso schwerelos, wie es erschienen war. Hattinger und Lena hörten die Tür sich leise wieder schließen.

„Komm, mir gehn auf die Terrasse“, schlug Hattinger vor.

Lena wischte sich mit einem Küchenhandtuch die Wuttränen aus dem Gesicht.

„Ich hab noch Tequila, magst einen?“, bot sie an.

„Okay, jetz is's eh scho wurscht.“

Draußen tranken sie Tequila und Lena erzählte ihrem Vater, dass Senai aus der Flüchtlingsunterkunft abgehauen war, weil er Angst hatte, dass er gleich wieder abgeschoben wird und dass sie heute mit ihm unterwegs waren, die Lisa und sie, um auf ihn aufzupassen.

„Der weiß halt überhaupt nicht, wohin. Deswegen hab ich ihn mitgebracht. Ich kann ihn doch nich allein lassen da draußen. Außerdem sind die Typen hinter ihm her. Wenn die ihn kriegen … Der hat keine Chance.“

Inzwischen wars hell geworden, bald würde die Sonne aufgehen. Hattinger rauchte noch eine letzte Zigarette.

„I muass ins Bett, wenigstens kurz no“, sagte er. „Okay, sobalds geht, red i mi'm Poschner über die Gschicht. Wenn des stimmt, was du sagst, dann muass er auf jeden Fall die zwoa Zeugen anhörn.

Irgendwas werd scho geh. Aber Lena, du konnst ihn ned bei uns versteckn, des geht echt ned. I komm in Teufels Küche, wenn des jemand erfahrt. Bis morgen no, okay? Dann brauch ma a andere Lösung."

„Ja, gut, aber bevors die nicht gibt, bring ich ihn nicht zurück."

Hattinger hatte keine Kraft mehr zu diskutieren, er brauchte Schlaf und zwar sofort.

Als er schließlich im Bett lag, auf seiner einsamen Matratze neben dem leeren Lattenrost, hatte er das Gefühl, dass sich im Moment alle Probleme um ihn herum verdichteten.

51

Ein paar Stunden später, um acht, trafen sie sich wieder im Konferenzraum in Prien, nicht gerade ausgeschlafen, aber immerhin. Wildmann war als erster da gewesen und hatte es tatsächlich geschafft, die blöde Kaffeemaschine zum Laufen zu bringen, nachdem er sich die Betriebsanleitung aus dem Internet gezogen hatte. Das sorgte bei allen zumindest für eine gewisse Grundzufriedenheit. Als obendrein Bamberger völlig unerwartet mit einer riesigen Tüte Brezen aufkreuzte, kam fast schon Freude auf.

„Was'n mit dir los?“, wunderte sich Hattinger. „Des passt gar ned zu dir.“

„Mei ...“ Bamberger zuckte nur die Achseln. „Schreibst as in Kalender: Fred Bamberger, Mitarbeiter des Monats.“

Er kramte in seiner Aktentasche.

„I hab sogar no was mitbracht. Hamma übersehn, in der Wohnung vom Vogel in Rosenheim.“

Bamberger legte ein Plastiktütchen mit einem kleinen schwarz-silbrigen Ding drin auf den Tisch.

„Übersehn, mir?“, wunderte sich Hattinger. „Und was is des?“

Bamberger nahm das Ding aus der Tüte und ließ es auf den Tisch fallen. Bei näherer Betrachtung sah es aus wie ein winziger USB-Stick.

„Micro-SD-Speicherkartn, 64 Gigabyte, im USB-Adapter. Und woaßt, wo die war?“

Hattinger wartete ab, Bamberger würde es ihm schon verraten.

„Is in dem Flachbildfernseher gsteckt, unter a Abdeckklappn.“

„Da schau her …"

Mit seinem eigenen konnte man gerade mal fernsehen, aber Hattinger wusste natürlich, dass moderne TVs solche Dinge hatten wie USB- und Internet-Anschluss oder Kamera und Mikrofon. Bestimmt konnten sie auch längst selbstständig Pizza und Bier für hungrige Fußballglotzer bestellen.

„Oiso hat der, der die Bude verwüstet hat, die Speicherkartn ah übersehn. Des is ja scho moi guad. Und was is da drauf?"

„Keine Ahnung, die Kollegen ham s' no ned ausgwert. Des Original is natürlich in der Kriminaltechnik, des da is a Backup."

„Dann schau mas uns o!"

Wildmann war noch an der Kaffeemaschine zugange, also bat Hattinger Martin Haller, das Ding an den Rechner zu hängen.

„Da ist fast nichts drauf, ein paar Videos nur", sagte Haller.

Alle versammelten sich um den Bildschirm, bis auf Wildmann.

„Ich komm gleich", ließ er verlauten.

„Oiso los", sagte Hattinger.

Auf dem ersten Video war kurz das Steuerrad eines Elektrobootes zu sehen, das offenbar nicht fuhr, sondern nur im Wasser dümpelte, dann schwenkte die Kamera übers Wasser zum Ufer und zoomte ziemlich verwackelt auf eine kleine Bucht, die ihnen allen gleich bekannt vorkam. Die Kamera wurde auf den Bootsrand gelegt, um das Bild zu stabilisieren und zoomte näher heran. Es war ganz klar Meisels Bucht mit dem Bootshaus und dem Jollenkreuzer am Steg. Ein zittriger Schwenk über die Bäume nach oben auf das Haus und eine eindeutig sächsisch gefärbte Stimme: „Das da muss es sein, guck." Das Objektiv wurde zurück auf Weitwinkel gestellt und die Kamera schwenkte noch einmal die Umgebung ab, bevor der Clip abbrach.

„Interessant", fand Hattinger. „Dem Dialekt nach hat des der Vogel wahrscheinlich selber draht. Weiter."

Auf dem nächsten Video spazierte der Filmende mit der Kamera in die Einfahrt von Meisels Haus. „Wenn misch jemand sieht, hab isch misch verlaufen", sagte der Mann, zur Selbstbestärkung? Oder war er es einfach nur gewohnt, seine filmischen Unternehmungen zu kommentieren? Im Folgenden waren aber nur seine Schritte zu hören und diverses Vogelgezwitscher, als er mit der laufenden Kamera durch den Wald ging. Hinter dem Wäldchen blieb er stehen und schwenkte über Meisels Haus und Garage. „Sieht nisch so aus wie wenn der da is", sagte der Mann und ging langsam weiter. Beim Haus angekommen rief er laut: „Hallo? Is da jemand?", nach einer Zeit noch einmal dasselbe, dann wieder leise: „Nee, keener da." Danach filmte die Kamera durch das Seitenfenster die Garage voller Gerümpel. „Ooch keen Wagen."

„Der hat den sauber ausspioniert", kommentierte Bamberger.

Jetzt umkreiste der Mann in aller Ruhe das ganze Haus und filmte hier und da durch die Fenster.

„Schaun Sie mal", sagte Petra Körbel. „Da fehlen die Sachen aus dem Arbeitszimmer ja schon."

„Stimmt. Von wann san die Dateien?", fragte Hattinger.

„Vom 12. August", sagte Martin Haller.

„Oiso is des zwoa Wochen her", rechnete Hattinger zurück.

Der dritte Clip zeigte den Weg von Meisels Haus hinunter zum Bootshaus, den Steg, einen Blick auf den Jollenkreuzer, der dort festgemacht war. „Voll der Bonze der Typ", war der letzte Kommentar in diesem Video.

„Versäum ich was?", fragte Wildmann, der immer noch an der Kaffeemaschine rumschraubte, die offenbar schon wieder den Geist aufgegeben hatte. Er warf immer mal wieder einen Blick zu ihnen herüber.

„Naa", sagte Hattinger. „Schau ma uns eh no amoi o."

„Jetzt eins noch, vom 13. August." Martin Haller startete den nächsten Clip.

„Guck mal, voll gut, die neue Kamera", sagte die inzwischen vertraute Stimme im Off. „Da siehst sogar du gut aus!"

Das Video wurde in einer Wohnung aufgenommen, die ihnen auch wiederum sehr bekannt vorkam, nur war das Chaos nicht ganz so schlimm, wie sie es vorgefunden hatten. Es war Jens Vogels Wohnung.

Die Kamera schwenkte auf die dunkle Silhouette eines Mannes vor dem Fenster. „Du sollst nicht *mich* filmen, Mann. Mach die aus!", sagte der ziemlich schroff. Kurz leuchtete sein Gesicht auf trotz Gegenlicht, als er sich vom Fenster weg bewegte. „Okee, okee", sagte der Sachse und legte die Kamera weg, die mit nunmehr unbewegtem Blick auf ein paar schmutzige Socken weiterlief.

Als er den ersten Satz des Mannes hörte, ließ Karl Wildmann von der Kaffeemaschine ab und kam schnell zu ihnen herüber.

„Stop!", rief er ungewohnt energisch. „Kann ich das noch mal sehen?"

Alle schauten ihn verwundert an. Hattinger gab Haller ein Zeichen, den Clip noch mal zu starten.

Wildmann sah sehr aufmerksam zu.

„Stop!", sagte er wieder, als man den Mann vor dem Fenster gut erkennen konnte. „Das ist er. Die Stimme ist mir gleich bekannt vorgekommen, das ist dieser Volker!"

Außer Hattinger war den anderen nicht gleich klar, was er meinte.

„Na dieser Volker aus der Kneipe, der mir abgehauen ist", erklärte Wildmann.

„Volker X …", sagte Hattinger nachdenklich. „Ja, da schau her. Lassn S' amoi weiterlaufen, ob da no mehr kommt, Herr Haller."

Es kam noch mehr.

„Hast du das kapiert?", hörte man Volker X' Stimme. „Du sollst dich umsehen und mir berichten, sonst nix. Ansonsten hältst du dich aus der Sache komplett raus, verstanden? Sag mir, ob du das verstanden hast?" Und Jens Vogel: „Ja ja, alles gebongt."

Hattinger und die restliche Crew starrten während des aufgezeichneten Gesprächs wie gebannt auf die schmutzigen Socken auf dem Monitor. Man meinte sie fast riechen zu können.

Anschließend entfernte sich Volkers Stimme, sie wurde von Schritten und Türenknarren überlagert, man verstand nicht mehr alles. „Muss jetzt … kannst ja mit der neuen Kamera … und halt dich fern … sehn uns."

Man hörte die Wohnungstür ins Schloss fallen und Vogel zurückkommen, die Socken gerieten ins Trudeln als er die Kamera hochnahm und mit „Du mich auch, Arschl…" brach das Video ab.

Das wars.

„Aha", sagte Hattinger. Er versuchte, sich einen Reim aus dem Gehörten zu machen. Warum hatte Vogel den letzten Clip aufgenommen und die Kamera laufen lassen? Wenn dieser Volker mit „berichten" und „aus der Sache raushalten" Meisel gemeint hatte?

„Is des wirklich die letzte Datei?", fragte er Martin Haller.

„Darf ich mal?", mischte sich Wildmann ein.

Haller ließ ihn an den Computer. Wildmann öffnete die Datei-Informationen des Videoclips.

„Das Video hier ist einen Tag vor den anderen entstanden", sagte er. „Aber vielleicht ist es nach den anderen noch mal bearbeitet worden, gekürzt zum Beispiel, dann könnte es auf der Speicherkarte mit dem Bearbeitungsdatum erscheinen. Vielleicht waren ja auch noch mehr Dateien drauf, die gelöscht worden sind."

„Sollt ma auf jeden Fall unsre Computerspezialisten fragn", schlug Bamberger vor. „Die kennan glöschte Dateien in der Regel wieder herstelln. Vom Original zumindest. Dauert hoid wahrscheinlich a bissl, die san für die nächsten Jahre eigentlich ausgebucht."

„Guade Idee", fand Hattinger. „Und vielleicht konnst ja a guads Wort eilegn, dass des no vorm nächsten Sommer klappt?", fügte er mit mildem Sarkasmus an.

Wildmann scrollte in dem Video zu der Stelle, wo Volker X zu sehen war, dann suchte er das klarste und schärfste Einzelbild und speicherte ein Bildschirmfoto auf dem Rechner ab.

„Ich geb seinen Kopf mal in unsere Datenbank. Vielleicht haben wir ja Glück."

Hattinger war skeptisch, aber er ermunterte Wildmann, es zu probieren. Es dauerte nicht allzu lange, bis das Suchsystem ein negatives Ergebnis anzeigte.

„Das gibts doch gar nicht", ärgerte sich Wildmann. „Schon wieder so ein zwielichtiger Typ und wir haben nix über den."

„Des macht durchaus Sinn", sagte Hattinger, der es schon vermutet hatte. „Der Jens Vogel war doch V-Mann beim Verfassungsschutz, des wiss ma ja aus gesicherter Quelle. Und dieser Volker X gibt eahm Anweisungen. Da is's doch mehr ois naheliegend, dass der sei V-Mann-*Führer* war. Hoaßt übrigens wirklich so. Und nach dem kemma suacha, bis ma schwarz wern."

Allen war klar, dass Hattinger höchstwahrscheinlich recht hatte. Sie sahen – beziehungsweise hörten – sich den letzten Videoclip noch ein paar Mal an. Von Mal zu Mal schien das Verhältnis der beiden, die da kommunizierten, klarer zu werden: Volker X war ganz eindeutig der Chef, derjenige, der das Sagen hatte, allerdings war Jens Vogels Stimme durchaus eine gewisse maulfaule Renitenz anzuhören, wenn man darauf achtete, nicht nur begründet durch sein abschließendes „Du mich auch …"

„Angenommen, Jens Vogel beschließt im Fall

Meisel auf eigene Rechnung zu arbeiten", sagte Petra Körbel, „könnte es dann nicht auch dieser Volker gewesen sein, der ihn erschossen hat?"

„Durchaus möglich", stöhnte Hattinger.

Solange sie die DNA-Ergebnisse vom Tatort vor Meisels Haus nicht mit der DNA von Ludwig Heckmann vergleichen konnten, war das keineswegs ausgeschlossen. Half schon wieder mal nur abwarten. Und abwarten gehörte nicht zu Hattingers Lieblingsbeschäftigungen. Er schaute auf die Uhr: Halb zehn schon! Um zehn wollte er Fiorella Langner abholen, um nach Salzburg zu fahren.

Aber immerhin eine wichtige neue Spur.

Es wurde Zeit, Aufgaben zu verteilen für die nächsten Stunden.

„Fred, du baust Druck auf! Und zwar rundum: Computerabteilung, DNA-Labor, Haus vom Heckmann, mir brauchan ois, und zwar sofort!"

Bamberger zog die linke Augenbraue hoch, aber er kannte Hattinger lange genug, um zu wissen, dass er den plötzlichen Befehlston nicht persönlich meinte.

Martin Haller und Petra Körbel bat Hattinger, alle hereinkommenden Ergebnisse zu koordinieren und weiter zu geben und vor allem Staatsanwalt Reißberger dieses Video und das Bild von Volker X zukommen zu lassen und ihn dringend zu bitten, beim Verfassungsschutz noch einmal um eine Befragung dieses Mannes zu ersuchen. Illusionen machte er sich allerdings nicht.

„Vielleicht machen Sie des, Frau Körbel. Es werd wahrscheinlich nix helfen, weil der Reißberger in dem Punkt ah koan Einfluss hat. Dieser Volker hoaßt mit Sicherheit ned Volker im richtigen Leben und der Verfassungsschutz werd den sicher ned freiwillig enttarnen, aber vielleicht kemma wenigstens mit eahm telefonieren?"

Hattinger schaute in die Runde.

„I fahr jetz nach Salzburg. Und davon bitte kein Wort zu niemand, okay? Vor allem ned an die Staatsanwaltschaft. Und du kommst bitte mit, Karl."

Er wusste im Moment gar nicht, warum er Wildmann dabei haben wollte. Es war eher so eine spontane Eingebung. Aber Karl Wildmann war sofort bei der Sache. Mit dem unerwarteten Auftauchen von Volker X in diesem Video war sein Jagdeifer wieder voll angestachelt.

Hattinger musste unbedingt noch mit Poschner reden wegen des Jungen, der jetzt neben seinem Schlafzimmer hauste, er mochte gar nicht dran denken. Er erwischte ihn draußen auf dem Flur.

„Was liegt denn gegen den genau vor?", wollte er wissen, nachdem er Poschner erklärt hatte, worum es ging.

„Ach ja, der vom Bahnhof. Anzeige wegen vorsätzlicher Körperverletzung. Hat für mi ziemlich eindeutig ausgschaut, der andere hat an Messerstich abkriagt."

„Aber da gibts zwoa Zeugen, die des Gegenteil behaupten, die ham Sie angeblich gar ned anghört."

„Ja mei, wenn ma da ofangan, dann wer ma ja überhaupts nimmer fertig. Dann sagn die aus und dann bringt der ander wieder zwoa andere daher und so weiter und so fort. Mir komman ja jetz scho am Zahnfleisch daher mit dene ganzen Flüchtling. Mir pfeifen auf'm letzten Loch!"

„Aber Herr Poschner, für den Burschen hoaßt

des vielleicht, dass er wieder ausgwiesn werd. Mei Tochter hat zufällig beobachtet, dass genau der, der ihn ozoagt hat, ihn am Seefest zammgschlagn hat. Grundlos. Und die zwoa Zeugen ham gsehn, dass er des am Bahnhof ah wieder versuacht hat. Oiso ganz so einfach liegt der Fall ned."

„Ja und?", grunzte Poschner. „Was wolln S' jetz von mir?"

„Hörn S' wenigstens die Zeugen o, wenn die no amoi aussagn wolln. Des find i des Mindeste. Und dann schau ma weiter."

„Ja guad, wenn Sie des so sagn." Poschner war ziemlich angefressen. „I woaß zwar ned, was des mit Ihrer Abteilung z'doa hat, aber von mir aus."

In dem Moment ging die Tür auf und Andrea Erhard kam herein.

Hattinger und Poschner waren gleichermaßen verdattert.

„Andrea, was machst'n du da?", sagte Poschner. Im nächsten Moment starrte er Hattinger an, weil ihm das „du" herausgerutscht war.

„I hab mi selber entlassen", sagte Andrea Erhard zu Hattinger. Den Poschner ignorierte sie völlig. „I muass wieder arbeiten."

Sie hatte immer noch einen großen Kopfverband und überall blaue Flecken. Zumindest da, wo man sie sehen konnte. Hattinger mochte sich gar nicht vorstellen, wie ihr übriger Körper aussah. Aber sie wirkte wesentlich mehr wie sie selbst als gestern noch.

„Liebe Frau Erhard, jetz hörn S' ma amoi zua", sagte Hattinger wie ein strenger Vater zu seinem missratenen, aber dennoch geliebten Zögling. „Des kommt *überhaupts* ned in Frage! Ihre Dienstauffassung in allen Ehren, aber mit a schweren Gehirnerschütterung is wirklich ned zu spaßen, des woaß i. I brauch Sie no in Zukunft, Andrea, aber gsund, wenns geht! Jetzt bringt der Herr Poschner Sie wieder ins Krankenhaus oder meinetwegn hoam und Sie legn si ins Bett."

Poschner wollte etwas sagen, aber Andrea würgte ihn ab.

„Is des a Dienstanweisung?" Sie sah dabei Hattinger an, der ja eigentlich nicht ihr Chef war – der Chef stand daneben. „Sonst bleib i da."

Poschner wollte etwas sagen, aber diesmal würgte Hattinger ihn ab.

„Des is a Dienstanweisung. Und nächste Woch können S' wieder anfangen, wenn die Ärzte einverstandn san."

„Und was is mit dem Strohhut? I hab kurz sei Gsicht gsehn, wenn i den in der Kartei ..."

„Des hat si erledigt", sagte Hattinger. „Den Strohhut hamma scho. Er is erschossn worn."

„Was? Ach ..." Sie überlegte einen Moment. „Da konn i jetz beim besten Willen ned sagn, dass mir des leid duad."

„Des versteh i", sagte Hattinger.

Andrea Erhard ging auf einmal einen Schritt auf ihn zu und schaute ihm fest in die Augen. Ihre eigenen sahen furchterregend aus, weil sie ziemlich blutunterlaufen waren.

„Gilt Ihr Angebot no, Hattinger? I hab ma's nämlich überlegt."

Hattinger war überrascht über die Klarheit, mit der das kam.

Poschner schaute verwirrt zwischen den beiden hin und her, als hätte er was Entscheidendes verpasst.

„Selbstverständlich“, sagte Hattinger. „Und jetzt bringt der Herr Poschner Sie hoam.“

„Naa, des macht er ned“, sagte Andrea Erhard. „I fahr selber.“

Damit verschwand sie grußlos wieder, wie sie aufgetaucht war, ein Phantom mit Kopfverband. Poschner starrte ihr hinterher.

„Is auf am guadn Weg, die Frau“, sagte Hattinger anerkennend.

Poschner verstand überhaupt nichts mehr.

52

Fiorella Langner gabelten sie in Bernau auf, an dem kleinen Parkplatz neben dem Verkehrskreisel an der Autobahnauffahrt.

„Mein Vermieter am Samerberg, na ja, er ist schon ein alter Freund mittlerweile, der leiht mir immer seinen Fiat 500 wenn ich ihn brauche. Den lässt er nur im Sommer zu. Ich liebe dieses Auto! Schaun Sie mal … Man darf halt nicht bei Regen fahren, sonst bekommt man nasse Füße“, begrüßte sie Hattinger und Wildmann.

Obwohl der 50 Jahre alte Fiat wirklich eine bezaubernde quietschgelbe Knutschkugel mit roten Plastiksitzen war und auch das Wetter kein Hinderungsgrund gewesen wäre, es war schon wieder fast so heiß wie seit Tagen, fuhren sie trotzdem mit dem Dienst-BMW weiter. Wäre auch etwas eng geworden, vor allem für den langen Wildmann auf dem Rücksitz.

Hattinger hatte sich gestern insgeheim fast einen romantischen Ausflug mit Fiorella Langner vorgestellt, aus welchen Gründen auch immer. Aber heute war diese Vorfreude einer angespannten Unruhe gewichen. Auf dem Weg nach Salzburg plauderten sie zwar scheinbar entspannt über dieses und jenes, aber der Schein trog. Hattinger und Wildmann hofften auf einen Durchbruch in diesem verwirrenden Fall und auch Fiorella Langner war ziemlich nervös in Erwartung der Dinge, die bei diesem Notar auf sie warten mochten.

Sie hatte um elf einen Termin vereinbart und sie waren ziemlich spät dran. Zum Glück war kein Stau, auch nicht an der Grenze am Walserberg, zumindest nicht Richtung Österreich. In die Gegenrichtung sah es ganz anders aus, denn gerade in den letzten Tagen war die Zahl der Flüchtlinge, die nach Deutschland wollten, enorm gestiegen, ja explodiert fast, deswegen wurde an der Grenze neuerdings wieder kontrolliert. Hattinger überlegte schon, ob sie nicht woanders zurückfahren könnten.

Das Notariat lag mitten in der Salzburger Altstadt in einer Einbahnstraße, es war schon kurz vor elf, als sie vor dem Haus ankamen und kein Parkplatz weit und breit in Sicht.

„Karl, entschuldige, aber konnst du vielleicht derweil a paar Mal um an Block fahrn, i glaub es dauert ned so lang“, schlug Hattinger vor. „Oder wennst an Parkplatz findst, kommst nach.“

Wildmann wechselte ohne Murren ans Steuer und fuhr los.

Die Kanzlei lag im ersten Stock eines altehrwürdigen, noblen Bürohauses. Kronleuchter, Stuck, dunkle Holzvertäfelung, goldene Klingelschilder, gediegene Gemälde an den Wänden. Wenn Geld schon nicht stinken, aber zumindest riechen würde, dann würde es riechen wie hier, dachte Hattinger, eine Mischung aus Bohnerwachs, Möbelpolitur und dem Staub von Jahrhunderten hinter den Paneelen.

Der Notar ließ nicht lange auf sich warten und die ältliche Vorzimmerdame, bestimmt seit Jahrzehnten hier in Diensten und Teil des Interieurs geworden, bat sie in sein Büro.

„Gnädige Frau“, begrüßte der weißhaarige alte Herr im feinen englischen Zwirn Fiorella Langner. Hattinger beäugte er etwas misstrauisch.

„Das ist mein Polizeischutz, sozusagen", sagte Frau Langner.

„Hattinger", stellte sich Hattinger vor.

„Herr Hattinger. Ich hoffe, Polizei werden wir nicht benötigen. Aber wenn Sie den Herrn dabei haben wollen, gnädige Frau, es ist Ihre Entscheidung."

„Ich bitte darum", bestätigte Frau Langner.

Hattinger war klar, dass sie das nicht tun musste, sie ließ sich freiwillig darauf ein. Umso weniger konnte er sich vorstellen, dass sie etwas zu verbergen hatte.

Nachdem ihre Personalien geklärt waren, reichte sie dem Notar die Sterbeurkunde Friedhelm Meisels, die heute gerade noch rechtzeitig bei Hattinger angekommen war.

„Darf ich fragen, woran der Herr Meisel gestorben ist? Es geht mich zwar nichts an, aber er war doch ein recht lebendiger älterer Herr", meinte der Notar.

Fiorella Langner warf einen fragenden Seitenblick auf Hattinger.

„Er is ermordet worn", sagte Hattinger.

„Ach …", sagte der Notar.

„Macht die Todesart einen Unterschied für das, was Sie mir zu geben haben?", wollte Frau Langner wissen.

Der Notar überlegte einen Moment.

„Ich weiß nicht, was in diesem Testament steht. Aber solange Sie ihn nicht selbst ermordet haben, ist es ohne Belang, gnä' Frau", sagte der alte Herr mit einem sibyllinischen Lächeln.

Er stand auf und holte aus einem tresorähnlichen

Aktenschrank zwei versiegelte Umschläge und legte sie vor sich auf den Schreibtisch.

„Wenn Sie das Testament in meiner Gegenwart öffnen, kann ich eine beglaubigte Kopie für Sie anfertigen und die Echtheit bestätigen. Im Fall eines Erbes in Deutschland müssten Sie beim zuständigen Nachlassgericht einen Erbschein beantragen. Was Sie mit dem Brief anfangen, ist allein Ihre Sache, Sie müssten mir nur den Empfang quittieren."

Er schob die beiden Umschläge über die lederne Schreibunterlage zu Fiorella Langner. Die zögerte einen Moment. Schließlich nahm sie das Testament und drehte das Couvert ein paar Mal um. Der Notar reichte ihr einen silbernen Brieföffner mit einer goldenen Justitia als Griff. Sie nahm ihn und öffnete den Umschlag.

Es war ein kurzes Testament, eine halbe Seite nur, in einer klaren, gut leserlichen Handschrift. Fiorella Langner überflog halblaut den Text.

„… vermache ich meiner Halbschwester … mein Grundstück mit Haus und sämtlichem Inventar in Schützing … Adresse …"

Fiorella Langner ließ das Blatt auf die Knie sinken, ihre Hände zitterten leicht, sie schien es nicht wirklich glauben zu können.

Hattinger erinnerte sich an den Moment der Testamentseröffnung von Albrecht Ostermeier, das war noch gar nicht so lang her, und ihm war es genauso ergangen.

„Ich nehme an, in dem Fall darf man gratulieren?", sagte der Notar in die Stille. Er schob ein Formular und einen Füllfederhalter über den Schreibtisch. „Wenn Sie mir hier noch den Empfang quittieren würden, dann mache ich die Kopie des Testaments und lasse Sie einen Moment allein."

Er ließ sich das Testament geben und verließ das Büro.

Hattinger hatte das Gefühl, er sollte Fiorella Langner auch einen Moment allein lassen. Sie schien seine Gedanken zu lesen.

„Bleiben Sie bitte. Ich bin nur gerade … Weiß nicht, was ich sagen soll."

Das konnte Hattinger gut nachvollziehen. Wenn sie noch nicht reich gewesen war, dann war sie es jetzt, auf einen Schlag. Zumindest ziemlich wohlhabend. Noch neugieriger war er allerdings, was wohl in dem anderen Umschlag drin war, aber er wollte nicht drängeln.

Der Notar kam wieder mit dem Testament und der beglaubigten Abschrift. Fiorella Langner steckte beides zusammen mit dem anderen Brief in ihre Handtasche.

„Was bin ich Ihnen schuldig?", fragte sie.

Der Notar deutete ein äußerst dezentes Kopfschütteln an.

„Das hat der Herr Meisel bereits erledigt", sagte er nur.

Hattinger hätte zu gern nachgefragt, auf welche Weise Meisel das erledigt hatte, aber es würde wenig Sinn machen, er hatte hier in Österreich sowieso keine polizeilichen Befugnisse.

Als sie das Notariat verlassen hatten und auf der Straße nach Wildmann Ausschau hielten, fing Fiorella Langner richtig an zu zittern.

„Meinen Sie, wir könnten vielleicht in ein Café gehen, oder in irgendeine Wirtschaft? Mir ist ganz schlecht gerade, ich hätte was essen sollen. Das überfordert mich alles."

Hattinger hatte nichts dagegen, im Gegenteil. Er sah Wildmann gerade ein Stück die Straße runter einparken, er hatte tatsächlich endlich einen Parkplatz gefunden.

„Kommen S', gemma da lang", sagte er. „Des da hinten schaut nach am Gasthaus aus."

Unterwegs sammelten sie Wildmann ein, der auch nichts gegen einen Imbiss einzuwenden hatte.

Es war ein sehr gemütliches holzgetäfeltes, im alten Stil erhaltenes Wirtshaus, mit ziemlich gesalzenen Preisen, aber auch wirklich gutem Essen.

„Ich würde Sie beide gerne einladen", sagte Fiorella Langner nach dem Essen.

„Naa, des geht gar ned", protestierte Hattinger. „Des wär ja Beamtenbestechung, und des wolln S' doch ned, oder?"

„Hier in Österreich? Sie sind ja gar nicht im Dienst. Sie sind privat hier, als meine Chauffeure. Ich bestehe darauf. Schließlich bin ich jetzt vermögend. So, und jetzt zu dir", sagte sie unvermittelt und zog das zweite versiegelte Couvert aus der Handtasche.

Sie legte es vor sich auf den Tisch und starrte es an.

„Ich hab regelrecht Angst davor. Wenn da jetzt irgendeine ganz furchtbare Nachricht drin ist?"

„Derf i amoi?", fragte Hattinger.

Er nahm das Couvert in die Hand und tastete es ab. Der Inhalt fühlte sich wie ein fester, dicker Karton an, etwas schwerer als er erwartet hatte. Er legte den Umschlag auf den Tisch zurück.

„Solln mir überhaupt dabei sei? Sie wissen, dass Sie dazu ned verpflichtet san."

„Ja“, sagte Fiorella Langner entschlossen. „Es ist mir lieber, wenn alles auf dem Tisch ist. Sonst verdächtigen Sie mich am Ende doch noch.“

Sie nahm ein sauberes Messer aus dem Besteckbehälter, öffnete den Brief und zog einen doppelten weißen Karton heraus. Sie nahm die Hälften auseinander. Heraus fiel ein postkartengroßer Zettel und in einer der Hälften des Kartons kam ein Schlüssel zum Vorschein, der quasi hineingeschnitzt worden war und von einem Streifen Tesafilm gehalten wurde.

„Noch ein Schlüssel. Der sieht dem, den er mir geschickt hat, sehr ähnlich“, stellte sie fest. Sie nahm den Zettel und las:

„Für Fiorella

Dieses Haus nutze ich seit Langem. Die Miete ist bis 2020 bezahlt. Bitte sieh es Dir an. Es wäre schade, wenn die Sachen in die falschen Hände kämen. Was immer Du damit machst, Du wirst das Richtige tun.

Ich grüße Dich, Friedhelm

Darunter steht eine Adresse.“

Wildmann war geradezu elektrisiert. Er holte sofort sein iPad aus der Mappe und warf die Karten-App an. Allerdings machte Fiorella Langner noch keine Anstalten, ihm die Adresse zu zeigen. Hattinger bedeutete ihm mit einer Handbewegung, es ruhig angehen zu lassen, aber Wildmann war nicht zu bremsen.

„Darf ich?“, fragte er.

„Sicher …“

Frau Langner reichte ihm den Zettel. Sie wirkte abwesend.

„Ich weiß nicht, was mich da erwartet. Aber ich hab kein gutes Gefühl“, sagte sie.

Das ging Hattinger ähnlich.

53

Hallo Lena, ruf Poschner an. Die 2 Zeugen von Senay (?) sollen aussagen. Vielleicht auch du und Lisa? Aber nix übertreiben! Muss heut nach Österreich, denke bin abends wieder da. LG, Paps!

Als Lena die SMS ihres Dads las, war sie schon wieder zwei Stunden alt. Sie hatte natürlich mal wieder voll verschlafen, na toll. Moment mal – Österreich? Wie, Österreich? Was wollte er denn in Österreich? Fehlt bloß noch, dass er zum Plattensee weiterfährt, dachte sie.

Als sie so weit wach war, dass sie auf die Idee kam, nach Senai zu schauen, war er nicht da. Das Kammerl war leer, also ging sie auf die Suche.

Sie fand ihn in der Küche. Er saß da wie bestellt und nicht abgeholt, alle Fenster waren zu, die Terrassentür auch. Der Rucksack mit seinen Sachen stand neben ihm am Boden und offensichtlich hatte er nicht gewagt, irgendwas anzurühren. Nichts gegessen, nicht einmal ein Glas Wasser stand auf dem Tisch.

Lena riss erst mal die Fenster und Türen auf, um frische Luft reinzulassen. Frisch, na ja …

„Good morning", sagte sie.

„I wait for you, Lena. I go", sagte Senai. „Is better."

„You leave? Nix da, du bleibst hier. You stay!"

„I go, leave …"

Lena setzte sich und erklärte ihm, dass sie gute Neuigkeiten habe, der Priener Polizeichef würde seine Zeugen hören, sie müssten die nur holen und zur Polizei gehen und Lisa und sie selbst würden auch gegen den Typ aussagen, wegen Samstag.

Senai war sehr skeptisch. Er wollte nicht da hingehen und die zwei holen und zur Polizei wollte er schon gar nicht. Und ob die überhaupt mitkämen, wenn sie nur Ärger zu erwarten hätten, das wusste er auch nicht. Aber auf Lenas Frage, was er denn sonst machen wolle, hatte er auch keine Antwort.

Auf jeden Fall erst mal frühstücken und danach die Lisa anrufen und dann weitersehen, schlug sie vor. Sie machte Kaffee. Zum Glück hatte sie gestern noch was eingekauft und der olle Herd ging auch wieder, also machte sie eine Riesenportion Rühreier mit Schinken und Buttertoast. Der Schnittlauch auf der Terrasse war leider vertrocknet, also musste es halt ohne gehen. „In der Not, in der Not, fress ich den Schinken auch ohne Brot", sang sie gut gelaunt vor sich hin und fühlte sich gleichzeitig schlecht, als sie Senai wieder so sitzen sah.

Senai trank nur Wasser, aber das Rührei schaufelte er nur so in sich rein, nachdem er es erst mal ganz vorsichtig probiert hatte. Am Ende sammelte er noch die letzten Schinkenfitzelchen auf, die am Teller pappten. Dabei fiel Lena erst jetzt ein, dass Schinken ja aus Schweinefleisch war, normalerweise. Hoffentlich …

Sie sagte lieber nichts, aber Senai schien ihre Gedanken zu erraten, als er ihrem Blick folgte.

„This is pork?", fragte er, mit einem kleinen verbrutzelten Schinkenquadrat auf der Kuppe des Zeigefingers.

Lena nickte schuldbewusst.

„Pork welcome, no problem. No muslim, I am christian. In Eritrea, half muslim, half christian."

Er untermalte mit entsprechender Gestik, was er sagte.

„But in my hometown, Jesus no good! Look." Er zog sein T-Shirt hoch bis zur Brust und zeigte Lena eine wulstige Narbe, die sich schräg über seinen ganzen Bauch zog: „I survive. I lucky. But next time, they kill me."

Lena wusste nicht, was sie sagen sollte. Es war so ein Irrsinn! Da wurden die Moslems verfolgt, dort die Christen, und mit der Hautfarbe hatte es eigentlich gar nichts zu tun. Die Schwarzen hauten sich genauso die Köpfe ein wie die Weißen, es war zum Kotzen. Durfte man noch „schwarz" sagen? Nein, das war ja politisch unkorrekt. Aber korrekt in den Tod schicken durfte man ihn natürlich schon, den Farbigen, wenn er was ausgefressen hatte, oder wenn man ihm was anhängen konnte. Bei den Deutschen war der Islam gerade an allem schuld, aber wenn der Schwarze zufällig Christ war, wars auch scheißegal. Jeden durfte man ungestraft einen Kanaken nennen und ihn anzünden, egal ob er schwarz oder gelb oder grün war.

„Come with me …" Lena nahm ihre Zigaretten und ging auf die Terrasse, Senai folgte ihr zögernd. Sie setzten sich auf die Mauer und Lena bot ihm eine Zigarette an.

„Daanke", sagte er. „You very nice."

Sie rauchten schweigend. Lena fing gleich wieder zu schwitzen an, aber Senai genoss die Sonne.

„Your father … He is angry?", fragte er irgendwann.

Lena überlegte, sie schüttelte den Kopf.

„Not really", sagte sie. „He can help you. But he's very busy, much work, you know? Viel Arbeit."

„Aarbait … Was Aarbait?"

„Was er arbeitet? Er ist Kommissar – how do you say? Police commissioner."

Senai sprang erschrocken auf.

„No no no, ganz ruhig", sagte Lena schnell und legte ihm die Hand auf den Arm. „Easy … He talked to Priener Polizeichef, okay? Er wird dir helfen. He will help you. Okay?"

Wirklich überzeugt wirkte Senai nicht, aber er setzte sich wieder. Lena sagte ihm, dass sie jetzt Lisa anrufen würde, um mit ihr was auszumachen und dann müsste sie sehen, wie sie das angehen würden mit den Zeugen. Sie ging hinein und suchte in ihrem Zimmer nach dem Handy.

Lisa war wenig begeistert.

„Ich hab noch so viel zu tun heut. Die Ma hat mich verdonnert, dass ich die Küche mach und mein Zimmer soll ich aufräumen und so, lauter Scheiß …"

Lena war sich nicht sicher, ob das nicht eine Ausrede war. Die Lisa schwächelte langsam, sie fragte sich, was mit der los war.

„Wie, Anzeige? Wir?", sagte sie, als Lena ihren Plan erzählte. „Also, ich weiß ja nich."

„Ja, Anzeige. Wir habens doch gesehen. Wir haben direkt daneben gestanden, wie das Arschloch den Senai angegriffen hat. Wir müssen dem helfen, Mensch! Und wenn wir das aussagen, is er doch viel glaubwürdiger. Uns glauben die doch viel eher als ihm. Was is denn los? Hast jetzt Angst oder was?"

„Angst? Angst … Ich hab doch keine Angst", sagte Lisa. „Aber ich seh die Typen halt jeden Tag am Bahnhof, wenn ich in die Schule fahr. Ich mein, was is denn, wenn … Ich hab dir doch gesagt, wie die drauf sind. Das is echt ganz schön krass."

Eine Weile sagte sie nichts.

„Und gut, ja, vielleicht hab ich'n bisschen Muffe. Und? Meine Ma is nich bei der Polizei, und wenn die Typen dich auf'm Kieker haben? Dir is des irgendwie egal, oder? Aber pass lieber auf, echt. Ich weiß nich, ob dir dein Dad da was hilft, wenn die dich kriegen."

„Ja, okay", sagte Lena. „Dann überlegs dir halt. Ich schau mal, dass ich was ausmach da auf der Polizei, mit dem Poschner und mit den Zeugen. Ich kann dir ja Bescheid geben, wenn ich weiß, was Sache is. Denk halt noch mal nach. Okay, also dann ... Ciao."

Lena spürte, dass Lisa sich das nicht überlegen würde. Das würde nichts werden mit ihr. Musste sie's eben allein machen.

Sie rief kurz entschlossen auf der Priener Polizei an und fragte nach Poschner.

„Herr Poschner, hier ist die Lena Hattinger."

„Ah ja", sagte Poschner wenig begeistert.

„Ich glaub, mein Vater hat schon was erzählt."

„Ja, i woaß scho, der Syrer", sagte er.

„Nein, der ist aus Eritrea."

„Na ja, von mir aus. I moan, des is ja wurscht, des hat ja mit der Anzeige nix zum doa."

Lena nahm sich vor, sich zusammenzureißen.

„Jedenfalls wollen wir, dass die zwei Zeugen, die am Bahnhof dabei waren, aussagen können. Und ich will auch eine Aussage machen. Ich kann bestätigen, dass der Typ den Senai – aus Eritrea – letzten Samstag angegriffen hat."

Poschner stöhnte.

„Ah mei, Kinder ... Wissts ihr, auf was ihr eich da eilassts? Außerdem muass ma da aufbassn, dass eahm des dann ned no ois Racheakt ausglegt werd. Na werds no ärger für eahm."

„Ja gut, aber was sollen wir denn machen? Der Junge ist unschuldig, das weiß ich!", sagte Lena. Sie ärgerte sich doch schon wieder.

„Ja, Schuld – Unschuld! Bei uns gehts um Fakten", entgegnete Poschner. „Aber von mir aus, schau ma hoid amoi was die sagn."

„Gut, danke", antwortete Lena, entschlossen, sich wieder zu beruhigen. „Und wie machen wir das? Die zwei sind wahrscheinlich in der Flüchtlingsunterkunft, den Senai bring ich hin, können wir uns da irgendwann treffen?"

„Lena, alles was recht is, aber glaubst du, i hab sonst nix zum doa, ois dass i da rumhäng und auf irgendwelche Typen wart? Da miassts ihr scho zu uns kemma. Außerdem, was hoaßt, dass du den da hinbringst? Der hat doch Auflage, dass er si da aufhoit!"

Mist, dachte Lena, jetzt hatte sie sich auch noch verquasselt. Und der Poschner war eh schon so misstrauisch und schlecht drauf.

„Ja, gut, wir kommen zu Ihnen. Bis wann sind Sie denn da heut?"

„Offiziell bis um fünf", antwortete Poschner. „Aber wahrscheinlich werds eh wieder vui später." Damit legte er auf.

Na klar, was anderes kannte Lena von ihrem Dad auch nicht.

„Senai? I talked to the chief of Priener police", rief sie, als sie wieder durch die Küche auf die Terrasse ging. „Wir machen das so, this is how we do it, we … Senai?"

Senai war nicht da.

„Senai?“ Lena tigerte durchs ganze Haus. „Hallo?“

Senai war weg, mitsamt seinem Rucksack. Auf der Matratze im Kammerl hatte er einen kleinen Zettel hinterlassen: *Thank you Lena*

54

„Das ist gar nicht weit. Vielleicht zehn, zwölf Kilometer östlich von Salzburg“, sagte Karl Wildmann. Er zeigte Hattinger die Karte auf dem iPad. „Das ist Schwaighofen und hier müsste es sein.“ Er tippte auf Satellit und zoomte mit Daumen und Zeigefinger auf ein paar alleinstehende Gebäude. „Hier, eins von den beiden, die laufen offenbar unter einer Adresse.“

„Darf ich auch mal sehen?“, bat Fiorella Langner.

Wildmann reichte ihr sein iPad.

„Interessant. Das scheint ja ein winziges Kaff zu sein. Fahren wir da hin?“

„Des wär jetz mei nächster Vorschlag gwesn“, sagte Hattinger.

„Na dann los. Ich will jetzt wissen, was mich da erwartet.“

Die Neugier schien bei Fiorella Langner mittlerweile wieder Oberhand über die Angst zu gewinnen. Das war gut so, denn sie hätten sie ja nicht ohne weiteres zwingen können, sie mitzunehmen.

Nach einer Viertelstunde hatten sie den Salzburger Stadtverkehr hinter sich gelassen und waren auf der Grazer Bundesstraße. Es ging erst mal über ein paar Serpentinen bergauf und nach wenigen Kilometern bogen sie nach Norden ab. Kurz darauf waren sie schon in Schwaighofen.

„Wir müssen gerade durch“, sagte Wildmann, der auf dem Beifahrersitz saß.Hinter der Ortschaft bat er Hattinger langsamer zu fahren.

„Da vorn gehts rein“, dirigierte er, immer das iPad in der Hand. „Und nach hundert Metern links und dann wieder rechts in den nächsten Feldweg.“

Noch vor der Abzweigung in den Feldweg kam ihnen auf der schmalen Straße ein weißer Lieferwagen entgegen, der ziemlich schnell fuhr und die Straße offensichtlich für sich allein beanspruchte. Hattinger musste weit nach rechts ausweichen und kam einem Weidezaun bedrohlich nahe.

„Idiot", knurrte er.

Wildmann schaute von der Karte auf.

„Moment mal", rief er. „Das gibts doch nicht. Hast du den Fahrer gesehen? War das nicht dieser Volker?"

Er drehte sich um und schaute dem Lieferwagen nach, aber der war schon fast um die Kurve.

„Was?" Hattinger hatte sich auf den Zaun konzentriert. „Bist sicher?"

„Nein, sicher bin ich nicht, ich hab ihn ja nur kurz gesehen", sagte Wildmann. „Aber der Typ war ihm auf jeden Fall ähnlich. Mietwagen mit deutschem Autokennzeichen."

„Des is so nah an der Grenz aber ned ungewöhnlich."

„Wer ist denn dieser Volker?", wollte Fiorella Langner wissen, die sich auf dem Rücksitz nach vorn beugte.

„Oaner, der sehr wahrscheinlich mit dem Fall z'doa hat", sagte Hattinger. „Aber dass der jetz da is, konn i mir kaum vorstelln. Da jetz rechts nei, oder?", fragte er Wildmann.

„Genau, und dann immer den Weg lang, ein paar hundert Meter, schätze ich. Aber wenn er es tatsächlich war", kam er wieder auf Volker X zurück, „ist das wohl kaum ein Zufall."

„Jetz schau ma moi."

Hattinger bog ab und fuhr auf dem Feldweg im Schritttempo an einem alten Hof vorbei, der auf den ersten Blick fast unbewohnt wirkte. Um den Garten hatte sich offenbar lang niemand gekümmert, da wucherte alles wild durcheinander. Die Fenster des Hauses waren fast blind vor Dreck, die verwitterten grünen Fensterläden zum Teil geschlossen, das Dach ziemlich bemoost und schon von den ungeschnittenen Obstbäumen überragt. Im hinteren Teil des Hauses war eine ehemalige Tenne mit Auffahrt an der Stirnseite, deren windschiefe, silbergraue Fichtenbretter an manchen Stellen deutlich auseinanderklafften. Gegen Wind und Wetter boten die Wände jedenfalls nicht mehr viel Schutz, der Teil des Gebäudes sah eigentlich abrissreif aus. Unter der Tenne der ehemalige Kuhstall, von Rindern, Schweinen oder anderem Viehzeug war nichts zu sehen. Hier liefen keine Hühner rum, kein Hofhund, nicht einmal Katzen schien es zu geben. Durch die verdreckten Fenster konnte man allerhand Gerümpel erkennen, das sich da drinnen vermutlich im Lauf von Jahren oder Jahrzehnten angesammelt hatte. Vor dem Anwesen kein Auto, kein Traktor, auch kein Hänger oder irgendwelche Landmaschinen. Die Landwirtschaft schienen die Bewohner dieses Bauernhofes seit Langem aufgegeben zu haben, auch wenn die umliegenden Wiesen gemäht waren.

„Meinen Sie, das hier ist es?“, fragte Fiorella Langner zweifelnd.

„Keine Ahnung“, meinte Hattinger. „Kommt ma eher unwahrscheinlich vor. I glaub, da brauchat ma koane zwoa Sicherheitsschlüssel, da kommt ma mit oam Zahnstocher nei.“

„Ich würde erst mal zu dem kleinen Haus fahren", schlug Wildmann vor. „Das müsste irgendwo da hinter den Bäumen sein."

Hattinger fuhr langsam weiter und hinter der nächsten Wegbiegung sahen sie es: Ein Häuschen nahe am Waldrand, nicht größer als ein durchschnittlicher Heustadl, aber nicht aus Holz, sondern gemauert und verputzt, die Wände in einem unauffälligen beigegrau gestrichen, mit zwei kleinen, sehr hoch liegenden Fenstern auf der Seite, die mit schmucklosen schmiedeeisernen Gittern und innenliegenden Holzläden versehen waren, und einem Kupferdach, das bestimmt noch nicht sehr alt war. Es hatte zwar schon den frischen Kupferglanz eingebüßt und war braun geworden, hatte aber noch keine grüne Patina angesetzt.

Das kleine Haus wirkte sehr solide und schlicht.

Sie fuhren von der Seite darauf zu, der Eingang schien links zu liegen. Auf jeden Fall führte der Weg nach links.

„I glaub, da samma richtig", sagte Hattinger.

„Das scheint mir auch so", sagte Wildmann.

Fiorella Langner holte ihren Schlüsselbund aus der Handtasche und machte einen Schlüssel ab, den zweiten hatte sie schon die ganze Zeit in der Hand gehalten wie einen Talisman.

„Ich kann Ihnen gar nicht sagen, wie aufgeregt ich bin."

Das konnte Hattinger ihr gut nachfühlen. Auch Wildmann war schon ganz wepsig, er schnallte sich schon mal ab.

Hattinger fuhr links ums Gebäude herum, der Eingang war auf der Nordseite, eine massive Holztür mit einem kleinen Überdach. Er hielt vor dem Haus und sie stiegen aus.

Wildmann lief sofort zur Eingangstür und während Hattinger und Fiorella Langner sich noch umsahen, stieß er einen für ihn ungewohnt derben Fluch aus.

„Was is'n los?“, wollte Hattinger wissen.

„Ich dreh durch! Wir sind schon wieder zu spät! Da, schaut euch das an“, rief er und gab der Eingangstür einen kleinen Schubs, worauf sie ohne weiteres Zutun aufschwang.

„Vorsicht, vielleicht …“ ist da jemand, wollte Hattinger sagen, aber er sparte es sich, weil er im Grunde schon wusste, dass da niemand mehr war.

„Aufgebrochen“, sagte Wildmann.

Es war nicht zu übersehen, dass da jemand mit schwerem Gerät den Rahmen um das Schloss herum gesprengt hatte. Er musste grobe Gewalt angewendet haben, der massive Eichenrahmen war völlig zersplittert.

„Frau Langner, bitte bleiben S' erst amoi im Hintergrund, solang ma ned wissen …“, schlug Hattinger vor, aber Fiorella Langner kam entschlossen dazu, um sich die Sache aus der Nähe anzusehen.

Durch die Eingangstür sahen sie in einen kleinen Vorraum, gleich gegenüber war eine feuerfeste graue Stahltür, das Türschloss offenbar aufgebohrt.

Wildmann streifte Plastikhandschuhe über und zog die schwere Stahltür vorsichtig auf: Hinter der Tür ein fensterloser Raum, fast so groß wie das ganze Gebäude, in dem helles Neonlicht von mehreren Leuchtstoffröhren unter der Decke brannte. Die Wände ringsum voller hoher Metallregale. Die

Regale waren leer. Eine Aluminiumleiter lehnte an der Stirnwand. In der Mitte des Raums ein schwerer, alter Werkstatttisch mit Schubladen, die offen standen, darin diverses Werkzeug. In der Ecke hinten links eine kleine Klimaanlage mit Abluftschacht, daneben eine sehr professionell wirkende Klimamesseinrichtung. Das Ganze schien eine Raum-in-Raum-Konstruktion innerhalb der Außenmauern zu sein, auf jeden Fall war es dem unscheinbaren Häuschen von außen nicht anzusehen.

Alle drei starrten auf die leeren Regale.

„Gibts ja ned“, sagte Hattinger.

„Es war *doch* dieser Volker, hundert pro!“, sagte Wildmann.

Fiorella Langner sagte gar nichts mehr.

Hattinger schaute auf die Uhr.

„Zehn Minuten hat er vielleicht Vorsprung, wenn er's war.“

„Also los, hinterher“, sagte Wildmann. „Was wollen wir hier noch?“

Hattinger war nicht ganz wohl bei der Sache.

„Frau Langner ...“

„Falls Sie mir sagen wollen, dass ich dableiben soll, vergessen Sie's“, kam sie ihm zuvor.

„Meinetwegn. Aber wenns irgendwie kritisch werd, dann mischen Sie sich ned ei, okay? Und oans no, gebn S' ma bitte kurz die Schlüssel.“

Frau Langner reichte sie ihm. Das Schloss in der Stahltür war ja kaputt, aber das in der Holztür sah intakt aus. Der erste Schlüssel, den er probierte, ließ sich nicht drehen, aber der zweite passte.

„Des hoaßt, mir san auf jeden Fall am richtigen Ort“, stellte Hattinger fest. „Und dass a paar leere

Regale in die falschen Hände kommen könnten, des werd der Herr Meisel ja wohl kaum befürchtet ham. Oiso, auf gehts!“

55

Poschner griff nach dem Telefonhörer, dann überlegte er es sich anders. Er nahm sein Handy vom Schreibtisch und steckte es ein.

„I mach a Viertelstund Pause“, sagte er dem Kollegen in der Wachstube, der gerade ein Protokoll wegen eines Ladendiebstahls aufnahm. „Wenn was is, i bin draußen.“

Der Kollege nahm es zur Kenntnis.

Poschner verließ die Wache und ging ein Stück die Alte Rathausstraße entlang und dann links in den kleinen Weg Richtung Eichental an der Prien entlang. Hier war man einigermaßen ungestört.

Es war schon wieder so heiß heute, selbst hier im Schatten der Bäume. Normalerweise hatte er nichts gegen Hitze, aber im Moment wars schon ziemlich extrem. Es fing an ihm auf die Nerven zu gehen.

Überhaupt ging ihm gerade alles auf die Nerven, besonders der Hattinger mitsamt seiner Tochter. Was mussten die sich in Dinge einmischen, die sie überhaupt nichts angingen? Der Hattinger führte sich langsam auf, als ob er hier der Chef wäre, dabei war er der Dienststellenleiter und der Hattinger und seine Leute hatten sich hier nur eingenistet, weil sie lieber in Prien waren als im Präsidium in Rosenheim. Konnte man ja verstehen, aber langsam nahm die Sache überhand.

Und dann auch noch … Nein, an die Andrea mochte er gar nicht denken. Die war ja wohl total durch'n Wind. Die war dermaßen aufsässig geworden in letzter Zeit, die wollte sich ja überhaupt nichts mehr sagen lassen. Obwohl er ihr Chef war.

Dabei mochte er sie wirklich. Aber die kapierte einfach nicht, dass er gut für sie wäre. Sie würden echt gut zusammenpassen, aber sie wollte einfach nicht.

Er und aufdringlich! So ein Schmarrn. Aber die Sache nach der Feier, das war halt echt eine rattenscharfe Kiste gewesen. Er hätte gar nicht gedacht, dass die so dermaßen abgeht. Richtig wild war sie auf einmal, so gesittet sie sonst daherkam. Kein Wunder, dass man da an Fortsetzung denkt. An Wiederholung. Er hatte nur blöderweise den Wiederholknopf nicht gefunden. Obwohl er alles versucht hatte. Den hätte er jeden Tag gedrückt, zur Zeit schon gleich gar, bei dieser Blutshitze, die einen ganz verrückt macht, den letzten Schweißtropfen hätt er für sie vergossen, oder besser mit ihr.

Hör auf, Poschner! Bringt ja nix. Reiß dich zusammen!

Jetzt hatte sie's ja bös erwischt, die Andrea. War ja wohl selber schuld, aber es ging ihr offensichtlich beschissen und er dachte nur noch an Sex im Zusammenhang mit ihr. Hatte ständig die Bilder im Kopf. An jede Sekunde erinnerte er sich. Kein Wunder, das hatte er jahrelang nicht mehr gehabt.

Trotzdem, das musste aufhören. Er hätte sie gern besucht, aber es war ja ziemlich klar, dass sie nicht mal das wollte. Der Hattinger hatte sie ganz verrückt gemacht. „Die Frau ist auf einem guten Weg“ – was soll der Schmarrn? Der sollte sich lieber raushalten hier in Prien.

Jetzt war er schon ein ganzes Stück weit gegangen, stellte er fest. Egal, dann blieb er halt länger weg, sie konnten ihn ja anrufen.

Und jetzt auch noch das. Dieser Saufratz, dieser

missratene … Er setzte sich auf die nächste Bank, holte sein Handy aus der Tasche und wählte.

„Da is der Poschner. Wo bist'n du grad? … Am Bahnhof? Guad, pass auf, du schwingst jetz dein Arsch her … naa, jetz sofort! Der Weg ins Eichental, an der Prien entlang, den kennst ja. Was? Naa, alloa! I wart auf di, aber beeil di. I hab ned ewig Zeit …"

Was ihn der schon an Nerven gekostet hatte die letzten zwei Jahre. Unverhofft kommt oft – an den alten Spruch von seiner Oma musste er seitdem immer wieder denken. War völlig unerwartet in sein Leben geschneit, von heut auf morgen. Geschneit? Falscher Ausdruck. Gekracht, könnte man vielleicht sagen. Wie eine Bombe im Überraschungsei.

Was hatte er nicht seitdem schon unternommen, den Kerl zur Raison zu bringen. War wahrscheinlich vollkommen sinnlos, aber was sollte man machen. Er fühlte sich ja trotzdem irgendwie verpflichtet. Obwohl er überhaupt nichts dafür konnte. Er hatte schließlich von nichts gewusst bis vor zwei Jahren. Das war ja über 20 Jahre her gewesen, da hatte er seine Frau noch gar nicht gekannt. Und dass die andere ihm nix gesagt hatte, was konnte er denn da dafür? Vor zwei Jahren, da hatte er ihren Namen längst vergessen. War ja nur eine ganz kurze Affäre gewesen mit der Russin. Na ja, richtige Russin war sie ja gar nicht, Russlanddeutsche. War echt nett gewesen, unkomplizierter Matratzensport, fertig. Dann trennt sie sich und heiratet einen andern. Er hatte damals schon den Verdacht gehabt, dass es nur wegen der Kohle war. Tjaha … Vor zwei Jahren lässt sich ihr Mann von ihr scheiden, weil er rausfindet, dass er gar nicht der Vater ist von dem Knaben. Paar Wochen später steht sie bei ihm auf der Matte: „Hallo, ich bin Alina, du erinnerst dich? Das ist der Pio, dein Sohn."

Ihn hatte es sowas von aus den Latschen gehauen! An den Moment konnte er sich noch lebhaft erinnern: Steht da so ein 17-jähriger blonder Lümmel und gafft ihn blöd an. Und er hatte mindestens genauso blöd zurückgegafft.

Seine eigene Ehe war da schon am Abgrund gewesen, aber das hatte ihr noch den letzten Schubs gegeben. Seine Frau war ausgezogen. „Die Kinder nehm ich mit", hatte sie beschlossen, und am Ende der übliche Hickhack: Unterhalt, Haus, Besuchsregelung – der ganze Scheiß. Die Kinder waren jetzt 13 und 14, sie lebten 300 Kilometer weg und er konnte sie alle paar Wochen mal sehen. Scheiße. Und er war so gut wie ruiniert.

Dafür durfte er sich inzwischen alle naslang um Pio kümmern. Pio, von Pjotr. Der Kerl war der totale Aggressivling, der schlug alles zusammen, was ihm unter die Nase kam und kleiner war als er. Und sonst der totale Loser. Das musste man leider genau so hart sagen. Zum Glück wusste außer seiner Frau und Pios Mutter niemand über ihr „Verwandtschaftsverhältnis". Und Pio selbst natürlich.

Poschner hörte ein Fahrrad daherstieben und drehte sich um. Da war er ja schon.

Pio haute die Bremse rein, dass es staubte. Hatte einen ziemlich dicken Verband am linken Arm, dafür war er flott unterwegs. Er blieb auf dem Rad sitzen.

„Was's los?", starrte er Poschner feindselig an.

„Jetz steig erst amoi ab und setz di da her."

„Ich bleib hier sitzen", sagte Pio. „Was willst du?"

Poschner ging schon dieser pseudorussische

Akzent auf die Nerven, den der Knabe kultivierte, weil er ihn wohl für cool hielt.

„Oiso guad, pass auf", riss er sich zusammen. „I habs ja scho versuacht dir beizbringa, dass des mit der Anzeige gegen den Syrer a Schnapsidee is. I kriag Druck von oben. Da gibts zwoa Zeugen, die gegen di aussagn woin."

„Was'n für Zeugen? Is doch Bullshit", pampte Pio ihn an.

„Von wegen. A Mädl gibts ah no, die aussagn werd. Du hast ja den Typen am Samstag beim Seefest scho zammgschlagn! Und des is die Tochter von am Hauptkommissar, die konn i ned wegschickn wia de andern zwoa vielleicht no."

„Bah, die Schlampe! Die Niggerf…"

„Jetz hoit amoi as Maul!", herrschte Poschner ihn an. Er sprang von der Bank auf und ging auf Pio zu. „Mir reichts! Du baust immer irgend so an Scheißdreck und dann erwartst, dass i di raushau! Damit is jetzt Schluss, verstehst du des? Wenn du glaubst, du stehst unter meim ganz persönlichen Polizeischutz, dann hast di gschnittn! Aus und Ende."

„Ich mach die fertig, da sagt keiner aus! Wirst du sehen!"

„Du machst niemanden fertig! Und die scho glei gar ned. Niemand machst du fertig! Hast des verstanden?"

Poschner packte Pio am Oberarm und schüttelte ihn. Pio schlug ihm mit der Rechten den Arm weg.

„Glaubst, du kannst mit mir machen was du willst, bloß weil du mein Erzeuger bist!? Ich scheiß drauf was du sagst!"

„Du, mein Freund, kommst heut Nachmittag

no auf die Polizei und ziagst bei meim Kollegen dei Anzeige zurück! Hast mi?!“

„Und was, wenn nicht? Haust du mich dann? Das traust du dich sowieso nich!“

„I daad mi ned drauf verlassen“, funkelte Poschner ihn an.

„Und wer zahlt mir Schmerzensgeld? Häh? Du vielleicht?“

„Schmerzensgeld? So eine hirnrissige Idee! Niemand zahlt dir Schmerzensgeld, des garantier i dir. Außerdem bist du doch selber schuld.“

„Fick dich, alter Mann“, zischte Pio.

Er riss sein Rad herum und fuhr davon.

56

„Wenn der Typ möglichst schnell zurück nach Deutschland will, dann wird er sicher nicht durch Salzburg fahren, sondern über die Westautobahn“, sagte Wildmann. „Die verläuft ein paar Kilometer nördlich von hier.“

Das erschien Hattinger plausibel, also bog er Richtung Norden ab und gab wieder Gas. Obwohl sie natürlich ein Navi im Auto hatten, war Wildmann mit seinem iPad für den Überblick zuständig.

Hattinger bretterte dahin, so schnell es der Verkehr erlaubte. An Geschwindigkeitsbegrenzungen oder Überholverbote hielt er sich jedenfalls nicht. Anders würden sie diesen weißen Lieferwagen auch nicht einholen. Und selbst so war es fraglich. Bis zur Grenze waren es vielleicht 30 Kilometer, bei normalem Verkehr höchstens eine halbe Stunde. Aber zumindest konnten sie darauf hoffen, dass Volker X wohl kaum auffallen wollte und sich im Gegensatz zu ihnen an die Verkehrsregeln halten würde.

„Könnten Sie mich wenigstens ein kleines bisschen einweihen, worum es hier eigentlich geht?“, fragte Fiorella Langner.

Sprach nichts dagegen, fand Hattinger, wenn er denn nur gewusst hätte, was er erzählen könnte.

„Na ja, Ihr Halbbruder hat offenbar immer größere Mengen Bargeld ghabt. Und in seim Beruf hat er des ned verdient. Stellt si die Frage: Wo is des Geld herkomma? Und da liegt die Lösung des Rätsels wahrscheinlich in dem Versteck, wo ma grad warn. Beziehungsweise, jetzt liegts eben nimmer da.“

Hattinger wich dem Überholer eines Traktors aus und überholte seinerseits einen Lastwagen.

„Des wiederum hat wahrscheinlich mit diesem Volker zu tun, dem ma auf'm Hinweg begegnet san."

Seinen Verdacht, dass der Mann beim Verfassungsschutz sein könnte, erwähnte er erst mal nicht.

„Sie wollen mir jetzt nicht erzählen, dass dieses Haus voll Geld war?", sagte Fiorella Langner.

„Naa, des glaub i ned, aber wahrscheinlich irgendwas, was si zu Geld machen lasst. I hab da so a Vermutung ..."

Wildmann drehte sich kurz zu Fiorella Langner um.

„Wissen Sie eigentlich, was Ihr Vater während des Krieges gemacht hat?"

„Nicht wirklich, für mich war er ja bis zu seinem Tod nur der Onkel Adi, der uns halt besucht hat. Über den Krieg hat er nie geredet, ich glaube nicht mal mit meiner Mutter. Sie hat nur mal erwähnt, dass er Bibliothekar war und deshalb viel über Kunst wusste, damit hab ich mich damals zufrieden gegeben."

„Und später?", hakte Hattinger nach. Er ärgerte sich über einen Lastwagen, den er wegen des Gegenverkehrs nicht überholen konnte.

„Später war ich kaum noch zuhause und auf einmal hieß es, er sei mein Vater und kurz darauf war er schon tot und ich bin nach England gegangen und hatte ganz anderes zu tun, ein ganz neues Leben aufzubauen. Ich hab den Onkel Adi als Vater ganz schnell wieder ausgeblendet. Ich wollte das gar nicht wahrhaben. Ich hab den Friedhelm mal auf die Kriegszeit angesprochen, aber der hat auch die Geschichte vom Bibliothekar erzählt, darüber hinaus wusste er nichts, oder er wollte es mir nicht sagen. Ich nehme an, Adalbert Meisel war nicht Bibliothekar im Krieg, oder?"

„Ja, Herrschaftszeiten, jetzt reichts aber!" Hattinger war entnervt. „Hol doch bitte as Blaulicht raus", sagte er zu Wildmann. „So komm'ma ned vorwärts."

Wildmann schaute ihn nur verwundert an.

„Im Ernst jetzt? In Österreich?"

„Des is mir wurscht."

Wildmann ließ sich nicht zweimal bitten und stellte das Blaulicht aufs Dach. Hattinger schaltete das Martinshorn ein und überholte trotz Gegenverkehr, was die Entgegenkommenden zum Ausweichen aufs Bankett nötigte.

„Na endlich."

Nach dem Überholmanöver konnte er wieder auf die Tube drücken. Kurz danach sah er auch schon die Autobahn.

„Da is ja gar koa Einfahrt, da konn ma ja nur unten durchfahrn!"

„Ich weiß, keine Panik", sagte Wildmann. Er vertiefte sich wieder in sein Tablet. „Nach 500 Metern im nächsten Kaff links und dann sinds höchstens noch drei Kilometer."

Hattinger beschloss das Blaulicht anzulassen, das Martinshorn schaltete er erst mal wieder aus. Aber es ging jetzt sowieso flott dahin.

„Sagt Ihnen der Name Kajetan Mühlmann was?", wandte er sich wieder an Fiorella Langner.

„Nein, nicht dass ich wüsste. Sollte er?"

Hattinger beobachtete ihre Reaktion im Rückspiegel. Er hatte nicht den Eindruck, dass sie log.

„Aber Sie machen was mit Kunstdruck, ham S' gsagt?"

„Ja, vor allem Poster, moderne Grafik, Design, Fotografie … Wieso fragen Sie?"

„Da links und dann im Kreisverkehr die dritte Ausfahrt", warf Wildmann ein.

„Egal, i erzähls Ihnen später", sagte Hattinger und bog sehr knapp vor dem lichthupenden Gegenverkehr links ab.

Es wunderte ihn nicht, was Fiorella Langner sagte, er hatte auch noch nie von diesem Mühlmann gehört, wie auch kein anderer aus dem Team vor Hallers und Körbels Recherche.

„Was machen wir denn, wenn wir den einholen?", erkundigte sich Fiorella Langner schon mal vorsorglich. Es war ihr anzumerken, dass ihr die ganze Unternehmung doch ziemlich unheimlich war.

„Keine Ahnung", sagte Hattinger wahrheitsgemäß und bremste scharf ab. „Irgendwie aufhoitn, wenns geht."

Vor dem ersten Kreisverkehr warf er das Martinshorn wieder an, um sich Vorfahrt zu verschaffen.

„Das heißt, Sie haben keinen Plan", sagte Frau Langner.

„Der Plan kommt unterwegs", sagte Hattinger und verließ den Kreisverkehr mit quietschenden Reifen wieder.

„Okay, im nächsten nimmst du die zweite Ausfahrt, biegst also praktisch links ab", dirigierte Wildmann. „Und im dritten wieder die zweite Ausfahrt, halbrechts, dann sind wir auf der Autobahn."

„Kann ich bitte das Fenster aufmachen?“, bat Fiorella Langner. „Wenn mir noch schlechter wird, würde ich lieber rauskotzen.“

„Sicher“, sagte Wildmann. „Da ist die Kindersicherung drin. In unserem Fall natürlich Verbrechersicherung“, scherzte er.

Er ließ das rechte hintere Fenster herunterfahren und hoffte, dass es nicht so weit kommen würde, bei ihm wirkte sowas ansteckend.

„Danke.“ Fiorella Langner hielt ihren Kopf in den warmen Fahrtwind, während Hattinger den zweiten und dritten Kreisverkehr mit aufgebrachten Autofahrern hinter sich ließ und in die Autobahnauffahrt einbog.

„Jetz werds glei besser, auf der Autobahn“, versprach er.

„Ich denke, wir sollten das Blaulicht wieder reinholen, sonst warnen wir den Typ nur“, sagte Wildmann.

„Guader Punkt“, sagte Hattinger. Er hatte gerade dasselbe vorschlagen wollen.

Der Verkehr auf der A1 war dicht, aber man konnte noch ganz gut überholen, zumindest, wenn man das im Zickzackstil tat wie Hattinger.

„Entschuldign S’, normalerweis fahr i ned so“, sagte er in Richtung Rücksitz.

„Schön. Ich würde es begrüßen, wenn Sie nach vorn schauen würden“, sagte Fiorella Langner, „und vielleicht könnten Sie das Fenster doch wieder schließen, Herr Wildmann“, fügte sie hinzu, als Hattinger mit 180 dahinschoss, jegliche Richtgeschwindigkeit ignorierend.

Sie hatten nach kurzer Zeit schon zwei weiße

Mercedes Sprinter überholt, beide aber keine Mietwagen.

„Achtung, da vorn ist einer", rief Wildmann.

Hattinger fuhr etwas langsamer. Der Sprinter hatte gerade überholt und ordnete sich wieder rechts ein. Sie überholten ihn und Wildmann sah rüber nach dem Fahrer. Das war der Falsche.

Hattinger gab wieder Gas. Hoffentlich kam ihnen jetzt keine Polizeistreife in die Quere, dachte er. Nach zwei weiteren weißen Lieferwagen kamen sie schon am Salzburger Flughafen vorbei.

„Woher wissen Sie überhaupt, dass der auf der Autobahn bleibt, falls er überhaupt auf die Autobahn gefahren ist?", gab Fiorella Langner zu bedenken. „Der könnte ja an jeder Ausfahrt abbiegen."

„Da ham S' völlig recht", sagte Hattinger. „I hab koa Ahnung. Höchstens a so a Gfühl, dass der sei Beute gern heim bringen würd."

Der Verkehr war auf den letzten paar Kilometern immer dichter geworden und jetzt wurde es langsam zäh.

„Ich glaub, da vorn geht schon der Rückstau von der Grenze los", sagte Wildmann.

Er hatte recht. Hattinger musste stark abbremsen und nun kamen sie nur noch im Schritttempo voran. Eine langgezogene Rechtskurve lag vor ihnen. Hattinger versuchte spurwechselnd jede Lücke zu nutzen, aber viel brachte es nicht. Bald bewegte sich gar nichts mehr. Sie standen auf der linken Spur.

„So werd des nix", beschloss Hattinger und schaltete das Martinshorn ein.

Den Fahrern ringsum, die sich leicht verwirrt umschauten, wo das jetzt herkam, signalisierte er, dass er rechts auf die Standspur wollte. Der Mercedesfahrer rechts neben ihm zog extra noch ein Stück vor, um ihn nicht reinzulassen. Ein Martinshorn allein schien keinen Eindruck auf ihn zu machen.

Hattinger ließ die Fenster runter und schrie an Wildmann vorbei: „Du sollst uns neilassn, mir miassn da vorbei! Bist du taub oder was?"

Der Mercedesfahrer schrie in breitem Wienerisch zurück.

„Geh hearst, seids ihr deppert?! Da kannt ja a jeder kumma!"

„Wir sind aber nicht jeder!" Wildmann nahm das Blaulicht, schaltete es ein und hielt es aus dem Fenster. „Und jetzt fahren Sie gefälligst zurück", schnauzte er den Mann an.

Das gefiel Hattinger. So energisch erlebte er Wildmann selten.

Der Mercedesfahrer schien es sich zu überlegen. Er fluchte irgendwas Unflätiges vor sich hin, begann aber seinen Schlitten, der genauso fett war wie er selber, im Schneckentempo ein Stück zurückzusetzen. Rückwärts schien für ihn ein Fremdwort zu sein. Der Hintermann machte ihm sogar etwas Platz, auch der Vordermann bewegte sich ein bisschen, so dass Hattinger endlich vor dem Mercedes vorbei auf den Standstreifen rangieren konnte.

Als der Mercedesfahrer ihr deutsches Kennzeichen sah, zwängte er seinen Schädel durchs Fenster und fluchte ihnen hinterher, was nur noch bruchstückhaft ankam: „… deitsche Kieberer … hobts goar nix zum Sagn …"

„Arschloch", brummte Hattinger, im selben

Atemzug Richtung Rücksitz: „'Tschuldigung, des is ned politisch korrekt, i woaß."

„Von mir aus können Sie fluchen so viel Sie wollen, Hattinger, ein bisschen Temperament ist mir allemal lieber als politische Korrektheit."

Sie fuhren auf dem Standstreifen um die Kurve. Hier kam schon das nächste Problem, die Einmündung der A10 von rechts. Sie quetschten sich wieder mit Blaulicht und Tatütata durch bis zur nächsten Standspur, was einige Überzeugungsarbeit verlangte, aber es ging zumindest schneller als vorher. Die Grenzstation oben am Walserberg war jetzt schon in Sicht und offenbar wurde da ganz anders kontrolliert als sonst, wegen der vielen Flüchtlinge, die in den letzten Tagen kamen.

Ein Wunder, dass wenigstens der Standstreifen noch frei war, dachte Hattinger und gab moderat wieder Gas, als Wildmann das Martinshorn abstellte und schnell das Blaulicht verschwinden ließ, das er bis jetzt aus dem Fenster gehalten hatte.

„Da ...", sagte er. „Da steht einer."

Er deutete auf einen weißen Lieferwagen mit dem Schriftzug des Autoverleihs, auf der rechten Spur, vielleicht 200 Meter vor ihnen.

Hattinger bremste ab und fuhr ganz langsam weiter.

„Vielleicht hamma ja Glück."

Fast im selben Moment scherte der weiße Sprinter nach rechts aus auf die Standspur und jagte davon.

„Der ist es!", rief Wildmann.

Hattinger gab Gas.

Der Fahrer des Lieferwagens hatte wohl ihre Manöver im Rückspiegel beobachtet und das Blaulicht gesehen. Er schoss rechts am Stau vorbei, was die Mühle hergab.

Wildmann zoomte in seine Karte.

„Der will da vorn raus! Dann kommt er runter auf die Landstraße. Bleib dran!"

Hattinger tat sein Bestes.

Fiorella Langner krallte sich am Sitz fest.

Da vorn schien tatsächlich eine Behelfsausfahrt zu sein. Der Lieferwagen zog nach rechts und wollte abbiegen, aber in der Ausfahrt stand ein Mannschaftswagen des Zolls, da würde er nicht durchkommen, also riss er den Wagen wieder nach links, wobei er bedenklich hin und her schleuderte. Auf die Autobahn konnte er nicht mehr zurück, also schoss er Richtung Parkplatz weiter, Hattinger hinterher, mit einem Affenzahn. Der Sprinter bog halbrechts ab auf den Lastwagenparkplatz, dort hielt er sich wieder rechts, um auf eine kleine Straße daneben zu kommen, das ging aber nicht wegen der Leitplanke und hundert Meter weiter, wo's dann gegangen wäre, stand wieder ein Wagen von Grenzschützern, also musste er wieder nach links ausweichen mit aufheulenden Reifen, Hattinger hinterher, dann wieder rechts, da war alles voller Leute, das war der Wahnsinn, was der da trieb!

„Er kann nur auf die Autobahn zurück", rief Wildmann und knallte das Blaulicht wieder aufs Autodach. Vielleicht half das, dass die Grenzer nicht gleich auf sie schießen würden. Er schaltete auch das Martinshorn wieder ein.

Überall spritzten die Menschen zur Seite, wo der Lieferwagen daherkam, egal ob Grenzschützer, Zöllner oder Flüchtlinge.

Der Typ muss völlig durchgeknallt sein, dachte Hattinger. Er hielt ein bisschen Abstand, bevor er durch die Gasse folgte, die der Sprinter gepflügt hatte, da vorn links war schon wieder die Autobahn, voll verrammelt mit Fahrzeugen, die sich im Schritttempo dahinquälten.

„Wo will der denn jetzt hin?“, rief Wildmann.

Die Antwort erübrigte sich.

Kurz bevor der weiße Lieferwagen wieder auf die Autobahn einscheren konnte, um die Flucht auf der Standspur fortzusetzen, bog von links aus dem PKW-Parkplatz ein holländischer Campingbus ein und rammte ihn dumpf gegen die Leitplanke. Der Campingbus wurde zurückgeschleudert, der weiße Sprinter machte einen Satz und kippte auf die linke Seite und so kreischte er funkenschlagend über den Asphalt dahin, sich um die eigene Achse drehend, die Hecktüren sprangen auf und der Bus verteilte einen Teil seiner Ladung über die Autobahn wie ein Rasensprenger das Wasser über eine vertrocknete Wiese, bis er kurz vor den Fahrzeugen auf der rechten Autobahnspur endlich zum Stehen kam – oder eher zum Liegen, wenn mans genau nahm.

Hattinger schaffte es gerade noch rechtzeitig anzuhalten.

„Sie bleim im Auto und gehn in Deckung!“, rief er Fiorella Langner zu, die keinerlei Anstalten machte, etwas Gegenteiliges zu tun. Hattinger zog seine Waffe und sprang aus dem Wagen.

Wildmann war schon losgestürmt. Auch er hatte die Waffe im Anschlag und lief geduckt auf den Bus zu, auf die offenen Hecktüren.

Hattinger näherte sich der Unterseite des Sprinters, als plötzlich Volkers Kopf durch das zerborstene Fenster auf der Beifahrerseite poppte und fast gleichzeitig seine Hand mit einer Pistole, die er in Hattingers Richtung hielt.

„Waffen weg oder ich knall euch ab! Ich bin im Dienst, ihr verdammten Blödmänner, ich bin in offiziellem Auftrag unterwegs!", schrie er hysterisch.

Hattinger fragte sich instinktiv, auf welcher Droge der wohl war. Er war offenbar komplett ausgetickt.

„Schau mich nicht so blöd an, du dumme Sau!", schrie er weiter. „Verpiss dich, Mann, oder ich schieß dir die Birne weg!"

Plötzlich legte er genau auf Hattingers Kopf an.

Im selben Moment fiel ein Schuss. Hattinger versuchte in Deckung zu springen. Volker X jaulte auf, als ihm die Pistole aus der Hand geschleudert wurde. Er sank wutheulend ins Führerhaus des Lieferwagens zurück.

Wildmann starrte die Pistole in seiner Hand an, als könnte er gar nicht glauben, wie gut er gerade geschossen hatte. Und dass er überhaupt geschossen hatte.

Hattinger rappelte sich hoch und starrte Wildmann an. Hatte Karl Wildmann auf den Kerl geschossen? Und ihn auch noch getroffen?

Außerdem starrten gefühlt 300 Menschen ringsum ängstlich bis neugierig auf das Spektakel, das sie gerade geboten bekamen. Das holländische Ehepaar saß wie paralysiert in dem nunmehr nasenlosen Campingbus, war aber offenbar unverletzt.

Einen kurzen Moment war es ganz ruhig bis auf das dahinquäkende Martinshorn aus ihrem eigenen Wagen, aber dann brach das Geschrei los, österreichische wie deutsche Grenzer stürmten herbei und fuchtelten mit ihren Waffen rum und brüllten durcheinander, die Leute im Stau hielt es nicht mehr in ihren Autos, jeder wollte sehen, was da los war, von allen Seiten wurden sie angeglotzt wie Marsmenschen auf der Flucht und die im Hintergrund losheulenden Sirenen ließen auf eine unmittelbar bevorstehende Großinvasion von Polizei, Feuerwehr und sonstigen Rettungskräften schließen und obwohl er von mehreren Uniformträgern angebrüllt wurde: „Waffe fallen lassen! Hände hoch!", und so weiter, rief Hattinger laut und deutlich: „Polizei! I muass den verhaften!", und ging zu dem umgestürzten Bus, kickte Volkers Pistole zur Seite und schaute vorsichtig durch die heilgebliebene Frontscheibe, ob er nicht vielleicht noch mehr Waffen hatte. Das war offenbar nicht der Fall, denn in dem Moment trat Volker X statt zu schießen mit beiden Hacken gegen die Windschutzscheibe des Sprinters, die am Stück heraussprang und vor Hattinger auf dem Asphalt in tausend kleine Splitter zerbarst, woraufhin Volker X aus dem Wrack kroch, eine schwarze Ledertasche in der Linken, und sich mühsam hochrappelte.

Im selben Moment klickten auch schon die Handschellen, die Wildmann für den Mann parat hielt.

„Danke, Karl. Endstation", sagte Hattinger zu dem fassungslosen Typen.

„Das wird dich teuer zu stehen kommen, du Bullenarsch", fluchte er los, aber seine Stimme war inzwischen nicht mehr die kräftigste. „Du hast mir gar nichts zu sagen … Verfassungsschutz, ich bin dienstlich …" Er fing an zu schwanken, ließ die Ledertasche fallen. Er sah sich seine heftig blutende rechte Hand an. „Ich will sofort …“, setzte er noch mal an, dann fiel er um und blieb bewusstlos liegen.

„Hearst, seids ihr narrisch?“, fluchte der österreichische Grenzbeamte, der sich gerade durch den Kreis der in halbvorsichtigem Abstand herumstehenden Gaffer gedrängt hatte. „I wü sofort wissn, was da los is!“

Der schien hier der Chef zu sein.

„Hauptkommissar Hattinger, Mordkommission.“ Hattinger reichte dem Mann seinen Ausweis. „Und des is der Kommissar Wildmann. Mir ham den Mann da verhaftet.“

„Polizeipräsidium Rosenheim?“, las der Beamte kopfschüttelnd. „Was habts'n ihr bei uns in Österreich verloren? Des geht doch ned, einfach über die Grenz und bei uns rumballern!“

„Gefahr in Verzug“, sagte Hattinger. „Konn i ah nix dafür. Vielleicht solltn S' erst amoi absperrn lassen und die Sachen sichern, bevor s' no Fiaß kriagn.“

Er wies auf die flachen Kartons und Kisten hin, die auf der Standspur und zum Teil zwischen den Autos verstreut waren. Er zeigte auf Fiorella Langner, die im Hintergrund angefangen hatte, die kleineren und leichteren davon einzusammeln:

„Die Dame ghört übrigens zu uns.“

„Des solltn S' vielleicht mir überlassen, was ich in Österreich anordne und was nicht“, stänkerte der Grenzer. „Außerdem hab i des eh scho veranlasst. Mir wolln ja schließlich die Autobahn irgendwann wieder freigeben, oder?“

„Genau. Dann helfe ich mal ein bisschen mit“, schlug Wildmann vor, und noch bevor der Österreicher etwas einwenden konnte, nahm er wie selbstverständlich die Ledertasche an sich, die Volker fallen gelassen hatte und ging damit Richtung Auto.

„Sehr guad, Karl", rief ihm Hattinger nach. „Und stellst vielleicht amoi unser Horn ab."

Jetzt kam der bayerische Grenzschutzbeamte auch noch dazu.

„Die Herrschaften … Was hamma für a Problem?"

„Da liegt unser Problem", wies ihn Hattinger auf den bewusstlosen Volker X hin. Er bemerkte, dass sich von österreichischer Seite ein Krankenwagen langsam durch die Menge schob. „Moment amoi, der kommt nach Bayern! I hab den schließlich verhaftet."

„Und zwar in Österreich, ohne jede rechtliche Grundlage! In Wildwestmanier! Schau da bitte diesen Saustall an", sagte der Österreicher zu seinem bayerischen Kollegen.

Mittlerweile näherten sich aber auch von der bayerischen Seite schon Krankenwagen, Feuerwehr, Technisches Hilfswerk.

Als er sich umschaute, fiel Hattinger das Grenzschild neben der Leitplanke auf.

„Einen Moment", unterbrach er die debattierenden Kollegen. „Is des da genau die Grenz?"

Beide nickten. Hattinger überlegte. Er stellte sich genau neben das Schild und peilte über die Autobahn.

„Dann liegt der Karrn mi'm Laderaum in Bayern und mi'm Führerhaus in Österreich?"

„Ganz genau", bestätigte der Bayer.

„Da hamma a Problem", sagte der österreichische Grenzer.

Die beiden fingen wieder an zu diskutieren.

Hattinger ging kurz entschlossen zu Volker, packte ihn an den Füßen und schleifte ihn ums Führerhaus des Sprinters herum Richtung Heck.

„San Sie deppert? Was machen S' denn da?“, fuhr ihn der Österreicher an.

„Jetz ham S' a Problem weniger“, sagte Hattinger als er Volker auf bayerischem Grund wieder ablegte.

„Aber des geht doch ned“, sagten beide Grenzer unisono.

57

Lena wusste nicht, was sie jetzt machen sollte. War der einfach verschwunden! Wieso eigentlich, wenn sie ihm doch versprochen hatte, dass sie sich um die Sache kümmern würde? Hatte er Angst, weil ihr Dad Kommissar war, oder weil sie mit der Polizei telefoniert hatte, oder war ihm das einfach zu viel hier? Vielleicht wollte er ihr nur keine Schwierigkeiten machen. Könnte sein. Aber wo würde er denn jetzt hingehen, verdammt noch mal?

Sie ging nochmal durchs ganze Haus, obwohl sie genau wusste, dass er nicht mehr da war. In der Küche sah sie die leeren Teller auf dem Tisch, daneben ihr Handy, was sie im Vorbeigehen abgelegt hatte. Dabei fiel ihr ein: Senai hatte sie ja angerufen von seinem Handy aus, als er da bei McDonalds war.

Sie suchte in der Anrufliste nach der Nummer … Das musste sie sein. Sie wählte. Nach einiger Zeit kam: *Der Teilnehmer ist zur Zeit nicht erreichbar. Mist.* Was jetzt?

Lena dachte an Senais kleinen Rucksack. Das konnte nicht alles sein, was er besaß. Oder doch? Nein, sie glaubte eher, dass er seine Sachen in der Flüchtlingsunterkunft gelassen hatte, als er von da abgehauen war. Das einzig Logische war, dass er dorthin ging, wohin sonst?

So oder so musste sie auch dahin, wenn sie die Zeugen finden wollte, also machte sie sich fertig und radelte los. Als sie vor dem Flüchtlingsheim ankam, hatte sie doch ein ziemlich mulmiges Gefühl. Sollte sie da jetzt wirklich reingehen? Sie schob ihr Fahrrad etwas unschlüssig auf den Eingang zu und sah ein paar dunkelhäutige Jungs, die im ersten Stock am Fenster hingen.

„Ey girl", rief einer und pfiff. Er winkte Lena: „You come visit us? Come on!" Die anderen lachten, teils verlegen, teils anzüglich.

Lena entschied sich für die Flucht nach vorn.

„No! I'm looking for Amir", rief sie zum Fenster rauf.

Damit war die Lage geklärt. Die Jungs maulten ein bisschen rum, aber Amir schien für alle hier im Heim eine Respektsperson zu sein, das hatte sie ja beim letzten Mal schon bemerkt.

„Amir … okay", sagte der Wortführer.

„You know where he is?", fragte Lena.

„I look, okay?", antwortete der Junge und verschwand.

Kurze Zeit darauf erschien Amir in der Tür.

„Hallo", sagte er freundlich und reichte ihr die Hand. „Du Lena, richtig? Was kann ich helfe?"

„Hallo Amir. Ich suche den Senai."

„Ah, Senai wieder. Okay, er ist nicht hier."

„Wissen Sie, wo er ist?"

Amir schüttelte den Kopf.

„Leider. Er nicht gekommen. Schon gestern …"

„Ich weiß, er war bei uns zuhause, aber jetzt ist er weg. Sie haben mir erzählt, dass zwei Leute von hier mit dem Senai am Bahnhof waren. Als er sich mit dem Messer gewehrt hat. Die das gesehen haben … Sind die hier?"

„Messer?" Amir sah etwas verunsichert drein.

Lena wiederholte ihre Frage noch einmal auf Englisch und erklärte ihm, dass sie mit der Polizei geregelt habe, dass sie aussagen sollten.

„Ah, okay. Ja, glaube dass hier sind."

Wie Lena schon befürchtet hatte, wurde das keine einfache Angelegenheit. Nachdem Amir die beiden gefunden hatte, dauerte es einige Zeit, bis er sie überredet hatte, überhaupt mit ihr zu sprechen. Die beiden waren auch aus Eritrea und etwas älter als Senai. Mit der Polizei wollten sie nichts zu tun haben, sie hatten eine Heidenangst, irgendwie aufzufallen oder sich mit irgendjemandem anzulegen und dann vielleicht gleich wieder abgeschoben zu werden.

„No police, no police", wiederholten sie ständig.

Lena redete eine halbe Stunde auf die beiden ein und versuchte sie zu überzeugen, dass sie Senai helfen mussten, aber es hatte offenbar keinen Zweck. Am Ende packte Amir sie bei ihrer Ehre. Er schwor ihnen, dass er dasselbe für sie tun würde, wenn sie in Schwierigkeiten wären, und dass ihnen doch nichts passieren könne. Sie versuchten einzuwenden, dass Senai sowieso nicht mehr da wäre, aber schließlich erklärten sie sich doch bereit, mitzukommen.

„Thank you so much", sagte Lena. „Then we go?"

Der Nachmittag war schon weit fortgeschritten und sie wollte doch den Poschner noch erwischen und nicht bei jemand anderem wieder von vorn anfangen müssen mit Erklärungen. Sie brach mit den beiden auf und Amir wünschte ihnen: „Good Luck!"

Das hätten sie brauchen können, aber weit kamen sie nicht. Lena schob ihr Fahrrad und die zwei Jungs trotteten in einigem Abstand hinter ihr her, so dass sie sich schon fragte, ob sie vielleicht zu schnell war, oder ob die beiden nur nicht mit ihr gesehen werden wollten. Sie schaute sich immer mal wieder um, ob sie überhaupt noch da waren.

Als sie um die zweite Ecke bog, stand plötzlich der blonde Typ vor ihr, der den Senai angegriffen hatte.

„Da is die Schlampe! Hab ich doch gewusst!“

Er hatte seine zwei Wasserträger vom Seefest dabei und noch zwei andere Typen, die sie noch nicht gesehen hatte, die schauten ziemlich unangenehm aus.

Lena blieb stehen. Die fünf versperrten ihr den Weg. Sie versuchte die Lage zu checken und sah sich nach ihren beiden Begleitern um, die gerade um die Ecke kamen. Als sie die Typen sahen, blieben sie wie angewurzelt stehen.

„Ey, die Kanaken! Holt euch die“, befahl der Blonde seinem Schutztrupp. „Ihr sagt gar nix aus, ihr Arschgeigen!“, schrie er und seine Schläger stürmten los.

Lenas Begleiter rannten los so schnell sie konnten, zurück Richtung Flüchtlingsheim.

„Und du sagst auch nix, dich mach ich fertig, du Verrätersau!“

Lena stand immer noch wie gelähmt, der Blonde machte zwei, drei schnelle Schritte auf sie zu und holte mit dem rechten Bein aus, um sie zu treten. In dem Moment erwachte sie aus ihrer Starre, sie gab ihrem Fahrrad am Lenker einen kräftigen Schubs, es fuhr dem Blonden in die Beine, der strauchelte über das Rad und verhedderte sich und Lena rannte los so schnell sie konnte. Zurück ging nicht, denn da kamen zwei von den anderen schon wieder um die Ecke, weil sie die beiden Jungs aus Eritrea nicht einholen konnten, also rannte sie in die andere Richtung, der Blonde fluchte und schrie ihr Verwünschungen nach und seine Schläger fegten ihr hinterher und sie lief links um die nächste Ecke in die nächstbeste Straße. Scheiße! Kein Mensch war da unterwegs, sie hörte die Typen hinter ihr herhetzen, aber sie waren noch nicht um die Kurve und sie nahm die erste Hauseinfahrt links und kam ums Hauseck in einen Innenhof und hörte die zwei Typen in die Straße biegen und rumfluchen: *Verdammte Scheiße, wo is die Nutte? Wenn ich die Sau kriege!*, und sie musste sich jetzt verstecken, bevor die hier in die Einfahrt kamen, aber die liefen draußen erst mal vorbei und die Straße runter, aber sie kehrten wieder um und kamen zurück, und hier war nur so ein gepflasterter Hof und ein paar Garagen, alle zu und die Fenster am Haus auch, was um Himmels willen sollte sie denn jetzt tun?! Hier war überhaupt nix, wo man sich verstecken konnte und sie lief völlig außer Atem und trotzdem so leise sie konnte über den Hof und hinten ums Hauseck rum, da gings auch nicht weiter, auch nicht wieder raus auf die Straße, aber da konnte sie eh nicht hin, weil jetzt waren die übrigen wohl auch da draußen, sie hörte sie rumfluchen. Was jetzt? Die Mauer? Da kam sie nicht drüber, aber da waren zwei große Müllcontainer im Eck und einer für Altpapier mit so einem blauen Deckel. Den machte sie vorsichtig auf und sah, dass er halb voll war, Zeitungen, Kartons und so weiter. Sie nahm ihre Umhängetasche ab, warf sie hinein, stemmte sich an der Kante hoch, ließ sich reinfallen in den Container und zog den Plastikdeckel schnell zu. Aua, verflucht! Ihr rechtes Bein, irgendwo war sie hängengeblieben, aber wenigstens hatte sie einigermaßen Platz hier drin, weil die Kartons nachgaben. Kurz lauschte sie, ob schon einer von den Typen im Hof war … Sie glaubte nicht, die waren noch auf der

Straße und so zog sie so leise wie möglich Pappdeckel und Zeitungen unter sich raus und versuchte, sich so gut es ging damit zuzudecken. Und sich nicht mehr zu bewegen. Und überhaupt wieder Luft zu kriegen und bloß nicht zu laut zu schnaufen dabei.

Lena spürte wie sie am ganzen Leib zitterte. Und dass ihr Unterschenkel blutete, weh tat, das fühlte sich wie ein Schnitt an.

Sie hörte diese Schweine da draußen auf der Straße rumbrüllen: *Ich fick dich du Schlampe! Wo is die scheiß Niggernutte? Wenn du was sagst, bist du fertig!*, und Schritte kamen in den Innenhof jetzt, schnell näher kamen sie, zwei oder drei von denen mussten da draußen sein und sich umschauen, die unterhielten sich, leise jetzt auf einmal. Sie zog sich in sich zusammen und verkrampfte sich so, dass es weh tat und sie eine Scheißangst bekam, dass sie gleich losschreien würde und gleichzeitig hatte sie so eine Wut, dass sie die alle über'n Haufen geschossen hätte, wenn sie jetzt eine Knarre hätte! Die Typen da draußen kamen immer näher, immer näher, genau hierher auf sie zu in die Ecke mit den Müllcontainern.

Lena hielt die Luft an und machte keinen Mucks. Aber ihr Herzklopfen musste man im ganzen Hof hören!

Die Typen brummelten rum da draußen: *Die is hier nich. Vielleicht über die Mauer?*

Und dann machten sie kehrt und zogen wieder ab aus dem Hof. Sie zogen tatsächlich wieder ab …

Lena mochte es kaum glauben. Sie atmete erst mal tief durch, traute sich aber immer noch nicht sich zu bewegen.

Was jetzt?

Auf jeden Fall erst mal hier drin bleiben. Die Arschlöcher schrien zwar nicht mehr so rum, aber sie konnte immer noch hören, dass die auf der Straße unterwegs waren.

Also was konnte sie jetzt machen? Verdammt, ihr Handy! Wenn das jetzt geläutet hätte …

Sie suchte möglichst geräuschlos nach ihrer Tasche, fischte das Handy raus und stellte es auf lautlos. Dabei kam ihr die Idee: Jemand musste sie hier rausholen, das war die Lösung. Aber wer?

Der Paps kam nicht in Frage, der war ja in Österreich, verdammt. Die Lisa? Nee, die schiss sich ja so schon voll in die Hosen. Außerdem musste es jemand mit Auto sein, sonst …

Die Polizei wäre naheliegend, aber etwas hielt sie davon ab. Woher zum Teufel hatte der Typ gewusst, dass sie bei der Polizei aussagen wollten? Wer wusste das überhaupt, außer dem Paps und dem Poschner?

Der Paps fiel aus, aber … das wäre ja wohl …

Auf einmal wurde ihr die Dimension klar von dem, was sie da dachte. Der Poschner hatte die beiden Zeugen ja schon mal weggeschickt und er war der Einzige, dem sie gesagt hatte, dass auch sie aussagen würde, das hieß …

Ach du Scheiße. Was für eine verdammte Schweinerei!

Polizei fiel also auch aus. Und sie kannte ja noch niemand hier in Prien, sie konnte schlecht jemand aus Wasserburg herholen. Moment, eine Möglichkeit fiel ihr noch ein. Sie nutzte ihr Handy als Taschenlampe und kramte vorsichtig in ihrer Tasche.

Gott sei Dank, da war sie, die Visitenkarte, nach

der sie gesucht hatte: *Johnny Huber – Künstler und Philanthrop.*

Lena wählte mit zittrigen Fingern die Nummer.

„Hallo?“, sagte sie ganz leise, als Johnny Huber dran ging. „Hier ist die Lena, vom Samstag, vom Seefest. Hast du ein Auto?“

VI. Donnerstag

58

„Sind Sie jetzt völlig durchgedreht, Hattinger?" Staatsanwalt Reißberger war wütend, wie ihn Hattinger noch nicht erlebt hatte. „Was haben Sie sich denn dabei gedacht? Des geht doch ned!"

Den letzten Satz hatte Hattinger seit gestern schon ein paar Mal gehört. Er war es leid.

„Soll ma an Mörder jetz verhaften, oder soll ma'n bloß a bissl durch die Gegend scheuchen? So als Beschäftigungstherapie, weil ma sonst nix zum doa ham?"

„Der Kerl muss den Heckmann umgebracht haben", mischte sich jetzt auch Wildmann ein. „Er hatte Heckmanns Laptop dabei. Außerdem …"

„Herr Wildmann, *Sie* halten sich am besten erst amal raus", empfahl ihm Reißberger mit Nachdruck. „Von Ihnen hätt ich das am allerwenigsten erwartet: Schusswaffengebrauch, im Ausland! Und als Ziel suchen Sie sich ausgerechnet einen deutschen Verfassungsschützer aus!"

„Moment amoi, der Wildmann hat mir an Arsch grett!"

Hattinger wurde auch langsam wütend. Er musste den Karl in Schutz nehmen.

„Dieser Wahnsinnige woit auf mi schiaßn, weil ma eahm sein Plan vermasselt ham! Und außerdem war des a genialer Schuss, maximaler Effekt bei minimalem Schaden!"

„Von wegen minimaler Schaden: Der Mann musste an der Hand operiert werden. Hören S' auf, Hattinger. Sie haben mit Ihrer privaten Tour durch Österreich fast eine diplomatische Krise ausgelöst.

Was glauben Sie denn, welche Anstrengungen jetzt hinter den Kulissen nötig sind, um die Wogen wieder einigermaßen zu glätten? Das geht bis zur Regierungsebene! Sie führen sich auf wie ein Elefant im Porzellanladen und dann erwarten Sie, dass man Ihnen auch noch applaudiert, oder was?"

„Naa, mit Sicherheit ned, aber a Mindestmaß an Loyalität!"

„Loyalität, so? Angesichts Ihrer rechtlich völlig ungedeckten Aktionen? Sie verfolgen einen Beamten vom Verfassungsschutz durch Österreich, verursachen einen schweren Verkehrsunfall …"

„Ich?! Des is jetz ned Ihr Ernst. Der hätt ja ned abhaun miassn!"

„Ich wär jetzt ganz vorsichtig an Ihrer Stelle, Hattinger, sonst wird Ihnen der Fall entzogen. Wenn ich jetzt fortfahren dürfte: Sie liefern sich eine Schießerei auf österreichischem Staatsgebiet und am Ende entführen Sie den Mann nach Deutschland und lassen auch noch den Lieferwagen einfach abtransportieren, entgegen der ausdrücklichen Anweisungen von österreichischer Seite. Und das Ganze mit einer englischen Zeugin im Schlepptau, möglicherweise einer Verdächtigen! Einer Privatperson jedenfalls. Von Ihrer Harakiri-Blaulichtfahrt gar nicht zu reden! Und als wäre das noch nicht genug, holen Sie in der Nacht einen frisch operierten Beamten aus'm Krankenhaus und buchten ihn eigenmächtig hier ein! Ohne Haftbefehl! Ohne irgendwas! Sind Sie noch ganz bei Trost?"

„Wenn der erst amoi weg is, dann sehn mir den nie wieder, des wissen Sie doch. Die statten den mit a neuen Identität aus, schicken ihn im Austausch nach

Thüringen oder sonstwohin und des wars dann für uns!“

„Das Landesamt für Verfassungsschutz verlangt von uns auf jeden Fall seine *umgehende* Freilassung. So schauts aus!“

Nachdem er seinen gröbsten Frust abgelassen hatte, schien sich Reißberger wieder ein klein wenig zu beruhigen.

„Können S’ des überhaupt beweisen, was Sie da alles behaupten?“

„Gebn S’ ma 24 Stunden, dann beweis i’s“, sagte Hattinger.

„Wir werden ihm das nachweisen, da können Sie ganz sicher sein“, schloss sich Wildmann mit Nachdruck an.

Seit ihm Volker X am Montag durch die Lappen gegangen war, legte er eine ganz neue Qualität an den Tag, fand Hattinger. Er war selbstsicherer geworden.

„24 Stunden? Sie wissen ganz genau, dass des ned geht“, sagte Reißberger. „Was glauben Sie, was ich für an Ärger krieg.“

„Dann wenigstens bis heut Abend.“

Hattinger hatte das Gefühl, dass der Staatsanwalt schon ein klein wenig aufweichte. Untrügliches Zeichen war bei ihm meistens, dass er sein Bairisch nicht mehr völlig unterdrückte.

„Schaun S’ Hattinger, es geht einfach ned.“ Er überlegte eine Weile. „Sie können von mir nix Schriftliches erwarten.“ Er kratzte sich ausgiebig am Kopf. „Aber wenn Sie das auf Ihre eigene Kappe nehmen, dann stell ich mich bis heut Abend tot. Mein Name ist Hase, ich weiß von nichts … Ich muss mir nur noch a halbwegs vernünftige Ausrede überlegen.“

Reißberger stand auf.

„Aber keine solchen Ausflüge mehr, bittschön."

„In Ordnung", sagte Hattinger. „Danke."

Der Staatsanwalt reichte Wildmann die Hand und nickte ihm anerkennend zu, das war schon ziemlich viel für ihn in der Situation.

„Was war denn eigentlich drin in diesem ominösen Lieferwagen, beziehungsweise in dem Versteck?", wollte er noch wissen.

„Einen detaillierten Überblick haben wir noch nicht", sagte Wildmann. „Aber auf jeden Fall Bilder, also Ölgemälde, Aquarelle, Zeichnungen, Stiche, und ein paar Kisten mit alten Büchern und Skulpturen."

„Beutekunst hoid", sagte Hattinger, „und zwar ned wenig. Insgesamt bestimmt a paar hundert Objekte."

„Jessasmaria, ein kleiner Gurlitt also, der Herr Meisel? Da kommt ja noch a Rattenschwanz an Ermittlungsarbeit auf uns zu, Gutachten, Provenienzforschung, Restitution … Des kann Jahre dauern", stöhnte Reißberger. „Wo sind die Sachen denn jetzt?"

„Was ned die Österreicher von der Straß klaubt ham, is in der Asservatenkammer in Rosenheim", sagte Hattinger.

„Dann können wir bloß hoffen, dass die Presse davon nix mitkriegt, auf jeden Fall ned so schnell. Was glauben S', wie da die ganze Meute über uns herfällt."

Das war Hattinger im Moment ziemlich egal, von ihm würde keiner was erfahren und von seinen Leuten auch nicht.

„Also, Hattinger, agieren Sie mit Maß", verabschiedete sich Reißberger. „Ihnen muss klar sein, dass ich den Mann heut Abend rauslassen muss, wenn ich keine wasserdichten Beweise von Ihnen bekomm."

Als der Staatsanwalt gegangen war, rief Hattinger als erstes Bamberger an.

„Wie weit bist mit dem Laptop, Fred?"

„I bin grad auf'm Weg nach Prien, bin in fünf Minuten da", sagte Bamberger.

Das MacBook von Ludwig Heckmann war ihr größter Trumpf im Ärmel. Das hatten sie in der schwarzen Ledertasche gefunden, die Wildmann so elegant vor einem möglichen Zugriff des österreichischen Grenzers in Sicherheit gebracht hatte. Das zu behalten war vermutlich Volker X' größter Fehler, oder Herbert Brenners, laut Ausweis, den sie bei ihm gefunden hatten. Aber der Name war bestimmt auch nur eine gefälschte Identität. Vielleicht wars ihm zu schade zum Vernichten gewesen, oder er wollte es noch auswerten, wozu er über Nacht ja kaum gekommen sein konnte.

Bamberger hatte noch in der Nacht alle anderen Untersuchungen zurückgestellt, um sich ganz der Tasche von Volker X zu widmen. Außer dem Laptop fanden sich darin zwei Handys, Ladegeräte, Schreibzeug, eine 8 Gigabyte Micro-SD-Karte mit Adapter, Geldbeutel mit fast 900 Euro, eine Mastercard und ein Führerschein, beide, wie der Personalausweis, auf den Namen Herbert Brenner ausgestellt. Herbert Brenner wohnte laut Ausweis in einem größeren Wohnblock in Rosenheim, dort war aber kein Mann dieses Namens gemeldet. Sie hatten also nicht einmal eine reale Adresse des Mannes, und vom Verfassungsschutz würden sie sie wohl kaum bekommen.

Hattinger rief die ganze Crew zusammen, sobald Bamberger da war.

„Oiso, zunächst amoi, es is auf jeden Fall dem Heckmann sei MacBook", berichtete Bamberger. „Es war nur im Ruhezustand, ohne Kennwortsperre, der oanzige Benutzer in den Systemeinstellungen nennt sich sinnigerweise El Heck, und alle einschlägigen Programme wie Adressbuch oder Kalender oder Mail deuten klar drauf hin. Des hab i natürlich unserm Computerexperten überlassen, den hab i um fünf in der Friah aus'm Bett klingelt. Was glaubts, wia si der gfreit hat ..."

Er nahm dankbar den Kaffee an, den ihm Wildmann brachte. Der hatte inzwischen die Kaffeemaschine voll im Griff.

„Festplatte hat er für uns kopiert, i denk, der Herr Heckmann is ab jetz a offenes Buch für uns. Apropos Festplatte, die Speicherkarte aus der Tasche hamma ah kopiert, aber zum Oschaun samma no ned komma. Der Computermann sagt, dass die aus am Handy stammt. San hauptsächlich Videos und Fotos drauf."

„Okay, mir miassn parallel arbeiten", entschied Hattinger. „Herr Haller, könnten Sie sich die scho amoi vornehmen, bitte."

„Selbstverständlich." Martin Haller ließ sich von Bamberger die Karte geben und verschwand damit in einem Nebenraum.

„I hab natürlich vorher alle äußeren Spuren gsichert von dem Laptop, Fingerabdrück, DNA etc.", fuhr Bamberger fort. „Dabei is vor allem oans interessant ..."

Er zog einen Ordner mit Tatortfotos aus Ludwig

Heckmanns Haus aus seinem Koffer und schlug ein eingemerktes auf.

„Des is der Couchtisch, a Stückl links von dem Sessel mit dem Toten. Der is voller feiner bis gröberer Blutspritzer, bis auf …“, er blätterte ein Foto weiter, das nach einer Fluoreszenzfärbung aufgenommen war, „den Bereich da.“

Auf dem zweiten Foto waren sehr deutlich die leuchtenden Blutspritzer zu erkennen, die allerdings eine rechteckige Fläche völlig aussparten. Und daneben an einer Längsseite war so eine Art Schlagschatten.

„Da lag das MacBook“, vermutete Petra Körbel.

„Genau, davon geh i aus“, sagte Bamberger. „I habs nachgmessn: Exakt dieselbe Grundfläche. Und der Schlagschatten auf der Seite kommt daher, dass des Display aufgschlagn war.“

„Das heißt, es müsste jede Menge Blut drauf sein!“ Wildmann begann vor Aufregung mal wieder, seine Brillengläser auf Hochglanz zu bringen.

„Genau, aber es is natürlich abgwischt worn.“ Bamberger zog ein weiteres Foto heraus. „Trotzdem hamma mit der Fluoreszenzmethode jede Menge Mikroblutspuren sichtbar gmacht, vor allem an der Tastatur, weil da die Zwischenräume schwer sauber zu machen san. Aber bsonders interessant is der Zeigefingerabdruck auf der Returntaste, der is nämlich praktisch in Blut verewigt.“

Auf dem Foto mit den fluoreszierenden Blutspuren war der leuchtende Fingerabdruck deutlich zu sehen.

„Und der stammt vom rechten Zeigefinger von Volker X.“

„Bingo", sagte Hattinger.

Er hatte Volker X noch vor seiner Einlieferung ins Traunsteiner Klinikum eigenhändig die Fingerabdrücke abgenommen, unter dessen schärfstem Protest natürlich, aber was hätte er schon dagegen machen sollen.

„Und sei eigenes Blut is's ned", sagte Bamberger. „Er hat a andere Blutgruppe. Es is aber dieselbe wie die vom Ludwig Heckmann. Die DNA-Analyse steht allerdings no aus."

„Wann werden wir die kriegen?", fragte Petra Körbel.

„I hab ordentlich Druck gmacht und im Labor erklärt, worums geht. Wenns guad geht, heut Abend. Zum Glück hamma genügend Material für die Analyse ghabt, mir ham nämlich die Tastatur von dem MacBook ausbaut und da war einiges unter die Tasten glaufen."

„Kann so ein Fingerabdruck auch auf schon eingetrocknetem Blut entstehen?", wollte Karl Wildmann wissen.

„Kaum", sagte Bamberger, „des schaut anders aus."

„Was is mit de zwoa Handys, die in der Tasche warn?", fragte Hattinger.

„Die nimmt si grad unser Experte vor. Handys und SIM-Karten san natürlich mit Passwort gschützt. Des werd oiso dauern."

„Guad. Dann knöpf ma'n uns jetz amoi vor, den Herrn Volker", sagte Hattinger zu Wildmann.

„Was halten Sie davon, wenn ich mir solange die kopierte Festplatte anschau?", schlug Petra Körbel vor. „Mit Macs kenne ich mich ganz gut aus, ich hab selbst nen iMac daheim."

„Guade Idee“, sagte Hattinger, „vielleicht kommt ja was Erhellendes raus.“

Bamberger verabschiedete sich wieder ins Labor.

Hattinger ging mit Wildmann schon mal in den Vernehmungsraum. Sie hatten Bamberger gebeten, die Fotos dazulassen und gingen noch einmal ihre Überlegungen von gestern Nacht durch: Wie war Volker X überhaupt auf Heckmann gekommen? Zu seinem Haus? Eigentlich war es klar, der Verfassungsschutz hatte ihnen die Handydaten von Jens Vogel vorenthalten, das musste auf Volker als seinen mutmaßlichen V-Mann-Führer zurückzuführen sein. Heckmann hatte Vogel vor Meisels Haus erschossen und dessen Handy mitgenommen. Wenn das Handy bei ihm zuhause in diesem Kaff namens Bayern noch an war, dann war es ein Leichtes für Volker X, das Haus zu identifizieren. Und dann …

„Chef?“ Martin Haller kam herein. „Ich dachte, das sollten Sie vor der Vernehmung noch wissen, die Speicherkarte stammt eindeutig aus Jens Vogels Handy. Er hat Selfies damit gemacht und sich auch immer mal selbst gefilmt. Volker wird namentlich erwähnt, der Vogel hat offensichtlich in der rechten Szene für ihn gefilmt und fotografiert. Ich bin nicht ansatzweise durch, aber das passt zu unserer Vermutung, dass er Volkers V-Mann war. Und zu dem, was auf der Speicherkarte in seinem Fernsehgerät war.“

Hattinger bedankte sich. Das fügte sich nahtlos ins Bild. Und so wie der Typ drauf war, hatte er nebenher seine eigenen Schweinereien laufen, auf eigene Rechnung. Wahrscheinlich war der ständig auf Koks oder irgendwas anderem und brauchte Geld. Das würde sich bald rausstellen, denn entsprechende Blut- und Haarproben hatte Hattinger schon mal an die Rechtsmedizin geschickt, natürlich ohne Reißberger zu fragen.

Informationstechnisch saß Volker X direkt an der Quelle, außerdem konnte er sich seinen V-Mann zunutze machen für niedere Arbeiten. Und so, wie er sich gestern aufgeführt hatte, ging er wohl davon aus, dass ihm sowieso keiner was anhaben konnte. Aber wie zum Teufel hatte er es geschafft, gestern noch vor ihnen in Schwaighofen aufzukreuzen und dieses Häuschen auszuräumen?

„Ich denke, ich weiß es", sagte Wildmann. „Ich hab mir noch mal dieses elektronische Fahrtenbuch von Meisels VW-Bus angeschaut: Er war seit Ende Februar fünf Mal in Österreich und zwar sonst immer woanders, aber jedes Mal in Schwaighofen. Stichstraße in die Pampa, das System ist bis auf ein paar Meter genau, also …"

„… war der Herr Verfassungsschützer in unserm Netz und hat eifrig mitprotokolliert. Dieser …" Hattinger riss sich tierisch zusammen, nicht auszusprechen, was ihm gerade auf der Zunge lag. „Genauso wars, mit Sicherheit. I frag mi, ob die Herrschaften da herin grad mithören?" Er ließ instinktiv den Blick durch den Vernehmungsraum schweifen, was natürlich völlig sinnlos war.

„Das glaube ich nicht", sagte Wildmann. „Der Raum hängt nicht am Netz, aufzeichnen können wir nur direkt hier. Außerdem glaub ich, dass der im Alleingang gehandelt hat, der hat bei der Aktion wohl kaum seine Vorgesetzten gefragt."

Da hatte Wildmann vermutlich recht, dachte Hattinger.

„Oiso dann, her mit eahm."

Er rief Poschner an und bat ihn, Volker X zu bringen.

59

„Guten Morgen", rief Johnny Huber fast schon unangenehm fröhlich angesichts des Umstands, dass es erst sechs Uhr morgens war, als er mit einem frischen Kaffee seine Gästekammer betrat, um Lena zu wecken. „Jetz aber raus aus de Federn! Morgenstund und so, woaßt eh …"

Lena schaffte es mühsam, den Kopf ein bisschen vom Kissen zu heben und auf die Uhr zu schauen.

„Was? Wieviel Uhr … boah, bist du Frühaufsteher?" Sie ließ den Kopf gleich wieder sinken. „Bist du."

„Ja freilich. Der frühe Vogel fangt an Wurm. I war scho a hoibe Stund joggen. Mach i immer um die Zeit. Da hast an Kaffee, vielleicht gehts dann besser."

Er stellte ein kleines knallbuntes Tablett mit Kaffee, Zucker und Milch neben der Matratze auf die Holzdielen.

„Danke", sagte Lena, „ich probiers. Normalerweise bin ich um die Zeit zu nix zu gebrauchen."

„I hab ma nur denkt, du hast ja no einiges vor heit. Oiso dann", sagte Johnny und verschwand wieder.

Eigenartiger Typ, dachte Lena. Aber sie war ihm dankbar ohne Ende, dass er sie gestern da rausgeholt hatte aus ihrem Altpapiergefängnis. Er war sofort losgefahren, obwohl sie ihm nicht mal genau beschreiben konnte, wo sie war und auch keine langen Erklärungen abgeben wollte, weil sie Angst hatte, dass diese Schläger sie hörten. Ein Glück, dass sie ihr Handy dabei hatte, sie hätte nicht gewusst, was sie ohne das Ding hätte machen sollen. Sie konnte zumindest annähernd ihren Standort damit bestimmen und schickte Johnny eine SMS mit der Straße und beschrieb ihm so gut es ging, wo sie war.

Tatsächlich hörte sie vielleicht eine Viertelstunde später ein Auto in den Hof fahren und bei den Abfallcontainern halten. Da überfiel sie doch noch einmal eine ziemliche Panik, sie zitterte wie Espenlaub, als der Deckel des Papiercontainers aufging, aber zum Glück erschien dann Johnny Hubers Kopf.

„Mensch Madl, was machst'n du für Sachen?"

Als sie ihm in aller Kürze erklärt hatte, was los war, empfahl er ihr, sich auf den Rücksitz zu legen, weil er in der Querstraße ein paar komische Typen gesehen hatte. Der Johnny war mit so einem eckigen, dunkelblauen alten Volvo Kombi gekommen, da ging das ganz bequem. Er fuhr eine Weile, sie begutachtete erst mal ihren blutverschmierten Unterschenkel. Sie musste sich an einem Karton geschnitten haben, aber zum Glück nicht tief, es hatte schon aufgehört zu bluten. Irgendwann hielt er an, um sie nach vorne umsteigen zu lassen und sie erzählte ihm, was die letzten Tage passiert war.

„Okay, du gehst jetz ned hoam, wenn koaner da is. Du kommst mit zu mir", hatte er beschlossen. „Wer woaß, was der Wahnsinnige vorhat."

So war sie hier gelandet gestern Abend, auf einem ehemaligen Bauernhof ganz in der Nähe von Prien, wo der Johnny lebte, ganz allein. Er hatte ihr erzählt, dass seine Eltern früh gestorben waren, bei einem Autounfall. Und dann war er allein mit dem Hof dagestanden. Er hatte aber mit Landwirtschaft überhaupt nichts am Hut, er wollte schon immer Bildhauer werden. Also hatte er einen Teil vom Land verkauft und sich im alten Stall ein großzügiges Atelier eingerichtet, mit großen Fenstern, ganz hell, und im Garten standen überall seine vogelwilden Skulpturen rum. Holz, Stein, Altmetall, er verarbeitete offensichtlich alles, was ihm unter die Finger kam. Sie verstand ja nichts davon, aber die Sachen gefielen ihr, die waren irgendwie schräg, manche riesengroß, wie dieser adlerartige Steinvogel in seinem Horst aus alten Eisenbahnschienen, der über den Eingang zum Atelier zu wachen schien. Das war das genaue Gegenteil zu so einem gefälligen Kunsthandwerksscheiß, das gefiel ihr daran.

„Langsam werds", hatte er auf ihre Frage geantwortet, ob er davon leben könne. „Zum Glück muass i ned. No ned ..."

Er hatte sie jedenfalls in diesem Raum hier einquartiert, den er scherzhaft sein Gästezimmer nannte, gleich neben dem Atelier, ein heller, fast kahler Raum mit einer Matratze, einem uralten eisernen Bollerofen und einem riesigen Bild an der Wand, das nur aus verschiedenen warmen Blaustrukturen bestand und eine total angenehme Atmosphäre machte.

Er hatte erst mal ihre Wunde desinfiziert und darauf bestanden, ihr ein langes Pflaster zu verpassen.

Danach hatte er gekocht, Spaghetti mit selbstgemachtem Pesto aus Gartenkräutern und Pinienkernen und Tomatensalat mit Zwiebeln, das war das einfachste und beste Essen, was sie seit Langem bekommen hatte. Der Paps konnte sowas zwar auch gut, aber der kam ja nie zum Kochen. Kochen muss *einfach* sein, hatte der Johnny erklärt, genau wie die Kunst. Zu viele Gewürze machen alles kaputt. Dazu hatten sie nach und nach zwei Flaschen genauso schnörkellosen Rotweins vernichtet und dabei über einfach alles geredet, bis sie am Ende bei Antimaterie und schwarzen Löchern gelandet waren.

Und dann hatte sie auf einmal gespürt, wie ihr diese Sache mit den Typen und dem Senai und allem in den Knochen steckte, die ganze Restenergie, die sie noch aufgeboten hatte, war von jetzt auf gleich weg.

„Du ghörst jetz ins Bett", hatte der Johnny folgerichtig erkannt.

„Aber ich sollte ..."

„Morgen."

Wie ein Stein war sie ins Bett gefallen, wie ein Stein hatte sie geschlafen.

Lena trank einen Schluck Kaffee. Sie fühlte sich erholt. Mit Schlafen wärs jetzt eh nix mehr gewesen, im Atelier nebenan schien der Johnny den Meißel zu schwingen, das war ein ganz schöner Lärm. Unglaublich, der Typ, joggt um fünf in der Früh! Fit wie ein Turnschuh. Überhaupt kannte sie niemand, der so war wie der. Nicht mal ungefähr. Der war so ... geradeheraus, war das Treffendste, was ihr einfiel. Und auf den Kopf gefallen war er auch nicht. Sie musste es zugeben, er gefiel ihr. Der war ein anderes Kaliber als der Peter, keine Frage.

Aber was solls, er is eh zu alt, dachte sie. 29 ... Obwohl ...

Lass gut sein, Lena, sagte sie sich. Außerdem hatte sowieso nichts auf ein irgendwie weitergehendes Interesse von seiner Seite hingedeutet. Also null dass er in irgendeiner Weise versucht hätte, die Situation auszunutzen. Auch das gefiel ihr. Einerseits. Andererseits ... Vielleicht gefiel sie ihm auch gar nicht. War überhaupt nicht sein Typ?

Lena trank den Kaffee aus und beschloss aufzustehen. Halb sieben, unglaublich! Sie nahm ihr Handy, das war wieder geladen, weil Johnnys Ladegerät zum Glück gepasst hatte.

Der Paps hatte nicht zurückgerufen oder wenigstens gesimst. Vielleicht war er noch in Österreich. Obwohl man ja auch in Österreich telefonieren konnte, oder? Mann, echt! Wahrscheinlich war sein Akku wieder mal leer, war ja ständig so. Der nie erreichbare Herr Hauptkommissar. Außer wenns einen neuen Mordfall gab, da war er praktisch immer erreichbar. Das Leben war ungerecht.

Also, was sollte sie machen? Die Typen anzeigen, wenn der Poschner denen offenbar gesteckt hatte, dass sie aussagt? War keine gute Idee ohne den Papa. Aber einfach gefallen lassen würde sie sich diese Scheiße auch nicht, so viel war klar.

Sie wollte noch mal versuchen, den Senai anzurufen. Hatte sie gestern Abend auch, aber ohne Erfolg. Dieses Mal läutete es zumindest. Nach einer Weile hörte sie Senais ängstliche Stimme.

„Hello?“

„Hello Senai, this is Lena. Are you okay?“

„No, not okay. I leave.“

„Where are you?“

„I don’t know.“

„Was, du weißt nicht, wo du bist? Okay, stay cool.“

Senai hörte sich verzweifelt an. Er erzählte stockend, dass er einen Anruf bekommen hätte, ihm hätte einer gedroht, dass er ihn umbringt, wenn er ihn erwischt. Dass er heute Nacht irgendwo im Wald geschlafen hätte und jetzt weitergehen müsse. Und dann bedankte er sich auf einmal bei ihr und legte auf.

Sie war völlig verdattert. Sie versuchte ihn wieder anzurufen, aber er ging nicht mehr dran.

„Fuck!“, fluchte sie. „Was mach ich denn jetzt?“

60

Hattinger holte sein Handy aus der Tasche – tot. Jetzt hatte es sich ganz verabschiedet und sein Ladegerät lag natürlich wieder mal zu Hause und sonst hatte hier keiner so ein olles Ding, dass er sich eins hätte leihen können. Eigentlich wollte er sich wenigstens kurz bei Lena melden, bis Poschner den Volker X brachte. Er war ja wieder die ganze Nacht nicht heimgekommen, und ihre SMS von gestern Abend, *kannst du mich mal anrufen?*, hatte er auch erst Stunden später entdeckt. Und bis heute Morgen natürlich wieder vergessen, bei dem ganzen Schlamassel.

Wildmann sortierte die Fotos vor und legte das folienverpackte MacBook von Heckmann neben sich auf den Stuhl. Er schob den Stuhl unter den Tisch, damit Volker den Laptop nicht gleich sehen konnte.

Hattinger überlegte, ob er sich Wildmanns Handy kurz ausleihen sollte, aber dann fiel ihm ein, dass er Lenas Handynummer gar nicht im Kopf hatte. Die hatte ein paar Mal gewechselt in den letzten Jahren, irgendwann hatte er es aufgegeben, sich schon wieder eine neue zu merken. Und Festnetz hatte er ja zuhause nicht mehr.

Poschner klopfte an die Tür und kam mit Volker X in den Vernehmungsraum. Hattinger fragte sich, wieso der Poschner heute gar so verdruckst war.

„Der Herr Brenner“, kündigte er an und führte den Inhaftierten zu seinem Platz.

Wenn Blicke töten könnten, dann säßen dem Mann jetzt zwei Leichen gegenüber, dachte Hattinger.

„Soll i die Handschellen abnehmen oder dranlassen?“, fragte Poschner.

Wildmann warf Hattinger einen Blick zu, aber von dem kam keine Reaktion.

„Sie können die Handschellen ruhig abnehmen", sagte Wildmann. „Mit dem Herrn werden wir schon fertig."

„Bravo", knurrte Volker X ihn an, während Poschner ihm die Handschellen abnahm. „Kleines Polizistenwürstchen spielt den großen Maxe, da bin ich aber schwer beeindruckt! Du bist doch der Irre, der mich angeschossen hat?"

Beim rechten Arm blieb die Handschelle an seinem dicken Verband hängen.

„Au! Pass doch auf, du Trottel!", raunzte er Poschner an.

Hattinger hatte keine Lust, sich diese Art bieten zu lassen.

„So nicht, Herr Brenner!", sagte er sachlich, aber mit Nachdruck. „Sie benehmen sich hier einigermaßen, oder ich lass Sie in der Zelle schmoren, bis Eahna der Schimmel aus de Ohren wachst!"

Poschner hatte es geschafft, die zweite Handschelle abzunehmen und zog sich auf Hattingers Nicken zurück.

„Ham S' des verstanden, Herr Brenner? Oder soll ma lieber bei Volker bleiben?"

„Das ist mir schnurzegal, wie Sie mich nennen! Das ist Freiheitsberaubung, was Sie hier treiben, das wird Sie Ihren Job kosten, dafür werde ich höchstpersönlich sorgen!" Er sah Wildmann an. „Und zwar Sie beide, darauf können Sie Gift nehmen!"

„Danke, dass Sie einem kleinen Polizistenwürstchen so viel Aufmerksamkeit schenken", sagte Wildmann trocken. „Das wär doch gar nicht nötig."

Hattinger musste fast lachen. Er sollte vielleicht Wildmann die Vernehmung überlassen. Er gab ihm ein Zeichen, fortzufahren.

„Also gut." Wildmann legte den Ausweis, der auf Herbert Brenner ausgestellt war, auf den Tisch. „Da es keine Person namens Herbert Brenner mit diesen Meldedaten gibt, schlage ich vor, wir bleiben bei Volker X. So heißen Sie nämlich bei uns."

„Ach ja? Volker X? Das klingt ein bisschen nach James Bond, oder? Sehr einfallsreich", ätzte er. „Und wie kommen Sie auf *Volker,* wenn ich fragen darf?"

„Die Fragen stellen wir, Herr X", sagte Wildmann. „Ich geb Ihnen aber netterweise trotzdem eine Antwort: Uns ist natürlich klar, dass auch Volker nicht Ihr wirklicher Name ist …"

„Und den werde ich euch beiden Hübschen auch nicht auf die Nase binden."

„… aber dass Sie von Ihrem V-Mann Jens Vogel so genannt wurden, ist durch mehrere Videos belegt, wie auch durch die Aussage des Kneipenwirts in der Innstraße."

Als Wildmann Videos erwähnte, wurde Volker X doch ein bisschen hellhöriger.

„Ach ja?"

„Ach ja."

„Diese Videos würde ich doch gern mal sehen."

„Da kommen einige in Frage", griff Wildmann Martin Hallers Begutachtung schon mal großzügig vor, „und wenn wir das ganze Material übersichtlich zusammengestellt haben, bekommt es die Staatsanwaltschaft als Beweismittel. Dann können Sie natürlich Akteneinsicht beantragen."

Wildmann machte das sehr gut, fand Hattinger.

„Die Staatsanwaltschaft hat hier überhaupt nichts zu sagen“, keifte Volker X. „Meine Dienststelle hat den Staatsanwalt längst angewiesen, dass sich die Kripo raushalten soll, weil sie unsere eigenen Ermittlungen gefährdet. Und die will ich jetzt sofort sprechen, meine Dienststelle! Außerdem will ich meinen Anwalt anrufen und ich bestehe darauf, dass Sie mich ins Krankenhaus zurückbringen. Unverzüglich! Ich bin frisch operiert, ich habe Schmerzen! Ich brauche einen Verbandswechsel, die Drainage hier ist schon randvoll. Und bei Ihnen kommt zu allem anderen noch Entführung und vorsätzliche Körperverletzung hinzu“, giftete er Hattinger an. Aber er giftete schon einen Tick unsicherer.

„Oiso, erstens ham S' Ihre Schmerzmittel mitkriagt, zweitens is die Drainage erst halb voll und der Verbandswechsel steht erst morgen an. I hab mi schließlich erkundigt. Und drittens hamma hier nirgends a Telefon“, sagte Hattinger. „Mir san leider ned so guad ausgrüst wie ihr Verfassungsschützer. Aber mir san natürlich ah ned so wichtig, gell? Vielleicht, wenn S' laut gnua schrein? Vielleicht hört ja jemand mit?“

Hattinger sah Volker X an, dass er allergrößte Lust hatte, ihn zu schlagen. Vielleicht hätte er es versucht, wenn er nicht durch den geschienten Arm daran gehindert worden wäre.

„Aber selbst, wenn jemand von Ihrem Verein mithören würde“, fuhr Wildmann fort, „bei dem, was Sie sich geleistet haben, lassen die Sie fallen wie eine heiße Kartoffel.“

„Ach ja? Das ist ja schön, dass Sie so gut über meinen Verein Bescheid wissen!“

Volker X plusterte sich mächtig auf und lehnte sich über den Schreibtisch.

„Ich war im Staatsauftrag unterwegs, um NS-Raubkunst unauffällig aus Österreich rauszubringen und sicherzustellen. Im Staatsauftrag, Sie unwissendes Würstchen!"

„Ach ja?" Hattinger lehnte sich ebenfalls über den Tisch. „Im Staatsauftrag? Da bin i aber schwer beeindruckt. Aber mag sei, vielleicht kommen S' mit Ihrer Kunstraubnummer sogar durch, wenn irgendjemand im Ministerium die Hand über Sie hoit. Aber bei Mord is wahrscheinlich Schluss mit lustig …"

Einen Moment lang wurde Volker X noch ein bisschen fahler im Gesicht, als er seit seiner OP ohnehin war. Er schaute unsicher zwischen Hattinger und Wildmann hin und her.

„Was? Mord?" Er lehnte sich wieder zurück. „Was meinen Sie damit?"

Das mit dem Mord hatte ihn kalt erwischt, weil er natürlich noch nicht wusste, dass sie Ludwig Heckmann bereits kurz nach dem tödlichen Schuss auf ihn gefunden hatten.

„Wo warn S' denn vorgestern", fuhr Hattinger fort, „oiso am Dienstag Abend, nachdem Sie in Rosenheim den Transporter gemietet ham?"

„Ich wüsste nicht, was Sie das anginge. Wenn Sie's unbedingt wissen wollen, dann fragen Sie doch bei der Autovermietung nach. Die haben doch meistens Fahrtenrecorder, oder?", tönte Volker selbstbewusst.

Auf dieses Argument hatte Wildmann nur gewartet.

„Und Sie wissen natürlich, dass Sie den Kasten gleich lahmgelegt haben."

„Und deshalb erzählen *wir* Ihnen jetzt, wo Sie am Dienstag Abend waren", übernahm Hattinger wieder. „Sie waren in einem Ort namens Bayern und haben einen Mann namens Ludwig Heckmann erschossen."

Ein Zittern überkam Volker X, es lief wie ein Schauer durch seinen Körper. Er versuchte es sofort zu überspielen, indem er sich aufsetzte, seinen verbundenen Unterarm auf den Tisch legte und einen unterdrückten Schmerzenslaut von sich gab.

„Zum Teufel, mein Arm tut höllisch weh. Ich will ins Krankenhaus!" Und mit mäßig gespielter Beiläufigkeit: „Was sagen Sie, wie heißt der Mann?"

„Heckmann, Ludwig", sagte Hattinger und behielt Volker X genau im Blick.

Der machte noch eine Weile mit seinem Arm rum, dann sagte er: „Ich brauch jetzt sofort mein Schmerzmittel. Außerdem kenne ich niemand, der so heißt. Sie müssen mich also verwechseln. Ich will jetzt gehen."

„Das ist durchaus verständlich", sagte Wildmann, „aber wenn Sie Ludwig Heckmann nicht kennen, wie kommen Sie dann zu dem hier?"

Wildmann zog das MacBook heraus und legte es vor sich auf den Tisch.

„Das ist Heckmanns Notebook, wir haben es in der Tasche gefunden, die Sie in Salzburg dabei hatten. Es sind Ihre Fingerabdrücke drauf, sowie Blutspuren von Ludwig Heckmann."

Volker X wurde immer blasser.

Wildmann zog zwei Fotos aus der Mappe.

„Hier auf dem Couchtisch lag das MacBook, aufgeschlagen. Von dieser Richtung ist das Blut draufgespritzt. Und hier auf der Tastatur ist der Abdruck Ihres rechten Zeigefingers im noch frischen Blut von Ludwig Heckmann. Den haben Sie beim Abwischen übersehen."

Hattinger beobachtete nur Volker X. Der riss sich unglaublich zusammen, das machte er ziemlich gut, aber die Gedankenströme schienen förmlich außerhalb seines Kopfes zu kreisen vor Anstrengung.

„Und?", fragte Hattinger.

„Was, und?"

„Was sagn S' dazua?"

„Ich sage überhaupt nichts mehr. Außerdem, was soll das denn schon beweisen? Ja, ich hab den Laptop in der Hand gehabt, na und? Vielleicht hab ich ihn ja gefunden?"

„Dann stellt sich die Frage, wo und wann?", sagte Wildmann. „Ich schlag Ihnen mal einen Ablauf vor: Jemand erschießt Ludwig Heckmann, dessen Blut spritzt auf das MacBook, danach nimmt der Schütze das Ding und deponiert es an einer Stelle, wo Sie es zufällig ein paar Minuten später finden, solange das Blut noch flüssig ist …"

„Sie san ja so halbwegs vom Fach", sagte Hattinger. „Wie wahrscheinlich kommt Ihnen sowas vor?"

„Wahrscheinlich, wahrscheinlich … Hier gehts doch nicht um Wahrscheinlichkeit! Können Sie überhaupt beweisen, dass das Blut von dem Mann ist?"

„Die DNA-Analyse kommt jeden Moment rein", bluffte Wildmann.

„Und Fingerabdrücke hamma, jede Menge", sagte Hattinger.

Volker X grinste schief.

„Sie warten doch wohl jetzt nicht auf die Nummer, dass ich sage: Fingerabdrücke von mir werden Sie in diesem Haus nicht finden, ich hab ja Handschuhe angehabt …"

„In diesem Haus?" Hattinger fixierte Volker. „Wer hat denn was von Haus gsagt?"

In dem Moment wurde Volker X klar, dass er einen Fehler gemacht hatte.

„Haus … Ja und? Wo denn sonst? Sagt man halt so. In einem Zelt wird er ja wohl nicht gewohnt haben, oder?"

„Kaum", gab ihm Karl Wildmann recht. „Aber wie wärs mit Wohnung, Appartement, Mansarde, Zimmer, Bungalow, Campingplatz, Bauernhof? Von einem Haus war nie die Rede."

Eine Weile sagte Volker X gar nichts mehr. Dann entschloss er sich, die Flucht nach vorn anzutreten.

„Na gut. Ich möchte eine Aussage machen. Und vielleicht sollten Sie die jetzt aufzeichnen, falls Sie das bis jetzt noch nicht tun, weil Sie glauben, Sie könnten mich hier von der Welt unbemerkt einfach widerrechtlich festhalten!"

„Selbstverständlich zeichnen mir alles auf. Ob des die Welt interessiert, werd si dann scho rausstelln."

„Meine Dienststelle wird es interessieren, falls Sie die Güte hätten, sie jetzt endlich zu benachrichtigen", blaffte Volker X.

Er gönnte sich noch einen Moment, um nachzudenken, dann lehnte er sich vor und schaute zwischen Hattinger und Wildmann hin und her.

„Also, um es kurz zu machen: Ich gebe zu, ich war in dem Haus. Ich komme rein, über die Terrasse, weil auf mein Klingeln keiner aufmacht, da hängt der Mann tot in seinem Sessel. Kopfschuss, eindeutig, die Pistole neben ihm am Boden. Ich hab kurz geschaut, der Mann war noch warm, aber da war nichts mehr zu machen. Gut, mein Fehler: Ich nehme trotzdem das MacBook mit, das neben ihm liegt. Aber mit Diebstahl kriegen Sie mich nicht dran, denn dieses Notebook war wichtig für Ermittlungen meiner Abteilung."

Er legte eine kleine Pause ein und lehnte sich wieder zurück, ziemlich zufrieden mit sich selbst.

„Der Mann hat Suizid begangen, das ist doch offensichtlich. Das solltet sogar ihr beiden Schlaumeier kapieren. Und was anderes werdet ihr mir auch nicht beweisen können. So."

„Abwarten", sagte Hattinger sehr ruhig, so als hätte er noch ein Ass im Ärmel. Im Moment war es nicht mehr als ein Bluff. Und ihm war klar, dass diese Version schwer zu widerlegen sein würde.

61

Lena besprach mit Johnny Huber die Situation. Was sie jetzt am besten machen sollte. Sie war geschockt, sie wollte unbedingt dem Senai helfen, der irrte irgendwo in der Gegend rum und wurde schon wieder mit dem Tod bedroht. Als wär er nicht gerade deswegen geflohen aus seiner Heimat! Der hatte so verzweifelt geklungen. Sie musste ihn irgendwie in Sicherheit bringen, bevor ihn jemand anderer in die Finger kriegen würde.

Sie hatte noch ein paar Mal versucht, ihn anzurufen, aber er ging nicht dran. Sie hatte ihm eine SMS geschickt, dass er ihr beschreiben solle, wo er unterwegs sei, sie würde ihn abholen. Keine Antwort. Wahrscheinlich hatte er inzwischen jegliches Vertrauen verloren, auch in die Menschen, die ihm eigentlich helfen wollten. Konnte man ja auch verstehen.

Johnny hatte auch keine zündende Idee, was man noch machen könnte. Er meinte aber, er würde erst mal Frühstück machen, weil ohne ein vernünftiges Frühstück könne man auch nichts Vernünftiges hinkriegen.

Wie, Frühstück? Irgendwie war Lena der Mann doch unheimlich, Frühstück passte gar nicht in ihre Welt und im Moment schon gleich dreimal nicht.

Sie überlegte, wer ihr helfen könnte, den Senai zu finden. Der Papa war nicht erreichbar. Zu Poschner gehen kam nicht in Frage, überhaupt zur Priener Polizei, denn das würde der Poschner auf jeden Fall mitkriegen. Was, wenn der den Senai angerufen hatte?

Wen gabs denn noch? Den Wildmann kannte sie kaum, den Bamberger auch nur vom Sehen. Und von den anderen beiden wusste sie nicht mal die Namen.

Mensch, na klar! Die Andrea Erhard kannte sie. Die gehörte zwar nicht direkt zu Papas Team, aber manchmal dann irgendwie doch, sie blickte es auch nicht so genau. Die kannte sie sogar ein bisschen besser, denn als sie frisch nach Prien gezogen war mit dem Dad, hatte die Andrea angeboten, so eine Art Orientierungstour durch den Ort zu machen, weil sie sich in Prien wirklich auskannte wie keine Zweite.

Dem Paps war natürlich wieder mal was dazwischen gekommen, also war die Andrea mit ihr alleine unterwegs gewesen. Anfangs hatte sie noch den Eindruck gehabt, dass sie recht enttäuscht war, dass der Papa nicht dabei war, aber dann wars ein ganz lustiger Nachmittag geworden. Die Frau hatte Humor. Am Abend waren sie sogar noch essen gegangen und am Ende hatte ihr Andrea das Du angeboten. Sie hatte zwar bisher praktisch keine Gelegenheit mehr gehabt, davon Gebrauch zu machen, aber immerhin. Mit dem Paps war sie per Sie.

Lena hatte gehört, dass sie überfallen worden und im Moment krankgeschrieben war, näher hatte sich der Papa dazu nicht ausgelassen. Aber sie könnte es ja trotzdem mal probieren. War ja vielleicht sogar ganz praktisch, dann wär sie arbeitsmäßig nicht so eingespannt. Sie wählte ihre Handynummer. Nach ziemlich langem Warten kam die Ansage: *Der Teilnehmer ist zur Zeit leider nicht erreichbar.*

Johnny kam gerade wieder und wollte etwas sagen.

„Menno!“, rief Lena frustriert. „Das gibts ja wohl nich, was is denn da los? Kein Schwein is erreichbar zur Zeit!“

„Schweine im Weltall …“, murmelte Johnny.

„Was?!“

„Nix … Is ma nur grad so …“ Er merkte, dass gerade nicht die Zeit für Witze war. „Frühstück is fertig. Außerdem hab i ma grad denkt: Wenn der a Handy dabei hat, der Senai, dann konn ma'n doch orten, oder?“

Lena schaute ihn nur an. Warum war sie da nicht selber drauf gekommen? Sie war gerade dabei, Andrea Erhards Festnetznummer zu googeln, bekam aber kein Ergebnis.

„Genial“, sagte sie. „Hast du ein Telefonbuch? Aus Papier?“

„Klar“, sagte Johnny. „Mehrere sogar. Gelb. Antik.“

„Geh du was frühstücken und gib mir das von Prien bitte.“

Im Telefonbuch fand sie die Nummer auf Anhieb. Es gab da zwar etliche Erhards, aber nur eine Adresse in ihrer Nachbarschaft.

Lena fasste sich ein Herz und rief an. Sie musste nicht lang warten.

„Erhard?“

„Hallo Andrea, hier ist die Lena Hattinger.“

„Lena, ja hallo, des is aber nett, dass du anrufst.“

„Na ja, warts erst mal ab“, sagte Lena ungewohnt zaghaft. „Ich wollte dich nämlich um deine Hilfe bitten. Wir sagen schon noch du, oder?“

„Ja klar …“

Lena brauchte einige Zeit, um Andrea Erhard die

ganze Geschichte zu erzählen. Die wurde immer einsilbiger.

„Der Poschner? Ich fass es nicht!“, sagte sie am Ende.

„Glaubst mir nicht?“, fragte Lena.

Andrea ließ sich Zeit mit der Antwort.

„Doch. I glaub dir des scho. Warum solltst du sowas erfinden? Aber es wundert mi natürlich scho a bissl, dass der Poschner sowas macht. Vielleicht gibts ja no a andere Erklärung“, hoffte sie. „Er is immerhin unser Dienststellenleiter.“

„Ja, schon möglich“, sagte Lena.

„Und wie soi i dir jetz helfen?“

„Kannst du das Handy vom Senai orten lassen? Damit wir den finden und in Sicherheit bringen können?“

„Puh …“ Andrea atmete erst mal tief durch. „Du woaßt, dass i im Moment gar ned im Dienst bin? Dei Vater hat mi gestern eigenhändig nausgschmissn, weil er um mei Gsundheit besorgt is. I waar ja liaba heit wia morgn wieder dabei, weil mir nur fad werd von der Rumsitzerei. Aber des mit dem Handy is natürlich ned einfach. Vor allem, wenns sonst koaner mitkriagn derf.“

„Ja, ich weiß, das is mir schon klar.“ Lenas anfängliche Zuversicht schwand langsam. „Aber glaubst du denn, es gibt vielleicht irgendeine Möglichkeit? Irgendeine verschwindend geringe, klitzeklitzekleine …?“

„Wo bist'n du jetz, Lena?“

„Beim Johnny Huber. Das is der, der mich aus der Mülltonne gefischt hat.“

„Guter Mann“, fand Andrea.

Lena beschrieb ihr, wo der Hof lag.

„Okay, woaß scho, wo des is. Oiso, i werd amoi checken, was geht. I kenn da jemand, von früher. Des werd aber a bissl dauern. Wenn i mehr woaß, meld i mi wieder. Und du bleibst solang wo du bist, in Ordnung?"

„Gut, mach ich. Vielen Dank, Andrea. Das is wirklich lieb von dir."

„Wie gsagt, mir is eh langweilig", wiegelte Andrea ab. „Und jetz schau ma erst amoi, was überhaupt geht."

Als Andrea aufgelegt hatte, ging Lena ins Haus hinüber zu Johnny in die Küche. Er hatte Spiegeleier mit Schinken und jeder Menge Schnittlauch gemacht, die Hälfte der Pfanne war schon leer. Lena sah sich das an, es sah verdammt lecker aus und es roch auch noch so unverschämt gut.

„Weißt du was, ich glaub, ich muss doch was frühstücken. Stehn noch'n paar vernünftige Sachen an. Hast du heut noch was vor?"

62

„Des reicht ned“, sagte Hattinger. „Des haut uns der Staatsanwalt um die Ohren.“

Wildmann stimmte ihm zu.

„Wenn wir ihm den Mord nicht beweisen können, dann ist er heut Abend wieder draußen.“

Volker X hatten sie zurück in seine Zelle bringen lassen nach der Vernehmung. Er hatte sie unflätig beschimpft und ihnen wieder das Ende ihrer Polizeikarrieren prophezeit und seine arrogante Großkotzigkeit, die zwischendrin mal deutlich gelitten hatte, war am Ende des Verhörs wieder zu voller Größe erblüht. Der Mann war sehr überzeugt davon, dass ihn seine Dienststelle nicht im Regen stehen lassen würde. Klar, ein Geheimdienst konnte alles brauchen, nur keine Öffentlichkeit.

„Mir brauchan a direkte Spur, die nur durch den Kopfschuss entstandn sei konn“, sagte Hattinger.

Sie hatten den Mann gestern natürlich auch auf Schmauchspuren untersucht, aber nichts gefunden. Was vollkommen logisch war, denn es war davon auszugehen, dass er im Anschluss an die Tat nach Haus gefahren war und ausgiebig geduscht hatte. Fingerabdrücke von ihm hatten sie in Ludwig Heckmanns Haus nicht entdeckt, er hatte also mit Sicherheit Handschuhe getragen. Und selbst wenn sie in den nächsten Monaten noch ein Haar oder ein paar Hautschuppen von ihm in den gesicherten Spuren per DNA-Analyse identifizieren würden, was würde es bringen? Er hatte ja schon zugegeben, in Heckmanns Haus gewesen zu sein. Wenn sie allerdings die Handschuhe hätten, mit Beschmauchung und

Heckmanns Blutspritzern drauf, oder ein T-Shirt oder Hemd, das Volker während der Schussabgabe getragen hatte, das wäre ein klarer Beweis. Aber so blöd war er wohl kaum gewesen, dass er das Zeug für sie aufgehoben hatte. Und bis jetzt wussten sie noch nicht mal, wo er wohnte.

„Irgendeinen Fehler hat er begangen, da bin ich mir ganz sicher", machte sich Wildmann Mut. „Lass uns noch mal den möglichen Ablauf durchgehen. Ein paar Stunden haben wir ja noch."

Hattinger hatte im Moment erhebliche Zweifel, das sprach er allerdings nicht aus, weil er Wildmann nicht demotivieren wollte.

„Also: Volker X holt vorgestern Nachmittag um 17:30 Uhr in Rosenheim den Mercedes Sprinter ab, den er erst eine halbe Stunde vorher per Internet reserviert hat."

„Was von der Uhrzeit mit unserer Fahrtenbuch-Recherche vom Meisel seim VW-Bus übereinstimmt", ergänzte Hattinger. „Die hat er vermutlich parallel zu uns auf seim Rechner verfolgt."

„Das denk ich auch. Und es spricht dafür, dass er in näherer Umgebung von Rosenheim wohnt, sonst hätte er das zeitlich kaum geschafft. Er bestellt also sofort den Lieferwagen, weil er jetzt endlich weiß, wo der Meisel seinen Kunstschatz versteckt hat, hinter dem er vermutlich auch schon eine Zeitlang her ist."

„Und er woaß, dass er si beeilen muass, weil mir dem Heckmann dicht auf de Fersen san", sagte Hattinger. Als er das aussprach, wurde es ihm selbst erst in aller Deutlichkeit klar: „Und dass der Heckmann über kurz oder lang mit uns drüber red't, wenn ma'n erwischen."

„Genau, und dass wir natürlich bald selbst draufkommen, wo das Versteck sein muss. Da braucht er von Fiorella Langners Existenz gar nichts zu wissen. Deshalb muss er sich beeilen. Er muss den Heckmann aus dem Weg schaffen und das Zeug aus Österreich holen, bevor wir es tun."

„Okay, er holt als erstes den Sprinter ab, weil die Autovermietung um sechs zuamacht und erst um acht in der Friah wieder auf, da muass er längst in Österreich sei. A paar Stund hat er mit Sicherheit braucht, um des Versteck auszuräumen."

„Stellt sich als erstes die Frage, wie kommt er zur Autovermietung?", sagte Wildmann. „Er ist ja in der Eile wohl kaum mit dem öffentlichen Bus gefahren."

„Gute Frage. I tipp auf Taxi, oder mi'm eigenen Auto. Wenns sei eigenes Auto war, dann miassat des ja da irgendwo steh."

„Aber wir haben bei ihm keinen Autoschlüssel gefunden, den hätte er ja dann dabei haben müssen."

„Oder der war im Sprinter", sagte Hattinger. „I ruaf an Bamberger o." Er griff zum Telefon und wählte, zum Glück war das eine von den alten Nummern, die er im Kopf hatte. „Fred, habts ihr in dem Sprinter no an andern Autoschlüssel gfundn?"

„Naa", sagte Bamberger. „Nur an Ersatzschlüssel in dem Fach unterm Lenkrad."

„An Ersatzschlüssel? In am Mietwagn?"

„Ja, so oan von diesen komischen Mercedesschlüsseln, die koan Metallbart mehr ham, sondern nur so an schwarzn Plastikknubbel. Schaut auf jeden Fall genauso aus wie der, der im Schloss gsteckt is."

„Konnst du moi schnell nachschaun, ob der beim Sprinter wirklich passt?"

„Okay, i ruaf di zruck."

„Karl, konnst du bitte bei der Autovermietung nachfragn, ob die an Kundenparkplatz ham und obs a Überwachungskamera gibt? Ah ja, und ob die ihre Autos mit Ersatzschlüssel vermietn."

Wildmann zog sich mit seinem Handy zurück, dafür steckte Poschner seinen Kopf zur Tür herein.

„Telefon für Sie, die Frau Dr. Arendt aus München, soll i durchstelln? Da war grad besetzt."

„Ja, bitte", sagte Hattinger.

„Hattinger, Sie erreicht man ja schwerer als den Papst", meinte Triple-A. „Gehen Sie eigentlich jemals an Ihr Handy?"

„Solangs Strom hat scho. Des mit'm Papst konn i ned beurteilen, dafür telefonier ma zu selten", sagte Hattinger. „Was kann ich für Sie tun?", fügte er im Stil eines beflissenen Hotelportiers hinzu.

„Sie sollten sich lieber mal fragen, was ich für Sie tun kann. Sie haben mir doch erzählt, dass Ludwig Heckmann vor seinem Tod Nummernschilder ummontiert hat?"

„Ja, warum?"

„Na ja, mir sind an seinen Händen ein paar Spuren aufgefallen, die ich im Obduktionsbericht von gestern aufgezählt habe, ich weiß ja nicht, haben Sie den gelesen?"

„I war ja in Österreich ..."

„Also nicht, gut, dann erzähl ich es Ihnen halt. Jedenfalls ist mir die Interpretation dieser Spuren erst heute eingefallen, als ich mit meinem Mini Cooper beim Ölwechsel war. Also, stellen Sie sich vor, ein Rechtshänder montiert ein Nummernschild, der würde doch vermutlich das Schild mit der linken

Hand festhalten und mit der rechten, üblicherweise mit Daumen und Zeigefinger, die Schrauben ein Stück weit festdrehen, bevor er mit dem Schraubenzieher weitermacht. Und wenn das dreckige, rostige alte Schrauben sind, entstehen dabei hinter den Fingerkuppen Metallabrieb-, Rost- oder Ölspuren, die beim einfachen Händewaschen nicht weggehen. Folgen Sie mir noch?"

„Absolut", sagte Hattinger. Er hatte eine Ahnung, worauf die Rechtsmedizinerin hinaus wollte.

„Gut, und unser Toter hatte genau solche Spuren, aber an der linken Hand. Jetzt sind Sie dran."

„Er war Linkshänder, der Heckmann."

„Das vermute ich. Ein Beweis ist das noch nicht, das wissen Sie, aber ich hab noch ein zweites Indiz gefunden: Der Mann hatte an der linken Hand im Bereich zwischen Daumen und Zeigefinger einen frischen, stecknadelkopfgroßen Bluterguss. Genau so ein Bluterguss entsteht gern, wenn man mit einer Schere oder einer Zange abrutscht und sich die Haut zwischen den Griffen einklemmt. Das passt auch dazu."

„Des is allerdings sehr interessant. Und die Blutspuren an seiner linken Hand sprechen ja ned dafür, dass er sich damit erschossen hat? Auch wenns ned grundsätzlich unmöglich wär."

„Da haben Sie recht. Das halte ich für ausgeschlossen. Aber natürlich könnte sich ein Linkshänder auch mit der Rechten erschießen. Macht nur in der Regel niemand, wenn er nicht für größtmögliche Verwirrung sorgen will."

Hattinger bedankte sich bei Dr. Arendt.

„Immer wieder gern, Hattinger", verabschiedete sie sich.

Wenn sie das mit Heckmanns Linkshändigkeit erhärten könnten, wäre es ein weiterer Mosaikstein, der gegen Suizid sprach.

Das Telefon klingelte gleich wieder, Bamberger war dran.

„Der zwoate Schlüssel passt ned. Der ghört zu am andern Mercedes.“

„Des hab i vermutet. Dann mach ma uns auf die Suche. Danke.“

Wildmann kam wieder.

„Ja – ja – nein“, sagte er.

„Was?“

„Kundenparkplatz – ja, Überwachungskamera – ja, Ersatzschlüssel im Mietfahrzeug – nein.“

„Auf nach Rosenheim“, sagte Hattinger.

63

Andrea Erhard kam mit ihrem roten VW Käfer aus den 60ern angeprescht und legte in der Hofeinfahrt eine Vollbremsung hin, dass es nur so staubte. Das Verdeck des Cabrios hatte sie natürlich offen bei dem Wetter. Sie trug ganz untypischerweise eine schwarze Schiebermütze aus Leder und hatte ihre Haare hinten zusammengesteckt, so dass man von ihrer Verletzung am Hinterkopf nichts bemerkte, aber im Gesicht und an den Armen sah sie noch arg verschrammt aus. Trotzdem hatte sie schon viel von ihrer alten Energie wiedergewonnen.

Andrea begrüßte Lena und Johnny gleich aus dem Auto.

„Es hat klappt, i woaß ungefähr, wo er is. Oiso, auf gehts", sagte sie zu Lena.

„Soll der Johnny nicht mitkommen?", fragte Lena.

„I glaub, des brauchts ned", meinte Andrea. „I glaub, der hat weniger Angst, wenn koa Mann dabei is."

Da hatte sie wahrscheinlich recht, dachte Lena. Sie verabschiedete sich von Johnny und bedankte sich noch mal bei ihm.

„War mir a Vergnügen. Und wenn was is, jederzeit ..." Er machte mit Daumen und kleinem Finger ein Telefonsymbol.

Lena umarmte ihn kurz, dann sprang sie schnell in den Käfer.

Andrea gab Gas.

„Guader Typ, lauft da was? Entschuldige, des geht mi ja überhaupt nix o", sagte sie schnell, als sie bemerkte, dass Lena rot wurde.

„Schon okay“, sagte Lena. „Und nein, läuft nix … Mal sehen. Wo is er denn jetzt, der Senai?“

„Oiso pass auf: Mei Bekannter, der is beim Zoll und der hat Zugang zu diesem Patras-System, ah is ja wurscht, auf jeden Fall konn der des Handy ziemlich genau orten, des derf aber niemand wissen, okay?“

„Keine Sorge, von mir erfährt keiner was.“

Andrea zog unterm Fahren ein Handy aus ihrer Handtasche und entsperrte es.

„Gott sei Dank hab i des grad no aktivieren können, des is nagelneu. Mei oids is ja … Egal.“

Sie scrollte auf dem Display rum, bis sie gefunden hatte, was sie suchte. Währenddessen jagte sie in ziemlich halsbrecherischem Stil die Straße nach Hittenkirchen hoch. Sie gab Lena das Handy.

„Da auf der Karte is sei Weg seit gestern. Der war ziemlich im Zickzackkurs unterwegs, aber im Prinzip is er über die Käffer hier in der Näh, da“, zeigte sie auf die Karte, „Bauernberg, Schörging, Giebing, Umrathshausen und so weiter, Richtung Aschau. Da is er jetz scho durch und is weiter Richtung Sachrang.“

„Das ist da hinten in dem Tal, oder? Und danach kommt gleich die Grenze. Glaubst du, der will nach Österreich?“

„Genau des glaub i. Deswegn miass ma uns a bissl beeilen“, sagte Andrea, was sie zweifelsohne tat. „Wenn ma da in der Näh san, dann mach i no amoi a Abfrage bei meim Bekanntn.“

„Okay, gut“, sagte Lena. Ihr war fast ein bisschen schlecht von der Fahrerei. Der Käfer roch auch etwas seltsam. „Wie gehts dir überhaupt?“, fragte sie Andrea, um sich selbst abzulenken.

„Geht scho wieder“, sagte Andrea. „A bissl Kopfweh no.“

„Das muss ja eine üble Geschichte gewesen sein?“

Andrea zögerte einen Moment, dann erzählte sie Lena aber doch, was ihr passiert war. Bis sie damit einigermaßen durch war, fuhren sie schon durch Hohenaschau.

„Ach du Scheiße!“, sagte Lena, als Andrea erzählte, unter welchen Umständen sie gefunden worden war. „Sorry, das tut mir echt leid, wenn ich gewusst hätte, wie schlimm das war, hätt ich dich natürlich in Ruhe gelassen.“

Sie konnte sich nur noch wundern, dass die Andrea schon wieder dermaßen Power hatte.

„Du, i bin dir dankbar, dass i an Grund hab, nimmer im Bett zu bleim“, sagte Andrea. „Aber woaßt, was am schlimmsten war nach dem ganzen Scheiß – Dienstwaffe, Handy, alles weg: I komm zu meim Auto, des die ganze Nacht da oben am Weg gstandn is mit offenem Verdeck und i mach die Tür auf und es lauft ma as Wasser entgegen. Von dem Unwetter. Alles durch und durch nass und versaut! I sags da, i hab nur no gheult. Gestern hab i erst amoi den ganzen Tag gschrubbt, damit i den wieder einigermaßen sauber kriag. Gott sei Dank is in der Sonn alles ziemlich schnell ’trocknet.“

Jetzt konnte sich Lena auch den leichten Modergeruch im Auto erklären. Vermutlich steckte die Feuchtigkeit noch überall in den Ritzen.

Sie fuhren mittlerweile schon durch das obere Priental auf Sachrang zu. Bis zur Grenze waren es nur noch ein paar Kilometer. Lena sah sich noch mal die Karte an: *Deutsche Ferienroute Alpen-Ostsee* stand neben der Straße, auf der sie unterwegs waren. Groß anders fahren konnte man hier sowieso nicht, links und rechts überall Berge, die Lena alle nicht kannte.

„Da drüben liegt der Geigelstein mit der Priener Hüttn, da war i als Kind oft. Und da der Spitzstein, da entspringt die Prien."

Lena hatte mit Bergsteigen überhaupt nix am Hut, sie fand die Berge von der Ferne schön, aber raufgehen musste sie deswegen noch lange nicht.

„Und wenn der Senai über die Berge nach Österreich will, dann müssen wir zu Fuß hinterher?", fragte sie mit leicht ängstlichem Blick.

„Direkt übern Grenzübergang werd er's vermutlich ned probiern. Aber des wer ma glei wissn."

Andrea hielt an der Abzweigung zur Sachranger Dorfstraße an. Sie ließ sich ihr Handy wieder geben und rief den Bekannten vom Zoll an. Lena stieg solang aus, um sich von der Fahrt zu erholen. Sie merkte, dass sie einen feuchten Hintern hatte, also so ganz waren die Sitze wohl doch noch nicht getrocknet.

„Hans? Ja … wo?", rief Andrea in ihr Handy, die Verbindung schien nicht so toll zu sein. „Ach so, dann miass ma rechts weg. Du schickst ma's? Okay, danke!"

Sie legte auf und bekam gleich anschließend Senais aktuellen Standort geschickt.

„Auf gehts", sagte sie. „Er is auf dem Weg da nüber Richtung Reichenau. Oder zumindest sei Handy. Da, nimm du meins wieder und sag ma wo's lang geht."

Lena stieg wieder ein und Andrea gab Gas. Sie

hatte sich schon angeschaut, wo sie hin musste. Lena zoomte auf den Weg, der erst noch halbwegs gerade, dann aber in Serpentinen durch den Wald führte. Laut Satellitenbild endete er bei zwei Häusern, die direkt an der Grenze standen und Senai schien gerade auf der Waldstrecke zu sein.

„Ich frag mich, wieso will der eigentlich nach Österreich?“, sagte Lena. „Glaubt er, dass es da besser is als bei uns?“

„Na ja, wenn eahm der Poschner glei mit Auslieferung droht hat, denkt er vielleicht, dass er drüben sicherer is, weil die Behörden in Österreich von der Gschicht nix wissn. Macht Sinn.“

„Ja, hast recht. Aber sag mal, wie kommt der Poschner dazu, dieses Arschgesicht zu warnen? Das gibts doch nicht! Wenn die mich erwischt hätten, oder den Senai, oder die zwei anderen …“

„I hab koa Ahnung, Lena. I konns ma ah kaum vorstelln, bei allen Problemen, die i mit eahm hab. Aber wenn er des wirklich gmacht hat, des geht gar ned!“

Sie waren bei den Serpentinen angelangt, und jetzt wurde Lena wieder ziemlich übel, weil Andrea sich davon kein bisschen ausbremsen ließ, im Gegenteil, sie driftete mit quietschenden Reifen um die Kurven, wozu sich der alte Käfer mit seinem Heckmotor natürlich besonders eignete.

„Uah, kannst du ein bisschen …“ langsamer fahren, wollte Lena sagen, aber in dem Moment ging Andrea sowieso vom Gas, weil sie jemanden von der Straße ins Gebüsch springen sah.

„Da is er“, sagte sie, fuhr noch ein Stückchen vor und hielt am Rand an. „Jetz bist du an der Reih.“

Lena hatte ihn auch gesehen. Er war hinter der Kurve nach rechts in den Wald abgetaucht.

„Senai!“, rief sie, während sie schnell ausstieg und hinterher lief. „Senai, here is Lena, please stay here! Please wait, you are safe!“

Senai lief weiter.

Andrea sah sich die Karte an, der Waldsaum war nicht tief, der Junge musste auf der Rückseite bald wieder rauskommen, sie fuhr weiter, noch dreimal um die Kurve, dort stellte sie den Käfer auf der Wiese neben der Straße ab, sprang raus und ging langsam auf die Rückseite des Wäldchens zu. Sie hörte Lena hinter Senai herrufen, die versuchte ihn zu beruhigen, da tauchte er auch schon am Waldrand auf und blieb stehen, als er Andrea sah.

Andrea breitete die Arme aus als Zeichen, dass sie in friedlicher Absicht da war, sie sah dabei ein bisschen wie eine verschrammte Vogelscheuche aus und der Junge blieb stehen, er war außer Atem und er zitterte und jetzt war Lena bei ihm, die ihm sachte den Arm um die Schulter legte und Senai fing haltlos an zu weinen.

„It's okay, you are safe, du bist in Sicherheit, alles okay“, sagte sie ruhig und nahm ihn vorsichtig in den Arm.

64

„Können Sie sich erinnern, ob der Herr Brenner mit seim eigenen Auto kommen is?“, wollte Hattinger von dem Mann im Büro der Autovermietung wissen.

„Keine Ahnung“, meinte der. „Ich gehe normalerweise nur zur Fahrzeugübergabe mit raus, sonst bin ich die meiste Zeit hier im Büro.“

„Gibts denn die Möglichkeit, hier seinen PKW zu parken, wenn man zum Beispiel einen Transporter mietet?“, fragte Wildmann.

„Es gibt ein paar Parkplätze hinter der Halle. Die sind halt oft belegt. Die meisten lassen sich von jemand herbringen.“

Hattinger sah durch das Bürofenster Bamberger in die Einfahrt biegen.

„Dann schau ma einfach nach“, sagte er zu Wildmann. „Da kommt der Bamberger mi'm Schlüssel.“

„Könnten Sie uns inzwischen die Überwachungsvideos vorbereiten? Von Dienstag Nachmittag ab 17:00 Uhr“, bat Wildmann den Angestellten.

Mit Bamberger zusammen gingen sie hinter die Halle.

„Jetz bin i gspannt“, meinte Hattinger, als Bamberger den Schlüssel betätigte.

Tatsächlich blinkte hinten auf dem Parkplatz ein schwarzer Mercedes auf.

„Na also. Warum soll man nicht auch mal Glück haben“, sagte Wildmann hoffnungsvoll.

Das Glücksgefühl währte allerdings nicht lange. Die bullige Mercedes-Limousine, die außen keinerlei Typenbezeichnungen trug, dafür aber eine abgrundtief scheußliche, stumpfschwarze Speziallackierung hatte, die dem Wagen zusammen mit den dunkel getönten Scheiben die Anmutung eines Panzers verlieh, war so gut wie leer.

Hattinger, Wildmann und Bamberger machten sich in ihren üblichen Ganzkörper-Überziehern über das Wageninnere her, aber alles, was sie zutage förderten, war Kleinkram, den irgendwie jeder in seinem Auto haben könnte, von Kugelschreibern über Feuerzeuge, Pflegemittel und Müllbeutel bis zum Wagenheber. Nichts jedenfalls, was auf die wahre Identität von Volker X hingewiesen hätte. Sogar der Zulassungsschein im Türfach war auf den fiktiven Herbert Brenner ausgestellt. Es war einfach frustrierend. Natürlich würden sie den Wagen von der Kriminaltechnik noch nach Blut und DNA-Spuren untersuchen lassen, aber bis sie da Ergebnisse hätten, würde Volker X längst wieder auf freiem Fuß und irgendwo abgetaucht sein.

„So ein Mist."

Hattinger stieg aus und ging eine Weile vor dem Wagen auf und ab. Er überlegte, was sie eventuell übersehen haben könnten. Er ließ diese häßliche Monsterkarre auf sich wirken, die für ihn so ein rambomäßiges „Ich hab den Längsten! Und den Dicksten! Dich pflüg ich von der Piste!" ausstrahlte. Dabei kam ihm ein Gedanke.

„Wenn du vorhättst, jemand aus'm Weg zu schaffen", fragte er Wildmann, „mit welchem Karrn daadst du eher fahrn, mit am Lieferwagn oder mit dem da?"

Wildmann überlegte nicht lange.

„Mit dem da, na klar. Der trägt ja praktisch schon

Tarnfarbe. Die ist wahrscheinlich radarabweisend, wie bei Stealthbombern. Und abhauen könnte man mit dem auch besser."

„Gib ma doch bitte amoi den Schlüssel, Fred."

Hattinger setzte sich hinters Steuer und schaltete die Zündung ein. Der Bordcomputer fuhr hoch und gleich zwei Displays im Cinemascope-Format leuchteten auf. Hattinger war schwer beeindruckt, er war schon lang nicht mehr im Kino gewesen. Gleichzeitig dröhnte eine ohrenbetäubend tiefbasswummernde Musik los. Musik? Na ja, so ein highspeediges, nervöses Four-to-the-floor-Gehämmer. So was konnte man ohne Drogen überhaupt nicht ertragen. Zum Glück fand er gleich raus, wie man diese akustische Körperverletzung abstellte.

„So a Scheißkarrn kost doch locker hundert bis zwoahundert Riesen. Des verdient der doch ned?"

„Zahlt der Steuerzahler", meinte Wildmann. „Oder er hat öfter solche Dinger gedreht wie mit den Bildern, nur erfolgreicher."

Das Navi stellte sich auf den aktuellen Ort ein.

„Wo is jetz da ..." Hattinger suchte nach dem Bedienungsmenü und wurde fündig. „Letzte Ziele oder so ... Da! Da stehts doch: Bayern! I habs doch geahnt."

„Also ist er tatsächlich mit dem gefahren?", sagte Wildmann. „Ich frag mich nur, wie er das macht, wenn er vorher den Sprinter holt?"

„Oder er hat mit dem Navi nur nach'm Weg gschaut", wandte Bamberger ein.

„Schau ma uns die Videos o", schlug Hattinger vor.

„Machts ihr des", sagte Bamberger. „I lass derweil

den Karrn in unser Halle transportiern, da konn i'n besser untersuacha."

Hattinger und Wildmann ließen sich im Hinterraum des Büros die Videoaufzeichnung und die Bedienung der Software zeigen. Es gab vier Kameras, eine im Büro und drei auf dem Außengelände.

„Für den Fall, dass jemand einen anparkt und nachher behauptet, er wärs nicht gewesen", sagte der Angestellte. „Kommt immer wieder mal vor. Und natürlich gegen Diebstahl, bei den vielen Fahrzeugen, die hier rumstehen."

„Is der Parkplatz eigentlich nachts offen?", wollte Hattinger noch wissen.

„Ja sicher. Viele bringen nach Geschäftsschluss die Autos wieder und werfen uns dann nur den Schlüssel in den Briefkasten. Die müssen ja reinkommen."

Die Videos liefen zeitsynchron auf einem viergeteilten Monitor. Hattinger überließ Wildmann das Bedienen, dem machte sowas Spaß.

„Hier kommt er an." Wildmann zeigte auf den schwarzen Mercedes, der in die Einfahrt bog. „Er fährt gleich hinters Haus und stellt ihn ab … Aber ist das derselbe Platz, wo er jetzt steht?"

Das war aus der Kameraperspektive schwer zu entscheiden.

„Da taucht er im Büro auf", fuhr Wildmann fort.

Volker X war zweifelsfrei zu erkennen. Aber was anderes hatten sie ja auch nicht erwartet. Hattinger sah auf die Uhr. Die Zeit verging viel zu schnell.

„Mach a bissl flotter, Karl."

Wildmann jagte im Zeitraffer durch die Aufzeichnung: Volker X fährt mit dem Sprinter los, 17:47 Uhr, diverse Autos und Menschen wuseln auf dem

Platz herum, dann nach 18:05 Uhr rührt sich im Büro nichts mehr, auf dem Parkplatz tut sich auch kaum noch was. Wildmann beschleunigte weiter, ein weißer Sprinter kommt auf den Hof und plötzlich ist der Platz des schwarzen Mercedes leer.

„Stopp. A Stückl zruck", bat Hattinger.

Wildmann ließ die letzten Minuten langsamer wiederholen: Gegen 18:35 Uhr kommt der Sprinter und parkt, ein Mann steigt aus, er hat eine schwarze Umhängetasche dabei, er geht zu dem schwarzen Mercedes, steigt ein und fährt mit dem Wagen davon. Unterschied: Der Mann ist ganz in Schwarz gekleidet, während Volker X vorher helle Sommersachen anhatte.

„Moment, ich such mal ein gutes Standbild", spulte Wildmann wieder zurück und stellte den Kameraausschnitt mit dem Mann vor dem Mercedes im Vollbild dar.

„Des is er, ganz klar, hat si umzogn", sagte Hattinger. „Dreimoi derfst raten, warum. Weiter, schnell."

Jetzt raste Wildmann so schnell durch das Video, dass sich Hattinger nur noch auf den leeren Standplatz dieses schwarzen Panzers konzentrierte. Auf einmal poppte er wieder auf wie aus dem Nichts.

„Da is er! Zruck …"

Wildmann suchte die Stelle, wo der Mercedes in die Einfahrt fährt: Es ist 21:34 Uhr, der schwarze Panzer kurvt langsam um die Halle nach hinten zu seinem Parkplatz, tatsächlich ein Feld weiter, weil der vorherige Platz belegt ist. Ein Mann steigt aus, die schwarze Tasche dabei, aber jetzt wieder in heller Kleidung. Es ist eindeutig Volker X, inzwischen erkennen sie ihn schon an seinen Bewegungen. Er holt etwas aus dem Kofferraum. Was ist das, eine dunkle Tüte? Betätigt die Zentralverriegelung des Mercedes. Jetzt muss er zum gemieteten Sprinter zurück.

„Was macht er denn da? Der geht woanders hin." Wildmann war ganz aufgeregt.

Hattinger sagte nichts mehr. Er hatte so eine vage Hoffnung.

Volker X geht an seinem Sprinter vorbei über den Parkplatz bis zu einer angrenzenden halbhohen Mauer, er schaut sich um, dann lehnt er sich ein Stück über die Mauer und macht irgendwas, was man nicht sieht, weil es außerhalb des Blickwinkels der Kamera liegt. Er kommt wieder ganz ins Bild und geht zu seinem Lieferwagen. Die schwarze Tasche hat er umhängen, aber in der Hand trägt er jetzt nichts mehr. Er steigt in den Sprinter und fährt los.

„Auf gehts, schnell!" Hattinger stand auf und eilte aus dem Büro. „Des Video is beschlagnahmt", rief er dem Mitarbeiter im Hinausgehen zu.

Wildmann ahnte, was Hattinger vermutete. Er lief ihm hinterher. Auf dem Parkplatz orientierte sich Hattinger kurz.

„Da drüben."

Er lief zu der Begrenzungsmauer und kletterte hinauf: Da standen sie in Reih und Glied, fünf Mülltonnen in der Einfahrt des benachbarten Hauses!

„Hoffentlich war die Müllabfuhr no ned da." Hattinger hob den Deckel der ersten an, sie war ziemlich voll. „I glaub, mir ham Glück", sagte er und sprang über die Mauer.

Wildmann folgte ihm. Bamberger hatte die beiden gesehen und kam jetzt auch hinterher.

„Was machts'n ihr da?", wunderte er sich.

„Bissl im Dreck wühlen, schätz i", sagte Hattinger.

Wildmann erzählte Bamberger kurz, was sie gesehen hatten.

„Wunderbar. I bin dabei."

Als sie anfingen, die Mülltonnen aus der Einfahrt zu rollen, hatten sie noch einen kurzen Disput mit dem Hausmeister des Anwesens.

„Sag amoi, spinnts ihr?" Der schmerbäuchige Feinrippträger drohte gleich handgreiflich zu werden. „Jetz werds aber hint höher wia vorn!"

„Genau des sag i ah oiwei", meinte Hattinger nur und hielt ihm seinen Dienstausweis unter die Nase. „Der Müll is polizeilich beschlagnahmt. Und jetz: Abmarsch!"

„Sachan gibts, die gibts gar ned", rief ihnen der Mann kopfschüttelnd nach. „Dann bringts ma aber die Tonnen gfälligst wieder zruck! Und zwar laar!"

Bamberger schlug vor, die Mülltonnen gleich in der Halle der Autovermietung zu durchsuchen, um Zeit zu sparen.

„I hab genügend Planen im Auto."

Die Mitarbeiter, die Platz für diese Aktion schaffen mussten, waren gar nicht begeistert, aber was blieb ihnen anderes übrig.

Nach einigem Hin und Her konnten sie anfangen, die erste Mülltonne auf einer von Bambergers Plastikplanen auszuleeren und den Abfall zu durchforsten. Es war keine angenehme Angelegenheit. Gleich aus der ersten krochen ihnen fette weiße Maden entgegen, weil in einer Supermarkttüte Fleischreste waren, die bei der Temperatur natürlich einen idealen Nährboden gebildet hatten. Es stank einfach widerlich. Da half ihnen auch der Mundschutz nicht, den sie trugen, um nichts mit eigener DNA zu kontaminieren. Falls es da noch irgendwas zu kontaminieren gab.

Vor allem achteten sie auf dunkelgraue Abfallsäcke mit gelbem Zugband, denn von denen hatten sie eine Rolle in dem schwarzen Mercedes gefunden. Aber dunkelgraue Abfallsäcke gab es zur Genüge in diesen Tonnen. Der Gestank begann sich schnell in der Fahrzeughalle zu verbreiten und wurde von Tonne zu Tonne immer schlimmer. Die Mitarbeiter der Autovermietung hatten sich längst nach draußen verzogen und den Büromenschen hörte Wildmann mit einem Vorgesetzten telefonieren, ob man nicht etwas gegen diese geschäftsschädigende Sauerei unternehmen könne.

In der vierten Abfalltonne wurden sie fündig.

Hattinger zog wieder einmal einen grauen Müllsack mit gelbem Band aus einem Gemisch von Karotten-, Kartoffel- und Zwiebelschalen, was eindeutig zum angenehmeren Inhalt der Tonne zählte. Er tastete ihn mit Handschuhen ab: Was da drin war, fühlte sich nach Stoff an. Er ließ sich von Bamberger eine kleinere Plane geben, schnitt das Zugband auf und leerte den Inhalt vorsichtig aus.

Es waren dunkle Klamotten drin, nebst einem Paar ausgelatschter schwarzer Turnschuhe mit Klettverschluss. Hattingers Puls wurde deutlich schneller, als er das dunkle Stoffknäuel vorsichtig abwickelte, so aufgeregt war er.

Eine leichte schwarze Stoffhose, die um ein langärmeliges T-Shirt gewickelt war und in dem T-Shirt kam ein Paar chirurgischer Handschuhe zum Vorschein und eine Feinstaubmaske mit gelben Gummibändern, von der Sorte wie man sie in jedem Baumarkt kaufen kann. Den schwarzen Klamotten sah man es nicht auf den ersten Blick an, aber die Maske wies deutlich sichtbar einige dunkelbraun eingetrocknete Blutspritzer auf und vor allem die Handschuhe waren blutverschmiert.

„So. Jetzt hamma'n!", rief Hattinger im Brustton der Überzeugung, der nicht gerade in sein Standardrepertoire gehörte. Gleichzeitig schaute er auf die Uhr. „Wiavui Zeit hamma no?"

„Nicht mehr lang, fürchte ich", meinte Wildmann.

Bamberger packte den Inhalt des Müllbeutels in Folie.

„I bring des sofort ins Labor. Aber des dauert, die miassn mit dem Material natürlich wieder von vorn ofanga."

„Bis abends?", fragte Hattinger.

Bamberger schüttelte den Kopf. „Mit Sicherheit ned."

„Dann miass ma zaubern."

65

So viel Zeit muss sein, dachte Hattinger, Hektik hin oder her. Er hatte auf der Rückfahrt von Rosenheim das Gefühl, dermaßen zu pappen und zu miefen, dass es nicht mehr feierlich war. Nachdem sich jetzt der angesammelte Schweiß von zwei elend langen heißen Tagen ohne eine Stunde Schlaf auch noch mit dem Gestank der Mülltonnen vermischte, hielt er es nicht mehr aus.

„I fahr kurz hoam, duschen“, sagte er zu Wildmann und stieg in Prien gleich in sein eigenes Auto um.

Lena war nicht zuhause, stellte er fest. Sie hatte auch keinen Zettel hinterlassen, nur angetrocknetes Frühstücksgeschirr in der Küche. Aber von heute schien das nicht zu sein. Er fragte sich, wann sie sich wohl mal wieder sehen würden. Langsam wurde es ihm peinlich. Wenn sie nicht ziemlich selbstständig wäre, müsste er sich echt Sorgen machen. Andererseits wusste man natürlich nie, wohin sie diese Selbstständigkeit führt. Auf jeden Fall konnte er jetzt endlich das Ladegerät mitnehmen, dann könnten sie wenigstens wieder – wie hieß das in altmodischem Beamtendeutsch? – fernmündlich kommunizieren.

Er duschte ausgiebig, zog sich um und packte vorsichtshalber ein paar Wechselklamotten ein, trank einen doppelten Espresso und rauchte noch schnell eine. Der Nachmittag war fortgeschritten, es ging auf fünf Uhr zu. Sie würden sich reinhängen müssen, irgendwas musste ihm einfallen, denn er bezweifelte, dass ihre Erkenntnisse dem Staatsanwalt schon reichen würden, ohne Laborergebnisse. Wasserdichte

Beweise hatte er gefordert, und wasserdicht wären sie erst mit positivem DNA-Befund.

Immerhin, zwei von drei Tötungsdelikten waren so weit geklärt, die an Friedhelm Meisel und Jens Vogel. Aber er hatte nicht die Absicht, den Mörder des Täters vom Haken zu lassen, bloß weil er beim Verfassungsschutz war. Da konnte sich Reißberger auf den Kopf stellen.

Als er wieder losfuhr, fiel ihm auf, dass dieser etwas gedrungene Blonde mit dem Verband am Arm, der vorher schon mit seinem Fahrrad hier rumgekurvt war, immer noch da war. Jetzt saß er ein Stück die Straße runter auf einem Stromkasten und rauchte. Irgendwas störte Hattinger an dem Bild, er wusste aber nicht, was.

Er fuhr in die andere Richtung. Als er an dem Haus mit der toten Frau vom Samstag vorbeikam, konnte er es selbst nicht glauben – ganze fünf Tage war das jetzt her und es erschien ihm wie eine halbe Ewigkeit! Die Sache hatte sich inzwischen auch so weit geklärt, es war Körperverletzung mit Todesfolge, die Frau war letztlich durch den Sturz von der Treppe gestorben. Für das Strafmaß würde das einen Unterschied machen, für den Mann wohl kaum.

Als er die Priener Polizeistation betrat, kam ihm Lena entgegen, nebst Andrea Erhard und dem Jungen aus Eritrea, das vermutete er zumindest, denn vorgestern Nacht hatte er ja nur dessen Augen gesehen.

„Paps, na endlich!"

„Lena, was machst'n du da?"

„Das könnte ich dich auch fragen, so selten, wie du da bist. Ich hab eine Aussage gemacht."

Hattinger war etwas verwirrt.

„I hab gedacht, des war scho gestern?"

„Das hatte ich auch gedacht."

„Und Sie, Frau Erhard, hamma ned gsagt, nächste Woch?"

„Die Andrea hat mir geholfen. Paps, du musst dir jetzt mal zehn Minuten Zeit nehmen", sagte Lena.

„Des is jetz aber grad ganz schlecht, mir ...", Hattinger bemerkte das lange Pflaster an ihrem Bein. „Is dir was passiert?"

„Es is wichtig, Hattinger", sagte Andrea Erhard bestimmt.

Das sah Hattinger inzwischen auch. Wildmann signalisierte im Hintergrund, dass er sich um die Arbeit kümmern würde, also zogen sich die vier in einen Nebenraum zurück und Lena erzählte, was seit gestern Früh passiert war, mit Andrea Erhards Unterstützung, was den heutigen Tag anging.

Hattinger war fassungslos. Er umarmte Lena, die sofort zu weinen anfing, was sie aber genauso schnell wieder abzustellen versuchte, weil es ihr hier auf der Polizei mehr als peinlich war.

„Der Poschner? Spinnt der jetz komplett?" Hattinger war stinkwütend. „Des hat Konsequenzen, den knöpf i ma vor!"

„Des geht ned, er is weg", sagte Andrea Erhard.

„Wie, weg?"

„Na ja, i hab ihn damit konfrontiert ..."

„Und?"

„Er hat gar nix gsagt. Er hats ned abgstrittn. Der war ziemlich fertig. Später wollt i no amoi mit eahm reden, da war er weg."

„Moanan S', dass er an Unsinn macht?"

Andrea überlegte. „Ich weiß es ned, ehrlich gsagt. Eigentlich eher ned …"

„Vielleicht sollt ma'n anrufen?"

„Scho probiert, er geht ned dran."

Hattinger schaute zu Senai, der immer noch ziemlich verängstigt in der Ecke saß.

„Und was mach ma jetz mit dem jungen Mann?"

„Die Andrea hat sich schon drum gekümmert", sagte Lena. „Brauchst also keine Angst haben, dass ich ihn wieder anschleppe."

„Er kriagt erst amoi an Platz in oam von den Rosenheimer Clearing-Häusern für unbegleitete minderjährige Flüchtlinge", sagte Andrea Erhard. „I kenn da den Leiter. Mir können ihn heut no hinbringen, da is er erst amoi sicher."

„Das wollten wir jetzt dann machen", sagte Lena.

„Danke Andrea", sagte Hattinger.

„Koa Problem, mir war eh fad", sagte Andrea, aber es war nicht zu übersehen, dass sie sich freute.

„Lena, du kommst bitte auf jeden Fall wieder hierher und bleibst bei mir, solang des mit dem Typen ned geklärt is. Okay?"

„Alles klar, Herr Kommissar!"

Sie war immerhin schon wieder zu Scherzen aufgelegt, das beruhigte Hattinger ein bisschen. Aber gleichzeitig wirkte sie ziemlich angegriffen von der ganzen Sache, was Wunder? Als er sich von Senai verabschiedet hatte und die drei sich auf den Weg machten, wurde ihm erst richtig bewusst, dass da viel mehr hätte passieren können. Wie zum Teufel kam der Poschner dazu, sowas zu machen? Den würde er sich noch vornehmen.

Aber jetzt erst mal wieder zu Herrn X. Hattinger war auf dem Weg zu Wildmann, da fing ihn der junge Rotkopf Peter Baumann im Flur ab.

„Herr Hauptkommissar, es sind zwei Besucher für Sie draußen, vom Landesamt für Verfassungsschutz, sagen sie. Soll ich die reinbitten?"

Die Frage erübrigte sich, denn die Herren hatten sich, dem Polizeibeamten folgend, bereits selbst reingelassen.

„Aber gern, danke", entließ Hattinger Baumann. „Die Herren, was verschafft mir die Ehre?", sagte er so freundlich und harmlos wie möglich.

Die Herren stellten sich vor, nicht namentlich, sondern eher funktional, indem sie Hattinger kurz ihre Dienstausweise entgegenstreckten. Beide waren etwa in seinem Alter und wenn irgendjemand glauben sollte, ein Verfassungsschützer sähe vielleicht geheimnisvoll aus, diese beiden schlecht gekleideten, bauchuntersetzten Bürohengste waren der lebende Gegenbeweis.

„Sie wissen genau, was wir wollen", sagte der eine.

„Wir nehmen jetzt unseren Mitarbeiter mit", sagte der andere, „den Sie über eine Staatsgrenze geschleift, widerrechtlich verhaftet und aus dem Krankenhaus entführt haben. Um nur Ihre gravierendsten Vergehen zu nennen."

„Stellen Sie sich schon mal auf Ihren Vorruhestand ein", sagte der eine wieder.

„Hier", sagte der andere und hielt ihm einen Schrieb unter die Nase.

Was führten die hier auf, dachte Hattinger, Pat und Patachon? Dick und Doof? Nein, das würde Laurel und Hardy beleidigen, wenn, dann machten die hier auf zweimal dick.

„Was is des?“, fragte er.

„Da steht drin, dass wir Herbert Brenner mitnehmen. Jetzt. Also lassen Sie ihn holen“, sagte wieder der erste.

Hattinger dachte fieberhaft nach, was er machen könnte. Auf Argumentieren brauchte er sich gar nicht einzulassen, das hätte mit Sicherheit keinen Sinn.

Um Zeit zu gewinnen, tat er so, als würde er dieses Papier ganz genau studieren. Es war immerhin von irgendeinem Staatssekretär unterschrieben, wenn es denn echt war. Aber davon musste man ausgehen. Was sollte er also tun?

Natürlich, einen Versuch wars wert.

„Des is wunderbar, meine Herrn, aber da kommen S' leider zu spät. Den Herrn Brenner hamma scho vor a Stund nausgschmissn, weil ma eahm leider nix Einschlägiges beweisen können. Schad, aber so isses halt, gell? Duad ma leid, dass S' jetz extra den weiten Weg von München hergfahrn san.“

Nummer eins machte ein Gesicht wie ein Magenbitter.

„Wollen Sie uns verarschen?“

„Keineswegs, wie kommen S' denn da drauf?“

„Warum hat er sich dann noch nicht bei uns gemeldet?“, fragte Nummer zwei argwöhnisch.

„Was woaß denn i? Vielleicht konn er ned telefonieren, weil er koane Handys mehr hat. Is des mei Problem? Vielleicht probiern S' es bei ihm dahoam in Rosenheim.“

Hattinger merkte, dass die beiden ihm nicht glaubten. Er musste es drauf ankommen lassen. Er riss die Tür zum Konferenzraum auf, in dem Wildmann gerade telefonierte. „Karl?“, rief er in den Raum, „konnst du den beiden Herrschaften vom Verfassungsschutz bitte bestätigen, dass mir den Herrn Brenner vor a Stund entlassen ham?“

Wildmann nahm das Handy vom Ohr und gaffte Hattinger einen Moment lang verwundert an. Als er begriff, nahm er die Verwunderung nahtlos in seine Antwort mit: „Ja, selbstverständlich. Haben wir das nicht dem Landesamt schon mitgeteilt?“

Hattinger war stolz auf ihn. Die beiden Herren begannen die Geschichte langsam zu glauben.

„Gut, dann zeigen Sie uns die Entlassungspapiere“, forderte Nummer zwei.

„Die gehn auf unserm Dienstweg nach München, des is doch klar. Spätestens morgen san s’ da.“

Nummer eins legte den Kopf in den Nacken und versuchte noch einmal richtig gefährlich auszusehen.

„Für den Fall, dass Sie uns verarscht haben, sollten Sie sich warm anziehen, Herr Hattingen. Ganz warm!“

„Hattinger. Es is eh so warm zur Zeit …“

Hattinger mochte sich im Moment nicht einmal vorstellen, was auf ihn zukäme, sollten sie Volker X nicht eindeutig überführen können. Und selbst dann vermutlich. Im Moment wars ihm egal, denn er war sich seiner Sache ziemlich sicher.

66

Das wars dann vermutlich mit der Polizeilaufbahn. Poschner saß auf seinem Bett und schüttelte den Kopf über sich selbst. Wie hatte er nur so dumm sein können? Es war unfassbar, was er in den letzten zwei Jahren für einen Abstieg hingelegt hatte.

Er sah sich im halbleeren Schlafzimmer um. Der Haufen ungewaschener Klamotten auf dem Stuhl, der Verhau in diesem grauen Stoffkleiderschrank, den er sich behelfsmäßig zugelegt hatte, weil seine Frau den ihren mitgenommen hatte, die Kommode natürlich auch …

Staubflusen am Boden, in den Ecken, überall. Keine Bilder mehr an der Wand, nur noch leere Plätze. Keine Fotos, außer dem kleinen mit seinen Kindern. Die leeren Bierflaschen neben dem Bett, abgegessene Teller, angeschimmelte Reste. Die verbogene alte Schreibtischlampe. Der Fernseher, den er vom Wohnzimmer rübergestellt hatte, weil er da eh nicht mehr sitzen mochte. Was sollte er da noch? Besuch kam sowieso keiner. Die, die anfangs noch kommen wollten, hatte er erfolgreich abgewimmelt. Jetzt fragte keiner mehr.

Die Andrea war noch nie hier gewesen. Für die hätte er geputzt. Für die hätte er sich echt ins Zeug gelegt, aber sie wollte ja nicht.

Das war das letzte Mal gewesen, wo er richtig aufgeräumt hatte, damals, als er dachte, sie würde ihn vielleicht besuchen. Das Doppelbett frisch bezogen. Die Pornos verräumt. Sogar Blumen hatte er gekauft. Da waren sie noch mal essen gegangen und er hatte gedacht, danach … Und sie hatte ihm nur erklärt, dass da nichts laufen würde, dass sie sich privat nicht mehr treffen wolle.

Punkt.

Er hatte es nicht geglaubt. War aber so, das hatte er inzwischen kapiert.

Die hatte ihn heut zur Sau gemacht, Andrea Erhard, seine Untergebene.

Nein, stimmt ja so nicht, nicht mal zur Sau gemacht, das wär ihm sogar lieber gewesen, dagegen hätte er sich wehren können, aber sie hatte ihm nur sehr kühl den Spiegel vorgehalten.

Das Schlimme war, dass sie recht hatte. Da war mit Erklärungen auch nicht geholfen. Also hatte er es gar nicht erst versucht.

Wie lange saß er jetzt schon hier und starrte seine Waffe an? Die hier neben ihm auf dem Bett lag und auf ihn wartete. Auf diesem ungemachten Bett mit dieser wochenlang ungewaschenen Bettwäsche? Zwei Stunden bestimmt.

Er konnte sich nicht entschließen. Nicht mal dazu konnte er sich entschließen. Aber es wäre auch eine endgültige Entscheidung. Und er konnte ja nicht einmal mehr einfache Dinge entscheiden. Wie dann das?

Im letzten Jahr hatte er es mit Mühe fertig gebracht, die Fassade im Dienst aufrecht zu halten. Das ging noch einigermaßen, weil die Arbeit sowieso das Einzige war, was ihn am Leben hielt. Was wenigstens ab und zu Spaß machte. Obwohl, der ganze Papierkram, die Dienstpläne, die Verwaltung, das kotzte ihn auch schon lange an. Er wär so oft lieber rausgegangen, statt der Chef zu sein und den ganzen Scheiß am Hals zu haben.

Und sonst?

Nix.

„Du hast einen Burnout", hatte die Andrea gesagt. „Oder sogar eine richtige Depression. Geh zum Doktor und lass dir eine Kur verschreiben."

Er hatte das weggeschoben. „Ach was, ich doch nicht! Komm in mein Bett, dann fehlt mir gar nix mehr."

Vor einiger Zeit hatte sie ihm eine Watschn verpasst, als er mit ihr allein beim Kopieren war. Dabei wollte er sich doch nur ein Stück Erinnerung holen, er war überhaupt nicht grob gewesen, er wollte sie doch nur umarmen, ein bisschen streicheln. „Lass ein für alle Mal die Finger von mir!", hatte sie ihn angeschrien, so leise dass es keiner hörte. Laut wär ihm lieber gewesen. Aber seither hatte er es endgültig kapiert. Er hatte ihr sogar noch einen Brief geschrieben und sich entschuldigt, aber den hatte er dann weggeschmissen. Hätte auch nix mehr gebracht.

Vielleicht hatte sie auch damit recht, mit der Depression. Aber wie sollte man auch nicht deprimiert sein, wenn man das alles zusammenzählte? Nein, es war eine traurige Bestandsaufnahme, dazu musste man nicht krank sein. Burnout vielleicht, ja …

Poschner schaute lange das Foto von den Kindern an.

Er durfte es nicht tun. Er durfte nicht.

Das mit der Arbeit war eins, aber die Kinder …

Und wenn er sie nur noch alle paar Wochen sehen würde. Er durfte ihnen das nicht antun, selbst wenn er sie nie mehr sehen würde. Sie hingen doch an ihm, auch wenn ihre bescheuerte Mutter alles tat, um es ihnen auszutreiben. Bei der Angie war ihr das schon fast gelungen, aber der Marcel, der hatte so geweint und ihn umarmt, der wollte ihn nicht mehr loslassen. „Ich hab dich lieb, Papa", hatte er geschluchzt!

Es hatte ihm die Tränen in die Augen getrieben, er hatte nicht mehr gewusst, was er tun sollte, so schlimm war das. An dem Abend war er zum See gegangen mit zwei Flaschen Schnaps und hatte sie in sich reingeschüttet, bis er nichts mehr spürte als eine heillose Betäubung.

Poschner nahm das Bild in die Hand und schaute es an. Nein, er war noch nicht tot, er spürte doch immer noch diese unbändige Wut in sich, die Verzweiflung. Die hatte schließlich Ursachen! Nein, das wars noch nicht für ihn, auch wenn er überhaupt nicht wusste, was jetzt kommen würde.

Er legte das Bild auf den Nachttisch und stellte entschlossen die leeren Teller runter auf den Boden.

Er nahm seine Waffe vom Bett und schob sie wieder ins Holster.

Er schaute sich noch mal im Schlafzimmer um.

Dann riss er die zusammengeschoppte Tagesdecke vom Fußende des Betts, breitete sie auf dem Boden aus und schob die leeren Teller und Bierflaschen und den ganzen Unrat mit beiden Armen auf die Decke, er fasste die Zipfel der Decke zusammen, hob den ganzen Kladderadatsch darin hoch, holte Schwung und drosch den Sack an die Wand wie eine Abrissbirne, an die leere Stelle, wo das Lieblingsbild seiner Frau gehangen hatte und der Sack gab ein tief befriedigendes Klirren ab, ein Bersten, das kurz vom Wummern der Wand verstärkt wurde, bis es in einem leisen Scherbenrieseln verklang, als Poschner den von Bierresten triefenden Sack vorsichtig am Boden abstellte und die Deckenzipfel darüber warf wie Erde in ein frisches Grab.

„So“, sagte er leise.

Dann ging er sich waschen und umziehen.

„Und jetzt zu dir, mein Freund“, sagte er, bevor er das Haus verließ.

67

„So, jetz kommts drauf o!“ Hattinger versuchte noch mal gehörig Dampf zu machen, denn ihm war klar, dass Reißberger demnächst eintreffen würde und vermutlich würden auch die zwei Typen vom Verfassungsschutz irgendwann wieder auf der Matte stehen. Die waren zwar ziemlich schlicht gestrickt, aber lange würde sein Täuschungsmanöver nicht wirken, wenn sie Volker X nirgends auftreiben konnten.

Karl Wildmann hatte inzwischen alle neuen Erkenntnisse gebündelt und berichtete, dass Petra Körbel beim Durchsuchen von Heckmanns Festplatte zum Thema Linkshändigkeit gleich mehrere Hinweise gefunden hatte, unter anderem ein paar Bestellungen bei Amazon wie zum Beispiel zwei Linkshänderscheren, eine Linkshänder-Computermaus oder einen Linkshänder-Sparschäler für Gemüse.

„Sie hat auch ein paar handschriftliche Seiten von ihm einer Graphologin gemailt“, meinte Wildmann. „Die sagt, Heckmann war eindeutig Linkshänder.“

„Guad, dass des unserer Rechtsmedizinerin aufgfoin is.“

„Ja, Triple-A ist wirklich ne Bank“, fand auch Wildmann.

„Okay, was no?“

„Martin Haller hat die Videos von Vogel kopiert, damit wir Reißberger die Sachen übersichtlich präsentieren können. Der Vogel hat auf seinen Handyvideos mehrmals Volker X im Offtext angesprochen, ihn auf eine Panzerfaust hingewiesen zum Beispiel. Und der Martin hat die entscheidenden Passagen von der Autovermietung zusammengestellt.“

„Dann ruaf i jetz an Bamberger o."

Hattinger nahm sein endlich wieder geladenes Handy und ging hinaus auf den Parkplatz, um eine zu rauchen. Es war ihm schon wieder ziemlich zur Gewohnheit geworden. Von wegen aufhören! Aber so ein stressiger Fall war auch ein denkbar ungünstiger Zeitpunkt dafür. Davon versuchte er sich zumindest selbst zu überzeugen.

„Wia schauts aus bei dir, Fred?"

„Die Proben von dem Zeug aus dem Müllsack san abgnomma, as Labor is dabei, die DNA zu extrahieren. I steh praktisch daneben und schau dene auf d'Finger, mehr konn i im Moment ned doa."

„Wie lang no?"

„A paar Stund", sagte Bamberger. Er wusste, dass Hattinger mit der Antwort nicht zufrieden war. „Die ham für uns extra andere Analysen verschoben", fügte er hinzu.

Hattinger rauchte fertig und warf den Stummel in seinen angestammten Pflanzenkübel, aber da fing gleich was zu kokeln an, so vertrocknet war der, also bemühte er sich, die Glut mit Erde zu ersticken. Würde nicht gut kommen, wenn er jetzt auch noch die Priener Polizei abfackeln würde. Als er noch damit beschäftigt war, fuhr schon Reißberger auf den Hof. Er parkte direkt neben ihm und stieg aus.

„Was machen Sie denn da, Hattinger? Ihren Fall beerdigen?"

Immerhin hatte der Staatsanwalt noch ein bisschen Resthumor auf Lager.

„Ganz im Gegenteil", sagte Hattinger und klopfte sich die Hände ab. „I bin bester Dinge, was den Fall angeht."

„Ich nicht. Schaun S' …" Reißberger holte sein Handy raus und hielt es Hattinger hin. „Alles Anrufe in Abwesenheit! Ich glaub, die halbe bayerische Justiz is hinter mir her: Oberstaatsanwalt, Generalstaatsanwalt, der parlamentarische Staatssekretär im Justizministerium, was glauben Sie, was die von mir wollen, Hattinger?"

Hattinger zuckte mit den Schultern.

„I konns ma vorstelln."

„Das wage ich zu bezweifeln. Ich bin als Beamter weisungsgebunden, das wissen Sie doch auch. Ich setz grad meine berufliche Laufbahn aufs Spiel, indem ich das alles ignorier. Das ist ein Dienstvergehen. Ich hoffe, das ist Ihnen klar?"

„Und ob. Da hamma was gemeinsam."

„Na gut, dann schauen wir's uns halt an."

Sie gingen hinein. Hattinger rief Wildmann, Petra Körbel und Martin Haller zusammen.

In der nächsten halben Stunde führten sie Reißberger ihr gesamtes Beweismaterial vor. Es war eine improvisierte, aber nichtsdestoweniger professionelle Präsentation. Der Staatsanwalt war beeindruckt und spätestens nach der Sichtung des Videomaterials aus der Autovermietung und der Fotos von dem Inhalt des Müllbeutels schien er wirklich überzeugt zu sein.

„Für mich persönlich steht außer Frage, dass er's war", sagte er. „Aber es fehlt als schlussendlicher Beweis halt noch die DNA. Wenn wir zum Beispiel innen im Mundschutz den Speichel von Volker X nachweisen und außen die Blutspritzer von Ludwig Heckmann, dann is es für mich wasserdicht."

„Da samma grad dabei. Miass ma uns nur so lang in Geduld üben, bis as Ergebnis da is", sagte Hattinger.

„Das wird eng. Vielleicht bekommen wir ja ein Geständnis, wenn Sie ihn noch mal vernehmen?", schlug Reißberger vor. „Ich würde mir den Herrn sowieso gern einmal ansehen."

Hattinger fand die Idee gut. Er würde mit Wildmann die Vernehmung führen, der Staatsanwalt wollte durch die Scheibe zuschauen. Diesmal brachte der junge Polizeibeamte Peter Baumann Volker X in den Vernehmungsraum. Poschner war immer noch nicht aufgetaucht. Volker X führte dieselbe Nummer auf wie beim ersten Verhör, er beschimpfte sie wüst und verlangte, sofort entlassen zu werden.

Hattinger ging gar nicht darauf ein.

„Dass Sie an dem Abend im Haus von Ludwig Heckmann waren, des ham S' ja selber scho zu Protokoll gebn. Sie wern si doch bestimmt erinnern, wo die Waffe nach seim Selbstmord glegn is?"

„Das hab ich doch alles schon gesagt!"

„Dann sagen Sie's halt nochmal", mischte sich Wildmann ein.

„Am Boden, neben dem Sessel, wo denn sonst, die Knarre kann ja schließlich nicht fliegen."

„Auf welcher Seite?"

„Na, rechts neben ihm."

„Genau", sagte Hattinger, „und des is des Merkwürdige an der Gschicht: Dass si a Linkshänder mit der Rechten derschiaßt."

Er fixierte Volker X, den es einen Moment aus seiner gewohnten Umlaufbahn katapultierte. Ein Augenflackern nur, er hatte sich erstaunlich schnell wieder im Griff.

„Jedem das Seine. Ist ja nicht verboten, sich mit der falschen Hand zu erschießen, oder?"

Dafür war Karl Wildmann jetzt nahe daran zu entgleisen. Er bedauerte fast, diese zynische Arschgeige nur an der Hand getroffen zu haben.

„Ich sage Ihnen jetzt mal, wie's wirklich war: Sie stehen hinter dem Sessel und schießen Heckmann mit der Pistole in Ihrer Rechten von schräg oben in den Kopf. Er dreht sich in dem Moment noch nach Ihnen um und reißt die Hände hoch, aber zu spät. Sie drücken dem Toten die Pistole in die rechte Hand, damit schöne Fingerabdrücke von ihm drauf sind, und dann legen Sie sie rechts neben ihm auf den Boden."

„Legen", betonte Hattinger, „denn wenn s' aus Kopfhöhe runtergfalln wär, müsste des Parkett auf jeden Fall a frische Macke ham. Des hamma ausprobiert."

„Ich beneide Sie beide wirklich um Ihre Phantasie", giftete Volker. „Beweisen Sie's oder ich gehe."

„Na gut, wie Sie wollen", sagte Wildmann. „Martin, könntest du uns bitte mal das Video einspielen?"

Martin Haller schaute im Nebenraum, wo er zusammen mit Petra Körbel und Reißberger der Vernehmung folgte, sicherheitshalber noch mal den Staatsanwalt an. Reißberger nickte nur.

Als Volker X das Video aus den Überwachungskameras des Autoverleihs sah, wurde er von Minute zu Minute grauer im Gesicht.

„Da san s' drin in dem Sack, unsere Beweise", kommentierte Hattinger trocken die Stelle, an der der „Verfassungsschützer" die Mülltüte aus dem Auto holte und zur Mauer trug.

Volker X entwich ein kurzes hysterisches Lachen.

„Was soll das denn beweisen? Das sind … das waren … alte Brotzeitreste!"

„Dann ham Sie an seltsamen Gschmack, wenn Sie sowas essen."

Volkers Hautfarbe wechselte endgültig von Grau zu Weiß, als Hattinger nach und nach große Fotos der Sachen auf den Tisch legte, von den Turnschuhen über die schwarzen Klamotten und die Latexhandschuhe bis zum blutbespritzten Mundschutz.

„Und?" Hattinger nagelte Volker X mit seinem Blick fest.

Der Mann starrte die Fotos an und sagte gar nichts mehr.

Dafür platzte just in dem Moment Peter Baumann in die Stille.

„Herr Hauptkommissar", streckte er den Kopf zur Tür herein, „ich ..."

„Mensch, Baumann! Jetz doch ned!" Hattinger konnte es nicht fassen. Musste dieses Trampeltier gerade jetzt reinplatzen?

Baumann bekam eine üble Feuerlöscherattacke. Er sah aus, als würde er gleich umkippen vor Überhitzung.

„Entschuldigung, Herr Hauptkommissar, aber ich denke es ist wichtig."

Jetzt war der Moment sowieso vorbei.

„Ja bitte?"

„Vielleicht sollten wir besser draußen ...?"

Baumann starb ohnehin schon vor Peinlichkeit, also leistete Hattinger keinen weiteren Widerstand und folgte dem Rotkopf auf den Flur. Er hoffte nur, dass es die Unterbrechung wert war, was er zu sagen hatte. Er hatte gerade das Gefühl gehabt, dass Volker X doch noch von seinem Sockel kippen könnte.

„Ich habe vorher Ihr Gespräch mit den beiden

Verfassungsschützern mitbekommen, Herr Hauptkommissar, ich …"

„Jetz lassen S' hoid amoi den depperten Hauptkommissar weg und sagn S' Hattinger zu mir. I werd eh demnächst degradiert, wenns so weiter geht!"

„Gut, okay, also …", Baumanns Gesichtslage entspannte sich ein bisschen, „vorher hat mein Kollege telefoniert, das habe ich zufällig mitbekommen, er hat am Telefon gesagt: ‚Wieso, der sitzt doch gerade im Vernehmungsraum', und nach dem Gespräch hab ich ihn gefragt, was war und er hat erzählt, dass die Verfassungsschützer angerufen und nach Herbert Brenner gefragt hätten und dass er dem Brenner sofort ausrichten soll, dass sie ihn jetzt abholen. Und geflucht hätten sie wie verrückt, bevor sie aufgelegt haben. Ich hab dem Kollegen gesagt, ich übernehme das und richte es selbst aus, weil ich ja … Ich dachte mir, das sollten Sie wissen."

„Danke, Herr Baumann, des ham S' guad gmacht."

Baumann freute sich über das Lob wie ein Schneekönig.

Hattinger überlegte kurz, dann ging er in den Raum zum Staatsanwalt und erzählte ihm vom heutigen Auftritt der beiden Verfassungsschützer. Reißberger starrte ihn an.

„Sie haben *was*?!" Der Staatsanwalt mochte seinen Ohren nicht trauen. „Mensch, Hattinger! Sie schicken uns alle in Frühpension, wenn Sie so weiter machen!"

„Ja, aber was mach ma denn, wenn die wiederkommen? Wenn die den mitnehmen, dann war ois umsonst!"

Reißberger schaute ihn nachdenklich an.

„Sie ziehens durch, oder?"

Hattinger nickte.

„Gut, ich bin dabei. Ich bin schließlich nicht Staatsanwalt geworden, um so einen laufen zu lassen. Aber wenn die DNA-Analysen was anderes sagen, dann hamma echt a Problem."

„Des is mir klar", sagte Hattinger. „Aber jetz brauch ma erst amoi Aufschub."

Sein Handy klingelte, er schaute aufs Display. „Der Polizeipräsident …"

„Da würd ich jetzt nicht drangehen", empfahl Reißberger. „Ich hab da eine Idee, aber wir müssen uns beeilen."

Er schlug vor, Volker X umgehend hier rauszubringen und in der JVA Bernau zu „parken". Er wollte den Anstaltsleiter anrufen, dass er den Haftbefehl des Haftrichters morgen nachreichen würde.

„Und Sie organisieren derweil den Transport", fand er.

Hattinger war natürlich einverstanden. Er wollte gerade Wildmann Bescheid geben, der im Verhörraum immer noch versuchte, Volker X aus der Reserve zu locken, da stand im Flur plötzlich Poschner vor ihm, mit einem jungen blonden Mann in Handschellen im Schlepptau.

„Poschner?!"

„Herr Hauptkommissar", setzte Poschner an und schaute dabei wirklich sehr zerknirscht, „ich möcht mich in aller Form …"

„Später", unterbrach ihn Hattinger. „Wer is des?"

„Des?" Poschner war ganz verdattert. „Des is der Schläger, der Ihre Tochter bedroht hat, unter anderm. I hab ihn vorläufig festgnommen. Den hab i grad vor Ihrem Haus derwischt.“

Jetzt wusste Hattinger wieder, woher ihm der Typ bekannt vorkam. Er hatte nur keinen Verband mehr am Arm und sah wenig gefährlich aus, er starrte unverwandt auf den Boden und sagte keinen Ton.

„Guad, sperrn S’n ei, und zwar da, wo bis jetz der Brenner gsessn is. Und dann kommen S’ schnell wieder, Sie können was für uns erledigen. Und nehmen S’ den Baumann mit.“

Poschner war leicht verwirrt, aber gleichzeitig schien ihm ein Stein vom Herzen zu fallen, dass der Kommissar überhaupt noch mit ihm redete.

„Danke. Des mach i gern, Herr Hauptkommissar“, sagte er.

„Hattinger, nach wie vor. Alles andere später …“

Fünf Minuten später waren Poschner und Baumann mit dem an Händen und Füßen gefesselten und wie ein Rohrspatz schimpfenden Volker X auf dem Weg zur Justizvollzugsanstalt Bernau.

Wiederum fünf Minuten später trafen die beiden Herren des Landesamts für Verfassungsschutz zum zweiten Mal ein und drohten Hattinger mit allem, was ihre Phantasie so hergab, inklusive seiner endgültigen Verbannung aus dem Freistaat.

Hattinger blieb sehr beherrscht und empfahl den Herren, sich selbst von der Abwesenheit des Herrn Brenner zu überzeugen. Er hatte natürlich in der Zwischenzeit alle auf der Wache eingeschworen und der Polizeibeamte am Telefon musste leider zugeben, dass er sich mit dem Namen vertan hatte.

Hattinger führte die Herren höchstpersönlich

durch die Polizeistation und zeigte ihnen die Arrestzelle, in der der junge Blonde saß.

„Des is er ned, oder?“

Als die beiden mit grimmigen Mienen wieder abgezogen waren, setzte sich Hattinger mit Wildmann und Reißberger zusammen. Petra Körbel und Martin Haller waren schon dabei, alle Unterlagen für den Haftrichter zusammenzustellen.

„Jetzt können wir nur noch warten, oder?“, sagte Wildmann.

„Schaut so aus.“ Hattinger fiel auch nichts besseres ein.

„Wissen Sie, was mir Sorgen macht?“, sagte der Staatsanwalt. „Ich befürchte, dass ich trotz allem Weisung bekommen werde, den Fall einzustellen. Und das Fatale ist: Ich muss mich dran halten. Oder man entzieht mir den Fall. Ist vielleicht sowieso längst passiert und ich weiß es nur noch nicht. Ich denke, wenn da entsprechender Druck vom Innenministerium kommt, dann werden die alles unternehmen, dass die ganze Gschicht unter Verschluss bleibt. Natürlich im Namen der öffentlichen Sicherheit etc. Der Verfassungsschutz kann es überhaupt nicht leiden, wenn die Aktivitäten seiner Leute an die Öffentlichkeit gelangen.“

Das brachte Hattinger auf einen Gedanken.

„Dann sollt ma vielleicht Öffentlichkeit herstellen, solangs no geht.“

„Sie erwarten jetzt nicht von mir, dass ich auch noch eine Pressekonferenz geb?“, sagte Reißberger entgeistert.

„Naa, aber i hätt da a andere Idee …“

Hattinger rief Lena an.

„Paps, *du* rufst mich an? Is was passiert?“

„Wo seids'n ihr?“

„Wir fahren grad auf den Parkplatz, wieso?“

„Sehr guad, dann bis glei. Der Poschner hat übrigens den Schläger verhaftet, du brauchst oiso koa Angst mehr ham.“

Als Lena mit Andrea Erhard hereinkam, fiel sie ihm erst mal um den Hals.

„Ich bin so froh. Und der Senai ist dort gut aufgehoben, glaub ich.“

„Okay. Jetz miass ma no was erledigen. Andrea, Sie ham doch diesen Spezl bei der Chiemseezeitung?“

„Den Karli, ja.“ Andrea registrierte erfreut, dass Hattinger sie schon wieder beim Vornamen nannte.

„Den brauch ma jetz.“

Hattinger erklärte ihr, was er plante. Andrea schaute auf die Uhr.

„Halb sieben scho, da werds aber eng.“ Sie rief den Spezl gleich an: „Servus Karli, wia spontan bist du? Mir hätten da a Riesengschicht für di – exklusiv!“

„I bin glei da“, sagte der Karli.

Ein paar Minuten später stand er schon auf der Matte. Die Priener Redaktion war praktisch um die Ecke. Hattinger erklärte ihm, worum es ging.

„Für *morgen*? Ihr seids verruckt! Mir ham jetz glei Redaktionsschluss. Um acht is Andruck, da laufen die Maschinen o, dann geht nix mehr!“

Ein paar Sekunden überlegte er noch, aber seine Augen begannen schon zu funkeln.

„Dann aber los jetz!“

VII. Freitag

68

Der Karli hatte sich selbst übertroffen. Am Freitag stand ein groß aufgemachter Artikel in der Chiemseezeitung:

Exklusiv: Spektakulärer Kunstraub vereitelt
Verfassungsschützer unter Mordverdacht
Der mysteriöse Unfall eines mit Kunstwerken beladenen Lieferwagens am vergangenen Mittwoch an der bayerisch-österreichischen Grenze bei Salzburg …

Hattinger ließ die Zeitung sinken. Er war sehr zufrieden. Und überhaupt gings ihm gut, er hatte nach fast einer Woche endlich mal wieder ein paar Stunden länger am Stück geschlafen. Und seit heute Morgen regnete es in Strömen, die Luft war so frisch wie seit dem letzten Gewitter nicht mehr. Es war schon fast wieder zu viel.

„Darf ich mal?“, bat Wildmann um die Zeitung. Hattinger gab sie ihm.

„Beim Karli klingelt as Telefon praktisch durch“, sagte Andrea Erhard. „Alle wolln die Gschicht.“

Sie hatte kurzfristig die Herrschaft über die Kaffeemaschine wieder übernommen und stellte ein Tablett mit Tassen auf den Tisch.

„Wie wir aus gut unterrichteten Kreisen erfahren …“, zitierte Wildmann aus dem Artikel. „Sehr schön.“

Natürlich wäre es für ihre Dienststellen unschwer zu erraten, wer diese gut unterrichteten Kreise waren, das war ihnen allen klar. Das würde Ärger geben. Aber es hatte sich gelohnt.

Nachdem gestern Abend kurz vor zwölf endlich

Bambergers erlösende Nachricht mit den positiven DNA-Befunden eingegangen war, hatten sie sich alle zur Feier des Tages einen Schlummertrunk gegönnt. Es war noch richtig nett geworden, sogar Reißberger hatte ein paar amüsante Schoten aus seinem Anwaltsleben erzählt. Nur Poschner hatte sich früh zurückgezogen.

Heute in aller Früh beantragte Reißberger Haftbefehl gegen Volker X. Sie führten ihn dem Haftrichter vor. Inzwischen saß er offiziell in U-Haft und man würde den Teufel tun, das Verfahren gegen ihn jetzt zu unterdrücken angesichts der Aufmerksamkeit, die die Sache gerade in den Medien genoss. Und das war ja erst der Anfang.

„Heute ist der Tag der heißen Kartoffel", begrüßte ihn Wildmann, als sie ihn am Morgen aus der JVA Bernau abholten.

Hattinger würde Volkers Blick so schnell nicht vergessen. Der Mann sagte nichts. Sogar das Fluchen war ihm vergangen. Außerdem war er vermutlich auf Entzug, das tat sein Übriges.

Heute war Aufräumen angesagt, in jeder Hinsicht. Poschner hatte ihm schon seine halbe Lebensgeschichte gebeichtet, inklusive der Tatsache, dass der junge Mann in der Arrestzelle sein unehelicher Sohn war, der ihm über den Kopf wuchs. Und er hatte sich aufrichtig entschuldigt, wie gestern Abend auch bei Lena schon, die ihn ja eigentlich mochte.

Dem Mann ging es nicht gut. Er stand auf der Kippe. Er hatte sich wohl gerade erst entschlossen, sein Leben wieder in die Hand zu nehmen, aber er konnte immer noch nach beiden Seiten kippen, das Gefühl hatte Hattinger zumindest.

„Mensch, Poschner, nehmen S' a Auszeit."

Poschner nickte.

„Daran hab i gestern ah scho denkt." Er rieb nervös seine Hände. „Aber was mach i mit dem Pio? Der baut ständig so einen Mist. Erstattet Anzeige wegen Körperverletzung, macht ein Riesen-Tamtam, dabei hat er grad amoi an Kratzer am Arm! Guad, die Anzeige hat er jetz zruckzogn."

„Lassen S' ihn ruhig no a bissl schmoren, vielleicht hift des." Hattinger war sich auch nicht sicher. „Jetz hat er wenigstens amoi gspannt, dass er ned mit allem durchkommt, des is immerhin a Anfang."

„Die Frau Langner ist übrigens jetzt da", richtete Petra Körbel aus.

Sie hatten bisher noch keine Gelegenheit gehabt, Fiorella Langners Aussage aufzunehmen.

„Wie lang san S' denn no im Land?", fragte Hattinger, als ihr Protokoll unterzeichnet war.

„Gut eine Woche noch, dann geh ich wieder nach England. Aber ich werde vermutlich öfter mal einfliegen in nächster Zeit, das ist so viel, was da jetzt auf mich zukommt mit dem Haus. Ich kanns immer noch nicht glauben."

Das kannte Hattinger aus eigener Erfahrung, auch wenn sein Haus viel kleiner war.

„Und die Bilder? I moan, i woaß, dass des bestimmt ewig dauern werd, bis die Herkunft feststeht, welche davon restituiert wern und so, aber a Teil davon steht Ihnen ja wahrscheinlich rechtmäßig zu. So wars jedenfalls beim Gurlitt …"

„Ja, aber dessen Vater war zumindest Kunsthändler und nicht nur Kunsträuber. Ich muss überhaupt erst mal anfangen zu recherchieren. Für seine Herkunft kann man ja nichts, aber es ist doch die Frage, wie man damit umgeht. Könnte mir gut vorstellen, dass mich diese Geschichte noch lange beschäftigt. Wie auch immer, falls man mir Bilder zusprechen sollte, werde ich sie stiften. An irgendeine jüdische Organisation, oder für Sinti-, Roma-, Holocaust-Gedenken, da wird mir bestimmt was einfallen bis es so weit ist. Auf jeden Fall werde ich sie in der bestmöglichen Gegenabsicht ihrer – ich weiß gar nicht, wie soll man die nennen: Diebe? Räuber? Das ist alles viel zu nett. Ich werde sie im Gegensinn dieser Unmenschen einsetzen, das ist mir jetzt schon klar. So Nazifern wie irgend möglich."

Die Idee gefiel Hattinger ausgesprochen gut.

„Da halten S' mich bitte auf'm Laufenden."

„Gern. Auf Wiederschaun, Hattinger. Danke für alles. Ich kann Sie ja mal anrufen, wenn ich wieder da bin, vielleicht gehn wir auf einen Kaffee? Ich bin schon sehr neugierig, wie's weitergeht."

„Gern. Sehr gern."

Als Fiorella Langner gegangen war, klingelte Hattingers Handy schon wieder: Der Polizeipräsident, zum dritten Mal. Er hatte ihn immer noch nicht zurückgerufen. Na gut, das hatte jetzt auch noch ein bisschen Zeit.

Andrea Erhard klopfte an der Tür und kam auch gleich rein.

„San Sie immer no da?", fragte Hattinger. „Sie san eigentlich krank, scho vergessn?"

„Eigentlich scho, aber uneigentlich bin i absolut einsatzfähig. Ham S' an Moment für mi?"

„Sicher. I wollt mi sowieso no amoi ausführlich bedanken für Ihren Einsatz."

Andrea lachte leicht gequält auf.

„Ja, von wegen. I hab mi dermaßen blamiert. Des war total unverantwortlich von mir, i muass mi entschuldigen. Wenn mi der Heckmann ned aus irgend am Grund verschont hätt …“

Beiden war klar, wie haarscharf sie am Tod vorbeigeschrammt war.

„Waar wirklich schad gwesn um Sie, Andrea.“

„Wenigstens is mei Dienstwaffe wieder aufgetaucht, im wahrsten Sinne des Wortes. Die Wasserschutzpolizei hat mir zuliebe ihr Sonar eigsetzt, oiso wenigstens gibts da koa Problem mehr. I hab ma gedacht …“, Andrea schaute ziemlich verlegen, „vielleicht miassat ma des ja ned unbedingt erwähnen, dass die weg war. Wenn i a Disziplinarverfahren am Hals hab, dann werd des wahrscheinlich nix mit meiner Bewerbung. Abgsehn davon hätt i's natürlich verdient.“

„Von mir erfahrt koaner was. I gfrei mi, wenn S' es machen. San S' hoid erst amoi a Zeit weg …“

„Des is mir im Moment ganz recht.“ Andrea überlegte, ob sie es sagen sollte. „I konn im Moment ned so guad mi'm Poschner.“

Hattinger nickte, das hatte er auch schon bemerkt. Er überlegte, ob er was dazu sagen sollte, oder ob es nicht besser wäre, sich da völlig rauszuhalten, als ihm die Entscheidung von Lena abgenommen wurde, die bestens gelaunt hereinschneite.

„Hi Paps, hallo Andrea! Stör ich?“

Bevor einer antworten konnte, fuhr sie gleich selber fort, in ihrer gewohnten Schnellfeuersilbenmanier: „Ich hab übrigens die Andrea morgen zu uns zum Grillen eingeladen, da hast du doch nix dagegen, oder? Der Fall is ja jetzt wohl endlich mal geklärt? Und Andrea kann ja'n bissl Aufpeppen grad ganz gut brauchen – hab ich Aufpeppen gesagt? Ich hab natürlich Aufpäppeln gemeint, wo sie ihr so übel zugesetzt haben! Oder, Paps, findst du doch auch? Hab mir gedacht, ich fädel das mal in die Wege oder so."

Hattinger sah Lena an. Er spürte seine Kinnlade ein bisschen absacken. Andererseits ...

„Ahm ... Ja klar, warum ned?", rang er sich durch.

Andrea Erhard war ziemlich rot geworden unter ihrer verschrammten Sommerbräune.

„Entschuldigung, Hattinger, des ... I möcht mi wirklich ned ... Ich wollt Ihnen grad ..."

„Hallooo? Was hab ich getan?", spielte Lena Bestürzung. „Jetz bleibt mal ganz locker, es regnet sowieso."

„Doch, im Ernst, i bin dafür", sagte Hattinger.

„Die Andrea bringt nen Kartoffelsalat mit", sagte Lena. „Das haben wir schon abgecheckt, gell?"

„Eigentlich war des ja dei Idee." Andrea war die Sache wirklich peinlich, denn das Allerletzte, was sie wollte, war den Hattinger so zu überrumpeln. „Aber wenn des für Sie okay is ..."

„Ich liebe Kartoffelsalat", sagte Hattinger. „Oiso gern."

„Ja dann ... Dann geh i jetz am besten, oder?", sagte Andrea und stand auf.

„Ja, ja, ruhn S' sich aus", sagte Hattinger. „Dann bis morgn. Mir telefoniern?"

„War das jetzt irgendwie verkehrt von mir?", fragte Lena, als Andrea gegangen war.

„Nnnaa. Is scho okay. Oiso, i find die Andrea ja

echt nett. Es is halt vielleicht oft nur a bissl schwierig, wenn ma dienstlich und privat … Oiso … Verstehst?“

„Mein Gott, da meint man immer, in eurem Alter hättet ihr die Lage im Griff! Also, damits dir nich zu peinlich wird, hab ich mir gedacht, ich könnt mir ja die Lisa dazu einladen. Die will jetz übrigens doch aussagen. Und vielleicht noch jemand … Das weiß ich aber noch nich. Wennst nix dagegen hast.“

„Naa, du hast des jetz eh scho in d'Hand gnomma, dann machst as hoid weiter. Sag amoi, was is eigentlich mit deim Peter? Kommt der ned?“

„Ach Paps. Du kriegst mal wieder gar nix mit, oder? Der is in Ungarn. Seit Sonntag! Und da bleibt er auch noch zwei Wochen, der Heini!“

„I bin koa Hellseher. Wenn du nix sagst …“

„Ja wann denn bitte?“

Wildmann kam mit einem Papier herein.

„Chef? Hier ist ein Fax für dich, denke das solltest du gleich lesen. Hallo Lena.“

„Hallo Herr Wildmann.“

Hattinger überflog das Fax.

Dringend, stand drüber. *Der Polizeipräsident,* stand drunter.

„… auf diesem Weg, da wir Sie anderweitig nicht erreichen …“, las er, dann fing er lauthals zu lachen an und legte das Schreiben auf den Tisch.

„Hah! Großartig! I bin vorläufig beurlaubt!“

Lena und Wildmann sahen ihn verblüfft an.

„Des sollt mi jetz eigentlich ärgern“, lachte Hattinger kopfschüttelnd, „aber i finds großartig. Endlich hab i amoi Zeit.“

„Yes! Mein Vater hat Zeit für mich!“, rief Lena

spöttisch. „Obwohl, wenn ich so überlege, das macht mir Angst."

„Guad Karl, dann bist du jetz an der Reih", sagte Hattinger, „du bist ned beurlaubt?"

„Bis jetzt nicht. Aber was nicht ist, kann ja noch werden."

„Okay, dann vertrittst du mi ab sofort. Es sei denn, die Hohen Herren ham was anders geplant. Und mir bleim einfach telefonisch in Kontakt, wenn was is."

Hattinger stand auf und begann, ein paar Sachen vom Schreibtisch in seiner Aktentasche zu verstauen.

„Wie? Du gehst jetzt gleich, sofort?", fragte Wildmann ungläubig.

„Auf was sollt i wartn? Rehabilitierung? Die kommt scho. I hau ab, bevor die si's anders überlegn. Du machst des guad, da bin i überzeugt."

„Okay ...", sagte Wildmann unsicher. „Einen schönen Gruß vom Bamberger soll ich dir übrigens noch ausrichten."

„Grüß ihn zruck. Aber den ruaf i sowieso o. Servus, Karl. War mir a Freude, mit dir zu arbeiten, mehr denn je. Und i komm wieder, oiso mach da koane Hoffnungen", scherzte Hattinger.

„Ich weiß gar nicht, ob ich das kann", sagte Wildmann.

„Irgendwann kommt der Zeitpunkt, wo ma ins koide Wasser springa muaß, Karl."

Nach einer kurzen Verabschiedungsrunde, die alle mit verdatterten Mienen zurückließ, gingen Hattinger und Lena hinaus auf den Parkplatz. Es war immer noch recht warm, aber es goss aus vollen Kübeln. Normalerweise mochte Hattinger Wasser von oben überhaupt nicht, aber heute blieb er mitten im Regen stehen.

„Woaßt, was mir jetz machen? Mir fahrn jetz nach Traunstein und kaufen uns den besten Herd den's gibt. Und auf'm Rückweg bsuach ma a sehr nette alte Dame in Schützing. Die Frau Daxberger. I find, die hat a paar Auskünfte verdient. Glaub, die magst du."

„Wie geht der noch, dein Uraltspruch?", sagte Lena. „Dein Wort in Gottes Ohr!"

„Du muasst scho immer as letzte Wort ham, oder?"

„Na klar."

Alle Personen in diesem Buch, außer den historisch verbürgten Nazigrößen von Adolf Hitler bis hin zu Kajetan Mühlmann, wie auch die Handlung sind frei erfunden. Jede Übereinstimmung mit real existierenden Personen wäre rein zufällig. Auch die beschriebenen Anwesen in den Gemeinden Schützing und Bayern gibt es nicht. Das alles ist also so nicht passiert, es hätte aber durchaus so gewesen sein können.

Nicht erfunden ist übrigens das sogenannte „Jodl-Grab", das (Stand 2016) immer noch auf dem Friedhof von Frauenchiemsee steht.

Thomas Bogenberger wurde 1952 in Traunstein geboren. Nach dem Umweg über ein abgeschlossenes Medizinstudium zog es ihn zurück auf die Bühne. Heute komponiert und schreibt er Film-, Hörspiel- und Theatermusik und lebt in seiner alten Heimat Prien am Chiemsee. 2011 erschien der Krimi „Chiemsee Blues – Hattinger und die kalte Hand" (4. Auflage), der 2013 vom ZDF verfilmt wurde. 2014 folgte „Hattinger und der Nebel" (2. Auflage), der ebenfalls vom ZDF mit Michael Fitz in der Hauptrolle verfilmt wurde.

Pendragon Verlag
gegründet 1981
www.pendragon.de

Originalausgabe
Veröffentlicht im Pendragon Verlag
Günther Butkus, Bielefeld 2016

Lektorat: Anja Schwarz
Umschlag & Herstellung: Uta Zeißler
Umschlagfoto: mauritius images / Trigger Image / David Ridley
Satz: Pendragon Verlag auf Macintosh
Gesetzt aus der Adobe Garamond
ISBN 978-3-86532-551-8
Gedruckt in Deutschland